Heibonsha Library

日本の地理歴史

An Historical and Geographical Description of Formosa,
An Island Subject to the Emperor of Japan

平凡社ライブラリー

Heibonsha Library

フォルモサ

台湾と日本の地理歴史

An Historical and Geographical Description of Formosa,
An Island Subject to the Emperor of Japan

ジョージ・サルマナザール著
原田範行訳

平凡社

本著作は、平凡社ライブラリー・オリジナル版です。

目次

序……17
第二版への序……29

第一巻

第一章　位置と大きさ、島の配置……63
第二章　フォルモサで起きた大きな革命のこと……65
第三章　フォルモサにおける政府のしくみ、およびメリヤンダノー皇帝が定めた新しい法について……75
第四章　フォルモサの人々の宗教について……80
第五章　祝祭について……93
第六章　断食日について……96
第七章　祝祭日に行われる諸種の儀式について……97
第八章　聖職者の選任について……99

第九章　太陽、月、星への信仰について……106
第一〇章　お祈りの姿勢について……110
第一一章　子供が生まれたときの儀式について……112
第一二章　結婚、もしくは現地語のグロウタチョについて……114
第一三章　葬儀について……117
第一四章　死後の魂の状況に関するフォルモサ人の考え方について……120
第一五章　悪魔信仰について……124
第一六章　聖職者の衣服……127
第一七章　フォルモサ人の風習や習慣について……130
第一八章　フォルモサの男たち……141
第一九章　あらゆる階級のフォルモサ人の服装……143
第二〇章　フォルモサの市、家、宮殿、城……156
第二一章　フォルモサの交易と商業……164
第二二章　重さと秤……167

第二三章　一般人に見られる迷信じみた習慣について……169
第二四章　フォルモサの病気とその治療法……173
第二五章　国王、副王、将軍、およびその他高位にあって敬意を表されている人々の収入について……177
第二六章　フォルモサのなり物（果実、穀物）について……178
第二七章　日常の食べ物について……181
第二八章　食べ方、飲み方、煙草の吸い方、眠り方……184
第二九章　イングランドでは見られないフォルモサの動物……187
第三〇章　フォルモサの言語……188
第三一章　フォルモサの船……202
第三二章　フォルモサの貨幣……205
第三三章　日本およびフォルモサの武器について……208
第三四章　日本とフォルモサの楽器について……211
第三五章　子供の教育方法について……212

第三六章　日本とフォルモサにおける学問技芸……218
第三七章　フォルモサの副王がその治世について日本国皇帝に伝える方法……226
第三八章　一五四九年から一六一五年にかけて、イエズス会士が日本でキリスト教布教に成功したこと。さらに、一六一六年頃、彼らに加えられた恐るべき虐殺の理由。そしてキリスト教信者を処刑する法律が成立したことについて……229
第三九章　オランダ人の日本渡来、その成果とオランダ人が用いた策略について……238
第四〇章　イエズス会士たちが日本入国のために取った新たな方策について……244
第一巻の結び……248

第二巻

著者によるヨーロッパ各地の旅の説明……253
著者が改宗に至った根拠……296
第一項　神の存在について……307
第二項　神の一般的属性について……313

第三項　特に神聖なる属性について……314
第四項　この世を創造した神の目的について……318
第五項　神聖なる啓示の必要性について……320
第六項　宗教一般について……322
第七項　キリスト教一般について、特にそれを確証する奇跡について……324
第八項　キリスト教信仰の対象とするものについて……345
第九項　約束と報い、悲しみと罰について……354
第一〇項　キリスト教信仰のための証拠をほかにいくつか……358
第一一項　キリスト教信仰に対して私が述べた異論とその解決……364
著者の実践……388
訳者解説……397

凡例

一、本書は George Psalmanazar, *An Historical and Geographical Description of Formosa, An Island Subject to the Emperor of Japan* (1705) の全訳である。

一、原文のイタリックは必要に応じ「 」あるいは書体を変えて示した。

一、原文の引用符 “ ” は「 」に置き換えた。

一、原則として書名、雑誌名などは『 』、詩篇は「 」によって示した。

一、原注は［ ］、訳者による補足ならびに注記は、本文中に〔 〕を用いて挿入した。

一、引用の翻訳はすべて訳者による。

一、原文には、今日では差別的と考えられる表現もあるが、時代的な背景を考慮してそのまま訳出した。

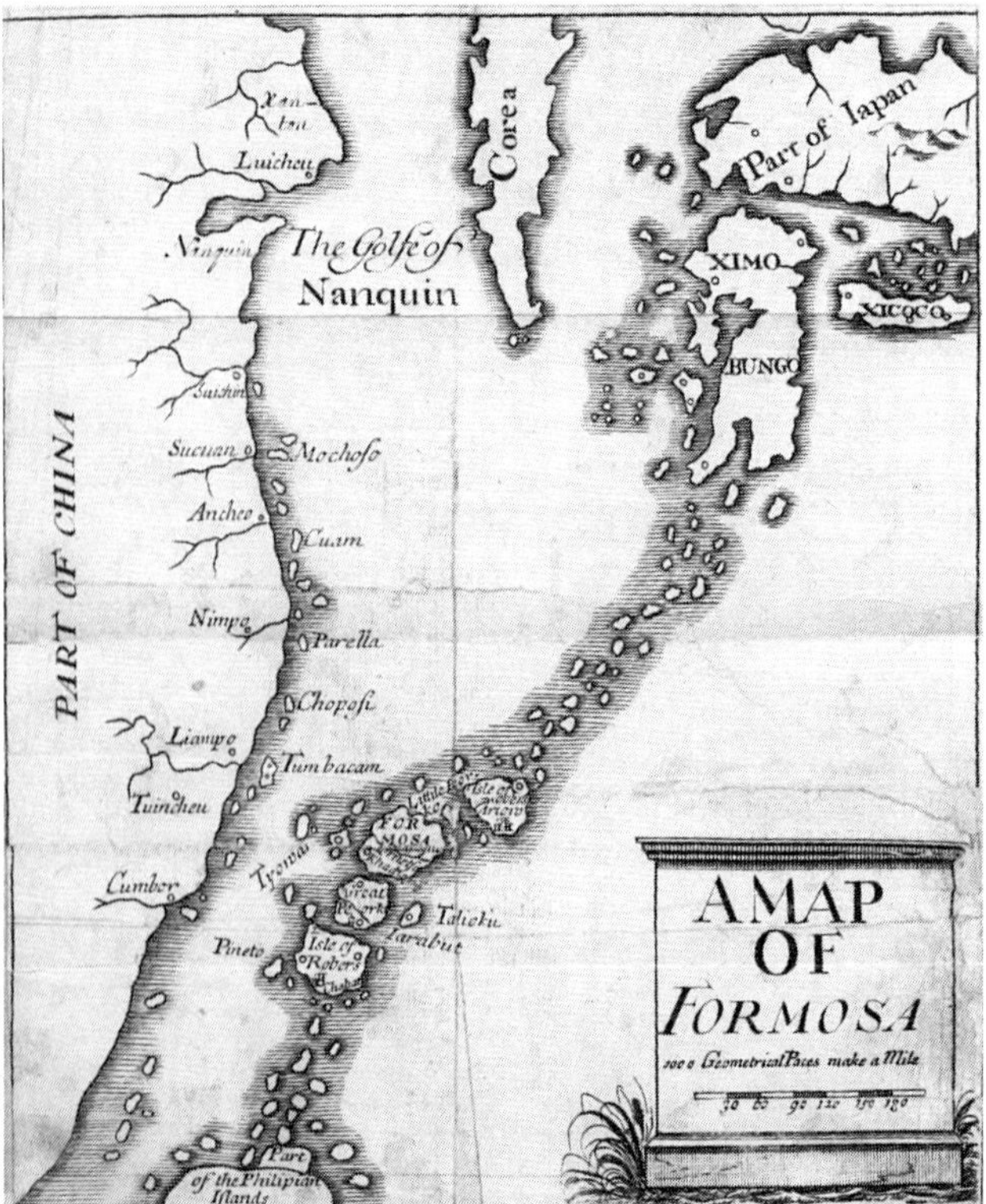

A MAP OF FORMOSA
1000 Geometrical Paces make a Mile
30 60 90 120 150 180
PART OF CHINA
Corea
Part of Iapan
XIMO
XICOCO
BUNGO
The Golfe of Nanquin
Luicheu
Nanquin
Suchin
Sucuan
Mochoso
Ancheo
Cuam
Nimpo
Parella
Choposi
Liampo
Tumbacam
Tuincheu
Cumbor
Tyowan
FOR MOSA
Great Peorth
Talioku
Jarabut
Pineto
Isle of Roberg
Part of the Philipian Islands

日本国皇帝に従属する島であるフォルモサの歴史と地理

住民の宗教や習慣、生活様式が記述されるとともに、著者旅行中の出来事、特にヨーロッパ各地においてイエズス会士などと行った協議の数々についての説明がある。また、著者がキリスト教に改宗した経緯と理由について。著者は（異教を擁護して）改宗に異議を唱えたが、それに対するイエズス会士などの答えを含む。付された序文では、最近中国よりやって来たあるイエズス会士の批判に対する著者の弁明が、二人の間のやり取りとともに記されている。

ジョージ・サルマナザール作（フォルモサ出身にして、現在はロンドン在）

誉れ高き尊師、神意によってロンドン主教であられ、また女王陛下の光栄ある枢密顧問官のお一人であられるヘンリー卿に捧ぐ。

卿、私が今ここに謹んであなたに献呈させていただく作品が、非常に大事な時期を忙しく過ごしておられる卿にお読みいただく価値があるかどうか、私には分かりません。ただ、（もし、それほど深刻かつ複雑な問題にかかわっておられるのでなければ）あなたの高貴なる魂が多少なりともお務めから解放されることもおありでしょうから、その時間のわずかばかりでも本書に与えていただけたらとお願い申し上げます。

ヨーロッパの人々は、日本について、そして特にわが島フォルモサについて、まことに曖昧でいろいろなことを言っておりますので、どれをとっても、到底真実とは思えないでしょう。しかしなぜこのようなことになっているのかと言いますと、私の理解するところでは、どうやらイエズス会士たちがかつて多くの話をでっち上げ、嘘偽りを人々に吹聴したためのようであります。もっとも、彼らはそうした卑しき行いのつけを十分払ったと言えましょう。その卑しき行いがゆえに、日本では、当然のことながら厳しく迫害されましたから。そのようなことから私は、本を出版してフォルモサ島についての短い説明をし、なぜ、この忌まわしき集団が、そしてキリスト教徒だと誓ったすべての人々が、結局、イエズス会士とともにこの島を追われることになったのか、その理由を述べても受け入れられぬものではあるまい、と考えるに至ったのです。

卿、私は、イングランドへ来て以来、あなたからたいへん厚く遇されていますので、庇護を受けた者が庇護者に対して払うべきいかなる敬意をも当然払わなければならないと考えています。それゆえ、誠実にして慎みのある方法で私の感謝の気持ちを表したいと思っているのですが、なにぶん、あなたの寛大さは一般には考えられないほどのものであり、他方、私のもつ財も能力もわずかなので、あなたがお与えくださった多大なるご厚意にふさわしい敬意も謝意も、とても十分にはお伝えできません。とはいえ、私が現在こうして穏やかに楽しく暮らしていられますのも、あなたの寛大なお取り計らいによるものでありますから、私はこの機会をしっかり捉え、お恵みをくださった、まさにその方の御手に、恩顧から生まれた最初の果実を捧げたいと考えるのであります。あなたは、いつも示される気さくで思いやりのあるお心持ちから、きっとこの小著を、あなたからいただいている多くのご厚誼への私の感謝の気持ちとしてお受け取りくださるでしょう。そういうものとして小著は、謙虚にして敬意に満ちた気持ちとともに、卿に捧げられます。

卿に
最も深く感謝し
従順に従う
ジョージ・サルマナザール

序

私が初めてイングランドにやって来た頃、誰もが私の出身国の話をおもしろがってくれました。私の話はそれまで聞いたこともないまったく新しいものだから、本にして出版するのが私の務めである、そう人々は考えていました。私は、自分の楽しみにもなるし、人々の満足も得られることですから、すぐにこの求めに応じました。ですが、遠く離れた東洋の国々について、特にわがフォルモサに関して、とんでもない空想的な話が多く世に出回っていて、それが疑う余地のない真実として押しつけられ、広く信じられていることを知り、これではとても私の話など続けられるものではないといささか意気消沈してしまいました。しかしながら、こうした嘘の雲を払いのけなければならぬ、(私が黙していることで)みなさんを無知のままにしておく、いやむしろ嘘によって欺かれたままにしておくことは、私自身の気持ちからしても非難を免れえぬものですから、私はなんとしても、世間に流布しているものよりは正確なフォルモサの歴史を明らかにしなければならない、と考えるに至りました。

ただ本題に入る前に、いくつか前置きをしておいた方がよいでしょう。(先に述べました通り）世間にはさまざまな話が広まっていて、それはことごとく私がこれからしようとする話とは異なっているわけですから、みなさんが私の話を信じてくれるとはあまり期待しておりません。どちらが真に読者を喜ばせるものであるのか、私はそれを偏りなきご判断に委ねるつもりです。これこそホンモノだ、そう思っていただけるかどうかについて、私はそれほど心配してはいません。なにしろ、これはホンモノなのですから。ただみなさんには、ともかく辛抱強く、私の話にお付き合い願いたい。本書の評価は、まさにそこにかかっているのです。実際、世に出回っている話には、どうしても疑わしいと思わざるをえない点がいくつかあります。なにしろ、いずれも自分はそれを実際に目にしたのだという語り手が話しているというのに、お互いに矛盾してしまっている。話が首尾一貫していませんから、みなさんにしてみれば、まことに頼りにならない。でも私は、そういう話の誤りを暴くのではなく、実際に中国へ交易のために出かけた数名のイギリス商人のしかるべき記録によって、私が申し上げることとの信憑性を高めていきたいと思っています。そうしたイギリス商人たちの記述こそ、私のものと実はほとんど同じであり、他方、世間に広まっているものとはまったく異なっているのです。例を挙げましょう。カンディディウス〔一五九七―一六四七、オランダ人宣教師。一六二七年から三七年にかけてオランダ領台湾に滞在し、『フォルモサ島略述』を著した〕などのフォルモサの説明を見ると、あの島には、君主制にせよ民主制にせよ、政府というものがない、盗みや姦通、殺人など悪しき罪に対して、法もなければ罰もないので、誰もがそれぞれ判断して復讐したりしている、とある。たとえば、ある男が私の一〇〇ポンドを奪ったとすると、仕返しに私は同額を彼から盗んでよい、もし誰かが私を殺したら、私の家族なり友人なりが、私の復讐として彼を殺してよい、姦通その他についても同断、といった調子です。さらに続けて、フォルモサには経済的関係もなければ秩序もないので、主人と召使いの区別もなければ、金山、銀山も発見されておらず、香辛料もない、などとある。ぜひとも私に言わせていただきたい。先に申し上げたイギリス商人たちは、フォルモサの長官に対して輸出品一つ一つについて多額の関税を支払ったとちゃんと記しているではありませんか。長官がいるなら法だってあります。カンディディウスなどには好きなように言わせておけばよいと思いますが、フォルモサに金も銀も香辛料もあるということは、多額の金・銀や大量の香辛料を輸出している貿易商人のことを考えれば明らかではありませんか。

フォルモサには政府がないなどという話がいかにおかしいか、ということも明らかです。法も身分秩序もなくて王国が成り立つなどということがあるでしょうか？　罪人を取り締まる罰則がなくて、どうして社会が維持されるでしょうか？　誰もが復讐に熱中しているようなところでは、きっと殺人と強奪ばかりが絶え間なく続いてしまうでしょう。なにしろフォルモサの人々は（カンディディウスなどの記述によってきっとみなさんはそう信じていると思いますが）、殺人も強奪も、ちょっとしたごまかしというか微罪であって、大罪ではないと考えているというのですから。

まだほかにも同じようなことがあります。フォルモサは中国の大君に服属していると言われていますが、もしそうだとしたら、どうして中国人はわがフォルモサの長官に多くの貢物を献上しているのでしょうか？　このことの真相について、オランダの方々にもご協力いただきたい。オランダ人は、長いことフォルモサから追放されていましたが、やがて日本国皇帝により、フォルモサとの交易許可がオランダ人に対して更新されました。それ以降、オランダ人はフォルモサのことをよく分かっているはずです。日本におけるオランダの成功については、本書第一巻第三九章をご覧ください。

注の一。私はさらに多くのこうした誤解の例を挙げることができるのですが、長くなるのは避けたいので、ここでは省略します。一つの事柄についてひどい間違いをしている者は、ほかのことついてもあてにならない、とだけ申し上げれば十分でしょう。ただ、いままで触れてきたような嘘八百の語り手たちが、何らかの意図をもって作り話をでっち上げたのか、それともたんに事実を知らないためにそうしたのかは、目下のところ私には分かりません。

注の二。ぜひともみなさんに覚えておいていただきたいことの第二は、私が、わがフォルモサについて完全にして完璧なる歴史を述べようなどと考えているわけではない、ということです。私は若くして、つまり一九の年に、島を去りましたので、とても正確無比になどというわけにはいかないのです。加えて島を離れてもう六年、わがフォルモサのことを記すのに大事なことでも記憶から抜け落ちてしまっていることも少なくありません。ですが、思い出せることは何でも、ためらうことなく本書で明らかにしました。はっきりしないことについては、断じて、明言したりなどはしていません。なかには私が知らないでいたことを何か本当のことのように言ってしまっていることもありますが、その場合は、たんにそういうものとしてお考えいただきたい。良心の責めを解き放って自由に書きましたので、それはそれで、お好きなようにお考えいただきたい。ともかく私は務めを果たしたのですから、その先のことは、私も気にしてはいません。

注の三。本書の中で私は、なぜわがフォルモサの人々が多くのキリスト教徒を虐殺するに至ったのか、その理由を述べました。というのも当時のイエズス会士たちは、何か隠れた意図を自分たちが持っているかのように多くのフォルモサの人々がわけもなく信じていたためだ、などといった貧弱な説明しかしておらず、私は、わが国の記録と伝統に則ってしかるべき説明をすべきである、この出来事に関して、できる限りしっかりとした説明をしなければなるまい、と考えたからであります。イエズス会士たちは、わがフォルモサの異教の聖職者たちの嫉妬、ならびにオランダ人との競合こそがこの迫害の原因だとしていますが、それは違います。そんなことで私たちが、キリスト教の信仰を持つあらゆる人々に対してあのように残酷な扱いをするはずがありません。そうではなく、草の中に隠れた蛇とも言うべき実に陰険極まりないことが確かにあったのです。イエズス会士たちは認めないでしょうが、私はその経緯を知るに至ったのです。私の確信は少しも揺るぎません。それに加えて私はこれから、イエズス会がこの私に対して示した悪意と恨みをお話しします。というのも私は、宣教師として八年間を中国で過ごし、最近こちらへ戻ったというあの悪名高きフォントネー神父からそういう扱いを受けたのです。彼はいま（あるいは少なくとも数日前までは）、ロンドンにいて、私がローマ・カトリック、特にイエズス会に批判的な書物を出版しようとしているということをある人から耳にすると、激怒し、考えられるあらゆる手段を講じて私の信用を崩そうとしています。多くの方々がその様子を毎日知らせてくれるのですが、私はただ、次のように答えるばかりです。好きなようにさせておくがいい、あんな曰くつきの人物が私のことをどう言おうとさして気にはしていない、彼がどんなに押さえつけようとしたところで、真実は、いまも、そしてこれからも明白であれと願うばかり。彼には次なる詩人の言葉を言うだけで十分であろう、「大山鳴動してネズミ一匹」と〔この箇所、ホラティウスからの引用（ラテン語）〕。

私は三度ほど、このフォントネー神父と話し合ったことがありますが、一度として結論に達したことはありません。最初はまさに今月二日水曜日、あの王立協会の貴顕の面々が集う公開討議でのこと。自説を簡単に擁護してもらえるとでも思ったのか、事もあろうに彼は会場にいた私に目をつけました。互いに挨拶を交わして、私たちは討論を始めました。彼に対して聴衆から発せられた最初の質問は、「フォルモサ島は誰に属しているのか？」というもの。彼はただちに、「中国の皇帝に属している」と答えました。どうしてそうであると分かるのか、と数人の紳士が尋ねますと、彼はこれまたすばやく次のように答えました。ハリッジ号という名のイギリス船が嵐に遭ってフォルモサの海岸にたどり着いたことがあった、船には五名のイエズス会士が乗り組んでいたが、一名は溺れてしまい、残る四名がこの島に逃れ、そこから、当時中国のある町にいた自分に手紙を送った、そこで自分は中国の皇帝に手紙を送り、皇帝はフォルモサに手紙を書いて、このイエズス会士たちと船を中国へ送るように求めた、それでフォルモサ側は、この要求に服して、イエズス会士たちと船を中国に返した、というのです。そこで私は言いました。その話は質問の趣旨を何ら説明していないと思う、わが国は中国と戦争をしているわけではないのだから、中国の船がフォルモサ沖に流され、中国皇帝がその償還を求めれば、わがフォルモサ人はその支配下にあるわけではないけれども、返すのが当然である、そのとき私はそう答えたのです。

しかしいま、イギリス商人たちの証言をよく考えてみると、実はこの難破した船は、フォルモサではなく中国の海岸に漂着したのではないかと思います。もしあのとき、事情によく通じていたならば、きっと私は、お歴々の前でイエズス会の誤りを明らかにしてみせることができたと思います。ただ当時の私は、フォントネー神父がてっきり地名を間違えて、別の島をフォルモサだと思い込んでいるに違いないと考え、彼に対して、中国人がフォルモサのことをどう呼んでいるのかを知りたいと求めました。彼は答えて、それはもちろん「フォルモサ」もしくは「タイオワン」という名称以外には知らない、と言いました。私の申し上げること（私こそ最も事情を知悉していると思いますが）だけでなく、かつてタイオワンにいらしたことがあるというある紳士の言にもありますが、タイオワンというのは、実はわがフォルモサからはいささか離れたところにある島のことで、いまは、先に申し上げましたオランダの属国となっています。そんなことは知らない、とフォントネー神父が言いましたので、私は次のように説明を続けました。中国人はわが島のことを実際には「パック・アンドゥ」と呼んでおり、私たちはそれを「ゴッド・アヴィア」と称している、これがフォルモサのことだ、と。すると彼は、「何、パック、パックだって、パックみたいに子音で終わるような単語は中国語にはない」と言いましたが、これは明らかな誤解というものでしょう。だって、中国の大都市の名前は、「ナンキン」だって「カントン」だって「ペキン」だって、みなそうではありませんか。それから彼は、私の求めに応じ、中国語で話をしてみたのですが、その彼が使った言葉の半分は子音で終わっていました。この矛盾は、聴衆の誰にとっても明らかなものでした。

この討議で彼はまた、帝国全体を通じて中国語には種類というか、方言というか、そういうものは一切なく、中国人はみな同じ言葉をしゃべっているなどと説明しましたが、そんなことはあるまいとその場にいた方々から否定されると、彼は何の反論もせず、ただわけもなく頑強に先に述べた自説を繰り返すばかりでした。それで私は、事の真偽をできるだけ明らかにしようと思い、彼に次のように訊きました。これまでイエズス会士たちやその他の人々が記してきたことが誤りなのか、それともあなたが間違っているのか。というのも、中国では各地域によってさまざまな言葉が話されており〔「主の祈り」も一〇〇あまりの言葉で記されているではありませんか〕、身分や階級によっても言葉が違う、たとえば、貴族はマンダリンを話すし、坊主、すなわち聖職者は、お祈りの際、一般人には分からないような言葉を使う、庶民の言葉も違う、と記されているではありませんか、そう尋ねたのです。だから、そうしたこれまでの記述か、それともお前さん（ごめんなさい、失礼な呼び方で）のどちらかがひどい嘘をついているのだ、そう私は言いました。すると彼は、話題を転じて言い訳をするばかり。中国語の話し言葉では、一つ一つの単語の意味が区別されていない、などと言い出す始末です。これも私はでたらめであると思いました。フォルモサにいた頃、私は多くの中国人が一緒に話しているのを耳にしたことがあります。もっともそれは、話をしているというよりは歌を歌っているように聞こえましたが。ともあれ彼の説は、これまでイエズス会士たち自身が言っていることと食い違っています。こんな具合に、何度も中断を挟みつつ、公開討議は終わりました。どちらが正しいか、読者のみなさんにご判断いただきたいと思います。

それ以来私は、二度ほど、彼と面会することにしました。一つは、ポウイス奥さまのお屋敷で、もう一回はサイオン学院で、ということでしたが、彼はその約束を果たしませんでした。

八日ほど後の二月九日水曜日のこと、私は王立協会事務局長のスローン博士と食事をしておりました。席には、ペンブルック伯爵、プロシア国王の外交官であるスパンハイム男爵、あと身分の高い方がもうお一人、そしてこのフォントネー神父がおりました。フォルモサはどこに属しているのか、と男爵閣下が神父にお訊きになりますと、彼は、この若者は（と私の方を指して）かの国の生まれですから、中国にいたことしかない自分よりはよく説明できるでしょうと応じましたので、私は、日本の皇帝に属しているとお答えしました。この場では特にほかに取り立てて申し上げるようなこともありませんでした。神父もこのときは、私の言うことに何か付け加えることもなく、私が生の肉を食べるのを不思議そうに眺めていました。彼によれば、中国人はヨーロッパの人々と同じように、いろいろ手をかけて調理をして肉を食べるが、タタール人は違う、彼らは肉を食べる前に温めるだけだ、とのことです。

三度目に私が彼に会ったのは、ストランドのテンプル・バー近くのデヴェルー・コートにあるテンプル・コーヒーハウスでのこと。身分の高い方々が何人かおられる前で、彼は私に、どのようにして、またいつ、どんな理由で故国を離れたのかと尋ねましたので、私は正確にそれらのことを彼に話しました。私が故国を離れることになった原因であるド・ロード神父のことを、もし彼がこのとき知らなければ、特段、彼は私に異議申し立てをすることもなかったでありましょう。

フォントネー神父が私のことを勝手に非難しているということを、私はよく知っています。これに対して私は、それこそあの托鉢僧ド・ロードが、誤った批判に対しては、ただ、大ぼら吹きとのみ答えていたことだけを申し上げておきたい。ともあれ隠れて悪口を言ったり中傷したりするのではなく、何事ももっと包み隠さず、本人に面と向かって話すのが正直な人間の取るべき道でありましょう。これまでのところ私は、この問題にはわずかに触れただけですが、本書はきっと、イエズス会士たちのたいへんな怒りを買うことになるでしょう。しかしながら、私をこれまで何度も彼らの手から救い出してくださった神の摂理は、必ずや連中の悪巧みやはかり事を斥けてくださると確信していますので、詩編の作者とともに次のように申し上げるばかりです。「神よ、わが敵に災いを報い、あなたのまことに従って彼らを絶やしてください」(「詩編」第五四章第七節)。

この小著は、なにぶんみなさんが望まれるほどには洗練され整っているわけでもありませんから、ひょっとすると受け入れてもらえないのではないかとも思います。執筆しながら私は、自分の弱点にも能力不足にも気づいておりましたから、間違いについてはお許しいただき、また欠陥を補っていただければ幸いです。日本人の言葉をそのまま手を加えずに引いていますので、洗練もなければ飾りもありません。私はもともとこの書をラテン語で執筆し、その後、英訳してもらいましたが、翻訳者たちには一切の加筆修正をさせませんでしたから、本書の内容に不備があるとすれば、それは私のせいであって、翻訳者たちによるものではありません。

自分の信ずるところではない宗教に関する反駁をこうして世に送ることを私は決して喜んでなどはいません。むしろ悲しいことです。私の言っていることを、ことさら自分たちへの批判と受け取られてしまうのではないかと思うからです。それは私の望むところではない。私はただみなさんに、なぜ自分はそういう宗教を信じられないのか、その理由を明らかにしたいだけなのです。みなさんに喜んでもらえないとしても、もうそれだけで十分。なにしろ私は偶像崇拝の中で育ち、その偏見がまだ抜け切っていませんから。誰かを非難するなどまったく私の意図するところではありません。先に申し上げた通り、ほかの方々はいざ知らず、自分が信じられないものは信じられない、ということをお伝えしたいだけなのです。

全能にして全知の神に感謝を捧げます。神はその霊力によって私をお助けくださり、ただ救済のみが示された信仰のもとに私を導き、主のお作りになった定めに最も適うキリスト教信仰をお授けになりました。あらゆる栄光と賛美が神のもとに永遠にありますよう、アーメン。

ロンドンにて

一七〇三年二月二五日

第二版への序

本書の初版はあっという間に売り切れ、さらに需要のあることから、私は出版各社の方々から再版の相談を受けました。再版に際しては、もう一度よく記憶をたどり、付け加えるべきことは付け加え、また、情け容赦ない批評家諸氏から私や本書が受けた批判に答えてほしいとのこと。出版者にしてみれば、当然、本書の売り上げを妨げるようなものはできるだけ取り除きたいとお考えになるでしょうが、私にしてみれば、嘘偽りのないことを確信していますので、陰険にして思慮のないこうした諸氏に少々難癖をつけられたところでまったく動じるものではありません。ただ、再三にわたって出版者より申し出がありましたので、その求めに応じることにしました。

遠く離れた場所の説明を初めて聞くと人は必ずや疑いを持つ、これは決して不思議なことではありません。たとえば私がわがフォルモサに帰国して、イングランドやヨーロッパ諸地域について説明したとしても、それが簡単に受け入れられるとは到底思えません。それにしてもイングランドの批評家諸氏は、信じられないようなひどい間違いをしでかすものです。私はフォルモサという、この大ブリテン島からは何千リーグも離れた島に生まれた日本人であると言っているのに、あたかも隣人であるかのように思っておられる。一人のイギリス人がアムステルダムにいて、そこのオランダ人たちが、あれはインド人だなどと言えばどんなにおかしいか。そのイギリス人はただ冷笑して嘲るばかりでありましょう。それと同じことなのです。私は一九歳になるまで祖国フォルモサの外に出たことなどなかったのですから。私のことを無理やりヨーロッパ生まれだなどと言う人々には、ただ微笑んでみせるほかありません。

こういうおかしな難癖をつける人々が本書を読み、信じられない話があるとして私のことをペテン師呼ばわりしているのですが、これほど不自然なことはありますまい。かりに私が自分の記憶から大幅に逸脱して空想的な話を書いていたとします（そんなことをしていないと何度も申し上げているわけですが）。かりにそうだとしても、私の生まれを否定するのは、イギリス人作者たちの中には日本生まれがいるなどと言うのと同じなのです。わが祖国フォルモサのことを書いた本書に比べ、彼らの記述には、実に多くの誤りや欠陥があるのですから。

とはいえここでは、この第二版についての説明を簡単にし、批判にお答えすることにします。もっともそれは、理路整然と、というわけではなく、私の耳に入った順にお答えする、ということになりましょう。実のところ本書の初版は甚だ不完全なもので、熟慮すべき多くの興味深いこと、また価値あることが抜けており、頂戴したいろいろな質問によってそれらが改めて私の脳裏に蘇ったというようなところもあります。出版者は、こうした新しい事項を補遺として印刷するのはあまり現実的ではないと考えましたので、この第二版で適切な箇所に挿入することになりました。初版における多くの不適切な箇所、無駄な繰り返し、ある翻訳者の誤りなどは、この第二版において削除または修正されました。それから私は、この改訂に携わったあるお方に感謝しなければなりません。彼は、言葉遣いを直してくださり、もともとのラテン語の意味を少しも損なうことなく、私の言わんとするところを十分に表現してくださいました。ですから私はいまや、ピラトのひそみに倣って、「私が書いたものは、そのままに」〔「ヨハネによる福音書」第一九章第二二節〕と言うことができましょう。

ただ読者のみなさんは、批判に対する私の答えを、本文の中に埋め込んで長々と脱線するよりは、この序において述べ、本文の該当頁を記しておく方がよいとおっしゃるに違いありません。そこで私は、次のようにしたいと思います。つまらぬことを言う敵対者たちのこまごまとした議論の多くは、公平な方であればまず取り上げることのないようなものですから、これを省略し、相手が嬉々として勝ち誇っているかのように見える重大な批判についてだけ答える、ということです。私が十分に答えることができているかどうかのご判断は、みなさんに委ねます。

【第一の批判】サルマナザールは、一九歳でフォルモサを離れ、ヨーロッパに来て六年が経つと言う。それほど若くしてかの国の風俗習慣に精通しているというのは、いささか奇妙ではないか。また、それほど故国を留守にしているというのに、描写が精彩に富んでいるのもおかしくはないか。
〈回答その一〉 この批判は、私たち異邦人が知的に劣っているという考えから生まれています。私は確かにかの国で最良の教育を受けてはいますが、こちらで十分に教育を受けた若者がイングランドのことを、私のフォルモサほど上手に説明できないとすれば、（逆に）不思議に思われるのではないでしょうか。もっともあなたは、本書のどこを取っても異邦人の能力を超えるような才能が現れているとはお思いにならないでしょうが。
〈回答その二〉 もしあなたが、一九年くらいでそれほど国のことを詳しく分かるはずがない、かりにいろいろな事情に精通したところで、ずっとそれを記憶しているのは無理だ、とお考えになるのであれば、それは、あなたが思っておられる以上に私には光栄なことです。つまりあなたは、本書の話を私がすべて自分の頭で拵えたと思っておられるからです。もしそうなら、あなたはいささか私の創作力を、そして記憶力を、買いかぶりすぎておられるのではないでしょうか。ある国の状況説明をまったく新たに拵え、宗教を創造し、法や習慣を定め、言語を、そして文芸を考案する、しかもそれらはいずれも世界のほかの諸地域とは異なっている、などという人がいたら、これはたいへんな才人です。また、でっち上げた出来事や品々の詳細をいつでもちゃんと確かめることができ、しかも自分で創り出したもの同士が混乱して矛盾したりしない、そんな記憶力を持つ人間がいるでしょうか。それが、（読者のみなさんは）私だというのでしょうか。このイギリス人紳士は、私が実はイギリス人であるとなんとしても言いたいのでしょうが、それは無駄なことです。だってそうではありませんか、本書がまったくの創作であるなら、そんな作り物を拵える知力や判断力を持っているのは、「真のイギリス生まれ」の方以外にありえないのですから。

〈回答その三〉　第三の回答は次のようなものです。そもそも私には、十分な教育を受けていながら、一九歳くらいの若者では自国のことについてある程度の説明もできない、とおっしゃる理由がよく分からないのです。第一に、フォルモサの気候やら広さやら産物といったことなら、簡単に分かります。第二に、宗教については私の説明も十分なものではありません。なにしろ私は、宗教を司る人々の中で育ったわけではありませんから。第三に、政府や法についてですが、私は国の組織の基本を知悉せざるをえないような環境で育ちましたので、これについては十分に精通することができたのです。第四に、習慣や都市、宮殿、一般の家々などについてですが、かりにそれらを一度しか見たことのないような人でも、人並みの記憶力があれば、だいたいのところは覚えているのではないでしょうか。そして第五に、父の影響があって、私は、好んで人々の風俗習慣を観察していました。ですから、私と同じような生い立ちの者が、自分の国のことについて私と同じくらいに記すことができないとすれば、それは愚か者と言わざるをえないと思うのです。

〈回答その四〉　最後に申し上げておきたいのは、私の記憶力などは実にあてにならないもので、毎日いろいろ訊かれなければ多くのことを忘れてしまうはずなのですが、なにしろ最近のようにこうもいろいろ尋問されると、おのずと脳裏に刻まれて、簡単には消えないというわけです。これについては初版の「序」をご参照ください。

【第二の批判】 この男は、父親がド・ロード神父を自宅へ連れてきた際にはギリシャ語を学んでいたが、ギリシャ語は自国の聖職者からいつでも学べるので、その本を脇へ押しやってしまったと語っている。しかし、どうして日本人もしくはフォルモサ人がそれほどギリシャ語に通じているのか、皆目見当がつかない。一七五〔本書二五五―二五六〕頁参照。

〈回答その一〉 この批判については、概ね、すでにお答えしています（一四二〔本書二二〇〕頁参照）。ですが、次のことを付け加えさせてください。どのようにしてフォルモサに人が住むようになったのか、とよく訊かれるのですが、私としても答えようがなく、それで、あの島に人は住んでいなかったなどと思い込んでおられる方がいらっしゃいます。しかし（あえてこの問題について少し言わせていただくなら）、おそらくはローマ・カトリックの宣教師たちが最初にギリシャ語をフォルモサの人々にもたらしたのではないかと思うのです。というのも、フォルモサ古来の書き物にギリシャ文字はなく、ギリシャ語の文章や引用が見られるのは、現代の聖職者や哲学者の書物においてであるからです。

〈回答その二〉 オランダやその他の場所でも、私はこうした反論を受けました。ですから私は、それが疑う余地のない真実でなければ、このイギリスで触れることはなかったでしょう。しかしどうしても信じがたいとおっしゃるなら、実際にフォルモサを訪れて、私を論破されるがよいでしょう。できますかな。

【第三の批判】 この男は、いったいどうやってフォルモサを離れたのか、そして船乗りたちはどうやって彼をルコニア〔現在の南沙諸島周辺〕まで運んだのか。皇帝は、玉璽のある許可証がなければ、臣民が国を離れるのを禁じていたというではないか(一八〇〔本書二六一〕頁参照)。

〈回答その一〉 この批判については、正直なところ、あまりお答えを準備してはおりません。というのも、これまでなるべく伏せてきた私の父について多少なりとも明らかにしなければならないからです。ですが、論争のお好きな方々のために、次のことは申し上げておかなければなりますまい。例の国外に出ることを禁じた法は、実は、王ご自身をはじめ、副王、王子、総督、長官、そしてそのほかの富裕な人々のように、地所財産の国外流出について十分に警戒されている場合には、適用されないのです。私の父もそのような立場にあり、正嫡である私が、フィリピン諸島に自由に行くことができたとしてもさしたる疑いはないでしょう。私にしてみれば、そんなことをして皇帝陛下のご不興を買うより、父の方が怖かったくらいです。

〈回答その二〉 当時の私のような若者が気まぐれを起こすとき、結果なんてあまり気にしませんよね。加えて、もし皇帝陛下が私の気まぐれにお怒りになったとしても、父が陛下の許しを得ることを、私は少しも疑いませんでしたから。

〈回答その三〉　船乗りたちは私のことをよく知っていました。ですから、父のためにたいへん重要な仕事があるのだと話しますと、みな、私の申し出を断って父の仕事に損害をもたらすようなことさえなければ、きっと報奨にあずかれると、それだけで頭がいっぱいになってしまいました。

〈回答その四〉　ご主人さまの命に従えば、罰せられるより褒められる、それが召使いというもの。たとえそれが国に対する罪であったとしても、です。ですから、舵取りも船乗りも、ほとんど、いやまったく心配することなく私をルコニアへ運んでくれたのであります。

【第四の批判】　その船乗りたちは、それ以前も海へ出ていたのか。もしそうでなければ、一八一〔本書二六二〕頁にあるように一〇〇リーグも離れたところへ彼を連れていけるような航海術を心得ていないのではないか。

〈回答その一〉　正直なところ、フォルモサの船乗りたちはあまり航海術に長けてはいませんし、おそらく私の父の召使いたちは、フィリピン諸島へなどそれ以前に出かけたことは一度もなかったのだと思います。ただ、彼らとて、中国の地図がないわけではありません。中国の地図は、ヨーロッパで目にする地図ほど役に立つものではありませんが、それでも、フォルモサの近隣の海岸へ行くくらいのことには十分なのです。

〈回答その二〉　フォルモサから日本へ渡るのと同様、フォルモサとルコニアの間にも実に多くの小さな島々がずっと並んでおり、晴天であるにもかかわらず針路はまっすぐだなどと見誤るような水先案内人は、きっと気が変になっているに違いありません。それから、船員たちのほかにも私の知らない案内役がいて、彼らが実際には船を導いていていました。

【第五の批判】　ルコニアはスペイン国王に属しているが、スペインのカトリック信者たちは、フォルモサもしくは日本から異教徒の船が港に入ってくるのを阻むのではないか。
〈回答〉　ド・ロード神父にしてみれば、自分の仲間たちの中に入っていくのですから、何も恐れる理由はありませんでした。実際彼は、（一七七〔本書二五八〕頁にあるように）あの悪人たちにも誉れ高き性質があるということを私に話してくれていましたから、私は何も怖くはありませんでした。さらに彼は、自分がかの地へ行くことを事前に何らかの形で伝えてあったのではないかと思います。東洋にいるカトリック教徒の多くと連絡を取り合っていると言っていましたから。

【第六の批判】　ゴアからジブラルタルに向かったことには、どのような意味があったのか。ゴアはポルトガル王に属しているし、ジブラルタルはスペイン王のものだ。両者の間に交易はないのではないか（一八二〔本書二六三〕頁参照）。
〈回答その一〉　確かに両者は異なる君主に属してはいるが、だからと言って、ゴアから来た船がジブラルタルに寄港しないということにはならないでしょう。特に平和時なのですから。

〈回答その二〉このあたりの事情に旅行者の中では最も通じておられるフォントネー神父は、（初版への「序」で述べた）私との第三の話し合いの折、どのような経路でヨーロッパへ入ったのかと私にお尋ねになりました。ゴアからジブラルタルへという経路であると私が答えると、その場に居合わせた数名の紳士が両者の間に通航はないのではないか、と言われましたが、かのイエズス会士は、いやそれは事実であると主張されました。それで私はちょっと驚きました。私の言を認めるのではなく嘘だとおっしゃるに違いないと思っていましたから。

〈回答その三〉もちろん私の船がジブラルタルで荷物を降ろしたとお考えになってはいけません。（一八二〔本書二六三〕頁にあるように）この船は、私の知らない、あるいは忘れてしまった別の港へ行くことになっていましたから。思うにそれはリスボンであったようです。ゴアのイエズス会士たちは船長に対して、ド・ロード神父と私をジブラルタルの浜辺に降ろすようにと熱心に説得していました。ジブラルタルからならば、トゥーロンからアヴィニョンへと簡単に行けるだろうというわけです。


【第七の批判】それほど長い航海をしていながらこの男は、船長の名前も知らないし、船がスペイン船であったかポルトガル船であったかも知らないと言う。そのようなことが考えられるだろうか。

〈回答その一〉　そもそも私はそんな小さなことを説明するよう求められるとは思っていませんでした。そうと分かっていたなら、見聞したことを何でもメモしておいたのですが。なにしろ、口やかましい批評家諸氏はこまごましたものほどお好みのようですから。それに、ヨーロッパの人々が私の生まれを否定するなど、想像できるでしょうか？　あるいは、私のことをフォルモサ人ではなく、どこかヨーロッパの国々の生まれであるなどとばかげたことをおっしゃるなどとは思いもよらないではありませんか。わが師ド・ロード神父がたいへん賞賛しておられるヨーロッパの人々から、こんなひどい、悪質な仕打ちを受けようなどとは思ってもみませんでした。ですから、船の名前とか船長の名前だとか、そんなことを尋ねることもなかったのです。

〈回答その二〉　当時私は、ヨーロッパも、ちょうど中国や日本と同じく一つの大きな帝国であって、スペインとかフランスとかイングランドとかそういったものは、一人の皇帝に属する諸地域のことだと思っていたのです。加えて、船にはそれぞれ名前があってそれで区別されているとは夢にも思っていませんでした。さらに言えば、船長や船員が話している言葉もさっぱり分かりませんでした。ですから、話をするとすればド・ロード神父とのみで、彼は私にその言葉を教えてくれませんでした。結局、航海の間ずっと、私には何も分からず、また何かを心配するということもなく、必要なものをすべて与えてくれる彼に、何事もお任せしていたのです。誰か偏りのない方にこうした状況をお考えいただき、私の立場になっていただいて、そのうえで、いろいろとこのような反論をおっしゃる方々があまりにも厳しすぎることはないかどうか、ぜひともその方に教えていただきたいものです。

【第八の批判】　この男はゴアに六週間ほど滞在し（一八一〔本書二六二〕頁参照）、五週間、ジブラルタルにいたが（一八二〔本書二六三〕頁参照）、トゥーロンにやって来ると（一八二、一八三〔本書二六四〕頁参照）、修道士たちの奇妙な習慣に驚嘆している。ゴアにもジブラルタルにもいろいろ各派の修道士がいるのだから、これは説明がつかないのではないか。

〈回答〉　それはそうかもしれませんが、ゴアでもジブラルタルでも、私が修道士を見分けるような機会はなかったと、お考えいただくことはできないでしょうか。なにしろジブラルタルでは右も左も分からず歩き回ることも観察することもできませんでしたし（一八二〔本書二六三〕頁参照）、ゴアでは、イエズス会士たちがその修道院で丁重に私をもてなしてくれましたので（一八一〔本書二六二〕頁参照）、外に出る機会はほとんどありませんでした。ゴアでもジブラルタルでもそのような具合でしたから、そのような場所で、さまざまな聖職者たちに会い、区別をするなどということが私にできるでしょうか。ローマ・カトリック教会の中には実に多くのいろいろな修道会があるということをいまの私は知っています。しかしローマに五週間いたときでさえ（一九〇〔本書二七三―七四〕頁参照）、その三分の一ほども見分けることができませんでした。ゴアで、何人かのイエズス会士、ドミニコ会士、それから（おそらく）フランシスコ会士に会ったということは覚えています。しかし、トゥーロンに来て初めて、それまでカプチン会士や改革派アウグスティノ会士には一度も会っていなかったということがはっきりしたのです。ですから、まさにその二つの修道会の習慣に、私は驚いたというわけです。

【第九の批判】 どうして異教徒の若者であるこの男が、化体説〔聖餐のパンと葡萄酒がキリストの肉と血であるとする神学上の考え方〕や両体共存説〔キリストの肉と血の本質が、聖餐のパンと葡萄酒の本質と共存するという神学上の考え方〕、絶対予定説〔神の救済にあずかる者と滅びに至る者が予め決められているとする神学上の考え方〕といった教義について有効な議論をすることができるようになったのか（一八五、二〇一、二〇二、二〇三、二〇五〔本書二六七―七〇、二八六―九一〕頁参照）。ヨーロッパの優れた決疑論者〔さまざまな行為の道徳的正邪を判定しようとする論者〕や論争を得意とする神学者の説を写したのではないか。

〈回答その一〉 この批判も、第一の批判と同様、私たち異邦人の知力をひどく見くびっていることから生じたものです。どんな議論も、それを最初に生み出した人々は、ほかからの助けをほとんど借りず、自らの理解力をもって事の本質を見極めておられる。ですから、異邦人にもヨーロッパ人にも同じ能力があるということだけお認めいただければ、どちらも同じく自然な結論に至るはずです。

〈回答その二〉 両体共存説および絶対予定説に対して私が申し上げた議論は、二〇一〔本書二八六―八八〕頁および二〇五〔本書二九〇―九二〕頁にあるような、互いに対立する論陣の様子から私が学び取ったものです。化体説についての私の議論は、一つを除きすべて、私自身が考えたものです。それ以外の一つというのは、私が後になってたまたま耳にし、これを省くわけにはいかないと考えたものです。私の議論が、実質的にはかの偉大なるティロットソン大主教などによるものと同じであると考えた翻訳者が、何か間違いをしでかしてはいけないと思い、大主教などが用いている言葉を利用したのでしょう。もしお疑いのようであれば、私が書いたラテン語の原本をどうぞご覧いただきたい〔このラテン語の原本の存在は確認されていない〕。

【第一〇の批判】 一〇日間ないしは一五日間にわたってキリスト教の信仰を抱いているということがなければ、ただちに宗教裁判所に出頭するように、との裁判官からの書簡を、アヴィニョンのイエズス会士はサルマナザールに見せたとある（一九三〔本書二七六〕頁参照）。宗教裁判所が異教徒にかかわったなどということはいままで聞いたことがないし、そもそもサルマナザールは外国人で、アヴィニョンに留まろうと願っていたわけでもないのだから、裁判所が彼に対して行使できる力と言えば、せいぜい、もともと国から出たいと言っている人物を国から追い出すことくらいではないか。

〈回答〉 前にも申し上げたように（一九三〔本書二七六〕頁）、私にはこの書簡がホンモノかニセモノか分かりません。ただ、尋問をなさる法王が、法の定めるところに従って私のことを受難者であるとすることは容易でありましょう。このときイエズス会が法王をそそのかしたのかどうかは、問いません。ただ、私がキリスト教に改宗するまで、牢に入れて罰するという命令を出そうと思えば出せるのです。もし私の見せられた書簡がニセモノならば、イエズス会が私を脅して仲間に入れようとしたことは明らかです。おそらくはそうであったのだろうと私は思っています。というのも、あの腐敗した社会のごまかしに通じている者であれば誰もが、彼らは目的のためには卑劣なことも平気ですることをよく知っているからです。

【第一一の批判】この男は、信仰のことですでにかなり問題を引き起こしていたにもかかわらず、アンダーナッハにおいてもまた、自分は異教徒であると言い張っている（一九八〔本書二八二〕頁参照）。なぜなのか。

〈回答〉アンダーナッハの人々は大半がローマ・カトリック教徒であるということは私にも分かりましたが、あそこでは異端審問の効力がないということをよく知っていましたので、何も怖くはなかったのです。それから第二の理由として、かの地で私は兵士になるよう迫られており、当初はそれが免除される見込みがほとんどなかったのです。臨機応変で改宗するわけにはいきませんから、これはもう私の信仰を隠し通すことはできないだろう、と考えました。それなら、私が何者であるのかを明らかにした方がよいと思ったのです。さらに第三の理由は、長官が一行の名前を記載するにあたって私の名前を尋ねた際、彼は私のことをユダヤ人だと思っていました。しかし私が、そうではないと答えると、彼は、「信仰のことを心配する必要はない、どの宗教であれ、いつでも自由にお祈りするがよい、ここはあらゆる宗教に寛容なのだ、特に戦争のときはな」と応じてくれました。この寛容な返答に促され、私は自分のことをすべて話すことにしたのです。

【第一二の批判】 アンダーナッハでもボンやケルンなどでも、この男は実に自由に振る舞っている。イエズス会は(どこにでも連絡網があるのだから)、なぜ彼を捕まえてアヴィニョンの仲間のもとへ送り返さなかったのか。

〈回答その一〉 確かにイエズス会は広くいろいろな場所に連絡網を持っているでしょうし、ド・ロード神父も、私の行く先々に私のことを手紙で知らせ尾行させていたに違いありません。ですが彼も、私がボンやケルンにいるとは夢にも思わなかったのでしょう。ボンやケルンのイエズス会士たちは、私のことなど聞いたこともないという感じでしたから。

〈回答その二〉 もっとも、かりに彼らが私のことを予め知っていたところで、私に対して何ができたというのでしょうか。いまや私はよその国にいるわけですから、アヴィニョンでの罪を理由に捕縛するわけにもいかない。それに、先に申し上げた通り、かの地ではあらゆる宗教に寛容なのですし、さらに言えば、異端審問もない。イエズス会士であれ、あるいはほかのいかなる宗派であれ、恐れる理由は何もなかったのです。

【第一三の批判】 この男のフォルモサの話は、ほかのものとまったく違っているのではないか。違っているとすれば、それは嘘(ないしはどう好意的に言っても)あまり信用に足るものではないのではないか。たとえば彼は、フォルモサは日本から二〇〇リーグほど離れているとしているが（二〔本書六三〕頁参照）、ほかの説明を見ると、一四〇リーグなり一五〇なり一六〇なりとある。また彼は、フォルモサが中国とは六〇リーグ離れていると記しているが、ほかの説明では、一四リーグ、もしくは二〇とか三〇とか三五とある。あるいはまた彼によれば、ルコニアからフォルモサは一〇〇リーグだというのだが、ほかのものでは明らかに五〇とか、あるいは六〇とか八〇だとか記されている。

〈回答その一〉私と食い違っているという方々の説明も、互いに相当食い違っていますね。少なくとも私と同様、その方々の記載も疑わしいということになりませんか。

〈回答その二〉フォルモサを離れたとき、私はそれほど経度にも緯度にも通じてはおりませんでした。ですから、フォルモサが日本およびその他からどれほど離れているのかについて、私の記述が正確であるというわけではありませんし、どこか間違っているかもしれません。なにしろ私は、ド・ロード神父とともに外へ出るまではずっとフォルモサにいたのですから、私が記していることは、旅行に出かけたフォルモサ人からの聞き書きにすぎないのです。

〈回答その三〉ヨーロッパ人にしても、ときには計算をお間違えになる。ヨーロッパ人に比べればフォルモサ人などは地理学者としてははるかに劣っていますので、しばしば間違えたところで不思議ではありますまい。

〈回答その四〉かりに一〇〇人のイギリス人に、フランスもしくはオランダまでは何マイルくらいだろうか、と尋ねたとします。実際よりも多くのマイル数を答える人もあれば少ない人もいるでしょう。ですから、わがフォルモサ人の多くが、私の言う距離よりも離れていると答えようが近いと答えようが、何ら不思議ではないのです。

〈回答その五〉　読者のみなさんにはどうか次のこともお考えいただきたい。イギリスのマイルは、ドイツのものともイタリアのものとも違いますね。ですから、フォルモサの「バイク」もしくはリーグの意味は、当然、イギリスのものとは異なります。「バイク」というのは、イギリスのマイルで言うとだいたい一マイル半（そのようにイギリスの方はおっしゃっていますね）。フォルモサ人は、日本から四〇〇バイクほど離れていると考えていますので、できる限りこれを正確に換算するならば、イギリスのマイルで六〇〇マイルということになります。しかし、このバイクが一マイルくらいだとすると、こちらの地理学者がおっしゃることと私の言っていることはかなり一致します。ですから、このバイクを英語に直すと正確にはどのくらいなのか、というところに難しさがあるわけです。私にはとてもそれをはっきりと示すことはできません。

【第一四の批判】　しかし、この男のフォルモサの歴史に関する記述は、地理以上にほかのものと異なっている。これほど多くの証拠がある以上、本書は嘘なのではないか。

〈回答その一〉　このような批判は、本書の記述の信用を落とすものではなく、むしろその確かさを保証するものであると、誠実な方々の多くは思われることでしょう。だってそうではありませんか。かりにあるヨーロッパ人が世間を欺こうとして、フォルモサ人ないしは中国人になりすましたとします。この人物にとって一番よい方法は、カンディディウスなどを読んで自分の話をでっち上げればよい。そうすれば、この空想的な作者たちがフォルモサなどについてすでに書いていることと矛盾しないわけですから。カンディディウスなどは（初版の「序」でも申し上げましたが）、フォルモサには統治者もいなければ法律もない、などと言っています。いや、統治者もいるし法律もあると言い、こうした作者たちの記しているほとんどあらゆる点に反駁をしないわけにはいかないではありませんか。彼らはまた、フォルモサ人は文字を読めない、などと書いている。それではなぜ、そのような国からやって来た人間が、アルファベットや言語を考案し、自分の信用をわざわざ落とすようなことをするのでしょうか。（みなさんはずいぶん口やかましく疑い深くていらっしゃるのに）どうしてこうも簡単にだまされてしまうのか、よくお考えいただきたい。かりに、ポルトガル人であれ、スペイン人であれ、あるいは誰か肌の色の浅黒い人間が（みなさんはフォルモサ人のことをそう思っていらっしゃるようですね）、すでにあるフォルモサの記述を読み、私よりも前にイングランドにやって来て、それまでに刊行されている偽りの書物にあることと同じような話をしたとします。するとみなさんは、この人物のことを信じ込み、私のことを、フォルモサ生まれで、本当のこと以外は決して話さぬというこの私のことを疑ってかかるというのでしょうか。

〈回答その二〉　空想的な作者による記述にある多くのとんでもない誤りについて私は、すでに引用してお示ししました。私への評価がそれらに対して十分、太刀打ちできるものであるか否かは、公正なる方々のご判断に委ねます。

〈回答その三〉　重要なのは、フォントネー神父と同様、こうした歴史記述の作者たちは、フォルモサとタイオワンを区別していない、ということです。フォルモサとタイオワンとは一二マイルほど離れていますし、タイオワンというのは実際には、三つの小さな島の総称と呼ぶべきものです。東方の国々にやって来たオランダ人の記録によれば、彼らはすでに私が述べているのとほぼ同じ時期に（四〔本書六六〕頁参照）フォルモサを訪れ、その後のことを彼らは次のように説明しています。中国人がフォルモサにやって来て、フォルモサの現地人とオランダ人が共謀して中国に反旗を翻そうとしていると考えたため、島からオランダ人が追放された。そこでオランダ人はタイオワンへ移り、いくつかの港を築いた。それから私が述べているように（第二章参照）、オランダ人がタイオワンに居留地を建設している間、中国人はタイオワンを征服しようとしたので、タイオワン人はオランダ人に支援を要請せざるをえなかった。ところがオランダ人は、助けるどころか嘘をついて現地人を陥れるばかり。しかしタイオワン人は、この二つの敵に対して勇敢に戦い、ほとんどのオランダ人を木っ端みじんに粉砕し、中国人も島から追い払った。わずかに残っていたオランダ人も追放された、というものであります。問題となる食い違いはすべてここにあると言ってよいでしょう。われわれは、オランダ人が不誠実で裏切ったとし、オランダ人はできるだけ納得のいくように弁解している。また私は、オランダ人がここで矛盾したことを言っていると指摘せざるをえません。というのも、自分たちはフォルモサを追われてタイオワンに移住したとしているのに、最新の旅行記（フォリオ判四巻本）などでは、両者が同一のものだとしているからです。たとえば、「われわれはフィリピン諸島からタイオワンへ来た」と言いつつ、その直後に今度は、「フォルモサからフィリピン諸島へ戻った」などと記している。そのほか二〇もの箇所において、同じような名称の混乱が見られるのです。このことは私のよき友人が教えてくれました。彼は、この点について私と議論しようと思い、それで、フォルモサに言及しているすべての作者の記述をあえて読んだというのですが、オランダ人が矛盾を犯していることに気づき、私が自らの議論を弁護する際に活用するようにと教えてくれたのです。

〈回答その四〉 かりに、このような歴史家や地理学者が正しく、タイオワンとフォルモサは、同じ島の別名にすぎないとすると、それは私にとって最悪の事態です。というのもそれは、私が自分の島のヨーロッパにおける名称をまったく間違えていたということになるからです。実際のところ、私には、そうでないと断言することもできません。私が本当に、みなさんがフォルモサと呼ぶ島に生まれたのかどうかも定かではない、なにしろフォルモサという呼称など、私はヨーロッパへ来るまで知らなかったのですから。われわれが「ゴッド・アヴィア」と呼び、中国人は「パック・アンドゥ」、そしてみなさんは「フォルモサ島」と呼ぶ島は、みな同じ島のことである、とは、私の旧師ド・ロード神父が教えてくれたことで、彼は確かにこの問題をよく知っていました。アヴィニョンでも私は、多くの人々から日本人というよりはフォルモサ人と呼ばれました。ともあれこの問題をさらに詳しくお話ししてみなさんにご満足いただくためには、生まれ故郷に戻るしか手はありますまい。

【第一五の批判】　サルマナザールはどうして、メリヤンダノーが皇帝チャザジンを殺害したなどということを知りえたのか。メリヤンダノー自身以外には誰も知らなかったのではないか。

〈回答〉　私がぜひお知らせしたいと思ったのは、メリヤンダノーがどのようにして皇帝になったのか、どんな奇襲を用いてわが島の主君になったのかということだけで、なにも彼の伝記を書こうと思ったわけではないのです。とはいえ、こうした批判に満足のいく答えを与えるべく、彼がどのように自ら犯した殺人を告白したのかをお話ししておきましょう。治世の一五年目あたりのこと、彼の息子たちが公然と反乱を起こし、結局彼は王位を奪われ、ダイロ宮に幽閉されてしまいました。心労のあまり病が嵩じて命も危ないとなると、彼は、帝国内のすべての諸王、副王、王子たちに自分のもとを訪れるよう懇願し、その結果、みなが（たまたま当時、新しい選挙について話し合っていた）エドからメアコまでやって来ました。彼はそこで、自ら殺人者であることを打ち明け、さらに、あらゆる宗教を嘲るなど自分は甚だしく不敬なことを繰り返してきた、いま、このような災難に見舞われているのも神々の適切なご判断によるもの、もはや自分はこれ以上生きるに値しない、と語り、みなの前で毒杯を仰いでこの世を去ったのであります。

【第一六の批判】　それにしてもこのメリヤンダノーの悲しい話には不思議なことが多く、にわかには信じがたいのだが、いかがか。

〈回答〉　これは実に愚かな批判であり、取り上げる必要もないが、イギリスのみなさんには、もっともっと不思議な悲劇があるということを思い出していただきたいとだけは申し上げておきましょう。つまり、この国の方々は、国王チャールズ一世に対して、これを裏切って訴追し、非難を浴びせ、異議を、つまり、生まれながらにして誓っていたはずの忠誠に真っ向から異議を唱え、国王の宮殿の前で殺害したではありませんか。ですから、メリヤンダノーの数奇で悲劇的な生涯の話が真実に反するなどとおっしゃるのでしたら、国王チャールズ一世がまったくもって理不尽な形で殺害されたことなども、すでにだいぶ時が経っていることもあり、イギリスから遠く離れた国などではとても信じられないことなのです。

【第一七の批判】　(二二三、三一〔本書八三―八六、九四〕頁にあるように) かくも多くの子供たちを毎年犠牲にできるほど迷信を信じた野蛮な民族など本当に存在するのだろうか。

〈回答その一〉　疑り深く人の言うことを信じないような方々には、ありえないことと思われるでしょう。この私にしても、そのような習慣があちこちの国にあることをある正直な人から聞くことがなかったなら、きっと、もっと疑い深くあれと主張していたに違いありません。しかしながら、人々が明確な信仰を持たず、その共同体に固有の、意味をなさないような数々の言い伝えや無知に縛られ、またさらに悪いことに、悪意を持った異教の聖職者がその悪意を隠して力を持っていたりすると、これほどの犠牲者を生み出すような罪が犯され、これほど人間の道から外れたことはないというようなことが実際に起きてしまうのです。

〈回答その二〉　聖俗を問わず、歴史上には、このような出来事の事例が実に多く存在します。そのごく数例だけを挙げておきましょう。「エレミア書」第七章第三一節に曰く、「彼らはトフェトの聖なる高台を築いて息子、娘を火で焼いた」。「使徒言行録」第七章第四三節も参照のこと。ラクタンティウスの『神教擁護』の第一編「異教論」第二一節。プルタルコスの『英雄伝』、『倫理論集』。エウセビオス『教会史』第四巻第一六章。「レビ記」第一八章第二一節に曰く、「自分の子を一人たりとも火の中を通らせてモレク神にささげてはならない」など。学識があり文化も洗練された国々にあっても、このような野蛮な出来事が珍しくないのですから、神のお告げもなく、聖職者たちのなすままとなっているわが故郷の人々が毎年、何千もの人間の生贄を捧げたとしても不思議ではありますまい。

【第一八の批判】　もしフォルモサ人がそれほど野蛮な習慣を持っているのなら、カンディディウスが書いていてもおかしくはないではないか。

〈回答〉　カンディディウスの記述がニセモノであることについては、本書初版の「序」その他ですでに述べた通りです。しかしここでは、彼が無理やりわが祖国に結びつけているもう一つの残酷な習慣と、子供を生贄にするというこの習慣とを比較し、彼の意図こそがいかに野蛮で、ありえないことであるのか、それにもかかわらず、実に陰険な人々によってその嘘が真実と見なされ、私の言っている真実がニセモノとして斥けられているのか、について申し上げておきましょう。カンディディウスによれば、「三七歳以下の女性が妊娠すると、巫女を一人呼びにやり（というのも、男性は聖なる務めにはかかわらないことになっているとカンディディウスは言うのですが）、この巫女は、その妊娠している女性を野生の獣の皮膚で作った敷物の上に寝かせ、彼女の腹の上で流産するまで飛び跳ねたり踊ったりする。一六二八年のこと（と彼は言うのですが）、現地人のある女性が語ったところでは、一六回も彼女はそういう目に遭ったのだが、当時、一七番目の子供を妊娠していて、もう三八歳になったのだから、年季明けを願いたい、と言う」などと記されています。さあ、みなさん、私も生贄のことを書きましたが、このカンディディウスの記述ほどひどい、公益を害するようなものがあるでしょうか。なにしろ、カンディディウス自身が記しているように、多くの母親がこの悪習によって命を落としたというのですから。こんなことをしたら、どんな大きな国だって、数年のうちには人がいなくなってしまいます。暑い地域の場合、子供はすぐできますが、女性が年を取ってくれれば妊娠するのはなかなか難しいではありませんか。ですから、こんな習慣が広まっていたら、いま頃、わが祖国には住民がほとんどいない、ということになってしまいます。実際私は、三八歳を超えて妊娠したフォルモサの女性をほとんど見たことがありませんし、殺人者と言うべき巫女たちに、一五回も一六回も命取りになるような踊りをされたというのではなおさらです。それにこんな習慣があったら、男も女もダメになってしまう。子供不足を補おうと一夫多妻にしたところでどうにもなりますまい。このように悪質でつじつまの合わないことが記されているにもかかわらず、カンディディウスのこのとんでもない著述が、私の本によって非難されるまで、多くの人々の間で信じられてきたのです。それにしても、彼のこのようなとんでもないめちゃくちゃな記述がなぜこうも簡単に信じられ、この私が、本当のこととしてお話しする生贄が斥けられるというのは、なんとも不思議なことではありませんか。

【第一九の批判】（まれにではあるにせよ）ときとして生贄が供されるということは分かるとしても、毎年、一万八〇〇〇人もの男の子が犠牲になるというのは信じがたいことだ。そんなことをしたら、それこそ瞬く間に島の住人がいなくなってしまうではないか（二三、二七〔本書八五―九〇〕頁参照）。

〈回答その一〉これについては、この第二版の二七、二八、二九、三〇〔本書九〇―九三〕頁において十分お答えしていると思います。読者のみなさんは、法によってそれだけの数を生贄にすることが定められていること、しかし、毎年必ずこの数に達するまで生贄にしていると言っているわけではない、ということをご承知おき願いたいと思います。

〈回答その二〉 わが国には一夫多妻ということが許されていますので（五二〔本書一二四―一五〕頁参照）、子供は実に多く生まれます。というのも、かりに一区画に男女各八〇人が生まれ、男了の方はそのうちの六〇人が生贄になったとしましょう。それでも、八〇人の女に二〇人の男がいることになる。ということは、一夫多妻が禁じられている国の八〇人の女性と同じ数の子供が、まず間違いなく生まれると考えられるのです。

〈回答その三〉 子供たちの多くは、きわめて幼い時期に生贄になります。そのうちの数人が（執行人のナイフを万一逃れて）生き延びたところで、二一歳に達する者はほとんどいません。

〈回答その四〉 結婚適齢期に達した男が、このイングランド王国から毎年、東西のインド諸島やらポルトガル、イタリア、ドイツ、フランドルなどなどの国外へどれほど出てしまっているのか、その数が、フォルモサで子供を生贄にしている数ほど多くはないと言えるのかどうか、お考えになっていただきたい。そうすれば、フォルモサがイングランドほど人口減少の危機に瀕しているとは考えられないのではありますまいか。イングランドでは、男よりも女の方が四倍もいるとよく言われているではありませんか。

【第二〇の批判】 一夫多妻が国の人口を増やすことに役立つというのであれば、なぜトルコは（相対的に見て）他の国よりも人口が少ないのか。

〈回答〉他国と同様トルコでも、生まれる男女の数はほぼ同数です。したがって、トルコ人男性一人が、三〇人の女性を妻にしたとすると、二九人の男が独身ということになる。そしてこの独身者はみな、若い頃に生贄にされてしまうのですから、帝国の人口が一時的に急増するというようなことはないのです。それに、フォルモサでは、六人とか八人の妻が、六人とか八人の子供を産むわけですが、三〇人の妻を持った男が、毎年三〇人の子供を作れるかというと、そうでもないでしょう。

【第二一の批判】サルマナザールは、宗教に関する章（三七頁）〔原文の誤りで、正しくは二七（本書九〇）頁である〕で、一年を月、週、日に分けていると言っている。そして、やはり二三頁および二七〔本書八五、九〇〕頁において、多くの男子が生贄になるとしているが、これは彼らの『ジャールハバディオンド』にあると記されている。ところが、重さと秤の章には（九八〔本書一六七〕頁）、オランダ人が来る前は、数を表す名称も記号もなかったと言っている。ではこの『ジャールハバディオンド』での数え方はどのようにして生まれたものなのか。

〈回答その一〉数を表す記号というのは、ヨーロッパで使われている数字のようなものを指すのだと思います。フォルモサには、オランダ人が渡来する以前から数を示す記号はありましたが、それを私は数字とは考えていませんでした。搾乳女の目印を数字とは呼ばないのと同じですが、だからと言って数を数えられない、ということにはならないと思います。

〈回答その二〉　これはすでに申し上げましたが、われわれフォルモサ人は話をしている最中に数を示そうとすると指を使います。したがって、この手の動きを表す文字というものがわれわれにはあります。さらに大きな数の場合には、石とか硬貨のようなものの助けを借り、その個数を紙に記します。フォルモサの貴族の中には、中国人との会話を通じて、その象形文字を会得した人もいます。ともあれフォルモサの算術は、こういったところなのです。

【第二二の批判】（初版の「武器について」の章で）日本人は、大木さえ一撃でバラバラにできる偃月刀《えんげつとう》を作っていると言っているが、著者は実に奇妙にも本書ではこのことを言い忘れている。もしくは翻訳者が誤訳したのか。

〈回答〉　このご指摘はありがたいが、原著での表現がそれほど強かったとすれば、それは、いかなる言語にも生じうる誇張によるものであります。ただ原著のラテン語が、本来は、「かなりの大木でも切ることのできる小刀」という文言であったことだけは、ご理解いただきたい。老いぼれ翻訳者がどうしてこんな間違いをするに至ったのか、私には分かりません。

【第二三の批判】　もしサルマナザールが言うように金《きん》がそれほど安いのなら（「貨幣について」の章、一二九〔本書二〇五―〇六〕頁参照）、どうして商人たちが大量にそれを持ち出すことをしていないのか。

〈回答その一〉　私は国王の顧問だったわけではないので、なぜ王が商人たちに金を輸出させようとしないのか、その理由を申し上げる立場にはありません。ですが、商人たちの言うには、金の輸出のために多額の税を納めてはいるものの、それを中国へ運んでも、なおヨーロッパに比べ安いのだそうです。

〈回答その二〉　フォルモサにあるいくつかの宮殿は金で覆われていますので、大量の金が必要です。東方の王はだいたい見栄っ張りなのですが、それとても、金がほかに比べてこれほど安くなければ、広大な邸宅を金で覆うようなことはしないでしょう。

〈回答その三〉　イングランドへやって来たとき、私には、この国の貨幣の価値が分かりませんでした。それで、金がフォルモサではどれほど安いのか、うまく説明できなかったのかもしれません。本書の原稿を読んでもらった数人の方々から、ヴァレニウス〔一六二二—五〇、ドイツ人医師、地理学者で主著『一般地理学』（一六五〇）はイギリスでニュートンに高く評価される。ほかに『日本伝聞記』（一六四九）など〕による日本の記述を手に入れたのですが、その中に、日本とヨーロッパの貨幣を比較した章があり、私はそれを利用しました。彼の計算は正しいといまでも私は思っていますが、もしそうでないとしたら、その弁明は彼にお願いすることにしましょう。

【第二四の批判】　フォルモサの船などについての記述を読むと、規則的にきちんと計算して作られておらず（一二八〔本書二〇二—二〇五〕頁参照）、一日たりとて洋上で生活するのは無理に思えるのだが。

〈回答その一〉フォルモサの船は大海原に乗り出していくのにはふさわしくないでしょうが、中国や日本、フィリピン諸島などへの短い航海であれば、まったく問題ありません。できるだけ沿岸を航海し、嵐でも来そうなときには、入り江に入って錨を降ろしてしまうのです。

〈回答その二〉確かに規則的に作られていないでしょうし、計算に至っては、私自身、まったく分かりません。船に関する数値などについては、思い出せる限りで記したまでです。その詳しい分析については、数学者にお任せしましょう。


【第二五の批判】キリスト教徒として生きてゆくことを決意したというのなら、サルマナザールはなぜ故国に帰るということを口にするのか。弾劾され、磔にされるかもしれないではないか（一六、一五九、一六一〔本書七七、二三七、二三九―四〇〕頁参照）。

〈回答その一〉この批判に対しては申し上げるべきことがいくつかありますが、目下のところ、それを明らかにするのは適当ではありますまい。ただ、以下の点で納得されていないイギリス国教会の方々には、内々にお話ししてご理解いただくことにしましょう。

〈回答その二〉ある方が私に質問をなさったとします。私はその質問を、その方が質問なさったのと同じ意味で理解し、お答えすべきでありましょう。そうであるとすれば、私は、いまお答えする前に、次のことを読者にご了解いただきたい。すなわち、われわれフォルモサ人の間で、どれほどキリスト教徒への憎しみが強まっているのか、ということです。キリスト教徒によるたいへんな迫害がありまして、フォルモサ人は、イエズス会が説いた善き教えなどをことごとく失い、イエズス会による嘘偽りや異教徒殲滅《せんめつ》の企てなどについての憎しみに満ちた記憶しかありません。しかも、私たちが記憶しているこうした見方は、たえずイエズス会の聖職者たちによって更新されているのです。ですから、いま、フォルモサ人にキリスト教徒と言えば、十字架その他の像を崇拝し、自分の神を創り出してはこれを貪り、教会の頂点には一人の聖職者がいて、この教会のトップに従わぬ者があれば、信仰の名においてこれを迫害し殲滅《せんめつ》せずにはいられない、そんな人間であると考えているのです。読者のみなさんにはこのことをお考えいただき（つまり、キリスト教徒もしくは十字架人と言えば、ここでお話ししたような、まことに憎むべき意味にほかならない、ということです）、そのうえで教えていただきたいのです。故国に戻った際、私は、自分がそんな人間ではないということを明言しなければならないのか、それが正しいことを示すべく、あえて十字架を踏むことさえしなければならないのかどうか、ということをです（一六一、一六二〔本書二三九－四〇〕頁参照）。

　これで私は重要な批判についてすべてお答えしました。あまり重要でないものについては、序文をやたらに膨らませるよりは、本書のしかるべき箇所で説明するようにしたいと思います。しかし、これまでの私の説明に納得のいかぬという方々は、どうか私のところまでお越しいただくか、もしくは、よろしければお手紙にて疑義をお知らせいただきたい。迅速かつ明快にお答えします。連絡は、本書の出版者諸兄までお願いします。

この序文を終える前に、多くの方々が口にしていますので、ぜひとも真相をお話ししておきたいと思うのは、あの優れたハレー船長、かの有名なオクスフォード大学のサヴィリアン数学教授職にあるお方と私が会見したときのことについてです〔エドモンド・ハレー（一六五六—一七四二）のこと。ハレー彗星の発見者として知られる。本書では「サヴィリアン数学教授職」とあるが、正確には「サヴィリアン幾何学教授職」。数学者ヘンリー・サヴィルを記念して一六一九年にオクスフォードに設けられた教授職で、ハレーは一七〇三年にこの任に就いている。二人の面会は王立協会主催の形で実際に行われた〕。

ハレー船長ほか数名の方々に私がさるお屋敷でお目にかかったのは一年ほど前のこと。ご列席の方々は、まず、わが祖国に関してよくある質問をなさいましたので、満足のいくようにお答えしました。それからハレー船長がいよいよ口をお開きになり、フォルモサでは煙突の中まで太陽光が届くことはないか、とお尋ねになりましたので、私が、さよう、届きません、とお答えすると、ご列席の方々が驚かれました。というのも多くの地理学者たちが、フォルモサの位置を北回帰線の下にあるとしているからです。ですが私は説明を続けました。フォルモサが北回帰線の真下にあるとすれば、太陽光が煙突の中まで入り込んでくるということはありえない、煙突は決して垂直に立っているわけではないからだ、煙は湾曲した管によって部屋の壁に沿って運ばれ、煙が空中へ流れていきやすいように管の端は上を向いているというだけのことだ、といった具合にです。（ここでハレー船長がおっしゃいました）では、最も暑い時期に地面に直立すると、影はどうなるか。ほとんど分からないくらい短くなります、と私はお答えしました。最後の質問は、フォルモサでは黄昏はどのような感じか、というものでしたが、私は最初、おっしゃる意味が分かりませんでしたから。なにしろ当時の私は英語をほとんど知りませんでしたから。そこで、ハレー船長に説明していただき、私は、そういったものをフォルモサで見たことはない、ヨーロッパへ来るまで、昼と夜の間に何かはっきりと区切られた時間があるとは一度も聞いたことがなかった、そう答えました。この会見については、かなり尾ひれをつけて話したがる方々がいらっしゃるようですが、これがこの会見のすべてです。

本書のフランス語版についても触れておくべきでしょう。なにしろフランス語版の翻訳者は、私から直接ラテン語原書を受け取ったなどと言っているようですから。とんでもない、彼は世間を欺いている、そうひと言だけ言えば十分でしょう。この翻訳者がフランス語版を英語の初版をもとに編集したことは明らかです。と言っても、英語版に対してすら、忠実になどという気持ちはさらさらなかったようです。このフランス語版にある実に多くの間違いについてお話しするのも、決して無駄ではないと思いますが、読者のみなさんにはすでにずいぶん我慢してここまでお読みいただいていますので、このへんで序文を終わりたいと思います。

一七〇五年六月一二日

ロンドンにて

第一巻

第一章　位置と大きさ、島の配置

フォルモサとは、住人が「ゴッド・アヴィア」と呼ぶ島のことである。「ゴッド」は美しい、「アヴィア」は島という意味だ。中国人は、「パック・アンドゥ」と呼んでいるが（これも同じ意味で）、「パック」が美しい、「アンドゥ」が島、という意味である。利便性がよく、空気は健康的、肥沃な土壌、見事な泉や役に立つ川、金銀を豊かに蔵する鉱山など、アジアの島々の中でも最も恵まれた美しい島の一つである。ほかの島々にはないようなものもフォルモサにはあり、他方、ほかの島々にあってもフォルモサにはないというようなものはほとんどない。

フォルモサと日本が、東洋でも最も離れた場所にあることは、すでに発見され知られている。ともに最初に朝日が昇るところである。フォルモサの北側、二〇〇リーグほどのところに日本があり、また中国は、フォルモサの北西、約六〇リーグである。フォルモサの南一〇〇リーグのところにはルコニアがある。

フォルモサは、南北の長さが約七〇リーグ、東西の幅が一五リーグで、周囲は一三〇リーグ以上に及んでいる。五つの島からなっており、そのうちの二つは「アヴィアス・ドス・ラルドノス」あるいは「盗賊島」、三番目の島は「グレイト・ギリー」あるいは「ペオルコ」、四番目は「リトル・アジー」もしくは「ペオルコ」と呼ばれている。五番目の、真ん中にある島は「カボスキ」もしくは「中心島」と呼ばれ、五つの島々の中では最も大きく、長さは一七リーグ、幅は一五リーグ。厳密にはこの島のことを、「ゴッド・アヴィア」もしくは「フォルモサ島」と呼ぶのだが、ほかの島々も、一般にフォルモサと考えられており、個々の名称はたんに区別するためにのみ使われるにすぎない。したがって本書でも、このフォルモサという一般的な名称を使って、この地域の住民をしばしば脅かすような雷、地震、嵐のような風雨などについて説明することにしたい。なにしろ、家々をひっくり返してしまうような強い地震も多いし、灼熱の夏が終わって三〇日か四〇日も経つと、フォルモサは強風に見舞われる。また、冬にも風が吹き、これは夏ほどではないものの、日本風と呼ばれて刺すように冷たい風だ。

わがフォルモサでは雨は冬になるまで降らないが、降り始めると、二、三か月は続く。水が凍ったり雪が降ったりすることはないが、冷たい雨と刺すような風のせいで冬は厳しい。他方、夏はきわめて暑いので、人々は地下で暮らさざるをえない。その様子については、後ほど詳しくお話ししたい。

私は数学を習ったことがないので、フォルモサがどのへんの緯度にあるのか、はっきりしたことは申し上げられない。実際、ヨーロッパの地理学者たちでさえ見解は一致していないが、多くは、北回帰線直下であるとしており、確かに夏至には太陽が真上に来るので、それが正しいのかもしれないが、フォルモサの緯度が二三度、日本が三〇度、イエッゾが四〇度から四五度としているのは明らかに間違いであろう。わがフォルモサの気候はイタリアと似ていないこともないし、日本にはイングランドと同じくらい寒い地域もある、イエッゾに至ってはあまりにも寒くて人が住んでいないからだ。ただ、同じ子午線上で、緯度が七〇度や八〇度の国々でも人が住んでいるところはある。イエッゾの寒さがどれほど厳しいのか私には想像もつかない。もっともこの件は、私自身、判断がつかないので、保留にしておき、次の章へ進むことにしたい。

第二章　フォルモサで起きた大きな革命のこと

二五〇〇年ほど前に書かれたフォルモサの年代記によれば、当時、わが国は君主制で、国王が人々の代表団と諮って事を進めるという形であった。この代表団は、すべての町や村からそれぞれ二、三人ずつが選ばれて政治に携わり、三年ごとに替わることになっていた。地元では「バガロ」と呼ばれていた国王には、「タノ」と呼ばれる直属する長官が、先に触れた島々にそれぞれ一人ずつおり、行政を司っていた。ところが、二〇〇〇年ほど前に「タルタリー」の皇帝が侵略して来て、フォルモサはこれに屈服し、三世代にわたってこの「タルタリー」の支配下に入った。しかしながら、フォルモサを征服して三代目になる皇帝は、陰険にして専制的、人々に対して残酷で、子供を生贄にしているという理由でその信仰を根絶やしにし、代わってマホメットの信仰を持ち込もうとしたので、これに怒った住人は、一丸となってついに武器を取り、国王が任命した長官とその軍隊に対して反乱を起こすに至った。そして激しい戦いの末、この侵略者たちをわが国から追い払ったのである。いまやフォルモサは、七〇年もの間苦しんだ「タルタリー」の支配から自由になり、正しき王が、先祖から伝わる正統なる王位に就いて、その治世は七〇年に及んだ。その間、ヨーロッパ人、すなわちオランダ人とイギリス人がフォルモサにやって来て、フォルモサ人と、特に「ペオルコ」大島の人々と貿易を活発に始めた。ここにオランダ人が建てた城がタイオワンと呼ばれている。ところが、オランダと同時に、中国もフォルモサに上陸しようとしてきた。わが国を征服しようとの意図は明らかで、住人はこれに激しく抵抗、国を守るべく武器を取り、数年間にわたる戦争の末、ついに中国人を追い返した。しかしフォルモサ人はここで、オランダが偽って中国人を追い返すことに加担したことに気づいた。彼らは、ひそかにフォルモサを征服しようとの意図をもって支援したにすぎず、実はフォルモサ人の手からフォルモサをもぎ取り、自分たちのものにしようとしていたのだ。そこで、このオランダ人たちも追放されて、二度と再び上陸することは許されず、タイオワン城は取り壊された。これに対してオランダ人たちは、フォルモサ人や中国人に滅ぼされることを恐れていたためなのだ、守りを固め、万全の守備態勢を取ろうとしていたにすぎないと言い、責めるにはあたらないと弁明に努めたが、そんなもっともらしい言い訳が通用するはずもなかった。それでオランダ人たちはフォルモサを去り、タイオワンと呼ばれる、フォルモサから三、四リーグほど離れた小さな島に移ってここを拠点としたのだが、彼らはここでもまた中国人によって追い出されることになった。ところが、日本の皇帝がフォルモサを支配するようになってから、オランダ人は（もっともらしい約束をして）フォルモサにまた上陸することを許された。滞在は短期に限ること、十分な数の兵士がその行動の監視にあたることが、その条件であった。かくしてオランダ人がまたフォルモサにやって来る。フォルモサで思い通りのことができる間は、彼らもそれ以上先へは進まないのだが、うまく目的が果たせないとなると、連中は日本まで、つまりナンガサク島まで出向くことになる。というのも、これから詳しくお話しするのだが、彼らはそれ以外の場所に行くことは禁じられていたのである。だがこうした紆余曲折の中にあっても、フォルモサには、外国の王には一切支配されることのない独立した統治機構が維持されていた。ところが、ついにそれが変わるのは、メリヤンダノーが実に野蛮この上ない方法で日本帝国を支配するに至ったときである。メリヤンダノーは日本を支配した後、実に奇矯にして陰険、というか、残虐にして血なまぐさい方策をもってフォルモサを征服した。ここで起きた二つの大きな革命について、私は、フォルモサの歴史書に記されていること、そしてフォルモサ人がみな真実だと考えていることを簡潔に、かつ偽りなく、読者にご紹介したい。なにしろ、自らの目で見たという証人がまだ多く生き残っていて、その証言によるものなのだから。その証人の一人は私の父で、この大事件が起きたときは二〇歳を過ぎたばかり、いまは七三歳である。

メリヤンダノーは中国生まれだが、若くして日本へ渡り、ある有力者の知遇を得てチャザジン皇帝の宮廷でちょっとした職に就き、そこにしばらく留まって教育を受けた。しかし皇帝は、このメリヤンダノーがきわめて才覚に富む若者で、もっと仕事ができると考え、まず軍隊の中で、ある下級の職を与えた。メリヤンダノーの働きはめざましく、瞬く間に昇進し、人を惹きつけ敬愛される行動でもって次第に皇帝のお気に入りとなり、軍隊の中で名誉職を次々と歴任し、やがてその最高位、つまり、グレイト・キャリルハンという全帝国軍隊の総隊長にまで昇りつめたのである。これは、たんなる名誉職ではなく権力と信用の点でも、帝国内で最も高い職位であった。メリヤンダノーは、知恵と勇気をもってこの職責を遂行したので、皇帝は彼をさらに愛するようになったのだが、彼は、その皇帝よりも、実は皇妃の心を雄々しい姿でもって強く捉えていた。皇妃は彼なくしては生きていけないといったありさまで、彼に優しくし、彼の話なら何でも信用して、彼を私室にまで招き入れることも少なくなかった。皇妃のような位の高い人物がそれほどの厚意を示すことは、フォルモサにあっては、実に珍しい、まれなことであった。これだけの厚情を皇帝ならびに皇妃から受けていながら、この恩知らずのならず者は、皇妃が彼に示した親しさと、皇帝ならびに皇妃からの信用を巧みに利用して、まずは皇帝の心に皇妃への嫉妬の念を起こさせ、それを通じて両者を殺害する計画を立て、この野蛮なる企てを、その血なまぐさい悪漢は次のような方法で実行に移したのであった。すなわち彼は、まず、皇妃がある貴族と恋に落ちている、その人物はこれこれらしく、皇妃は彼としばしば会い、庭園でひそかに会話を交わしていると皇帝に告げた。これを耳にした皇帝は、罪人だと誤解したこの貴族と、彼と関係していたと思われる皇妃に対して激怒し、いつ、庭園のどこで二人は密会しようとしているのか、分かる限りで答えるようにと熱心に求めた。さあ私をその場に連れていきなさい、その場で取り押さえ、その罪の重さからいって、二人を処刑せずにはいられないだろう、そう皇帝は命じたのである。メリヤンダノーは皇帝の意に従う旨を約束した後、皇帝の御前から下がって皇妃の住まいに向かい、以前から彼女とひそかに会話をしていたことから簡単に皇妃を信じ込ませ、その日の適当な時刻に、庭園内のどこかでお会いしたいと彼女に懇願した。何も疑うことなく彼女はこのことを承諾し、時刻と場所を指定したのである。この約束を取りつければ、もうメリヤンダノーの計画は実行されたも同然、皇帝の御前に出向き、某刻某所にかの貴族がやって来ることを伝えた。これを聞いて皇帝は、両人の捕縛としかるべき処罰のための準備をするようただちに衛兵たちに命じた。その間に、メリヤンダノーは服を着替えて顔には仮面を着け、皇帝には分からないよう変装して、指定された時刻に指定された場所で皇妃に会い、毒を塗った短剣で残忍にも彼女を刺殺した。毒を塗ったのは、血が噴き出すのを防ぎ、殺人を隠すためである。皇帝は最初、たった一人で、庭園内の指定された場所にやって来た。両者を同時に見てやろう、衛兵たちの姿が見えては二人が逃げ出してしまいかねない、との考えである。するとそこには、予想通り、ある貴族が皇妃の上に見苦しい姿で横になっている。皇帝は少し離れた場所にいた衛兵を呼んだ。しかし、皇帝がこの貴族、すなわちメリヤンダノーに、そうとは知らずに近づいていく間に、メリヤンダノーは、皇帝をはるかに上回る俊敏さで行動した。なにしろ彼は、邪悪な計画を実行すべく準備万端でその場にいたのである。皇帝が衛兵を呼ぶや否や、彼は皇帝に近づき、毒を塗った例の短剣で皇帝に致命傷を与え、それからすばやく、木々や生け垣の秘密の通路を通ってその場を立ち去ったのである。その逃走を目にした者は誰もいなかった。衛兵たちがやって来てみると、皇帝と皇妃が死んでいる。彼らはしばしの間、この奇妙な驚くべき出来事に呆然としていたが、やがて多くの者たちが、皇帝は殺害されたのだと思い始めた。なにしろ皇帝とは、つい先ほど別れたばかりで、しかもほんの少し前に呼び出されたのだから。二人の偉大なる人間に訪れた突然の死を悼む者もあれば、庭園の周辺を探索し、木々や生け垣の中に殺人者を見つけようとする者もあった。だが何も見つからない。兵士たちは混乱し始めたが、ここで衛兵隊長が混乱を鎮め、まずはキャリルハンに事の次第を知らせよう、それまでは何もしてはならぬ、と告げたのであった。ただちに一隊がメリヤンダノーの家へ派遣された（メリヤンダノーは殺害後、まさにこの家へと急いだわけだ）。一隊がメリヤンダノーの家に着いて事情を話すと、彼は、何も知らずにいたかのように、ひどく驚き困惑したそぶりを見せたが、このような重大事にあって時を失してはならじと、殺害現場へ急行、二人の亡骸を目にして何度もため息をつき、涙を流しながら、限りなきご恩を被ったかくのごとき偉大で善良なるお二人を失うとは、と大いなる悲しみを表明し、このような呪うべき殺人は、かの貴族が犯したものに違いないとその名を示し、かの者は皇妃とたびたび密会を重ねており、まさに今日も彼女と会う約束をしていたと、自信たっぷりに述べたのであった。このことを聞いて衛兵たちは大いに満足した。主君の死の仇を討つことができるというわけで、彼らはただちにこの無実なる貴族の頭を打ちのめしてしまった。自らが真の殺人者である者の命令によって、である。かくして計画を成功させたメリヤンダノーは、皇帝であると宣告されるのを待つばかり。もっとも、軍隊の中にはチャザジン一家恩顧の者たちがいて、彼の就位に反対した。だが、チャザジン皇帝には庶子があったものの、皇妃との間に子はなく、しばらくの間は、次の皇帝を巡って多くの党派の争いが起きた。しかしやがてはメリヤンダノーが、多数派を懐柔し、また軍隊重視の姿勢が多くの兵士たちから支持されていたこともあって、日本の皇帝に選出され、その地位に就いたのである。これで彼の計画は、いま述べてきたような悪逆非道をもって達成された。

日本の帝位に就いてから約二年後のこと、メリヤンダノーは病気と偽り、その恢復を祈願するとして日本の神々に実に多くの生贄を捧げた。だが、そもそも仮病なのだから、生贄の効果があるはずもなく、この神々は彼の病を治せない、もしくは治す気がないように思えるとし、実は悪巧みを心の奥深くに秘めつつ、他国の神々による癒しを求める必要があると宣言した。そしてこの目的のために、特使を通じてフォルモサ王に宛てて次のような書簡を送り、フォルモサの神への生贄を送り届ける許可を得たい旨、フォルモサ王に要請した。そうすれば、すでに一万人もの生贄が日本の神々に捧げられているにもかかわらず期待する効果が得られないでいるメリヤンダノーの病を、フォルモサの神が治してくれるのではないか、というのである。

病気平癒を目的とするフォルモサ王宛て書簡

日本国皇帝メリヤンダノーより、わが友、フォルモサ王へ

ひどい病に苦しみ、わが国の神々に健康恢復を願って多くの捧げ物をしてきたものの、これまでのところわが努力は奏功するところがありません。それが神々の怒りによるものなのか、それとも神々に力がないせいなのかは分かりません。それゆえ、貴国の神を深く敬愛し、その偉大なる力と善意を少しも疑うことのない私は、自らの病気平癒を願って、わが配下の人間たちを、貴国の神への生贄となる動物とともに貴国に送りたいのだが、どうかお許しをいただきたい。これら生贄によって貴国の神が満足し、私に健康を取り戻させてくれたならば、私は、日本帝国全土に、いや、わが支配に属するほかの島々も含めて、貴国の神への信仰を広め根づかせることをお誓い申し上げる。そうなれば、貴兄の神はわが神となり、お互い永久に友人として生きていけることになろう。

わが特使を通じて、貴兄のご回答をお願いしたい。

この書簡を読んだフォルモサ王は、聖職者たちに使いを送ってその内容を知らせ、日本国皇帝が望んでいることを認めるか否か、神の意思を仰ぐよう命じた。日本から生贄が捧げられるとなれば、これはたいへんな儲けで都合がよいと考えた聖職者たちは、国王に次のように伝えた。すなわち、神のご意思を伺ったところ、日本から生贄を捧げにやって来ることには同意されたが、その生贄によって皇帝の病が癒えるかどうかは、明言なされなかった、というのである。聖職者からこの回答を受け取ったフォルモサ王は、日本国皇帝の特使に使いを送り、次のように伝えたのだった。「行きて、貴皇帝陛下にわが名によりご挨拶し、次のようにお伝え願いたい。日本国皇帝は、わが神により、またこの私により、生贄をわが神に送ることを許された。わが神が日本国皇帝の病を癒した暁には、彼の領土にわが神への信仰を植えつけると約束したことを実行されたし」。

特使一行はフォルモサ王の許可を得て日本へ戻り、日本国皇帝に、フォルモサ王からの書簡とともにこのことを伝えた。皇帝は、特使一行の成功を喜んだが、それというのも、特使派遣はフォルモサ王たちが認識している以上のたくらみを含むものであったからにほかならない。日本国皇帝はただちに大規模な軍隊を組織し、兵士たちを大きな輿《こし》に載せて二頭の象に引かせるよう命じた。こうすれば輿一台で三、四〇人を運ぶことができる。さらに、フォルモサ人を信用させるべく、輿の窓辺の見えるところに雄牛ならびに雄羊を配し、これらの輿があちこちの村々へ運ばれていくように命じた。その様子については、船旅の状況を記した章に詳しく記されている。

かくしてメリヤンダノーは、ひそかに、大軍隊や宮廷の高官たちの多くを、自らの健康恢復祈願のための生贄を捧げるという宗教的行為の名目のもと、フォルモサに送り込んだのである。この国を征服したいというのが真意であったことは言うまでもない。一行は少しも疑われることなく島の中心に到着し、村々を回っていた輿を集めてこれを三つに分けた。すなわち、最も大きな部隊は首都クステルネチャへ、ほかの二つは、ビンゴおよびカッゼイという二つの町へ、である。そして、ある決められた時刻に、すべての輿がすべての町で一斉に開けられ、兵士たちが手に剣を持って現れ、日本国皇帝に服従しなければ、フォルモサ王ならびにクステルネチャのすべての住民を殺すと脅しつけたのである（他の二つの町でも同時に同じようなことが行われた）。フォルモサ王は、自らの死が避けられない形で迫っていることを察知したが、かりに自分が死んでも昔から守られてきたフォルモサの自由を維持することは困難だと悟り、それならば、無駄に命を投げ出すよりは、日本側の要求に応じることを選んだ。突然、死の危機に見舞われたほかの住民たちもみな、このフォルモサ王の例に倣ったので、フォルモサは王国全体が、血を流すことなくすぐさま日本国皇帝の支配下に入ることとなったのである。日本国皇帝はこのときから、タノ・アンゴン、もしくは国王監督者と呼ばれるもう一人の国王をフォルモサへ送り込むことになり、以前この島の国王であった人物は、たんにバガランドロ、もしくは太守、つまりは、権威の点で国王に次ぐものの、日本国皇帝から特別に認められた権力以外は一切持たない、というような身分になってしまったのである。これがメリヤンダノー皇帝の悪行によってフォルモサが征服された経緯に関する略史である。皇帝は、フォルモサの神に献を捧げる代わりに（彼はそう偽っていたわけだが）、彼の意のままに住民を生贄としていたに違いない。辛うじてそうならなかったのは、住民が皇帝の定めた規則と政府に自発的に従う意思を示したためである。そこで次章で私は、いまではもう日本の他の島々とほとんど同じになってしまったフォルモサの政府のしくみについて述べることにしたい。

第三章　フォルモサにおける政府のしくみ、およびメリヤンダノー皇帝が定めた新しい法について

かくして日本とフォルモサを平定したメリヤンダノーは、以下のように、国王代理に関する新法を定めるとともに、臣民に関しては、苛酷な罰則を科して旧法を厳しく守らせることとした。

新法の第一は、皇帝に従う二五名にも及ぶ国王に関するものである。もっともこのほかに、正確には、アンゴンもしくはバガロスではなく、太守もしくはバガランドロと称される者が八名、さらに六二名の、正確には国王監督者と言うべき皇子もしくはタノ・アンゴンがいた。彼らは、この第一の法の定めにより、年に二度、皇帝の御前に伺候し、みながそれぞれ自らの行

政の状況ならびに半年間に支配地域内で起きた主な出来事を報告し、皇帝が必要と考える新たな指示を俟《ま》たなければならないのである。

第二は、皇帝自らがそうせざるをえないと最初に判断しない限り、誰であれ、皇帝の命令を破ってはいけないというもの。ただし緊急の場合、この法は、衡平法によって幾分緩和される。

第三は、政府に従う人民に対し、誰であれ、害を加えてはいけない、ということである。すなわち、不当なこと、残忍なこと、生命や財産、名誉に、いかなる方法であれ、正当な理由なくして危害を加えること、そのようなことを禁じるというものだ。この法は、人民からの支持を得るべく皇帝が作ったものである。

第四は次のようなもの。皇帝配下の王たちは、キリスト教徒を自分の支配地域内に住まわせてはならない、ということだ。彼らは、調査官を置くなり、港に衛兵を配置するなどしなければならない。港に配置された衛兵は、外国人が到着したら、片っ端から、キリスト教徒であるか否かを踏み絵によって調べ上げる。この踏み絵という方法は、主にカトリック教徒を念頭に考案されたもので、彼らは、キリストの磔刑像を崇拝しているので、これを踏もうとはしない、というわけである。キリストの磔刑像を踏んだ外国人については、支配地域内の全市を通行できる許可が出る。ただし上限は二〇名までだ。

そして最後の法は、やはり皇帝配下の王たちに関するもので、彼らはその支配地域内で、いかなる宗教も禁じてはならない、ということだ。人々は誰でも、自らの神を自らの方法で信仰する良心の自由を享受できる。ただし、キリスト教徒であることが判明した場合は別で、先に述べた踏み絵によってキリスト教徒を探し出す調査官はどの市や村にも配置されなければならない。そして、これら五つの法のすべてに関して、次のことが遵守されなければならないと付記されていた。すなわち、王であれ、太守であれ、皇子であれ、これらの法のどの一つでも破る者があれば、ただちに処刑されるということ。それゆえに、皇帝の命令が至るところで実に忠実に守られていたのである。

人民についてメリヤンダノーは、新法を作らず、自然法および旧法を改定するにとどめ、違反した場合にはその罪に応じて新たな罰則を科すことで、これを厳しく守らせるようにした。

罰則のその一は、キリスト教徒に対するもの。いかなる外国人であれ、キリスト教徒であることが判明し、この島の住民をキリスト教に改宗させる、もしくは改宗させようとした場合、この者は、改宗した者ともども投獄される。その後、この者が、キリスト教信仰と偶像崇拝を棄てたならば、罪を許されるのみならず、生活のための一定の手当てを支給されるが、棄教を拒めば、生きたまま火あぶりの刑に処せられることになる。キリスト教に改宗した者については、これを棄てて元の信仰に戻れば自由の身に復するが、そうでなければ絞首刑となる。キリスト教徒の外国人が商用その他の目的でフォルモサにやって来た場合も、この外国人が棄教するならば、何ら支障なく用務を遂行し、いつでも自由に帰国できるが、キリスト教信仰を持ち続けるのであれば、磔刑に処せられる。

罰則のその二は、人殺し、窃盗、強奪などに関するものである。正当な理由なく人を殺した者は生きたまま逆さ吊りにされ、罪の野蛮さに応じて一定期間吊るされた後、矢で射殺される。だが強奪と人殺しの両方を犯した場合は磔刑となる。窃盗については、その罪の重さにより、絞首刑、無期拘禁、笞打ち、罰金などが科される。

第三の罰則は姦通の罪についてで、初犯の場合、一〇〇コパン（一コパンは一ポンドの重さの金貨に相当する）を支払うか、これが支払えない場合は、首切り役人の手により公衆の面前で笞打ちとなる。だが二度目となると、男女を問わず、斬首となる。というのも、（宗教についての次章で明らかとなるが）フォルモサではどの男も、住む場所を確保できる限りにおいて多くの妻を持っているが、自分の妻以外の女性と肉欲に耽るようなことがあれば、この男は姦通罪ということになる。この法は、すべての未婚者にも適用されるが、外国人には及ばない。外国人は、処女であれ淫婦であれ、彼らの希望に応じて咎められることなく接することが習慣となっている。

第四の罰則は、偽の証人に偽証させた者についてで、この場合、偽証させた者も偽の証人も、ともに舌を切り取られるのみならず、罪の重さと被害者が偽証により受けた損害の程度に応じて、さらなる罰が科されるというものだ。

第五の罰則は、フォルモサの神を冒瀆した場合で、この場合は生きたまま火あぶりの刑に処せられる。

第六の罰則は次のようなもの。息子や娘が父親や母親、ないしは年長の親類、力において勝る者を殴った場合、その息子や娘は、腕と脚を切り取られ、首に石を縛りつけて海もしくは川に投げ込まれる。だが、聖職者を殴った場合は、腕を焼き切ったうえで、その体は生き埋めにされる。

殴った相手が自分の住む地域の王や監督官、長官などであれば、死ぬまで逆さ吊りにされる。周囲を四匹の犬が取り囲み、その体はバラバラに引きちぎられる。

第七の罰則は、誰かを誹謗してその体面を傷つけた者は、熱した鉄をその舌に当てられる。

だが、法の定める上位の者に従うのを拒んだ者は斬首となる。

第八の罰則は、皇帝や王に対して陰謀や反逆を企てた者、あるいはこのフォルモサで確立している宗教の転覆を企てた者についてで、この者は、ありとあらゆる考えられる限りの拷問によって激しく苦しめられることになる。

これらの決まりは、いずれもメリヤンダノーがその治世の四年目に、帝国内のすべての王および全市の主要な聖職者を集めた会議の席上、定めたり改定したりしたものである。この法のおかげで、住民は誰もが平和をしっかりと享受している。というのも、住民は自分たちに関する法には進んで従うし、長官や役人は、事あるごとに法の執行の徹底を図ったからである。

（つい忘れるところだったが）もう一つ別の法がある。夫と妻に関するもので、夫は妻の生死を握る力があるというもの。すなわち夫は、妻が死に値するとなれば殺すことも、あるいは許すのがふさわしいとなればこれを許すこともできる。ただし、妻の罪が公に知られてしまった場合には、夫はこれを許すことができず、ほかの家族の妻たちへの戒めとして、妻を殺さなければならない。妻が罪を犯し夫が妻を殺すことが合法的である場合というのは、夫に対する陰謀、子供の殺害、姦通、夫への頑強な不服従、夫への誹謗中傷などなど。もっとも、この法は、メリヤンダノーが皇帝になる前に作られたものではないかと思う。夫が妻に対して強権を持つことが認められているというのは、なにも日本やフォルモサに限ったことではなく、東洋全般に見られることだ。

以上が、本章で私が主に述べようと思っていたことである。すなわち、メリヤンダノーが王たちや住民を統治するために作った法や決まりについての説明である。もちろん、政府などに関してもこの章で触れるべきことがあるかもしれないが、それらはより適切な場所に挿入されることになるので、ここでは省くことにする。

第四章　フォルモサの人々の宗教について

フォルモサの宗教について説明することが本章の目的だが、その前に、日本のさまざまな信仰について、簡単に触れておきたい。（たびたびフォルモサを訪れる日本人から聞いた限りなのだが）読者には、フォルモサ人と日本人とが、宗教的な事柄においてよく似ているということをお分かりいただけるであろう。

日本人の信仰は三種類に分けられよう。一つは偶像崇拝。この偶像崇拝は特に際立っていて、歴代の皇帝を筆頭に、その後継者であるダイロや高位の聖職者、多くの王や皇子たちも偶像崇拝者である。それゆえ、メアコという市にあって、アミダに捧げられたある神殿には、少なくとも三五〇〇の偶像がある。黄金で作られたものが一〇〇〇体、銀が一〇〇〇体、真鍮製が一〇〇〇体、ほかのものは石や木でできている。こうした偶像に対して、人々は雄牛や雄羊などの獣を生贄として捧げている。しかしながら、日本人が思い描く神々が、こうした生贄だけでは満足しないとなると、彼らは子供を差し出すことになる。こうした偶像によって示されている日本の神々というのは、いわば、同時代の著名人たちであって、予言者や立法者はアミダやザッカ、ナコン、カンバドクシーなどと呼ばれている。有名な行動を取るなどした皇帝や王、軍隊の長なども神として崇拝されるし、質素倹約な生活を送り、長い苦行の末に溺死したり、絞首刑になったり、その他、ともあれ不慮の死を遂げたような聖職者の場合もある。その死の様子は、絵画と文書の形で神殿内に掲げられている。

日本における信仰の第二の種類は、次のように考える人々によるものだ。すなわち、絶対的なある一つの存在を認めるものの、それはあまりに崇高で権威があり、簡単に生贄などは捧げられない、したがって、この絶対的な神の不興を被ってはいけないので、直接的にこれを崇拝することをしない、というようなもの。だが彼らは太陽の方を向いてこれを敬い、絶対的なる神が足下のあらゆるものを支配すべくこの太陽を創りたもうたと信じている。彼らはまた同様に、(太陽に比べれば力は劣るものの)月や星も地球上の出来事を司っていると考えている。そういうわけで彼らは、太陽に対しては子供を生贄に捧げることがあるが、月や星に対して捧げるのは獣だけである。

第三の種類は、宗教的というよりはむしろ無神論と言った方がよいかもしれない。というのも、一神教的神の存在を大胆かつ無知にも否定し、この世界は神によって創られたのではないし、また神によって破壊されることもない、と唱える人々が少なからずいる、ということだ。神の存在は信じるが、それを崇拝しなければならないほど、その存在が顕著であるというわけではない、と考える人々もいる。彼らの言い分はこうだ。「かりに神がいるとしても、神はたいへん善なる存在で慈悲深いのであるから、われわれはその神を恐れる必要はない。彼はわれわれを自由にさせておくだろうし、われわれも彼とかかわりを持つことはない。われわれは、悪魔を抑え、悪魔に悪いことをさせないようにしておければそれで十分」というわけだ。だから、こういう日本人の信仰は、邪神に生贄を捧げることのみにある、ということになる。

これら三種類の信仰は、それぞれさらに細かく分かれている。最も細分化が進んでいるのは第一の種類のもの。立法者たちの著述に理解不能な言葉があってそれゆえ信仰がいろいろな派に分かれているというわけではなく、その逆で、いくつかの事績についての説明があまりに簡単であることによる。だから、どの立法者が最も優れているかということになり、ある者はアミダこそ最も優れていると言い、ある者はザッカだと言う。また、そもそも違いなどなく、ひとたび神格化されてしまえば、みな同じようなもの、と言う者もあるというわけだ。

第二の種類についても、細かい部分をまとめて言うことなどなかなか難しく、十分な情報もないので、第三の種類の方へ話を進めよう。

無神論者とも言うべきこの第三の種類の中には、魂も死を免れえず、人間は獣のように死ぬのだと考えている人々もあれば、魂は不滅だが、それはある身体から別の身体へ移動するから永遠なのだ、とする人々もある。ともあれ、日本の宗教についてはこのくらいにして、わがフォルモサ島の宗教に話を進め、読者諸氏には両者を比較していただければと思う。

フォルモサ人の宗教については、神によって、つまり二人の予言者というか立法者によって明らかにされているということになっている。その正確な歴史は、『ジャールハバディオンド』という書物に記されている。ジャールとは選ばれし者、バディとは国土の意であるから、書名の意味は、神による国土選択、といったところ。この書によれば、国土誕生の事情は以下のようなものだ。九〇〇年ほど前、フォルモサの住民は、太陽と月以外に神なるものを知らなかった。太陽と月こそ絶対的で、星はいわばセミディ、つまり下位の神とされていた。信仰と言えば、太陽や月、星を朝夕に崇めること、そして獣を生贄として捧げること、であった。彼らはまた、悪魔を、残忍さを好む邪神の一つと考えており、それで、自分たちが苦しめられることのないよう、悪魔にも祈りを捧げていた。しばらくして二人の思想家が現れた。彼らは砂漠で宗教心の篤い質素な生活をしてきており、神が自分たちの前に現れて、次のように語ったという。すなわち、「私はこの者たちの無知蒙昧がゆえに非常な苦労をしている。彼らは太陽や月、星を熱心に信仰するあまり、創造主や絶対的なる神というものを持たない。あなた方は、彼らのところへ行って、こう告げなさい。私は、太陽と月、星の主であり、天上世界の主であり、この地上と海の主である。私はこの世の生きとし生けるものを、太陽と月と一〇の星とによって統べており、私がいなければ彼らは存在することさえできない。彼らのところへ行って告げよ、神が汝らの前に現れたのだ、と。そしてこう伝えよ。もし彼らが神を信じ崇めるならば、神はその守護者となり、彼らが神の栄光のために建てる教会にその姿を現すであろう。そして、神の名において彼らにこう約束するであろう、もし私を崇拝し私に従うなら、彼らは来世において大きな報いを得ることになる、と」。この二人の思想家の名前は、一方がゼロアボアベルといい、これは日本人には馴染のない名前、もう一方がチョーク＝マケジンといって、これは日本語で創造者の告知の意。日本語でチョークは創造主であり、マケジンは宣告という意味なのである。さて、神のお告げを聞いたというこの二人が、首都近くにあるタナリオと呼ばれるある山まで来たときのこと。ちょうど人々が太陽に生贄を捧げようとして集まっていたので、彼らに向かって二人は次のような趣旨のことを語った。「太陽をかくも熱心に崇拝し、その上におられる神なる存在を知らぬ無知蒙昧なる人々よ、神こそは、太陽や月を創造し、天上と地上のあらゆるものを生み出したのであり、今日、汝らに憐れみを与えるべく、私たちの前に姿をお見せになり、神なる存在についてこれを汝らに明らかにするようお命じになったのだ」。このように語った後、二人の思想家は、多くの議論を重ね、唯一絶対なる神が、この世のあらゆる目に見えるものの上におられるのだ、ということをはっきりと示した。二人の話は人々に大いに感銘を与え、彼らは、神なる存在をどのように崇拝すればよいのか、いま太陽を崇拝しているのと同じようにすればよいのか、などということをしきりに知りたがった。これに対して二人は、次のように答えた。「いや、神の御心に適うべく神を信仰しようとするならば、まずは神殿を建立し、その中に礼拝堂と祭壇を設け、その祭壇の上で、二万人の男子の心臓を九年のうちに焼くのだ。これらのことを終えたなら」、二人はさらに続けて、次のように言った。「神はその礼拝堂にお姿を現され、その後何をすれば御意に適うのかをお伝えになるであろう」。ここまで聞き終えると、人々は、もはや我慢ならず、口々に二人の予言者を偽善者でありペテン師であると叫び、いったいなぜ、お前たちの言う神は、それほど多くのわが息子たちを殺し、生贄とすることを求めるのか、と激しい怒りを込めて二人に詰問した。これに対して二人の予言者は、次のような恐ろしい言葉を残して再び砂漠へ逃げ込んだ。曰く、「われわれは神があなた方に伝えるよう命じたことを伝えたのみ。だがもし、われわれの言葉を信じて御意に服そうとしないのであれば、あなた方はすぐにも神の復讐を受けることになろう」。

この後まもなく、空が暗くなり、雹《ひょう》を伴った激しい雨が降って、地上の作物を壊滅させてしまった。雷鳴が幾度となくとどろき、いくつかの地域では大きな地震も起きた。疫病も発生したので、多くの住民が突然の死に見舞われることになった。野生の獣が町に出没し、なかには人家に入って若い子供たちを食い殺してしまうこともあった。こういう惨憺たる状況が一日半も続いたので、島全体が荒廃し全滅するのではないかとさえ思われた。この悲惨な事態により、住民はみな一緒に例のタナリオ山へ引き返すことにした。そしてそこで、二人の予言者の言葉を斥けたのは自分たちの誤りであったと告げ、二人の予言者を通じて語りかけてくれた神に向けて、心を一つにして真剣に祈りの言葉を叫んだのであった。自分たちが以前犯した過ちへの怒りをどうかお鎮めになってほしい、自分たちは、いまお助けいただけるなら、御意の命じることは何でもいたします、と。実に謙虚な嘆願が長く続いた後、神は一人の預言者を遣わし、神と人々との間での新たな平和と和解を宣言したのであった。それゆえ、この預言者のことを人々はサルマナザールと呼んだ。つまり平和の作者、という意味である。サルマナザールは、この喜ばしいメッセージを人々に伝えた後、神殿を建立してその中に祭壇を設けるように、そしてその祭壇の上に礼拝堂を設け、一〇〇頭の雄牛、一〇〇頭の雄羊、一〇〇頭の山羊を祭壇上に生贄として捧げるように、そして九年のうちに、二万人の男子の心臓をその祭壇上で焼くようにと命じ、これらのことが済んだ後、神はみなの前に姿を現されるであろう、と述べた。このため人々は、まず神殿を建立したのだが、それは第1図に示されているようなものであった。

神殿は、全体として、四角形の定められた大きさに切られた石でできており、大きさ、高さともに際立っており、フォルモサ島の中で最も磨き上げられた建築物である。東向きの塔の中には、神が現れる礼拝堂ならびに祭壇がある。これらフォルモサの人々が建てたものは、すべて預言者サルマナザールの命令によるものである。

サルマナザールが建立するように命じた礼拝堂の図がこれである（第2図）。

第一の神殿は首都クステルネチャに建てられ、その中に礼拝堂が設けられた。その後、いく

第1図

A．神殿の塔の一つ。この中の礼拝堂に神が現れる。
B．神殿の塔の一つ。この中には歌手や楽器の奏者がいる。
C．窓付きの塔。外の明かりを入れる。
D．雄牛の頭。神の象徴。
E．太陽の像。
F．月の像。
G．神殿の門。
H．窓。
I．金で覆われている部分。
〔Jは欠〕
K．男性室。
L．女性室。

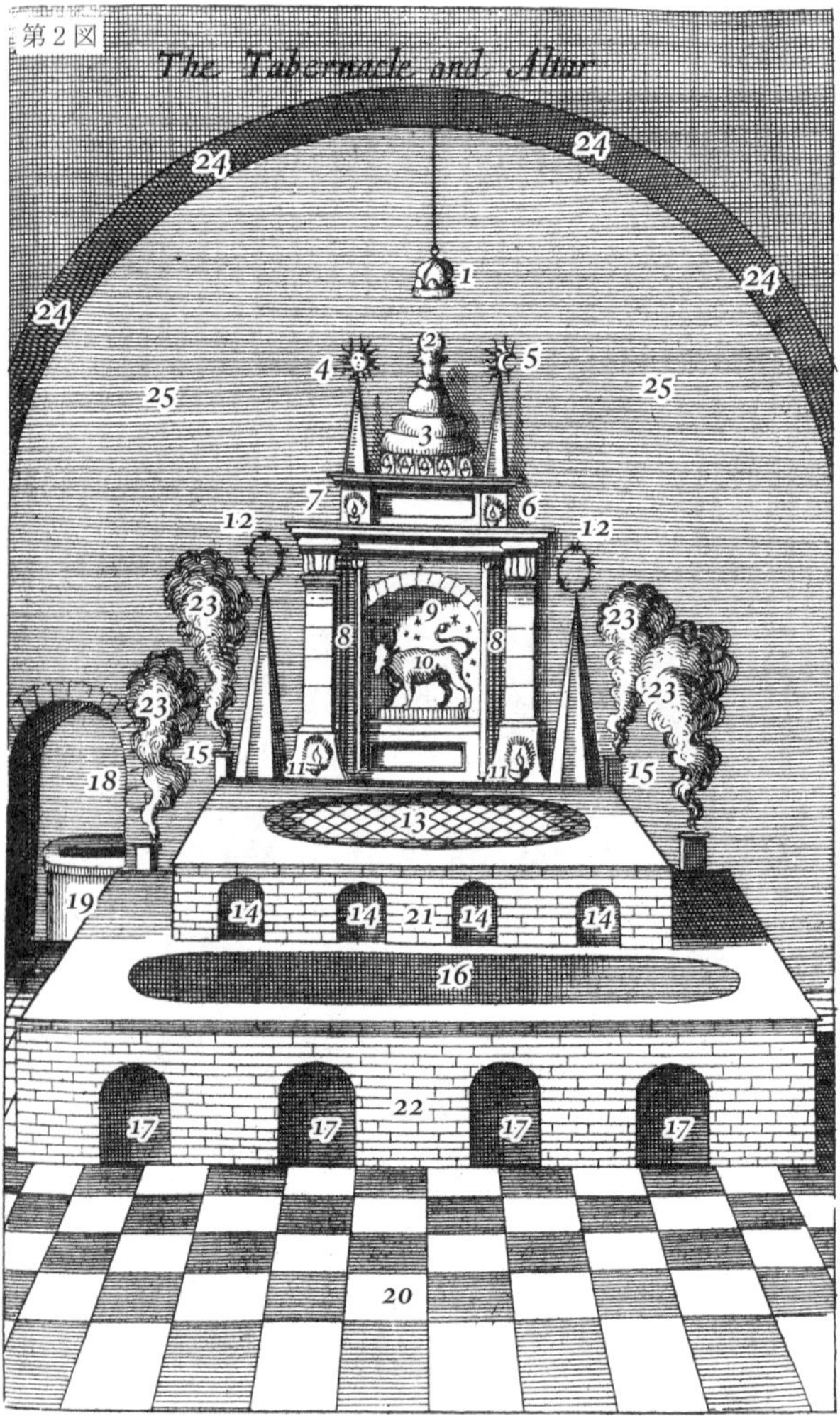
The Tabernacle and Altar
1
2
3
4
5
6
7
8
9
10
11
12
13
14
15
16
17
18
19
20
21
22
23
24
25

第2図

つかの市や村のすべての行政長官が、各家族に男子が何人いるかを報告した。市や村は、各家族にいる男子の数に応じて、この新しい神に捧げなければならないとされた生贄の数を負担しなければならない。かくして準備が整い、一〇日間に及ぶ大きな祝祭が開かれ、毎日二〇〇〇人の幼児が生贄となったのである。祝祭が終わり、最後の生贄が捧げられると、新しい神は雄牛の姿をして現れ、人々に対し、またサルマナザールに対して話しかけ、それからサルマナザールに、神を讃えることになるすべての事柄を書き取らせたのであった。

これで、『ジャールハバディオンド』の第一部は幕を閉じる。私は特に何かコメントを付すつもりはなく、すべてを読者諸氏のご判断に委ねたい。この話を進んで信じていただける方もあろうし、またすべてを斥ける、という方もおられよう。私がどう考えているかと言えば、これは、聖職者が考え出した寓話であって、それが、暗黙のうちに専制君主に服している無知な

1. 礼拝堂の上に王冠が天井から掛けられている。
2. 雄牛の頭で神の象徴。
3. 礼拝堂の上に五本の燭台。
4. 小さなピラミッドがあり、その上に太陽の像。
5. 小さなピラミッドがもう一つあり、その上に月の像。
6. 月を讃える燭台。
7. 太陽を讃える燭台。
8. 礼拝堂のくぼみを覆うための2枚のカーテン、平日用。
9. 礼拝堂のくぼみ、天空の色と金の星で飾られており、神の現れる天空を表す。
10. 雄牛の姿で人々の前に現れた神。
11. 神を讃える二つの燭台。
12. 崇拝される10の星を頂点にいただく二つのピラミッド。
13. 男子の心臓を焼く場所。
14. 心臓を焼く火のための炉。
15. 煙が出てゆく煙突。
16. 生贄の肉を煮る大釜。
17. 肉を煮る火のための炉。
18. 聖域、ここで男子が殺される。
19. 彼らの血と体が置かれる穴。
20. 聖なる場所、ここで獣が生贄として殺される。
21. 焼き場を囲む大理石。
22. 大釜を囲む石、祭壇の形をしている。
23. 炉から立ち上る煙。
24. 丸天井。
25. 壁。

る人々の間で徐々に広まり吸収されていったのではないかと思っている。

『ジャールハバディオンド』の第二部は、神によるサルマナザールへの次のような命令によって始まる。「汝、フォルモサの人々に対し、一年を一〇か月に分け、これを一〇の星の名で呼ぶように伝えよ、すなわち、ディッグ、ダーメン、アナルメン、アニオウル、ダティベス、ダベス、アナベル、ネッチェム、コリアム、ターバムである。どの月にも四つの週があることとし、一〇か月のうちの五か月、すなわち、最初、三番目、五番目、七番目、九番目の月は三七日、他の月は三六日あるものとせよ。一週は九日とするが、三七日ある月の最終週は一〇日間とし、一〇日目は断食日とすること」。

「一年を今日から始めること。すなわち、ディッグ月の初日である。そして九年のうちに、二万人の少年を私への生贄とせよ。毎年同じ日に私が求めるのは、一万八〇〇〇の少年の心臓だけだ。毎月初日には、各地の神殿において、一〇〇〇頭の獣、すなわち、雄牛三〇〇頭、羊四〇〇頭、それに子牛と子羊を加えて、これらを私に生贄として捧げること。あらゆる種類の鶏を毎週の捧げ物とせよ。各行政区は、それぞれ応分の生贄を負担するよう、しっかりと命令に従うこと」。

読者諸氏にはすでに序文で申し上げたが、毎年子供たちを捧げるというこの多大な生贄は、実のところ、ヨーロッパ人が思うほどフォルモサの人口を減らすことにはならなかった。もう一つ、これも読者諸氏に私は請け合ってもよいと思っているのだが、神の掟は、実に多くの子供を毎年生贄にするよう求めているのだが、聖職者たちがこの人数を完全に守っているとは言えないであろう。私にはとてもそうは思えないのだ。というのも、この生贄に関しては完全に聖職者たちの差配に委ねられており、（たとえ生贄がわずか一〇〇〇人だけだったとしても）完全に数を満たしたと彼らが言うのはたやすいことだからである。それに平信徒の方でも、この件をはじめ、他の宗教的な事項についていちいち問い質したりはしない。聖職者が不信心者と呼べば、その者は、生きたまま火あぶりの刑に処せられるからだ。それに、聖職者の方も、（弱い記憶力ながら私が覚えているところでは）男の子をすべて召し上げて一家崩壊につながるような要求をすることは決してない。それに、お金はあらゆるところで力を発揮するが、ここでも役に立つ。息子と別れたくなければ、大聖職者ならびに生贄長官にかなりの賄賂を渡すことで簡単にこれを取り戻すこともできるのだ。実は私自身もその例なのである。

私の父親には、最初の妻との間に三人の男の子がいて、私はその中で一番下であった。長兄は法の定めによって生贄を免れたが、次兄の心臓を煮ることになったのは、彼がわずか一歳半のときのことであった。それから私の番が回ってきたのだが、それは私が八歳のとき。私の父はこのことでたいへん悩んだ。というのも、当時長兄は、ひどく癌に侵され、体の右側が病魔に食い尽くされているといった状態で、内臓というか腸が外から見えるようなありさまだったのである。もはや彼が二〇日や三〇日以上生きるとは誰も思わなかった。父は、この長兄が余命いくばくもないこと、私が生贄となれば子孫というか相続人がいなくなってしまうこと（というのも、三分の一以上の土地を皇帝に差し出して相続権を買わない限り、父の他の妻の子供たちが相続することはできなかったのである）を考えて、父は大聖職者のところへ出向き、私の助命のために彼が考えたあらゆる議論を持ちかけたのである。これに対して大聖職者は、たいへん残念なことになったが、神の掟は一家の幸福はもとより国全体に対してさえ勝るものである、と答えた。父は、娘を一人差し出してもいい、長兄を差し出してもいい、と申し立てたが、大聖職者は、どうしても致し方がないという場合（つまり、男子が見つからない、という場合）を除き、女子は認められないと父に伝え、また長兄に関しては、次の三つの理由から生贄にはふさわしくないと言った。すなわち第一に、彼は父と最初の妻との間の最初の息子であること、第二に、彼はすでに一六歳であること、第三に、癌に侵され不浄であること、である。ここでついに父は、お金以外に手はないと考え、この大聖職者に対し、長兄を生贄とすることを受け入れてもらおうと多額のお金を差し出したのである。ここで議論は決し、父は、お金と兄を差し出した。これを受けて大聖職者は私の命を助けたのだが、兄を生贄とすることで彼は、つまり三つの決まりを破ったということになる。

ここで思い出されるのは、もしフォルモサの人々が多くの男子を見出しえなかった場合はどうしたらよいかと、預言者サルマナザールが神に尋ねたときのことだ。彼は神から次のような答えを聞いている。「そのような場合は、九歳に満たない娘を生贄とせよ、まず土、気、火、水の中を一二回通して浄化したうえで生贄にすること」。この掟は今では次のような形で守られている。すなわち、少女を生贄とする場合は、まず聖職者の一人が彼女を神殿の門に入る前に裸にし、そこで次のような儀式を行うのである。まず彼女を土中に首まで埋めることを一二回繰り返す、次いで水に同じ数だけ浸す、それから小さな稲の藁に火を点けたものの中を一二回くぐらせる、そして最後に、やはり同じ数だけ「気」に触れさせ、しかる後、生贄にふさわしい者として神殿に運ばれるのである。

それぞれ当該の子供の質に応じて聖職者にお金を渡し、それで息子を生贄から救ったという事例をほかにもご紹介することはできるのだが、フォルモサの異教信仰における多くの事柄と同様、こうした生贄に関しても、信心よりも利益の方が勝るということを示すにはこれで十分であろう。

第五章　祝祭について

フォルモサでは、年に二回も、大きな祝祭が行われる。最初のものは、一年の初めに行われるもので、一週間続く。次の祝祭は、五番目の月の最終週に行われるもので、やはり九日間続く。これら祝祭の最初の日と最後の日、人々は、朝早く起きて祈りを捧げ、その後神殿に赴き、そこでまたお祈りをし、聖歌を歌うことになっている。時間は一時から二時まで。二時になったら人々は、市の外の泉もしくは川に出かけ、一二回ほど水を頭にかけ、また再び神殿へ戻る。

この往復はみなが一緒に行動することになっており、この道中の一時間ほどの間、人々はたえずお祈りをしていなければならない。人々が神殿に戻ってくると、獣が殺され、細かく切り分けられた後、浄められ、その獣の血と少々の水とで煮られる。人々は祭壇の前に来て、この獣の肉片を聖職者の手から受け取り、左脚の膝をついてこれを食べ、頭を地面にこすりつけてお辞儀をする。この間、楽器で音楽が奏でられ、聖歌隊はもちろん、そこにいるすべての人々は、聖歌を一緒に歌うのである（もっとも、元日の場合、獣ではなく一万八〇〇〇人の子供たちを次のような方法で生贄にすることになっている。すなわち、大聖職者がまず初めに子供たちの頭を切り取り、次いで大刀を使ってその胸を切り分け、心臓を取り出す。そしてこの心臓は、焼き場に運ばれ、そこで灰になるのである。なお体のほかの部分は、専用の穴に放り込まれる）。生贄が殺害され、この肉片が人々に分けられるのは、三時から六時までの三時間ほど。六時になると説教というか、信仰の第一の原則についての詳細な説明がなされ、それに続いて神への感謝の祈りとなる。これが終わると人々は家へ帰り、その後、第二の時まで飲食が続く。その後、またしても彼らは神殿に戻り、第六の時まで、お祈りし聖歌を歌う。楽器による音楽の演奏も続いている。その後また教義問答についての講義が始まり、それが終わると人々はようやく家に帰り、法によって認められる範囲の気晴らしができる、というわけだ。

祝祭月の初日と最終日を除くほかの日の場合、人々は、まず朝起きてお祈りをし、頭に水を三回かけ、その後、神殿に出かけて第一の時から第六の時までをそこで過ごす。第六の時を過ぎると帰宅し、定められた仕事をする。

もっともここで読者に注意していただきたいのは、フォルモサでは一日がそれぞれ六時間からなる四つの部分に分割されているということ。したがって、第一の時から第六の時まで神殿に滞在すると申し上げたのは、ヨーロッパの時間の言い方からすれば、午前六時から一二時までのことである、という点だ。

祝祭の初日と最終日のことを、人々は、二重祝宴と呼び、それ以外の日は一重祝宴と呼ぶ。したがって人々は、祝祭月の初日にあってはこの二重祝宴を開き、二日目は、一重祝宴をする。雄牛や羊などを生贄として、これを食するのだ。また、祝祭週間の初日も二重祝宴日とされ、鶏を生贄としてこれを食べる。

ただし書き。二重と呼ぶのは、その日、人々が二度、神殿を訪れるからであり、一重というのは、もちろん一度だけ訪れるからだ。

もう一つ留意しておきたいのは、置時計や懐中時計の代わりに、われわれは木製の、ちょうど砂時計のような形をした器具で時間を計っているということ。内部には砂か水が入っていて、それが一時間おきに上下する。計時のために任命された見張りがこれを注視していて、砂や水が全部なくなると、ただちに太鼓を叩いて時刻を告げる、というわけだ。この習慣は町中ではどこでも一般的だが、郊外へ行くと人々は、太陽や月、星の動きを見てできるだけ正確に時刻を判断する、ということになる。

第六章　断食日について

サルマナザールに対して神は、上述した五日間のことに加え、二つの断食期間についてもこれを守るようにと言われた。最初の期間は、一年の最終週の八日間で、これを新年を迎える準備とせよ、ということである。二つ目は、五番目の月の第三週で、やはり同じく八日間。これらの断食日の日中にあっては、何も食べてはいけないし、飲んでもいけない。ただし、日没後は十分に飲食をしてよいことになっている。人々は、断食日には神に祈りを捧げるが〔原文では「私に祈りを捧げる」となっているが、これは誤りであろう〕、普通の日にはしない。断食日の様子は次の通りだ。まず朝起きて、祈りを捧げる。それから、頭や手足を洗い、各自、定められた仕事に就く。だが、日没までは終日、人も牛も飲んだり食べたりはしない。断食は毎年定められた通りに実施される。実際、厳格に守られているので、水一滴を味わうくらいなら、喉の渇きのあまり死んだ方がましだと人々は考えている。牛も同様、食べ物のない場所に終日閉じ込められ、一頭たりとてこの断食の掟を破るものが出ないよう、あらゆる食べ物は牛たちの視界に入らないところに置かれることになる。要するにフォルモサの断食は真の断食と言うべきもので、欲に負ける人間のもろさの限界に達するきわめて厳格なものなのであって、魚やワインを飲食できるカトリックの断食とはわけが違う。わずかばかりの乳がないため赤ん坊が死ぬこともあるが、父母ともに、法に反するくらいなら、(自分たちの牛のみならず) 子供の死さえも見るのを厭わないのである。

第七章　祝祭日に行われる諸種の儀式について

二重祝宴に際して人々は、頭や手足を洗ってから神殿へ出かける。そこでは、聖職者の一人が人々の前で『ジャールハバディオンド』を読み上げ、それが終わると、人々は一斉に地にひれ伏し、聖職者たちは神へのお礼を大きな声で述べる。神は無限の慈しみをもって、神の真なる知識へと人々を導いてくださる。聖職者の言葉が続く間、人々は、その言葉に自らの心を合わせている。感謝の祈りが終わると人々は立ち上がり、大聖職者によって作られた賛美歌数曲が、笛や太鼓などの楽器の音とともに歌われる。それから聖職者は、生贄のための聖別の祈りを捧げた後、これを殺し、その血を銀器で受ける。肉は細かく切り分けられ、祭壇に据えられた釜の中で血と一緒に煮られる。肉が煮えてくると、大聖職者は、人々の罪を赦すべくこれら生贄をいただけることを喜びとする、といった祈りを神に捧げる。肉が煮えたところで、人々は祭壇の前へ近づき、一人一人、聖職者の手から肉片を受け取ることになるのだが、その際には、左の膝をついて深くお辞儀をするのである。この間、ほかの人々は歌を歌い、また楽器の演奏も続けられている。こうした一連の儀式の後、ある聖職者が一段高い場所に昇り、人々に問いかけてはその問いに自ら答えるというような形で説教をする。これが終わると最後に感謝の言葉が繰り返され、あらゆる必要なお祈りが捧げられた後、人々は帰宅して食事をとることになる。このための二時間ほどが、朝夕のお祈りの間に許された唯一の自由時間ということになるが、その間も、決して過度に自由な行動や法に反するようなことをしてはならず、みな控えめに振る舞わなければならない。夕方にはまた神殿に戻って、朝と同じような儀式が繰り返されるのだが、夕べの儀式に生贄はない。終わると人々はまた帰宅して夕食をとり、その後、散歩に出かけたり法に定められた気晴らしの遊びをしたりするのだが、ともあれこの日には、何か卑俗な仕事をしてはいけないことになっている。

一重祝宴の日は、二重祝宴の日の夕べの祈りと同じ形で、祝祭が行われることになっている。祝祭日について付け加えておきたいことは、祭壇で生贄が煮られている間、神が宿るとされている聖櫃《せいひつ》が開かれることだ。もしそこで、神が獅子なり熊なり何か猛獣の姿をして現れれば、それは人々に対して神がお怒りになっている証拠ということになる。したがってそのような場合には、聖櫃が閉じられ、また新たな生贄が捧げられる。神が牛や子牛、子羊のような柔和な動物の姿で立ち現れるようになるまで、これが繰り返されるのだ。動物の生贄だけでは神の怒りが鎮まらない場合には、幼児の生贄が捧げられる。神が穏やかな姿で現れ、心穏やかに人々と和合していることが分かるまで、これが続けられるのである。またもし、神が象の姿をして現れるような場合には、神が何か人々に偉大なることをしてくださるおつもりだと期待することになる。

したがって聖職者たち、特に高位の聖職者は、断食や祈りを繰り返すことで、ひそかに神と言葉を交わすことができるとされるまでよく務めなければならない。そして神とともに過ごした後、聖職者たちは人々に対して神の言葉を告げるのである。

もう一つ申し上げておきたいことは、神は常に男性の姿をしており、女性の姿をすることはないということ。そのことから、女性は不純であり、男性もしくは動物の雄の姿に変わらない限り幸福を得ることはない、と信じられているということだ。このことはまた、後述するほかの理由によっても確かめられることになろう。

第八章　聖職者の選任について

この後、神はサルマナザールに対して、言われた。フォルモサ人に、島全体を治める大聖職者を一名選ばせなさい、と。彼はこの大聖職者としての務めを果たすべく、ほかの聖職者にも力を与えるようにせよ、と言う。大聖職者は務めを果たしている間は結婚してはならないが、もし彼がどうしても結婚せざるをえないというのであれば、彼の部屋において、別の大聖職者をほかの聖職者たちに選ばせればよい、そうすれば、この元の大聖職者は聖職を退き、好きなときに結婚できる。大聖職者以外の聖職者は、修道会に属しているときでなければ、結婚して妻を一人娶ることができるが、修道士であるときは、結婚せず、修道院長のもと、修道院において信者仲間とともに生活をしなければならない。彼らの聖務は、この修道院長の許可によるものである。だが、修道士もまた結婚したいという強い願いを持つこともあろう。その場合は、まず、修道院を離れ、聖務から身を引いた後であれば、結婚してもよい。修道士たちの務めとは、若者たちに信仰の原則を説き、また、読み書きなど、若者の教化につながることを行うことだ。また修道士たちは、宗教的生活を送り、そうと分かる身なりをしなければならない。頭髪は剃るが髭を切ってはいけない、前も後ろも開いていない僧服を着て、頭には僧帽をかぶること。最後に、自ら質素な生活が望ましいと考えれば、世俗を離れて荒涼とした地に住まうことができる。

こうした修道士が質素な生活を送っているのを目にするのは、実に驚くべきことである。実際、修道士の中には、修道院を離れて、遠くの荒野に独房を求める者もある。そういう場所で彼らは、二〇年、三〇年、四〇年、あるいはそれ以上の歳月を過ごす。寝るのは地面か枯葉の上、食するのは、荒野にある薬草や木の実のみ。そうした栄養価の低い食事さえ、断食によって断つことが少なくない。苦行をさらに厳しくすべく彼らは、長くて辛い笞打ちを受ける。それによって身体を厳しく磨き上げるのだ。

修道士の中には、二度の祝祭のときに姿を見せ、人々の前で生贄の手助けをする者もいる。人々は彼らに対して、すでに神格化された存在であるかのごとく、大いなる尊崇の念と敬意を表する。実際、この厳しく激しい苦行によって彼らの身体は非常に荒々しく逞しいものとなっているので、ヨーロッパの人には、とても人間とは思えないのではないか。祝祭の期間が終わると、修道士たちは小さな荷車を牛に引かせて家々を托鉢して回る。飲み物を差し出す者もあれば、根菜や木の実を出す者もある。お金を出された場合、これを受け取る修道士もいる。そうして荷車がいっぱいになると、彼らはまた荒野へ戻り、町で得たものをご馳走として食することになる。それがなくなると彼らはまた苦行を始めるのだ。

修道士の中にはまた、長く荒野で暮らした後に町に戻ってきて、いろいろな通りを一週間にわたって歩き続け、説教をしたり、「ああ嘆かわしい、嘆かわしい」と叫んでみたり、その行動はまるで狂人のようであるにもかかわらず、人々から驚くほどに敬われている者もいる。彼らは、たびたび説教や説諭を繰り返し、荒野での自らの人生と思索を何度も語る。ときとして、たいへんな憤りを込めて、自分たちがどれほど世を儚《はかな》んでいるのかということを話すのだが、こういうとき、彼らは自らを破滅させる方法を考えているのだ。だから、彼らの中には、小舟に乗って川に行き、入水する者もいるし、通りの大木に首をくくる者もいる。こうした修道士たちが死ぬと、人々はすぐさまその遺体を火葬に付す。そのものものしさといったら、まるで貴人が亡くなったときのようである。入水に使われた小舟や首をくくった縄などは、死んだ修道士を讃えて肖像とともに神殿に吊るされている。そのための費用などはすべて、彼らを賞賛する人々から集められたお金によるものだ。人生を儚んで安楽を得ようとする者たちに、自然は、実にさまざまな方法を用意していると言えよう。

サルマナザールは、すべて神に命じられた通りにした。彼は、王家の血を引く年輩の学者を大聖職者とし、配下の聖職者すべてを支配する権限を与えた。するとこの大聖職者は、それぞれの町の市民から三名を選んでこれを聖職者とし、また村からもそれぞれ一人ずつを聖職者に選び、神殿がすべての町や村に建てられるようにした。やがて聖職者の数はさらに増え、クステルネチャ市ではついにその数が一六〇人に及んだ。ほかの町や村でも同様であった。サルマナザールはまた、クステルネチャ市やほかの多くの町に修道院を建立したので、そこでは修道士たちが、前述のように、神によって定められた規則に則って生活するようになった。最終的に彼は、かの大聖職者が、それぞれの町にいる一人の聖職者を支配し、その聖職者が今度はほかの聖職者を束ねるように命じた。サルマナザール自身は生贄長官と呼ばれ、すべての聖職者や生贄官を支配した。これが、預言者サルマナザールによって神からフォルモサ人に伝えられた儀礼であり、この儀礼はフォルモサにおいてずっと守られている。

大聖職者の後継者は生贄主任の一人でなければならない。大聖職者が病気になったり、八五歳を迎えたりした場合には、その権威によって自らの後継者を決める遺言をしなければならないことになっている。彼はまず七人の生贄主任に使者を送り、それぞれにごく短く言葉をかけた後、その七人から三人もしくは四人（数はあまりはっきりしないのだが）を大聖職者候補に指名する。大聖職者が亡くなるとすぐに、候補者以外の生贄主任ほか、島の多くの一般の聖職者たちが、選挙人としてクステルネチャの主神殿に集まってくる。膨大な数の獣や鶏の生贄が捧げられた後、副王に使いが送られる。副王は神殿にやって来ると、この会合に集まっている聖職者たちに賛意を表し、改めて、例の三、四人の大聖職者候補の名前を繰り返し、選挙人にあっては最もしかるべき人物をお考えになるように望むと言う。その後ただちに、この副王の秘書が選挙人の一人一人のところへ行き、投票する人物の名前を書くための紙と鉛筆を渡すのである。そしてこの秘書は、投票用紙を持って副王のもとへ戻り、副王はよく聞こえる声でそれを読み上げる。最も多くの票を得た人物が大聖職者になるというわけだ。ただし、二人の候補者の得票が同数であった場合には、副王が決定票を握ることになり、彼が望ましいと思う方の人物の名を宣する。

ここで注目しておきたいことをいくつか述べよう。第一に、この選挙中、女性は神殿に入れない、ということ。禁を犯せば足指の大きい方二本を切り取られる。

第二に、もし、大聖職者が急死して遺言を作る間もなかった場合には、副王が三、四人の候補者を挙げ、同じような形で選挙が行われるということ。

第三に、大聖職者は妻を一人として持つことは許されないが、他方で、生贄主任は妻帯が認められている。したがって、大聖職者に選ばれた者は、妻と家族を住まわせるための家屋敷を買わなければならないことになる（というのも、それまで彼が住んでいた家は生贄主任としてのものであり、それは彼の後継者の持ち物となるからだ）。そして、妻と子供たちに別れを告げた後、初めて大聖職者の邸宅に住むことができるのである。もっとも、時々妻子のもとを訪れることは許されているし、子供たちが結婚する際には、財産分与をすることになっている。

さて、聖職者の名前にはいくつかの種類があるが、それをわがフォルモサの言葉で何と言うか紹介しておこう。大聖職者はノトイ・ボンゾ、生贄主任はノトイ・タルハジャザール、一般の生贄官はオズ・タルハジャザール、法律書や説教書を読む聖職者のことはチェズ・ボンゾズ、修道士のことはボンゾズ・ロチェス、修道院長はボンゾ・スレト、子供たちの教育にあたる教師はノゾフェス・ボンゾズ、説教師はボンゾズ・ジャトゥピノズである。

大聖職者の聖務は、ほかの聖職者を支配し、秘密裏に神に話しかけ、その意思をすべての聖職者に告げ、聖務に忠実でない人物に懲罰を与えることである。

生贄主任の仕事は、彼のいわば監督教区のような管轄区域内のすべての聖職者を束ねてこれを支配し、生贄に意を払うことだが、特に生贄とすべき幼児の確保が肝心である。そのため彼は、各家族で提供できる男子の数を数え、頃合いを見計らってこれを届けさせる。

さらに、幼児の喉を掻っ切って心臓を引っ張り出すことができるのも、この生贄主任だけである。ほかの聖職者たちは、幼児を焼き網の上に載せるわけだが、生贄主任は、子供が焼かれている間ずっと、人前でお祈りをすることになっている。

生贄官の仕事は、獣を殺してその体を洗い、煮てからその肉片を人々に分け与えることである。分け与えている間はずっと、大聖職者とともにお祈りをしていなければならない。

一般の聖職者の仕事はさまざまである。書物の朗読をする者、説教をする者、若者の教育にある者、神殿や聖櫃の管理にあたる者、器具類の維持管理にあたる者、などなどである。

修道士については、上述したように、若者の教育と説教がその仕事である。しかし彼らはこれに加えて世間から離れて暮らす必要があり、施しを集めて、独身を貫かなければならない。修道院長に仕え、週に一度は断食し、あらゆる方法で徳を高めることが求められる。しかしひとたびその道を外れてしまうと、もはや、神と先祖によって与えられたと信じられている規則についても、これを守ろうとする者はいない。

ここで注意しておきたいのは、上述の修道士たちは、カトリックの修道士のような誓約をすることはなく、ただ独身の誓いを立てるだけだということだ。しかも、その独身の誓いさえ、絶対的なものではなく、（もしどうしても禁欲的になれないというのなら）修道院を出て結婚することだって自由である。修道院長たちに絶対的に服従するというようなこともなければ、清貧にして謙虚というような見せかけをすることもなく、富を非難するようなこともない。彼らの社会における基本的な定めは次のようなものだけである。すなわち、自分が隠遁生活にふさわしいとか、隠遁生活を送りたいと思う者なら誰でも、宗教心があり学問もあり、そして誠実な人間であれば、貧富の如何を問わず、修道院に入ることが認められるということ、そして修道院に入る際には、父祖の財産の中でその人物に帰属するものを持参し、それを修道院のものにするということ、である。しかし、もし結婚したいという気持ちから修道院を離れなければならなくなった場合には、彼が持ち込んだ財産はすべて返却され、修道院にいる間は、必要な衣食がただで支給される。たまに、修道院で一般に認められている必需品をはるかに超えるようなものが必要な場合もあるが、その場合は本人がしかるべき負担をすることになる。ただし、もう永遠に修道院を去るということでない限り、その敷地の外に出ることは許されない。また、修道院内で死亡した場合、その人物の財産は修道院のものとなる。生きている間、修道士たちは、修道院長に従って院内の決まりを守らなければならないが、それ以上のことは求められない。だからもし、院長が、ある修道士には根菜だけを食べるよう命じ、ほかの者たちには贅沢をさせている、というようなことが起きたら、その院長に従う必要はないのである。もっとも、そのようなことはめったに起こらない。

このように、あらゆる宗教的儀礼は、一人の大聖職者と数人の生贄主任、彼らに仕える聖職者、ならびに一般の在俗信徒によって行われている。さて、これまでは神への信仰にかかわることだけを述べてきたが、古くから神性を持つものとして崇められてきた太陽や月、星への信仰についても記しておこう。

第九章　太陽、月、星への信仰について

フォルモサの神は続けて、サルマナザールに次のことを人々に話すように告げた。普通の日に神を呼び出して祈りを捧げるのは掟に背く行為である、そうではなく、太陽と月、および一

〇の星に祈りなさい。神は、この世界を司る者としてそれらを任じ、人々に必要なものを提供するよう指示してある。太陽と月、一〇の星に対しても、神に対して捧げる生贄と同じ獣を捧げなければならないが、幼児を生贄とする必要はない。幼児の生贄は、神に対する特別な信仰に基づくものである。太陽や月、星を崇めるやり方は次の通り。

平日にあっては、まず朝、第一の時に起床し、三回ほど、自分の頭に水をかけ、しかる後に家の屋根に上って、太陽と五つの星を崇めて祈りを捧げよ。これは、何か特殊なものではなく一般的なもの、つまり必需品と考えられるようなものを与えてほしい、とするものである。そして、これまでに与えられた必需品について感謝の気持ちを示すこと。夜の第一の時には、月とほかの五つの星に対して、やはり同じやり方で祈りを捧げよ。神は、世を統べる最も優れたものとして太陽を創造し、神と太陽をしかるべく崇めるならば、それに応じて人々が恩恵を受けられるよう、その力を太陽に与えた。月は太陽に次ぐ第二の地位であり、一〇の星にも、それぞれ、太陽や月に次ぐ地位を与えてある。だがもし、これらに対する信仰を人々がおろそかにするようなことがあれば、それらが人々に与えた恵みを奪い取るだけでなく、身体を苛むひどい病とか、大地の実りを破壊するとか、有害な疫病を空気中にまき散らすとか、そのような方法で人々を苦しめる力をも、神は太陽や月、星に与えているのである。したがって、人々は、いま述べたやり方によってこれらを崇め、信仰することを平日の義務としなければならない。さらに人々は、年に三回、すなわち、太陽と月と一〇の星をそれぞれ讃える祝祭を催さなければばいけない。第一の、太陽への祝祭は、ダーメンと呼ばれる二番目の月の第一週の三日目から九日目まで続けられる。第二の、月への祝祭は、ダティベス呼ばれる五番目の月の第一週の三日目から九日目まで。第三の、星への祝祭は、コリアムと呼ばれる九番目の月の第三週の五日目から九日目まで、である。

人々はまた、ある山を選んでそこに三つの祠《ほこら》を建立しなければならない。一つは太陽のために、二つ目は月のために、三つ目は一〇の星のために、である。どの町も、町に隣接したところにあるそうした山を一つ選ぶ必要がある。祝祭の初日と最終日には町の住民や郊外に住む人々がそこで一堂に会し、神に捧げるのと同じ数の生贄の獣を捧げなければならない。その際、生贄の肉を食してはならない。肉はすべて火で焼き尽くし、人々はその肺の一部を家に持ち帰るのである。祝祭の期間には、通常の仕事をしてはならないが、生贄を捧げた後であれば、法に定められた気晴らしの遊びをしてもよい。生贄を捧げる儀式は、朝の第二の時から始め、第六の時まで続けよ。だが夜には、誰もが自分の家の屋根の上で、平日の祈りと同様、太陽と月と星に対して、少なくともこれらを一緒にして祈りを捧げること。祝祭の初日と最終日には、山に出かけ、生贄を捧げるのではなく礼拝をし、歌を歌って楽器を奏でること。生贄を捧げるにあたって大聖職者は、それを執り行うほかの聖職者を任命する。任命された聖職者には二人の妻を持つことが許されるが、それを超えてはならない。

以上のような決まりを、サルマナザールは、神から人々へ与えられたものとして伝えた。こ

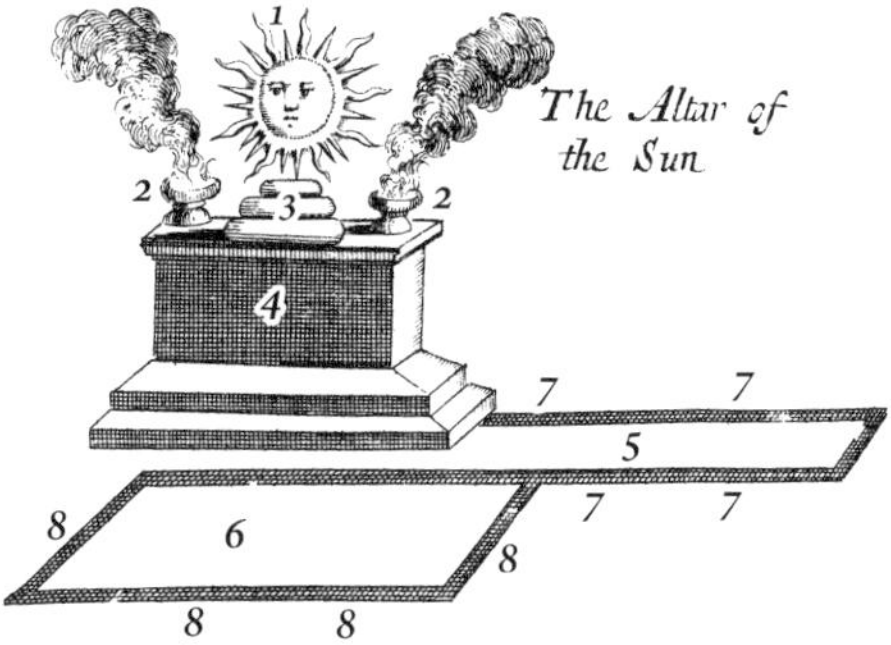

1．太陽の姿。
2．香鉢二つ。祭日には太陽の前で香がその中で焚かれる。
3．祠の頂上部。
4．祭壇。
5．聖地、ここで獣が殺される。
6．獣が焼かれる場所。
7．8．それを覆う石壁。

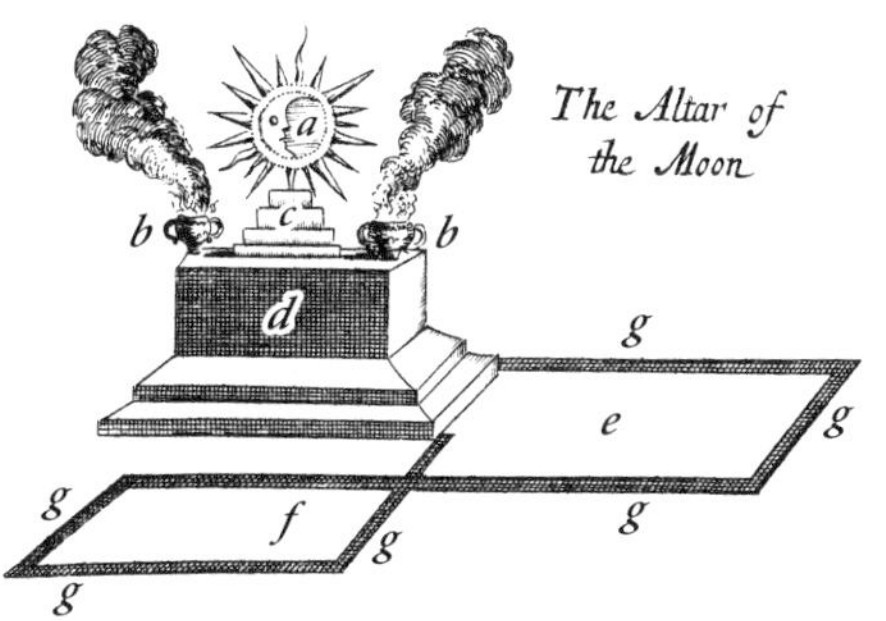

a．月の姿。
b．香鉢二つ。祭日には香を焚く煙が上がっている。
c．祠の頂上部。
d．祭壇。
e．聖地、ここで獣が殺される。
f．獣が焼かれる場所。
g．祭壇を覆う石壁。

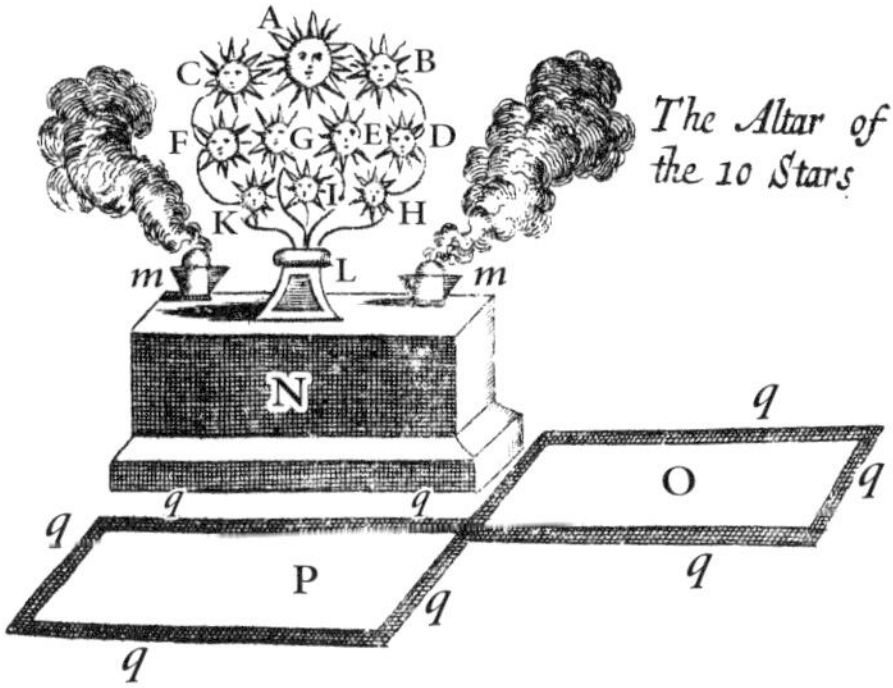

A．ディッグ。
B．ダーメン。
C．アナルメン。
D．アニオウル。
E．ダティベス。
F．ダベス。
G．アナベル。
H．ネッチェム。
I．コリアム。
〔Jは欠〕
K．ターバム。
以上、崇められる星の名前。
L．祠の頂上部。
m．香鉢二つ。
N．祭壇。
O．聖地、ここで獣が殺される。
P．獣が焼かれる場所。
q．壁。

れによりそれぞれの町の人々は、山の上に三つの祠を建てた。その様子は図示する通りである。この図は、山の上にあるとお考えいただきたい。一番上にある祠が太陽のためのもの。その下にあるのが月のため。さらに下にあるのが一〇の星のためのものである。人々は神の命令を確実に、今日に至るまで、その信仰に関する指示に厳格に従っているのである。

第一〇章　お祈りの姿勢について

フォルモサ人は、神への祈りを捧げる際、その種類に応じてさまざまな姿勢を取る［ただし、これについて『ジャールハバディオンド』が明確に記しているのか、それとも聖職者たちによって次第に生み出されてきたものなのかは分からない。命じられたものなのかそうでないのかはともあれ、その様子は次の通りである］。1．『ジャールハバディオンド』が神殿で朗読される際、人々は、少なくとも可能な人々は、右膝を少し曲げ、右手を天に向けて挙げる。2．神に感謝を捧げる際には、みな、地面にひれ伏す。3．感謝の祈りの後、歌や賛美歌を歌う際には、みな立ち上がり、手を合わせる。4．生贄への浄めの祈りに際しては、みな、左膝を曲げ、腕を大きく広げる。ただし、生贄が殺されるときには、地面に座る（イングランドで使われているような椅子や腰掛けはないので）。ただ、裕福な者はクッションをあてる。生贄の肉を煮ているときは、みな立ち上がって手を合わせ、聖櫃の上部に目をやる。肉が煮えると人々は各自、その一片を聖職者から受け取って食べる。その残りは、聖職者が自らのために取っておく。

一連の儀式が終わると聖櫃が開けられる。みな、地面にひれ伏してしばらくは祈りを捧げ、しかる後、立ち上がって神に敬意を表するのだが、このとき、神が牛のような穏やかな動物の姿をして現れればみな大喜びをする。神が満足していると思うからだ。しかしそれが獅子のような姿をしていると人々は、何か罪を犯しているために神がお怒りであると考え、新たな生贄によってその怒りを鎮めようとする。聖櫃が開けられ祈りが捧げられた後には説教が行われるが、この説教が続いている間、人々はみな立っている。説教が終わると、短いお祈りがあって神への感謝が捧げられ、その後人々は体を曲げてお辞儀をし、右手の人さし指で地面に触れ、散会となる。

太陽や月、星を山上で拝む場合は、右ひざを曲げ、右手を天に向かって差し上げる。神への信仰が語られている『ジャールハバディオンド』の章句が朗読される際には、歌や賛美歌を歌う際と同じ姿勢、つまり立って手を合わせる、というわけだ。祈りを捧げるときは、左ひざを曲げて腕を大きく広げる。感謝の祈りの場合は、みな立ち上がって天を見上げ、両腕を大きく広げる。平日、太陽や月、星を拝む場合も同じ姿勢だ。ただ夜に拝む場合は、立って手を合わせる。これがフォルモサの人々がお祈りの場合に取るいくつかの典型的な姿勢である。

第一一章　子供が生まれたときの儀式について

子供が生まれたときには、神の命により、次のような儀式が行われる。その一。母親は、出産が近づいたと感じると、それぞれできるだけ貴重なものを一〇の星に対して生贄として捧げなければならない。母親は、生まれた子供の寝台で、週の第一日目になるまでその子に付き添い、第一日目になったら自分と子供の体を洗い、子供と一緒に夫と神殿へ出かけ、何らかの生贄を捧げる。ただ（これはよくあるのだが）母親が病弱で神殿へ出かけられないような場合、ほかの妻の一人か、もしくはともかく別の女性（これは妻が一人しかいない場合）が神殿へ出かけ、母親の名で生贄を捧げる。その後、生まれた子のためのお祈りがあり、無事出産できたことへの感謝が捧げられる。その後、母親と父親はおごそかに、（もしその子が男子で長男でなければば）しかるべき時が来たならば、喜んでその子を神に捧げるということを誓う。すると、藁に小さな火が点けられ、生贄主任がその子を連れていき、火の中を一二回ほどくぐらせることになる。それが終わると、別の聖職者がやって来て、子供の肌に聖油を塗る。これらのことがすべて済むと、また母親が子供を受け取り、聖職者が感謝の祈りを朗読している中を帰宅するということになる。家では通常、その父母により、親類や友人、聖職者などのための宴が催される。

子供が九歳になると、父母に連れられて祝祭日に神殿へ出向き、神に対して、自分は生贄になりたくないので、神が『ジャールハバディオンド』で命じているいかなることでも忠実に守りますという誓いを立てる。父母の方は父母の方で神のためにできる限りのことをすると誓う。それから聖職者が祈りと感謝を捧げ、また帰宅するというわけだ。いま述べた最初の方の儀式をアブダラインもしくは浄めと呼び、二番目の方は、ブラドもしくは誓約と呼ばれる。

ここでただし書き。確かにフォルモサ人は浄めの儀式を行うが、これは、子供に何か原罪があるから、というわけではない。原罪など、われわれのまったくあずかり知らぬことだ。ただ、この浄めの儀式を神が命じているのは、われわれが堕落していることによるものだと考える者もなかにはいる。また、それは先祖の罪、特に父母の罪によるものだとする者もいる。確かに、神がこの世をお創りになったとき、その最初の日からこの世はいまと同様、多くの人々がいたはずだが、そのとき、神がお創りになった人類は、いまほど堕落してはいなかったはずで、人間は次第に堕落し、日々ますます、最初の段階から外れているというのはわれわれの経験からも明らかである。もちろんこれはフォルモサの信仰そのものにかかわることではなく、ただこの世の創造と神によって創られた最初の人間たちについての意見にすぎないのだが、ともあれ、われわれの経典にはこうした問題への言及はない。

以上が『ジャールハバディオンド』によって命じられた信仰について、私が覚えていることのすべてである。読者はここに、何ら道徳的教えのようなものは含まれておらず、たんに儀礼に関する規則と指示があるだけだ、ということを容易に理解されよう。

聖職者は、この書を朗読した後、書物を閉じて次のように言う。ここにある命令の一つにでも背く者は、それが故意であれ不注意によるものであれ、生きたまま焼き殺される、というものだ。われわれの言葉では、「火をその者の死とせよ」と言う。ただこの言葉が、『ジャールハバディオンド』に含まれるものなのか、チェズ・ボンゾズによる追加なのかは分からない。確かなのは、ただ一つであれ掟に背けば（そしてその人物が、大して頭も切れず、金で許してもらえるほど裕福でもなければ）、聖職者はその人物を生贄長官のもとへ連行し、今度はこの生贄長官が大聖職者の前へその人物を連れていき、大聖職者はこれを副王に罪人として差し出し、生きたまま焼き殺すことを宣告する、ということである。もちろん副王はその宣告の通りにしなければならない。

第一二章　結婚、もしくは現地語のグロウタチョについて

神は実に多くの若い男子の心臓を生贄として求めるので、人類がついには根絶してしまうというようなことを防ぐべく、男性、少なくとも平信徒の男には一人以上の妻たちを持つことが許されている［「妻たち」という呼び方が英語で適切であれば、の話だが。というのもフォルモサでは、「妻」は、家族内の役割などはほとんど同じ存在を指すが、「妻たち」となると奴隷を指すと考えられているから］。したがって、三人、四人、五人、六人、あるいはそれ以上の妻がいるという者もある。みな、大なり小なり、

養っていける財産に応じて、というわけである。だがもし、養っていける以上の妻を持つと、処刑されてしまう。だからこれを避けるべく、結婚する場合、男は女を十分養っていけるかについて精査されることになる。かくして多くの妻を娶る者たちには、毎年、多くの子供が生まれ、そのうち、男子の中には生贄になる子がいるのだが、女子の場合は通常、結婚が待っているということになる。その結婚について、これから詳しく説明したい。

さて、まず次のことを申し上げておいた方がよいであろう。兄弟姉妹同士は結婚できない。兄弟姉妹の子供同士も結婚できない。伯父と姪が結婚することも許されていない。この三つの血縁関係（ほかの血縁関係であれば可）は厳しく禁じられており、大聖職者自身もその例外ではない。（一人ないし複数の妻がすでにいる）男がある女と結婚しようとする場合、まずその男には女の父親の同意が必要になる。そこで男は、こうした結婚事情に明るくしっかりとした友人を選び、彼を通じて女の父親に結婚の申し込みをし、娘と結婚を望む男の家族と財産がどのようなものであるかを伝えてもらう。女の父親は、概ねこの仲人を丁重に扱い、最良の煙草を一本差し出し、またさまざまの酒で歓待するのだが、ともあれその日には、イエスともノーとも言わず、結論を翌日か翌々日に延ばして考える時間を取る。そうして妻や娘と相談するというわけだ。相談の後、父親は、例の友人を通じて結婚申込者に同意する旨を伝えればよい。彼の意向は必ず守られるからだ。ただ結婚する男は、その前に、そのことを生贄官に伝えなければならない。生贄官はその際、妻を養うだけの十分な手段があるかどうかを確かめる。問題なければ、すべての友人・知人が呼ばれ、彼らとともに新郎・新婦は神殿を訪れ、そこで聖職者もしくは生贄長官と面談をすることになる。何を望んでいるのか、と新郎・新婦は問われるので、結婚することを望むと答えると、二人は神殿に迎え入れられる。どうして神殿に入る前にこのような質問を受けるかと言えば、男が妻以外の女と神殿に入れるのは、これから結婚しようという場合に限られるからだ。かくして結婚のために神殿に迎え入れられた二人は、平祝祭日、つまり、祝祭の初日と最終日を除いた、たとえばある月の二日目などに祝福されることになる。彼らは最初にお祈りをして生贄を捧げる。その後、夫は妻に忠誠を誓うのだが、そのときの言葉は次の通り。「自分は今後、婚姻関係にある女以外を知ることはない。妻に対しては、これを虐げることなく、また自然や神、そして人倫の掟に背くようないかなることも決してしない」云々。同じように妻もまた夫に忠誠を誓うわけだが、その言葉は次の通り。「自分は今後、夫以外の男を知ることなく、あらゆる点で彼に従う」云々。そうして二人は、神、太陽、月、星の前で、この約束を忠実に守ることを誓い、万一、この聖なる誓いを破るようなことがあれば、神の復讐あれかしと祈るのだ。その後、聖職者は、二人に対して、神の求めに応じて子供たちを進んで生贄に差し出すことを約束させ、万一そうしない場合には呪いがあることを告げる。かくして聖職者は、結婚の約定が成ったことを次のように宣言する。初めに夫に対して、「男よ、神と太陽、月、星の前で、汝は、結婚の掟と条件を守ることを誓った。この日をもって私は汝に、汝の妻に対する権限、生死に関してさえも、永遠なる権限を与える」。

続いて妻に対して聖職者は次のように言う。「女よ、私はこの日をもって汝に、汝に命じ、汝を統べる主人を与える。私は汝に、汝が神、太陽、月、星に対して誓った約束を確実に守ること、汝が能う限り夫の命に従うことを義務として課す」。この後、二人のために祈りが捧げられ、夫が聖職者に感謝を述べてお礼をしてから、新郎・新婦は友人・知人たちと一緒に帰宅する、というわけだ。そして通常は、新郎の財産に応じて大きな祝宴が設けられる。以上が結婚の儀式に関することだが、このほかの夫婦に関係した事柄は、今後、それぞれしかるべき項目で取り上げることにしたい。

第一三章　葬儀について

男女を問わず、死者については同じような儀式が執り行われる。まず、病人に対して多くのお祈りがなされ、また生贄が捧げられる。それにもかかわらずその人が死んでしまうと、遺体は三二時間そのまま安置され、火葬が昼に行われる場合でも夜の場合でも、聖油が塗られる。火葬の前の少しの時間、故人の友人や親類が、卓の上に置かれた棺に納められている遺体に面会する。その後、集まった人々はこの卓のもとに腰を下ろし、卓に備えられた各種の肉を自由に食す。いよいよ火葬の時間になって遺体を火葬場へ運ぶということになると、在俗の者も含めて聖職者たちや楽器の奏者、それから供人と呼ばれる金で雇われて葬送に連なる人々がやっ

て来る。みなが揃うと、棺は輿に載せられ、二頭の象がこれを運ぶ。その様子は図版によく示されている通り。もっとも、この葬送の図は、故人が裕福であった場合のもので、

故人が貧しかった場合、葬送はもっと簡素なものになる。

故人が裕福であった場合、これまで述べたような自宅での儀式がすべて終わると、葬送に参列するすべての人々がまず故人の家に集まり、遺体を輿に載せ、火葬場までみな歩いて向かうことになる。その順番は次の通り。最初に、町の役人の一人が、故人の旗印を持って荷車を先導す

る。楽器の奏者たちが葬送の曲を弾きながらこれに続く。これに続いて（故人が貴族であれば、の話で、そうでなければいないのだが）、遺体を護衛する兵士が歩く。槍を持っている者もあれば、弓矢を携えている者もあり、あるいは抜身の剣を手にしている者もある。その後、修道院の官吏に率いられた修道士たちが、神と修道院の紋章を捧げて歩く。そして僧侶、その後に修道院長である。つづいて教区の官吏に率いられた平信徒が来て、それから太陽の生贄官、月の生贄官、一〇の星の生贄官と続く。神の生贄官はその後ろで、最後に生贄主任が従者を伴って進む。王や副王が亡くなった場合にのみ、ここで大聖職者が葬送の列に加わる。その後、生贄の獣をたくさん載せた馬車を象か駱駝が引く。ここで供者が遺体の先導をして進む。遺体は、図のような輿に載せられていて、これを二頭の象が引く（ただし、図と違って、普通は輿の中央部が塔のように盛り上がっている）。二頭の象のうち遺体の先に進む方には黒い布が掛けられているので、外から見えるのは頭だけ。この布には、両親、祖父、曽祖父などなど、故人の

先祖の紋章がすべてはっきりと縫い込まれている。もっとも、紋章といっても、絹や紙の上に鳥や動物などが描かれているだけのもので、それで家族を区別している、というわけだ。輿に続いて最後に、故人の親や親類、そして友人たちが連なる。この葬列が火葬場に着くと、まず聖職者たちが生贄を浄めるべく祈りを捧げる。その後、生贄が殺され、葬儀に際して特別に設けられた祭壇で焼かれる。焼かれた生贄の灰は積み上げられた木の上にまかれ、この木々の中で遺体が火葬に付されるのだ。遺体の入った棺がこの木々の上に置かれると火が点けられ、すべてが灰になると、その灰は、木々の山があったそばの地中に埋められる。かくして葬儀がすべて終わると、人々は互いに挨拶をして帰宅する。これら一連の葬儀の様子は、添付の図によってよく示されている。

第一四章　死後の魂の状況に関するフォルモサ人の考え方について

フォルモサの経典や『ジャールハバディオンド』と呼ばれる書物では、生前、自然および神と人倫の定めるところに従った者は、死後の幸福を約束されているのだが、その魂の様子というものがはっきりとは記されていないので、これについてフォルモサ人はさまざまな見解を持っている。魂の輪廻転生については概ね誰もがこれを信じているが、これはほとんどすべての異教徒たちが古くから有しているものと言えよう。ただ、その輪廻転生の具体的な状況についていては見方が分かれている。死後の魂は、野生であれ家畜であれ、動物の体に入り込むと言う者もあれば、別の人間の中に入る、と言う者もある。その人間が貧しいか裕福か、幸か不幸かは、魂となった人物の生前の行いの良し悪し次第。魂はその後、ある動物から別の動物へ、もしくはある人間から別の人間へと居場所を変えていくので、幸・不幸が際限なく繰り返されるというわけだ。死者の魂はもっと崇高なものだ、という意見の持ち主もいる。死後の魂は祝福され、ついには一つの星となって天空に輝き、神の御心に適うあらゆる幸福、望みうる、あるいは考えられる限りの喜びを享受するのだ、と彼らは信じている。ただし、このように幸福が見込まれる魂ではあっても、現世での罪が生前に必ずしもきれいさっぱりそぎ落とされているとは限らず、ただ生贄によってのみ償われているとも考えられるので、至福の状態にたどり着く前に、魂は、罪を贖う場所で何らかの獣の体に宿ることになる、と言う。だから神は、こうした動物を食してはならず、生贄とする以外には殺してはいけないとしているのである、と彼らは考えている。こうした動物とは、すなわち、牛、羊、象、鹿、山羊、鳩、犬、馬、駱駝などである。これらの動物は、生贄とする以外には、何ぴとたりとてこれを殺してはならず、病死した場合にはきちんと埋めて、ほかの野生動物に食い散らかされたりしないようにしなければならない。つまり、幸福になることが見込まれた魂が、しかるべく生前の罪を贖うまでの間、こうした動物の姿をしているのであって、これらの動物が病死したり、生贄となったりした後には、そこに宿っていた魂が天空の星に転生し、永遠の幸福を享受することになる、というわけである。

もっともこの考え方（多くのフォルモサ人が信じているのだが）は、男の魂にだけかかわることで、女の魂については（すでに述べた通り）、一度、男の体にならないと永遠なる安らぎの時は来ない、と信じられている。なかには、雄の家畜の体に入り込めば、十分、幸福を得られると信じている者もある。こうした考え方は、フォルモサにおいて信仰が確立した直後から始まったもので、当時は聖職者間でもずいぶん論争があったようだ。女の魂とは、死んだ悪い男の魂なのであって、（上述したように）野生動物の姿をしている場合と同じく、女の姿をして罪を贖っているのだと言う者もいたが、さすがにこうした見解は理不尽でばかげているので、すぐに斥けられたという。その理由は次の通り。

第一に、もしそうだとすれば、すべての男は悪い奴だ、ということになるのではないか。男女の数は同じだと考えられるのだから。

第二に、もしそうだとすれば、最初の女は最初の男が死ぬまで創り出されなかったということになる。また、女の魂は、動物の魂と同じく、永遠のものではないとする者もいた。

そして最後に、女は、神であれ天体であれ、これを拝むのにふさわしくないと論じる者もいたということだ。

そもそもこうした見解は、第一に、フォルモサ人が女にあまり敬意を払っていないことから生じたものである。

第二にまた、神はいつも雄の動物の姿をして立ち現れるからである。

第三に、『ジャールハバディオンド』にある命令や約束は、すべて男に対してなされているからである。

そして第四に、やむをえず女の子を生贄にしなければならないときには、これを浄めるべく、四つの基本要素をくぐらせなければならないからである、という理由だ。しかしこれと同時に、もっと分別と博愛の心を持つ者もいて、こういう人々は女も救済されるべきだと議論していた。というのも（彼らによれば）、女は確かに男に比べ、高貴でも高潔でもないが、合理的にものを考える力においては男と同じなのだから、同じように幸福を享受することができる、というのであった。もっともこうした見解は、しかるべく理に適ってはいたがほかの聖職者たちからは相手にされず、結局、二つの極論の中庸を取ることになった。すなわち、女は、その魂が男もしくは雄の家畜の姿をしているならば救済される、祈りと生贄がその魂のために捧げられることで、罪を贖う期間は短縮され、至福の段階へと置き換えられる、という結論だ。当時の激論にはこのような形で終止符が打たれたのであった。

もっともこのような結論は、聖職者たちが作り出したもののように思われる。それによって彼らは得るものが大きかったからだ。というのも、誰かが死ぬと、その親類は多額のお金を（身分に応じて多いか少ないかの差はあるものの）聖職者たちに、魂に罪を贖わせることを約束するものとして支払わなければならないのだ。魂が罪を贖うには金がかかる、そう聖職者は人々に説く。魂がどう転生するかなんて、聖職者しか分からない。これに加えて聖職者たちは、罪を贖う魂のためのお祈りだとか生贄だとかに関しても、多額のお金を受け取る。いやそればかりではない。聖職者たちの傲慢ぶりはもっとひどい。裕福な人物からは多額の金を受け取り、死後の魂に対して返金することを約すなどとうそぶいているのだから。

呪われたる魂については、聖職者たちも確かなことを言えず、意見が分かれている。こうした魂には、獅子とか狼とか虎とか猿とか猫とか豚とか蛇のような邪悪な姿をさせよ、と言う者もいる。呪われた魂などは、死後、なくなってしまうのだ、と言う者もいる。一般的な見解は次のようなものだ。そういう呪われた魂は、永遠に大気中をさまよう。神は、そのような魂に対して、幸福を失ったことの苦しみ、犯した罪から生じる恥辱、などによって、とても人間には耐えられないような大いなる悲しみでこれを満たすのである、というものだ。このような呪われた魂は、ここヨーロッパでは悪魔と呼ばれているものなのではあるまいか。フォルモサではこれをオズ・パゴストトスと呼ぶ。フォルモサ人は、こうした邪悪なる魂に生贄を捧げる。生贄こそ、そうした魂の苦しみを幾分和らげ、われわれに対して悪事を働かぬようにする、と信じられているからだ。このことについては、より詳しく、次章で説明することにしたい。

第一五章　悪魔信仰について

『ジャールハバディオンド』によれば、もともとフォルモサ人は、太陽や月、星などと同じく悪魔を信仰していたというのだが、この書には、それについての命令もないし、どんな様子であったのかについても記されてはいない。ただ島の人々は、長い間、先祖たちがしていたとされる伝統的な作法によって、悪魔への信仰を新たにしてきた。（今日まで信じられている）その理由というのは、次のようなことである。すなわち、『ジャールハバディオンド』の宗教がフォルモサの島全体にわたって確立した後にあっても、悪魔たちが人々にいろいろ悪いことをし続けていた。地震、強風、雹、大雨、嵐などなどである。これらに対して人々は、救いなり、一時的な救済なりを神に願うのは禁じられていたし、太陽や月、星による祝福を求めることもできなかった。必要に迫られて人々は聖職者のもとを訪ね、聖職者は（しかるべき準備を整えて）、神に相談をすることにした。神へのお伺いから聖職者たちが戻ると、彼らは人々に、祈りと生贄によって呪われたる魂を鎮めることを神はお許しになった、と告げた。そこで（太陽を祭るのと同じような形の）祭壇がただちに設けられ、悪魔の姿がそこに彫り込まれた。先に述べたような災いが降りかかると、人々はまず、この悪魔の像の前で、果物と酒を燃やし、それだけでは鎮まらない場合、翌朝、獣を生贄として捧げるのである。それでもまだ足りないとなると、今度は三日目に、最も卑しい身分の子供を二、三人だけ、生贄とするのである。ただ通常は、地震も嵐も三日目になる前にやむ。だから、悪魔のために子供が生贄になるということはめったにないのである。

どの教区にも悪魔の偶像の一つが必ずある。もっともそれは、その教区から何マイルも離れ

The Idol of the DEVIL

た森や荒野の中でなければならない。

悪魔の偶像の形や大きさは、彫刻家の想像力によってずいぶんと異なる。ただいずれも、驚くべき、そして恐るべき姿をしていて、頭も顔も実に恐怖を催すものだ。全体は、角や竜、蛇、蛙などに覆われている。つまり悪魔像の製作者は、見る者が驚き、仰天し、驚愕するようなあらゆる手立てを尽くしているというわけだ。実際、悪魔像の中には非常に恐ろしい形相のものがあり、かつてはそれを見た妊婦が子供を流産したということもしばしばであったので、妊婦は悪魔の偶像に近づかないこと、というお触れが聖職者から出されたほどだ。添付の図版は、読者にその姿をはっきりと理解していただくために付したものである。

あらゆる災いについて、聖職者がこれを悪魔の怒りのせいであると人々に説く理由は実に分かりやすい。なるほど聖職者たちは自ら、果物や酒、獣、場合によっては貧しい子供数人を生贄として用意する。彼らはそれを必要なときに買うことになる。だが、災いが収まれば、教区が彼らの損失に報いてくれる。生贄に使ったものの一〇倍は、いつも彼らの手に入るのだ。

第一六章　聖職者の衣服

かつて聖職者は、平信徒と区別さえつけばどんな僧衣を着ていてもよかったのだが、今日では、時代を経ても変わらないいくつかの仕事に応じてさまざまな衣服を使い分けている。僧衣がどのようなものであるかをこれからご説明しよう。

大聖職者は、空色のミトラをかぶる。下の方は王冠のような形でボンネットが付いている。大聖職者は髪が短く、髭は長い。彼が着るやはり空色をした小ぶりのマントは、前面が丸く、後ろの方は細くなっている。大聖職者はガウンのような長いマントを着ることもある。中ほどに袖口が開いており、彼はそこに腕を通す。色はやはり空色だ。このマントの下に身に着けるのが紫色の布で、これは体の前と後ろに垂らす。併せて白いチュニカもまとう。通常はストッキングをはくが、ズボンははかない。足にはサンダルのような靴をはく。カトリックのカプチン修道会の修道士が身に着けているようなものである。大聖職者は、手に鉄棒を持っている。

肘から指の先までの長さで、棒の先端は丸くなっていて、そこに彼の紋章が彫られている。

生贄主任もまた、ボンネット付きのミトラをまとうが、王冠のような形はしておらず、ボンネットの丸い部分から地面にまで達するような布が垂れ下がっている。彼はまたガードルで締める長いガウンを身に着けることもある。生贄主任のミトラも空色で、これは権威を表す。また赤色のボンネットは生贄官としての役割を示すものだ。ボンネットから垂れ下がる布も空色だが、ガウンは赤。生贄主任はいつも刀を手にしているが、これは彼の血塗られた仕事のしるし。生贄主任の靴とストッキングは大聖職者と同じような感じ、ガードルは通常、白だ。

普通の生贄官は、先がとがっていて少し後ろに垂れている赤いボンネットをかぶっている。生贄官も大聖職者と同じようなマントを着ているが、色は赤で前面は非常に短く、膝までしかない。後ろ側が地面にまで達する。生贄官は、マントの下に赤のガウンを着る。

太陽と月、一〇の星のための生贄官たちは同じような服装をしているが、色が違う。太陽の生贄官は頂上部が太陽の形をした白のボンネットをかぶり、赤のマントと白のチュニカを着ている。月の生贄官は、頂上部が月の形をしたボンネットをかぶり、白いマントと赤いガウン。一〇の星の生贄官は、頂上部は一〇の星の形をした白のボンネットをかぶり、体の背後にボンネットから短い布を垂らしている。マントは赤だが、袖口は白。白のチュニカも着ている。これらの生贄官たちも手に刀を持っている。

一般の聖職者は小型のミトラが付いた、やはりボンネットのようなものをかぶっている。このミトラは前より後ろの方が短い。袖が長くゆったりとした白の長いガウンをまとっているが、これをガードルで締めることはない。中に着る短いチュニカは綿でできている。

神殿の役人や召使いも平信徒とは違った服装をしている。普通の人々とは異なるボンネットをかぶり、黒のガウンをまとい、肘から指先ほどの長さの黒い棒を持っている。一般の会合に際しては、教区の紋章と、旗のような格好をした信仰を示す紋章とを必ず持ち運ぶ。

一般の聖職者は、俗人と同じような服装だが、修道院ごとに色がさまざまに違っている。彼らは先のとがった僧帽をかぶっている。髪の毛は剃っていることが多いが、髭は剃らない。長いチュニカを着て、その上に短いチュニカをさらに着ているが、両方とも体にぴったりと合ったものだ。彼らのガウンの袖は短いがかなり大きく、下の方まで垂れ下がっている。靴とストッキングはほかの聖職者と同様のもの。公衆の前で年長者はミトラをかぶり、僧帽の頭巾を後ろへ垂らして、短めのガウンを着る。このガウンは大聖職者のものに似ているが、色は紫。同じく紫の布を体の前後に垂らし、白の長いチュニカをまとう。このチュニカと短いガウンの間に長いマントを着ている。色はさまざまだ。髭は長いが髪は短く、大聖職者と同じく、鉄棒を手に持っている。靴とズボンはほかの聖職者たちと同じ。ただし修道院の中では、ほかの修道士と同じ格好をしている。

修道院の召使いと神殿の召使いはだいたい似たような服装をしている。ただボンネットは違っていて、修道院の召使いのボンネットは、ロンドンの養育院の子供たちがかぶっているような感じのものだ。ほかの服装はただ色が違うだけ。以上が、フォルモサの服装と宗教について、目下、私の頭に浮かんできたことである。

これらはいずれも葬送の様子を示した図〔一一八―一一九頁参照〕の中に見て取れる。聖職者の服装が実に正確に描かれている。

どうしてこれほどさまざまな服装を覚えていて説明することができるのかと問われるかもしれないが、それについてはこうお答えしたい。それは簡単なこと、ローマ人やほかのカトリックの国の人たちにしても、さまざまな聖職者や修道士の位階や服装を説明できるのと同じことなのだ。理由は実に明快、生まれてからずっと目にしているし、生きている限り、めったに脳裏から消えるということはないのだから。

第一七章　フォルモサ人の風習や習慣について

フォルモサの人々は、ほかの場所にいる人々に比べ、堕落していない。その理由は、厳罰があるので、政治および宗教の法を厳格に守らなければならないことにある。罰は確実に、きわめて公平に下されるので、誰もがこれを恐れ、したがってあえて法を破るような者はいないのである。

フォルモサ人にはさまざまな習慣がある。それを聞いて喜ぶ者もあれば、不快に思う者もあろう。第一に、皇帝を神として崇めているということ。彼は地面に足を下ろすこともなければ、太陽に顔を照らされるということもない。皇帝を訪れることができるのは貴族だけで、その面会のときでさえ、皇帝は玉座のような寝台に体を横たえ、皇帝と面会者の間は、分厚い紗のカーテンで隔てられている。貴族でない者は皇帝を見ることが許されていないが、祝祭のときだけは、皇帝が人々の前に姿を見せる。だがそのときも、まずは人々が膝を曲げて地面にひれ伏し、皇帝を崇めなければならず、しかる後にようやく体を起こして皇帝の姿を見ることができるというような次第である。

人々が王たちに挨拶をする場合は、膝を曲げ、手を合わせ、頭を垂れればよい。副王たちへの挨拶は、片膝を曲げ（外国の王の副王の場合は左膝、自分たちの国王の副王の場合は右膝）、右手を頭から地面まで下ろす。

大聖職者に対しては国王と同様であり、生贄主任に対しては副王と同様である。貴族と聖職者に対しては、手を頭から靴のところまで下ろしてお辞儀をする。友だち同士の挨拶は、両手で相手を抱え、キスを交わす。年長者が年下の者に挨拶することはないが、ちょっとうなずいてみせる。これは、年下が年上に挨拶をしているのを了解済みであるということのしるし。召使いが主人に挨拶するときは、手を口のところから地面へと下ろし、面前でひれ伏す。妻は夫と同じように挨拶をし、また挨拶を受ける。同じ身分の男たちが出会ったときは、数の少ない方が多い方に挨拶する。たとえば、四、五人の男たちが部屋にいて、そこへ同じ身分の二、三人が入ってきたとすると、二、三人の方が、四、五人に敬意を表することになる。この場合、返礼はない。女がいてもこの習慣は変わらない。たとえば、五〇〇人の女がいるところに一人の男がいて、そこへ偶然、二人の男が入ってきたとすると、一人の男と五〇〇人の女は、新たに入ってきた二人の男に、右手を頭の右側から左足へ運ぶという仕草で挨拶をしなければならないのである。ただもし、男の人数が同じであれば、挨拶も同じ、ということになる。一般人が貴族に話をするとき、中国人が使うような特別な言葉を用いることもなければ、特別なしゃべり方をすることもない。目下に話すときとは違った文の構成法を取る必要もない。ただ貴族をその称号で呼べばよい。一般人の話しかける相手が貴族であっても、否、皇帝であっても、呼びかけには二人称単数を使う。こうした偉人への話しかけ方の習慣は、日本で見られるものだ。

ある男と別の男の妻との間や、独身男と未婚の若い女の間での会話は許されていない。大きな祝祭や休息の折には、みな、自分の家族とともにいる。妻たちは自分の夫と、息子や娘たちは父母とともに、である。もし、ある男が別の男の妻と一緒にいたり、あるいは娘が見知らぬ独身男といたりすれば、それは不貞なり私通なりということになる。

たとえばもし、ある男に六人の妻がいるとする。妻たちにはそれぞれ私室があり、そこにこもって自分の息子や娘たちと何らかの仕事に従事することになる。昼食や夕食の時間になると、夫が鍵を召使いに渡し、部屋の鍵が開けられる。もっとも、召使いは部屋の扉を開けることはせず、ただ時間を告げるのみ。しかる後、ようやく各私室から妻たちが食事をする食堂へ出てくる、というわけだ。昼食後、彼女らは夫と庭を散歩することもあるが、その後はまたそれぞれ私室へ戻り、召使いがすべての扉に鍵をかけ、その鍵を主人に戻す。ときには、妻たちが互いに会ったり、テアやチラなどと呼ばれる酒を一緒に飲んだりすることは許されている。夕食時になると、また召使いが彼女らを呼びに行く。夕食後は、散歩をしたり、いろいろ気晴らしをしたりする。ダンスをしたり、歌を歌ったり、昔話をしたり、といった具合に、である。ただどの場合も、夫のいる前、もしくは少なくとも夫の許可を得てでなければならない。そうして夜の第三の時（というのはここイングランドでは九時のこと）になると、みな、また私室へ戻る。夫は彼女たちの中の一人を呼びにやり、その晩をともに過ごす。昼間でも、時には、夫が妻たちの私室の一つを訪れるということがある。これは彼の気持ち次第。こういう生活は実に甘く、楽しいものだが、夫がある一人の妻をほかよりもことさら愛するようになると、この女に対する嫉妬や対抗心が沸き起こり、不満を言う者たちを夫が厳しく正さない限り、不和や争いが家族全体に広がってしまうことになる。しかし夫が思慮深く良識をわきまえ、妻たちをみな同じように親しく遇するならば、妻たちもまたこの夫をできるだけ喜ばせようと努めるので、家は楽園のようになる。妻たちはみな一致して夫に尽くすというわけだ。

　法と結婚の章で述べたように、妻が前述の罪を犯した場合、夫は生殺与奪の権利がある。だがこの法というか習慣は、それ自体、かなり不合理なところがあって、守られない場合も多々あるので、あまり褒められたものとは思えない。確かに合理的な法であっても不都合な点があるということはあろう。だが、この法の場合、そもそも、妻に夫への敬意に満ちた従順だけでなく、隷属のような状況を強いるだけで、ほかに何の理由もない。しかもこの法を破る力が、まるで暴君に権限を与えるかのごとく夫の手中にあるのだ。夫は、死に値する罪を妻が犯したと確かめない限り、妻を殺してはならないのだが、夫の確認というのは、(何ら証拠なしでも)妻が有罪であると夫が判断すればそれで十分なので、激しやすい野蛮な男や、扶養できないほど妻を持ってしまった男などは、ときに偽って、無実の妻を殺してしまうことだってある。

妻が死に値する罪を犯していようといなかろうと、夫に妻を殺す気があるとき、彼はいつも次のようなやり方を取る。つまり最初に、当該の妻を自宅に好きなだけ監禁しておく。第二に、殺害の少し前に、彼女の親類を、食事や喫煙、飲酒の会に招く。決められた時刻に遅れる者はいない。みなが揃うと夫は、当該の妻以外のすべての妻を呼びにやる。この段階で親類は招待の意図を察知するのだが、夫は、みなが楽しく食事をし、酒を飲み、煙草を吸い終わるまでの一、二時間は、一切このことには触れない。しかる後、夫はいよいよ次のような趣旨のことをみなに向かって伝えるのである。「私は、自分の妻であり、あなた方の親族であるしかじかが、死に値する罪を犯したことを知り、しかるべく処罰するつもりだ」。

これに対して親族一同は、夫の発言を正当と見なし、さらなる証拠を求めるようなことはしないが、当該の妻のために中に入って夫に嘆願するようなこともある。その場合、親族は次のように言う。「彼女は確かに死に値するが、われわれは誰もが過ちを犯すもの。もし貴殿の特別の思し召しにより彼女が許されるなら、彼女は必ずや、最も愛すべき忠実で従順な妻になるものとわれわれは確信する。しかしながらもし貴殿が彼女の処刑を決断しているのであれば、貴殿は絶対的なる主人なのであるから、そうなされるがよい」。こうした調停が功を奏さなければ、夫は二、三人の奴隷に彼女を連れてこさせ、親戚一同の面前で、もう一度彼女の罪を告発し、彼女および親類に対していかなる方法によって彼女を処刑するかが伝えられるのである［ただし、ここで読者にお知らせしておきたいのは、もし妻がしかるべき証拠をもって自らの無実を主張したならば、親類は、その夫が虚偽の告発をもって邪悪な考えを実行に移すのを防ぐのみならず、法が定めている通り、夫が妻に企てたのとまったく同じ手段によって夫を処罰する、という場合もある。しかし、ああ残念なことだ！　というのも、かりに妻が必ずしも無実ではなく、あらゆる反論に対して潔白を証明できるというようなことがなければ、たとえ夫の宣告がいささか不当であったとしても、これに服した方がましなのである。脆弱なる抗弁はかえってずるずると残酷な刑を引き延ばすばかりで、それに比べれば、通常、最初の宣告の方がいささかなりとも慈悲があるからだ］」。

かくしてもはや許す余地なし、いよいよ最期を迎えるということになると、この妻は、親類に対して別れをする。ひざまずいて祈りを捧げ、彼女の置かれた惨めな状況に嘆きの言葉を述べると、ついにじっと我慢してその頭を夫の剣もしくは三日月刀のもとへ差し出す。夫は通常、一撃のもとにこれを体から切り落としてしまうのだ。怒りが激しいときには、夫が妻の胸に短剣を刺したり、あるいは怒りの激しさを示すべく、妻の心臓をただちに切り取って、親類の面前でこれを食べたりする、というようなこともある。この悲劇が終わると、一同は帰宅するが、彼女の遺体は、病死した場合と同様、しかるべく誇りをもって埋葬されることになる。

　こんな記述をイングランドの女性がお読みになれば、きっと、自らの状況を大いに喜び、神に祈りを捧げ、夫のおかげで自分たちが自由と幸福を享受していることを感謝されるのではなかろうか。そして、かくもひどい状況を強いられたフォルモサの女たちに同情の念を禁じえないのではないか。女が結婚する一般的な時期（一〇歳から一五歳）から見ても、男は妻たちの暴君になりやすい。というのもこの年頃の娘は優しくて気が変わりやすく、ひどい夫にも簡単になびいてしまうからだ。もう一つ、フォルモサの男が、できるだけ若い処女と結婚するのには理由がある。国王や副王、あるいは将軍などがこうした娘たちを目にしてその美しさや話しぶりに魅了されたりすると、父親はその娘を、国王などに送って妻として従うように望む、ないしはそれを強く求める。国王などは、楽しむだけ楽しんで、飽きたら、その娘を父親のもとへ送り返す。どんな男だって、処女を奪われたこんな娘と結婚したいとは思うまい。彼女らは通常、異邦人を相手にする娼婦となる。

結婚した女たちは（自分の住まい、もしくは閉じ込められた私室において）、ぬり絵やスケッチ、針仕事をしたりして過ごす。そして、扇や屏風などを拵えてはこれを夫に売り、テアやチラ、煙草などを得る。子供がいる場合、多くの時間は子供に読み書きや宗教および礼儀作法の基本などを教えることに費やされる。身分の高い男の妻にはたくさんの召使いが付くが、子供の教育には母親が携わる。どの妻も、その住まいには通常、小さな庭がある。ヨーロッパの人々から見れば、こうした妻たちが夫の命に従っているさまは驚きであり、また、どうしてそれほど簡単に処刑が行われるのか、と不思議に思うであろう。そしてまた、妻たちがなんと夫を恐れ、また、ただ経験的知恵だけでなんと多大なる敬意を夫に表していることかと思うであろう。だから、もしイングランドが女の楽園と称されるなら、フォルモサは男の楽園にして女の地獄と呼ぶのがふさわしい。

最初の妻には、ほかの妻以上の特権が与えられている。彼女は家族の世話をし、ほかの妻ほどの従属を夫に対して強いられるわけではない。というのも、ほかの妻たちは、夫と一緒でなければ家の外に出かけることもままならないが、最初の妻は、夫の許可があれば外出できる。それに加え、この最初の妻の息子は生贄になることなく、一家の跡取りとなる。夫が死ねば、この最初の妻が一家を仕切り、ほかの妻たちは彼女に従うことになるのだ。こうした習慣は日本においても見られるが、多少違いがある。日本の場合、夫が死ぬと妻たちは再婚できるのだが、フォルモサではできないし、日本では父親が死んだ場合、女もその財産の一部を与えられるが、フォルモサの女はそういうわけにはいかないのである。

男が若い女と結婚したいという場合、まずは女の父母にその意向を伝え、自らの財産がどのくらいあるのかなどを明らかにしなければならない。父母がこの男に娘との結婚の承諾を与えると、ここでようやく男はこの娘に話しかけることができるようになる。それまでは決して話しかけてはならない。また話しかけられるようになったとはいえ、二人だけで話すことは許されず、父か母か、あるいは誰か親類のいる前でなければならない。そして娘がこの結婚に同意すると、父母はこの男に対して、ささやかな贈り物をする。指輪や服などだが、娘にかかわるものは与えない。

すでに述べた通り、最初の妻の最初の息子は生贄にはならず、一家の跡取りとなる。相続の権利とは次のようなものだ。この息子は、父の死後、その財産の半分を受け取る。兄弟はその残り半分を分け合う。息子たちの誰かが、父親が死ぬ前に結婚するという場合、彼は妻を父親の家へ連れてくる。そして父親が死んで財産が分与されると、彼は、自分の分を受け取り、その後、彼とその妻、子供たち、および召使いは、ほかの兄弟とは別れて暮らすことになる。日本では、これが違う。父親の生前に男が結婚した場合、その妻は彼女の父親の家に留まり、男の方が好きなだけ彼女のもとに通うということになるからだ。

もし父親が跡取りのないままに死んでしまったら、皇帝がその財産の半分を受け取り、残り半分が娘たちに等分に与えられる。娘もいなければ、皇帝が半分、残り半分は国王と副王で分け合う。

もし父親が、最初の妻との間にできた最初の息子よりも長生きをした場合、この父親は、その相続権を二番目の息子などに移すことができるが、その場合は皇帝に多額の金を払い、その息子の資質を証明しなければならない。もし、父親が、最初の妻との間にできたすべての息子たちよりも長生きをしたという場合、あるいは最初の妻との間に男の子がいなかったというような場合、そしてほかの妻との間の男の子の誰か一人を跡取りにすることが認められるだけのお金があるならば、その男の子の母親が最初の妻としての資格を持ち、最初の妻は、自分の息子が嫡子となった妻と立場が入れ替わることになる。そしてこの子供が（最初に生まれた男の子と同じように）父親が有する総領としての地位と名前を引き継ぐことになる。

外国人に娼婦を提供する習慣は日本から伝わったものである。彼女たちはノグノコルスカ、つまり娼婦の家と呼ばれる一つの家に住んでおり、皇帝の思し召しであらゆる便利なものが手に入る。その暮らしは規則正しく、必ず付き添いがいて、異邦人は彼女らと一緒にいる時間なり日数に応じて一定の料金を支払う。このお金は、任命された役人によって皇帝の宝庫に運ばれる。

すでにお話しした通り、こうした娼婦のうちのある者たちは、皇帝や国王、副王、将軍などから見棄てられた者たちであるが、その数は少なく、ノグノコルスカへ送られてきたお金のない少女たち（つまり男の兄弟たちが親の財産を自分たちだけで分け合ってしまったというわけだが）の方が圧倒的に多い。男が死に、その息子たちが財産を分け合ってしまうと、貧しい家の未婚の女子には、友もなく財産もなく、夫を得ることができないのである。ただ、父親の遺体が火葬に付されてすぐに、自分たちの住む町や村のソウレット（イングランドの市長によく似た役人）のところへ行けば、彼らはこの娘たちを二〇日間、自宅に留め置かなければならないことになっている。そして最初の一〇日間は、毎日、使いをいろいろな通りに送って次のような布告をするのである。「これこれの男が亡くなり、娘は未婚。もし誰かソウレットのところへ来て、「もし自分が彼女を妻とすることができるなら、そうしたい」と告げるなら、そうさせてやる」。しかしこの一〇日間、娘を妻にしたいという男が現れなければ、たとえその後に数百人の男が押しかけようとも、誰一人この娘を妻にすることはできない。さて次の一〇日間になると、また使いがいろいろな通りに遣わされて、今度は次のような布告をすることになる。「これこれの男が亡くなり、娘は未婚で、夫を見つけることも叶わぬ。もし誰か（彼女がノグノコルスカへ送られる前に）ソウレットのところへ来て、「もし自分が彼女を乳母もしくは召使いにできるなら、そうしたい」と告げるなら、そうさせてやる」。この残りの一〇日間が過ぎて、誰も彼女を乳母や召使いにするという申し出をしなかった場合、彼女はノグノコルスカへ送られてしまう。ただ、親類や友人が裕福であれば、彼女を娼婦の家へ送るよりは自分たちの召使いにしたい、ということもある。このような召使いは結婚をすることができず、もし仕事を怠けたり言うことを聞かなかったりしたら、主人は、いつ何時でも、彼女らをノグノコルスカへ送ってよいのである。

祝祭の初日と最終日の間の聖なる日々には、誰もが、親戚や友人をもてなす習慣がある。その様子は、誕生や結婚、葬儀など、これまでに述べてきたものと同じ。

フォルモサ島の貧しい人々は、物乞いをしない。どの教区にもパブリック・ハウスがあり、貧しい人々はみなそこで暮らしている。衣食が提供され、その支払いは教区全体で負担する。仕事のできる者は仕事をするが、高齢であったり病気であったりしてできなければ、ただで暮らすということになる。こうしたパブリック・ハウスは、貧しき人々のための神の家と呼ばれている。現地の言葉では、カーテュエン・パゴット・アック・チャビス・コリノス。日本帝国のどこかの島からやって来た異邦人が、フォルモサ島を旅行中、たまたま生活に困ったというような場合は、通りかかったどの町や村でも、必需品が支給されることになっている。費用は公的なお金で賄われる。

パブリック・ハウスには居酒屋や食堂があって、男たちはよくそこへ出かけては、飲んだり食べたり、煙草を吸ったり遊んだりする。ただし、女は立ち入り禁止。

かつて日本人は、異邦人に会ってはこれを丁重にもてなすことを好んでいた。だが、キリスト教徒の大虐殺が起きて以来、日本のほかの島々からやって来る場合を除き、異邦人を憎むようになった。この経緯は次章で詳しく述べたい。

第一八章　フォルモサの男たち

フォルモサはきわめて暑いが、フォルモサの男たちの肌は白く、特に財産のある者たちはそうである。ご婦人方も美しい。ただし、地方の人々や召使いなどは、日に照らされて、終日外で働かなければならないので、すっかり日焼けしている。裕福な男たちとその妻子は、夏の暑い間は実に涼しい地下で過ごす。それに彼らの屋敷には庭や林があり、木々に覆われているので、太陽の光をさえぎることができる。野原へ行きたいと思えば、まず、朝二時頃に召使いを遣わし、たっぷりと水に浸した厚い布のテントを張らせる。その後、三、四時間してから家族が輿でこのテントまで運ばれ、彼らは夕方、涼しくなるまでそこに留まるのである。テントが乾けば水をまく召使いもいる。したがって、まるで地下室にいるかのように、太陽の灼熱から自由なのである。そのようなわけで、フォルモサ人は確かにイギリス人よりも暑い国に住んではいるのだが、暑さに耐えられるというわけでは必ずしもない。

フォルモサ人は、体を洗うにも、皮膚に付いた汚れを落とすにも蒸留水［筆者はどなたにでもこの、きれいな洗い方をお教えしよう］を使う。

さて筆者は、中国人と日本人の間での、またフォルモサ人同士の間での、ある論争を紹介せずにはいられない。これらの国々の習慣に関するものである。中国人と日本人は、歯を人工的に黒くするが、フォルモサ人は白いままにしている。日本人は、すべて美しきものは色の変化にあるとする。彼らから見ると、顔が黒く、歯が白いエチオピア人は美しい。だから、白い顔をした日本人の美しさは、その黒い歯にある、ということになるのである。しかしフォルモサ人は、そういう日本人の考え方を認めつつも、美しさとは、到底持ちえないものの中にある、と考えている。だから、真っ黒な目は美しいのだ。そのような目はありえないからである。したがって、フォルモサ人は、自然が形作った人間とは違う姿を見せようとして、自然なるものを用いるべからず、とよく言うのである。

「トルコと日本の女は世界で最も美しい」と言われることがあるが、思うに、この言い伝えを考え出した人物は、イングランドのことを知らなかったのではあるまいか。フォルモサ人は概して、背が低い。身長が短い分、がっしりしている。頑健で、労働にも屈しない。兵士としては優秀で、実際、平和よりも戦争を好む。同胞に対しては親切で優しい。愛する者を非常に強く愛するので、そのために必要があれば、命を落とすことも厭わない。だが憎む者に対してはこれを生涯憎み、これを死に至らしめることしばしばである。フォルモサ人はたいへん勤勉で賢く、何か新しいことが目の前でなされると、これをすばやく学習してしまう。嘘偽りは大嫌いで、姑息な商人や店主を見下している。商品をよい値で売ろうと嘘ばかりついているからだ。

第一九章　あらゆる階級のフォルモサ人の服装

フォルモサ人は服装に関心を持ってはいるが、ヨーロッパ人のように新しい流行を気取ってみせるようなことはしない。彼らの服装はあくまでも古くからの習慣に則ったものである。この点において、フォルモサ人はヨーロッパ人に勝っていると言えるのではあるまいか。フォルモサでは、人柄や身分がその服装によってはっきりと分かるのに対して、ここヨーロッパでは、服装を見ても貴族なのか商人なのかほとんど区別がつかないからである。フォルモサ人の衣服は、特に中流の場合、日本人のそれとほとんど変わりはないが、国王や副王、貴族になると、その衣装はだいぶ違う。フォルモサ人と日本人の大きな違いはまさにこの点にある。日本人は、上着を二、三枚着てガードルで縛るが、フォルモサ人は上着一着で、ガードルはしない。フォ

ルモサ人は歩くとき胸を見せており、隠すべき場所については、真鍮や金銀などでできた板を縛りつけている。日本人は小さくて軽い頭巾をかぶっているが、フォルモサ人のものは大きくて、裾が地面にまで達する。この裾は絹や綿など軽いもので、歩くときにはこの裾を腕に巻く。

　日本人のことについてはこのくらいにしておきたい。なにしろ本書の目的はフォルモサ島について記すことにあるのだから。フォルモサ人の個々の身分や境遇は、さまざまな服装の違いによってはっきりと分かるので、まずそのことを簡単に説明しておきたい。

　国王は絹の短い上着を着て、これをたいへん高価なガードルで締め、その上に、これも実に高価な絹に金銀を縫い込んだガウンを着ている。ガウンは裾が長く、前が開いている。金や銀の刺繍が美しくなされたスカーフを右肩から左の脇腹へかけてまとっていて、これが彼の権威の象徴である。彼はまた頭巾をかぶっていて、その頭巾の上の部分からずっと地面に達するような布が垂れ下がっている。頭巾の周りには宝石で作られた王冠が輝いている。国王は、ズボンをはかず膝はむき出し。絹でできていてリボン飾りがたくさん付いているストッキングをはいている。靴は、以前申し上げた聖職者のものと似ていて、サンダルのようなものだが、たいへん精巧な作りである。国王であれ貴族であれ、馬に乗るときには、ズボンとストッキングを一緒にしたような服を身に着け、小さな頭巾をかぶる。襟も絹でできているが、そこにも宝石がはめ込まれている。髪の毛は、日本人と同じく、短く刈っている。髭は親指の長さほどだ。

女王は、宝石が輝く実に美しい衣装を身にまとっている。イングランドの女性たちのような頭飾りはしていないが、金や銀を絹に織り込みダイヤモンドで飾られたものをかぶっているので、さながら王冠のようである。首飾りは実に高価なもの。彼女の衣装はとても上等で、入念に刺繍が施され、裾はかかとにまで達している。袖は大きく開いていて、これも地面に達するかというほど。マントもそうで、これは体の背後を上から下まで長く覆って

いる。靴やストッキングは国王と似ているが、かかとの高い靴をはいている。髪は長く、ガウンの外へ垂らしているがあまり広がってはおらず、編み下げもない。体にはとても上等なガードルを締めている。

国王の息子たちは父親と同じような服装をしている。ただ、短めのガウンを着る代わりに胸をはだけていて、腰の周りに短いガードルを着けている。九歳になるまでは頭巾をかぶらない。他方、娘たちは母親と同じような服装をしている。ただし頭飾りは付けず、小さな花冠、もしくは鳥の羽毛を付けるのみ。マントも羽織らない。

（以前、国王を務めたことのある）副王の服装も非常にすばらしい。頭巾は大きく、素材も作りもたいへん上等で、宝石で飾られている。髪の毛や髭は短く、首飾りは黒の絹で、銀がきれいに縫い込まれている。白絹でできた短い上着を着て、これを高価なガードルで締め、その上に、前が広く開いた長いガウンをまとっている。彼もまた右肩から左脇腹へかけてスカーフをしている。そして肩の上に赤と黒の絹でできた小さなマントを身に着けている。ベストは虎や豹の皮で縁取られたもの。ズボンははかず、ストッキングのみで、靴は上述の国王などと同じようなものをはいている。

副王の妃たちは、概ね女王と同じような感じ。ただ、女王は先に述べたような頭飾りを付けているが、副王の妃たちは、絹やリボンで髪を飾っているのみ。ガウンも女王のものと似ているが、マントは違っている。女王のマントは肩から体の背後にぶら下がっているのだが、副王の妃のものは、イングランドのモーニング・ガウンのような感じであって、袖がなく、美しい絹で縁取られている。副王の息子は、長短二種類の上着を着る。短い方を一番上に着るが、長さは膝くらいまでしかない。副王の娘も母親と同じような格好をしているのだが、娘の方はマントを着ない。ところでいま私が、女王とか副王の妃などと呼んでいるのは、いずれも最初の妻という意味である。その他の妻たちについては、概ね一般の淑女のような服

装である。

　貴族たちも副王と同じ上着を着ているが、副王が長い上着をガードルで締めないのに対して、貴族はこれをガードルで締める。貴族たちも、右肩から左側にかけてスカーフを身に着けるが、頭巾は一般市民のものに似ている。

　カリランと呼ばれる大将軍も、副王と同じく頭巾をかぶっているが、副王のように大きくはない。前面には宝石がちりばめられている。首を覆う首飾りは絹でできているが、長く垂れ下がることはない。スカーフの代わりに絹の短いマントで肩を覆い、それと絹の短いチュニカを着ている。ズボンとストッキングを一緒に締めている。靴は一般の男たちと同じ。ガウンは、前が広く開いていて、ちょうどイングランドのモーニング・ガウンに似ているが、それよりも大きく、袖は中ほどが大きく開いている。彼はそこに腕を通し、袖の残りは長く地面に垂らしている。大将軍の妻は副王妃と同じような服装だが、マントは羽織らない。大将軍の息子や娘たちの格好は、副王の子供たちと同じ。

　一般市民はガウンを一枚だけまとい、髪の毛は短く、貴族と同じく頭巾をかぶっている。頭巾の一番上は絹か木綿でできており、裾の方は地面にまで垂れている。襟飾りを付けているが、夜寝るとき以外はシャツを着ない。それが彼らの習慣なのである。彼らは長いガウンを着て、胸や太ももを露出させて歩く。ただし陰部は、銀や金の金属の板を縛りつけて隠している。ストッキングや靴は、ほかの人々が使っているものと変わりはない。

The Carillan or General
The General's Lady
A Gentle : man
A Gentle : woman

市民の息子たちは、小ぶりの頭巾をまとい、ちょうど太ももの中ほどくらいまでの短めのガウンをまとってこれをガードルで締めている。父親と似たような靴をはくが、ズボンやストッキングをはくことはない。

村や砂漠に住む田舎の人々の服装と言えば、肩から掛けている熊の皮と、陰部を覆うための金属ないしは魚の鱗、あるいは樹皮などで作った板を身に着けているだけである。その息子たちは、スカーフを右肩から左脇腹へかけてまとっているだけで、ほかには何も身に着けてはいない。田舎に住む富裕な人々の場合、彼らやその息子たちは、陰部を覆うために板をひもで縛りつける代わりに、ガードルを腰のあたりに巻きつけ、それでもって太ももの中ほどまでを覆っている。

一般の女性には、次の五種類の違いがある。つまり、子供、乙女、新婦、既婚者、夫に先立たれた者。いずれもみな、異なる服装をしている。まず子供だが、ガウンは短く、太ももの中ほどまで、ほかの人々と同様、ストッキングと靴をはくが、九歳になるまで頭巾をかぶることはない。九歳になった乙女は、鳥の羽根や造花などをリボンで結んで作った頭飾りをし、短いガウンを、地面にまで達する長いガウンの上に羽織る。ガウンは二つとも緑のガードルで締める。長い方のガウンの下の方には切れ目が入っているので、膝まで足が見えることになる。ストッキングと靴はほかの女性と同様。新婦は実に美しく着飾っている。まず頭の周りには花や月桂樹、羽毛など。実に華やかだ。同じ長さの上着を二着、下に着る方が白、上に着るのが黒

A Burger
A Country Bumpkin
A Virgin
A Bride

で、両方を黒のガードルで締める。スカーフは赤い絹のもので、左肩から右側へ。黒のガウンは着ているが、上の方は開いているので下に着ている白の服が見える。求婚期間中、それから結婚式後の九日間、新婦は、ずっとこうした格好をすることになる。その後は、既婚者の服装になるというわけだ。既婚者は大きく前の開いたガウンを着、その下に膝くらいまでの短いコートを身に着ける。頭には平たい縁なし帽のようなものをかぶり、髪は編んで胸の前に垂らしている。そういうわけで、外出のときは、髪が顔を覆っているので、誰だかほとんど分からない。夫に先立たれた女は、また違った縁なし帽をかぶっている。二種類あって、一つは、イングランドのコイフのような小さな帽子、もう一つは、少し先の方がとがったものだ。髪は編んでいる。ガウンを二着、裾の長い方の上に短いものを身に着ける。短い方のガウンはいつも黒でなければならないが、長い方は何色でもよい。裾が長く、袖も大きく開いていてその先が膝にまで達する。ガウンは両方ともガードルで締めている。

田舎の女たちが着ているのは、肩に掛けた熊の皮と腹に巻いた布だけだ。この布は膝まである。頭髪の周囲には布を巻きつけている。ストッキングははかないが、靴はほかの人々と同様のものをはく。その娘たちが身に着けるのは、腹に巻きつける布と、右肩から左側に垂らしたスカーフのみ。靴は母親と同じようなものをはく。

いずれの女たちも、たいてい腕輪をしている。ただ、田舎の女たちは、腕輪のみならず首輪もしている。

A Married-Woman
A Gentlemans Nurse
A Widow
A Country-Woman

娼婦の館では、貧しくてソウレットによりここへ送られた者と、召使いであったのに主人に逆らってここへ送り込まれた者とが、服装により、はっきりと分かる。

貧乏がためにここへ来た者たちは、何も頭飾りを付けず、長い髪をきれいに巻いている。田舎の女たちと同じように、膝まである布を体の前面にまとっているが、靴やストッキングをはいており、まとっている長いガウンは既婚者のものと同じく前が大きく開いている。

他方、主人に反抗して送り込まれた者たちは、頭に布をかぶり、髪が短く、ガウンは膝までしかない。ストッキングもはいていない。これらの子供たちは、母親と同様の格好をしている。男の奴隷は金か銀の飾りを首の周りに付け、臍までしかない短いチョッキを着て、陰部は板で隠している。

女の奴隷は幅の広い中国帽のようなものをかぶり、首の周りにはリング、肩に短い上着を引っかけて肘より少し下まで垂らし、腹は布で隠している。靴は田舎の人々と同様。

なおこれらの服装については、添付の図版をご覧いただくと、よりはっきりとお分かりになろう。

私が知っているフォルモサ人の主だった服装は以上の通り。あと軍服について少し補足しておきたい。

フォルモサ島の国王は自らの甲冑を身に着ける。これは副王たちも同じで、みな、区別がつくように異なっている。国王の近衛軍の将校たちは、カリランと似た格好だが、カリランが頭巾の上に宝石を付けているのに対して将校たちは付けておらず、他方、将校たちはスカーフをまとっているが、カリランはまとっていない。

国王の近衛兵たちは丸い頭巾をかぶり、その前面は冠のようになっていて、そこに国王の紋章が付いている。髪の毛は短く、髭は長い。銀でできた胸当てをしているが、その上にもやはり国王の紋章が付いている。絹のベルトを締め、ガウンは短く、ストッキングとズボンがひとつながりになったものをはいている。剣を左側にぶら下げている。国王を守る際には鉾や槍も使う。

副王の護衛軍の将校たちは、タノと呼ばれる貴族の護衛と同じような格好をしているが、スカーフはまとわず、国王の近衛兵と同様、短い頭巾をかぶっている。将校の位階は服装の色で分かるが、これは国王や副王の好みによる。

副王の護衛兵たちは大きく長い、翼のようなものが二つある頭巾をかぶっている。ガウンは長いので、歩くときには後ろにまくり上げる。ズボンとストッキングは一緒になっていて、靴は普通のものをはく。髪も髭も短い。武器は短い槍と矢、それに脇に下げた剣である。

町を守る兵士たちも同じようないで立ちだ。つまり、羽毛飾りが少々ある短い頭巾をかぶり、ガウンは短く、ストッキングとズボンが一緒になったものをはいている。服の色はいずれも黒。射手は弓を脇に抱え、矢筒いっぱいに矢が入っている。槍手は、長い槍を肩に載せて運ぶが、ほかの兵士たちが使うのは短いものだ。

鼓手はてっぺんがとがった頭巾をかぶっている。頭巾の前面には、島の紋章が彫り込まれた真鍮が付いている。短いガウンの下に長いガウンを着、それを体の背後に垂らしている。鼓手の服は明るい赤だ。

旗手は貴族と同じような頭巾をかぶっている。というのも、旗手になるのはだいたい貴族だからだ。長いガウンの上に短いのを着る。

軍人の服装についても主だったものは以上の通り。ヨーロッパの人々から見ればおかしなものかもしれないが、フォルモサにおいてはこれが、色の点でも、また毛皮や絹、綿などが刺繍入りで入念に織り上げられている素材の点でも、たいへん美しく洗練されているのである。フォルモサ人は新しい服装には関心を示さないが、実によい素材を選び、それで服を作っているのだ。

第二〇章　フォルモサの市、家、宮殿、城

フォルモサには、市（と呼ぶにふさわしい町）が六つしかない。そのうち二つは中心島にあり、クステルネチャとビンゴと呼ばれている。グレイト・ペオルコ島には一つ、チャバットと呼ばれる市がある。四つ目の市は、盗賊島にあって、アリオウと呼ばれる。五つ目と六つ目はもう一つの盗賊島にあって、ピネトとヤラブットという。小ペオルコ島に市はない。

クステルネチャは首都であり、最も美しい市だ。非常に心地よい平野に位置している。市壁は、肘から指先までの腕尺で二〇ほどの高さがあり、幅は八。周囲は、象が歩いて一日ほどかかる。つまり、イングランドでは一六マイルほど。市壁の中には、砂漠のような場所もあれば、野原、山もある。果樹園や牧草地もある。だが中心部には、どっしりとした荘重な家並みがある。そこからあまり離れていないところに山があり、きれいな泉がたくさん湧き出ている。この山は脇には川が流れているが、この川の流れは島全体に及び、魚がたくさんいる。この市をたいへん美しいものにしているのは、その中にある多くの宮殿であろう。国王の宮殿をはじめ、副王の宮殿、貴族や大聖職者、生贄主任のものがある。いずれも美しい様式で建てられている。添付されている図版をご覧いただきたい。これは副王の宮殿である。

この宮殿の外側は、フォルモサの様式に従って入念に彫られた角型の石で覆われている。内側は上質な木を使った板張りでジャパン・ウェア（漆）やチャイナ・ウェア（陶磁器）、タペストリー、金杯などなどで飾られている。宮殿の大広間には金箔が施され、副王の住まいだけで周囲は二バイクもある。バイクというのは、（できるだけ正確に言うと）イングランドの一・五マイルほど。これに加えて、壁や堀で囲われた大きな庭園や散歩道、森がある。宮殿は、副王にはじまって、お妃方、召使い、守備隊、兵士、奴隷などの住まいが順番に実に規則正しく建てられている。馬、象、駱駝などの小屋も同様。つまり、虚栄心の強いインドの国王の宮殿と同じくらい、豪壮だというわけだ。

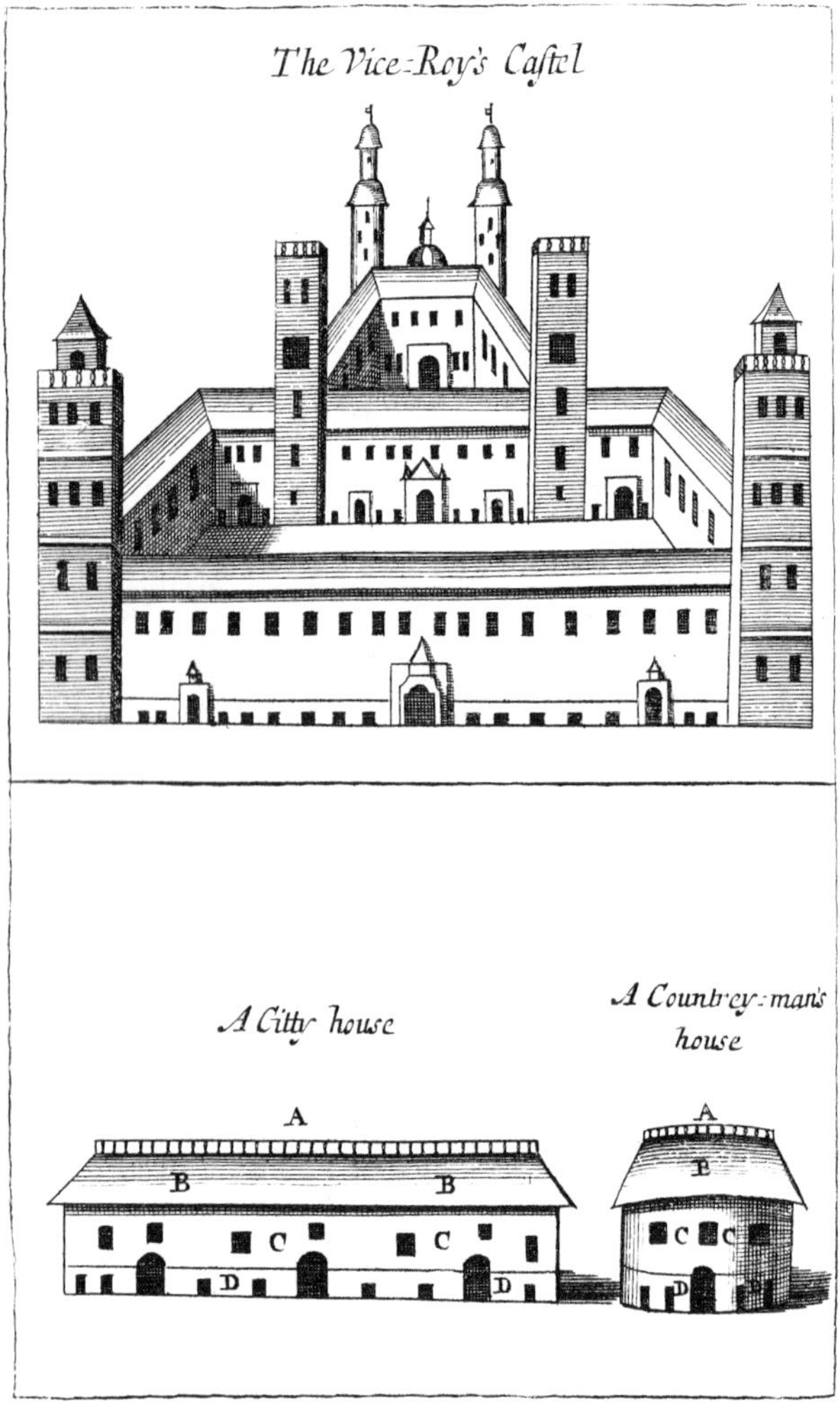
The Vice-Roy's Castel
A Citty house
A Countrey-man's house
A
B
B
C
C
D
D
A
B
C
C
D

大聖職者の宮殿も副王のそれとほぼ同じくらい大きくて豪奢だ。だが、国王やカリランは、その地位が子孫に伝わるわけではないので、豪勢な家に関心はない。しかしながら貴族たちは、美しく立派な家に住んでいる。クステルネチャ市にはまた三つの大聖堂、五つの寺、それに多くの美しい市民の家々がある。なお、フォルモサ島全体にわたって、あまり高い家はなく、多くは二階建て、上階は地上にあって寒い時期をそこで過ごし、下階は地下にあって暑い時期をそこで過ごすというわけだ。いずれも、あらゆる点で、内から見ても外から見ても、非常に立派な建物である。

金持ちや貴族は、四角形の石で家を建てるが、ほかの人々は、飾りけのない材木で家の外側を作り、内側を、色のついた材木や、金箔ないし色のついた陶器などで飾る。こういう陶器のことをフォルモサ人は、ポルチェ・ラノと呼ぶ（粘土を意味するポルチェと、作り出された、色づけされた、という意味のラノからできた語だ）。英語では、チャイナ・ウェア（陶磁器）だ。市民の家は細長く、田舎の人々の家は円形。いずれも図に示されている通りである。

図中のAは、家の屋根の上であるが、人々はここで太陽、月、星を一日に二度、拝む。Bは家の屋根、Cは地上、Dは家の地下の部分である。

こうした細長い家を、村で見かけることもあるし、円形の家を市中で見かけることもある。もっとも、市内とはいえ中心からはかなり離れたところに、である。

ビンゴも美しい市だが、特に目立つものはない。中心島にはほかに、カッゼイと呼ばれる港町がある。たいへん広く、多くの村を含んでいるのだが、市壁がないので、村という扱いだ。

チャバット、アリオウ、ピネトも特に変わったものがあるわけではないが、ヤラブットにはおもしろいことがある。というのも、この市は、一マイルほどの高さの山を囲むようにあるのだが、その山の頂上に総督の邸宅があり、彼は自分の家から市全体を見渡すことができる。だから同じように、市民もみな、自分の家の屋根から総督の邸宅を眺めることができる、というわけだ。それに加えてこの市には、二本足で踊る象をかたどった泉がある。腕尺二〇ほどの高さで、象の体の各所から水が噴き出している。

この泉のことを日本人は、一万一五〇〇年以上も前に、まだフォルモサが無人島であった頃、ある神もしくは英雄が流されてきて作ったものだと考えている。この神はアルバロもしくは放浪者と呼ばれているが、彼については次のような言い伝えがある。彼がこの泉を作ると、泉は彼に果物と肉、それに甘い葡萄酒をもたらした。そのような恵まれた時を過ごした後、彼が島を離れると、泉は荒廃してしまい、こうしたものを何も生み出さなくなってしまった。やがて島に人が住み始めると、その不思議な作りに興味を覚えた人々が、市の中央にある山から水を引き、この泉に水を入れたという。以来日本人は、アミダ寺で、アルバロ神をそこに描かれた泉とともに信仰している、というわけだ。もっとも、フォルモサ人はこの話をあまり信用していない。彼らにしてみれば、いったい誰が、いつこの泉を作ったのか定かではないからだ。ただ彼らもこの泉の場所をアルバロと呼んではいる。

私は、別にこの話に何らかの真実があるというので記したわけではないし、まったくの作り話だと思っているわけでもない。おそらく何らかの真実はあるであろうと思われるので、以下の説明を加えておくことにしたい。

第一に、アミダとかザッカとかナコンとかアルバロのような特別な名前で呼ばれる神々は、結局のところ、聖なる尊厳なり何らかの高貴なる行いをしたことで昔から神聖視されるようになった聖人なり英雄なり偉人なりである、ということである。アルバロもそのうちの一人で、日本では収穫の神であり、その図像は、大麦の穀から描かれるのが一般的である。この神がアルバロ、すなわち放浪者と呼ばれるのは、いつも野原や森を歩き回っては、地の実りを祝福していたことによるものである。

第二に、このアルバロと神聖視されるようになった人物は、生前、皇帝もしくはダイロの不興を買ってしまい、祖国日本を追われることになってしまった。こう考えるのには少しも無理がない。だが、彼はどうやって日本からフォルモサへやって来たのか、これはなかなか埋解しがたいことなのではあるまいか（なにしろフォルモサは日本から二〇〇リーグは離れているし、当時の日本人は知る由もない無人島だったのだから）。そこで次のようには考えられないだろうか。このアルバロ神になった人物は、貴族の末裔か（というのも、日本の英雄はみなそうだから）、あるいは何か名誉ある地位に昇った人物であると。このことは実際、ありうる話だ。というのも、もし彼がそれほどの身分でもない家族の一員であったとしたら、追放どころか、死刑になっていたであろうと思われるからだ。ここまで来ると、さらに次のように考えてみることができる。つまり、この誉れ高き人物は、多くの従者を伴っていて、最初は日本の隣の島に送られ、その後、多くの島を一気に通過し（いずれもかなり近接しているので、晴れていれば隣の島が見えるくらいなのである）、ついにフォルモサが見えるところまでやって来た。そこで彼は、好奇心から従者一行とフォルモサ島に上陸し、そこが実に快適で実り豊かな場所であることが分かったのでしばらくの間ここに落ち着き、例の泉を作った。そしてその後、彼は再び日本へ戻り、今度はいくつかの家族をフォルモサに住むよう派遣した、とは考えられないだろうか。ただここで申し上げなければならないのは、フォルモサにはこのような古代の歴史というものがなく、日本に見出されるものだけだということ、したがって、この最初のフォルモサ定住以降、フォルモサ人と日本人の間に起きた出来事については皆目見当がつかないということである。フォルモサの最初期の人々が記したものも、最初の移住以降、日本人がフォルモサ王国を侵略し日本帝国に編入するまでの記録類も、すべて失われてしまっているのである。ただ、言い伝えられていることから判断すると、アルバロの話は必ずしもまったくの作り話というわけでもなく、またちょっと聞いただけでありえないと思うほどありえないことでもないようだ。

さて、先に述べた六つの市に加え、これらの市よりも大きな港町が三つある。それらは、市壁がないという理由で、ただ村とか町とされている。その三つの名前は、アオク、ロウクタウ、ヴォー。このほかにも、同じくらいの大きさの村がたくさんあるのだが、これらの村や港町などは、いずれも市の管轄下にある。そして、首都クステルネチャ以外の市はいずれも、このクステルネチャの管轄下に置かれている。

小ペオルコ島の方には、市もなければ村もない。この島について述べておくべきことは、もともとこの島は、当時の国王、現在の副王の支配下にあったのだが、後に聖職者たちが、生贄として供する四足獣を育てるべく購入したものであるということだ。だからいま、この島の人々はみな、人間の子供ではなく、生贄としてふさわしくなるまでこの地で育てられた家畜三頭につき、一頭を差し出さなければならないことになっている。したがってこの島では、ごくわずかの羊飼いだけしかおらず、彼らが家畜を育てているといった具合である。草にも干し草にもたいへん恵まれていて、もし植えればほかの多くの植物も育つであろうが、そういうことはなされていない。上述のようにこの島は、四足獣のことのみを念頭に置いているからだ。

フォルモサの市や村、家々について記しておくべきと思われる事柄は以上の通り。ただ次のことはぜひ申し上げておきたいと思う。というのは、フォルモサにやって来る日本人は、その美しさや状況、便利さなどにおいて、フォルモサの市を十分に讃えようとはしないが、フォルモサの市と日本の市は、大きさの点でも、ものの豊かさの点でも大きな違いがあるということだ。

第二一章　フォルモサの交易と商業

本書初版への序文において私は、カンディディウスほかの旅行者たちがこれまで記しているのとは逆に、わがフォルモサ島には金や銀、それに香辛料が豊富にあるということを述べた。実際、金などにはたいへん恵まれていて、中国商人はこれを大量に輸入する（金貿易に携わる中国商人は、まず購入時に価格を全額支払った後、それを輸出すべく税関を通す際、さらにその三分の一を支払う）。大量すぎてフォルモサの金は、中国では、外国からの輸入品であるにもかかわらず（そして、関税が多くかかっているにもかかわらず）、ヨーロッパの金よりも安い。

銀は金より三分の一ほど安い。つまり、金一六オンスに対して銀ならば二四オンスが手に入るというわけだ。詳しくは「貨幣」の章（第三二章）をご覧いただきたい。

銅も安いが真鍮は値が張る。海外から輸入されているためだ。錫《すず》、鉛、鉄、鋼鉄も同じで、フォルモサではこれらを中国人や日本人、オランダ人などが高値で売りさばいている。

フォルモサの中心島には金山が二つ、それに数多くの銅山がある。銀山はない。この金山や銅山はいずれも近くにあるので、金山と銅山がそれぞれ一つずつある、と言った方がよいかもしれない。

グレイト・ペオルコ島には金山が一つ、銀山が一つ。金山は中心島のものとは比べものにならないくらい小さいが、銀山の方はかなり大きく、何代にもわたって膨大な数の銀器などをフォルモサ人に提供してきた。いまでも採掘が続いているが、枯渇する気配はない。この銀は、きれいな白色をしていて柔軟性があり、鉱石の銀含有率は半分ほどだが、ほかの銀山では三分の一とか四分の一ほどだから、なかなかよいというわけだ。

ラルドノス島（もしくは盗賊島）と呼ばれる島々の一つには小さな銀山が二つあるが、もっと掘れば、はるかに大きく豊かな鉱脈を見つけられるのではないかと期待している。

盗賊島と呼ばれる島々の中には、これとは別に、黄銅を産出する鉱山もある。外国の商人たちはほとんど関心を示さないが、金よりも使い勝手がよいので、フォルモサ人はこれを大事にしている。色や形状は真鍮に似たものだ。この黄銅鉱山は、大きな山の頂上部にあり、そばには流れの急な川がある。川の水には鉱分が豊富に含まれているので、布を川に掛け渡しておくだけで多くの黄銅を採取できるのだ。

こうした鉱山は、かつてはすべてフォルモサの王ないしは副王のものであったが、日本の皇帝に従属してからは、日本の皇帝陛下とフォルモサの王および副王が等分に所有し、鉱山にかかわる費用や労働者の賃金なども等分に負担することとなった。掘り出された鉱物は精錬され、それぞれの宮殿に運ばれて、貨幣に鋳造されたり、宮殿の用具になったりする。商人や金細工師の手に渡ることもあるが、そのために監督官が任命されている。いかなる金属も、私人が勝手に見知らぬ人に売り渡してはならないし、知り合い同士であっても、売買には王や副王からの特別な許可証が必要となる（たまたま見たこともない金属が器や採掘具についていたというような場合はやむをえないが）。

フォルモサではまた、良質な絹が多く産出される。というのも、身分の高い人々を含めほとんどの女性たちが、蚕を飼っているからだ。商売のためではなくたんに気晴らしのために飼っているということもあるが、それでも彼女らは生糸を織物業者に売る。気晴らしというのでなければ、蚕を飼って自宅で生糸から絹を紡ぐ。そういうわけでフォルモサには実に絹が豊富にあって、人々の服の大半は絹でできているというわけだ。

フォルモサの木綿には二種類ある。質のいい方は大木の鞘の中で育つ。もう一つはアザミのような低木でできたものだ。フォルモサ人の服の中には木綿で作られたものもあるが、女性たちは木綿を使って主に美しい掛物やタペストリー、敷物などを、裁縫針を巧みに操って仕上げている。イングランドでも私は似たようなものを見た。女性はこうした品々をたいへん好む。

もっとも、ビロードや絹、毛《ヘア》は主に男性用である。

羊毛品はフォルモサにはない。ほとんど着ることがないからだ。羊毛品が欲しくなったら、オランダ人から買えばよい。

フォルモサでは毛《ヘア》や絹の製品は作られるが、麻布を使ったものはない。麻が育たないからだ。麻製品はオランダから買う。陶磁器を製作して色をつけ、金で飾るのはフォルモサ人の得意とするところで、本場中国よりもはるかに質がいいくらいだ。紙の製法はオランダから伝えられたもので、それ以前にはフォルモサでは知られていなかった。というのもフォルモサの人々は、文字を銅板や羊皮紙の上、もしくは樹皮でできた用紙に書いていたからだ。もっとも、いまでは絹から作られた紙の上に文字を書く。ここイングランドと同じように、だ。

靴作りには、革の代わりに、足裏には樹皮を、足の甲には獣皮を使う。

第二二章　重さと秤

オランダ人がやって来る前にも、フォルモサには数を数える方法があった。それによって等量なのかそうでないのかを知ることはできたのである。だが、ポンドとかオンスのような重さを量る尺度はなかったので、いろいろなものの売買は、重さではなく見た目で行われていた。そこへオランダ人が渡来し、ポンドやオンスを商売で使うといかに好都合かを伝えたので、フォルモサ人はポンドやオンスを使って貴重品の重さを量ることにした。ただし、日用品であまり高価ではないものの場合は、売る方も買う方もまとめて五〇ポンドとか一〇〇ポンドとかというように量った。フォルモサのポンドはオランダのポンドと同じで一六オンスである。これはフランスのポンドよりも重い。そのことに私が気づいたのは、フォルモサのお金である「コパン」を持ってフランスにいたときのことである。この「コパン」はオランダの一ポンドなのだが、フランスでは、一ポンド以上とされたのである。

フォルモサでは、人々の好みに応じていろいろなものを量る。大きな秤を使う者もあれば、小さなものを使う者もいる、といった具合である。もちろん、ものの値段は秤の大きさに応じて補正されるというわけだ。

ものの重さを量る道具は、ここイングランドで肉屋が肉の重さを量るときに使うようなものと同じである。場合によってはそれより大きいのを使うこともあれば、小さいのを使うこともある。

フォルモサではまた、やはりオランダ人が渡来するまで数についての名称がなかった。お互い指を使って数を示せば用が足りていたのである。ところがオランダ人はこの数え方が分からなかったので、数の名称を考えてほしいとフォルモサの人々を強く説得した。それで作られたのが、いまもフォルモサで使われている数え方で、オランダ人の数え方と同様に、一から一〇へ、一〇から二〇へ、さらに一〇〇、一〇〇〇などと進んでいくというものだ。以下に例を示す。

1　タウブ　2　ボギオ　3　カルベ　4　キオブ　5　ノキン　6　デキエ
7　メニ　8　テニオ　9　ソニオ　10　コン　11　アムコンもしくはタウブコン
12　ボギオコン　13　カルベコン　14　キオブコン　15　ノキエコン　16　デキエコン
17　メニコン　18　テニコン　19　ソニコン　20　ボルブニ

その後は、

21　ボルブニ・タウブとか、22であれば、アム・ボルブニ・ボギオといった具合。続いて、
30　コルブニ　40　キオブニ　50　ノキオブニ　60　デキオブニ　70　メニオブニ　80　テニオブニ　90　ソニオブニ　100　プトムストム　1000　イアナテ
と進み、さらに一〇〇〇、二〇〇〇と同様に進んでいくのだが、ここまで示せば十分であろう。

第二三章　一般人に見られる迷信じみた習慣について

フォルモサの一般人たちは、迷信じみた予言をすっかり信じ込んでいるので、尋常なことでも尋常ならざることでも、何でも彼らは吉兆だとか凶兆だとかとしてしまう。なかでも特に重視されているのは夢なので、思い出せる限り、ここでいくつか例を挙げてみよう。たとえば、もし男が、女たちに囲まれてご馳走になっているような夢を見た場合、それは、この男には多くの敵がいて、その命を狙っているとか悪巧みを抱いている、といったことを意味する。あるいはまた、獅子や蛇といった動物に嚙まれたり傷つけられたりする夢を見た場合には、特定の敵に用心する必要がある。その敵が怪我をさせようとしているというのだ。だが、野生の動物を殺す夢を見た場合は、逆の夢を見るまでは安心してよい。親戚の誰か、もしくは自分自身が死ぬ夢を見た場合、神が自分に対して怒っているという意味なので、このような場合は聖職者

にどうすべきか相談するのが一般的だ。ここで聖職者はいつも、神の怒りを償う方法を助言する。体に蚤とか羽虫とか蟻とかがついている夢を見たら、すでに亡くなった親類の誰かの魂が(前に述べたように)まだ獣の身体に残っていて、お金などを欲しがっているということを意味している。だからこのような場合は、苦しんでいる魂にお金などを運んでもらうよう聖職者に頼むということになる。他人の妻と寝ている夢を見たら、自分以外の男が自分の妻の誰かと寝ているおそれがあるので、妻たちの動静をいつもよりよく観察することになる。夢についてはこれくらいで十分であろう。

フォルモサ人はこのほかにもいろいろな予言をする。朝目覚めた後、最初に心に浮かんだことや、朝、最初に見た動物などからである。もっとも、心に浮かんだことが自分の嗜好に適うものでなければ予言は他人に関することである。だが、自らの想像力を掻き立てるような場合、それは自分にかかわることである。かつて、ごく小さなことに至るまであらゆる予兆を明快に説明できると言い張る者がいたのだが、たいていは間違っていたので、人々が聖職者にこのことを伝えると、聖職者はこうしたニセ予言者を処刑するよう副王に訴え、副王は彼らに死刑を命じた。それ以来、予言の適否を云々できるのは聖職者たちだけとなった。彼らはあらゆる予言をするが、嘘つきの罪に問われることはない。というのも、神はお喜びだとか、誰かに対してお怒りだとか、亡くなった親類の魂がお金を欲しがっているとか、あるいは何らかの兆しを見た瞬間、その親類の魂は星になったとか、そうした聖職者の予言を人々は容易に信じ、聖職者が言うように自分たちが見た兆しを理解しようとするからだ。

この件に関してここで、一つ注目すべき話を簡単にしておこう。田舎住まいのある裕福な男がたいそうこの迷信じみた考えにとらわれていて、長いこと、聖職者たちに相談するのを常としていた。ところがこの聖職者連中は、たいてい、「親類の誰かがお金に困っています」とばかり言うので、この男はやがてそのようなお金ばかりかかる問い合わせに嫌気がさし、もうこの島のあらゆる魂を償うのに十分なお金を自分は支払ったのではないかと考えるようになった。そこで彼は、聖職者を欺こうと一計を案じた。つまり、聖職者のもとへ行き、その日の朝、自宅の庭に一〇〇羽以上の鳥がさえずっていたが、まもなく飛び去ったと告げたのである。彼の訪問を受けた聖職者は、次のように告げた。「その鳥たちがもう少し長く庭に居続けたのなら、汝の亡くなった親類の魂は確実に星になったと言えるのだが、鳥たちがただちに飛び去ったというのは、親類の魂がなお何かを望んでいるということを意味する。だからそれが提供されれば、汝は今晩にでもその魂が天に昇っていくのを目にすることとなろう。そのためには、多くの金、大量の米、その他多くの品々を私のところに持ってきた後、二時間ほど、自宅の屋根の上に留まるがよかろう。そうすれば、星々が自ら動く姿を目にすることになろう。それこそ、汝が庭で見たという鳥たちが意味していた魂にほかならないのだ」。この田舎住まいの男は、聖職者の言うことにかなり疑義を感じてはいたが、それでも彼の言う通り、求められたものを差し出し、なおも幾分、聖職者の言うことを信じていたのであろう、自宅の屋根に上って星が自ら動くかどうかをじっと見ていたという。だが彼はその場でひと晩中観察を続けていたため、実に多くの星々がそのように自ら動いていくということが分かった。そこで彼は、なおも一週間あまり、毎晩こうした観察を続け、ついに、ここ三年のうちに島で亡くなったとされるすべての人々の数よりも、自ら動く星の数の方が多いということに気づいたのである。そこで彼は聖職者のところへ行ってこのことを話すと、詐欺がばれてしまったことに気づいたこの聖職者は、彼を連れて生贄長官のもとへ赴いた。この生贄長官が二人を大聖職者、つまりフォルモサの法王のもとへ連れていくと、大聖職者は事の次第を聞き、件《くだん》の聖職者に対して、無期懲役を言い渡した。田舎住まいの男に、魂が星に変わるという大事な秘密を暴露してしまったというのがその理由である。ところが大聖職者は、この田舎の男に対しては極刑を申し渡した。聖職者に対するしかるべき敬意と服従を示さなかったから、というのである。この一件の後、聖職者が一般のフォルモサの人々にいかなる暴虐を加えているのかを、誰もがはっきりと認識した。一般の人々は、明らかに誤りだと分かることについてさえ、公然と疑念を明らかにすることは決して許されていないのだ。予言を巡っては、ほかにも同じようなことがあって、私はそれを加えることもできるのだが、読者にとっては退屈であろう。犬が大声で吠えるとか唸るとか、雌鶏が雄鶏のように鳴くとか、蛇が原っぱでシューシュー音を立てているとか、熊が森から出ていかないとか、鷲が塔や家々や木々の上に止まっているとか、これらはすべて吉兆なり凶兆なりに解釈されるのである。だがこんな愚かしいことはもうこのくらいで十分であろう。

第二四章　フォルモサの病気とその治療法

フォルモサの人々が罹る病気の中で最も重大な病気はペストである。人々はこれが、自然界から生じるのではなく、太陽と月、星がみな一致して人間への罰としてもたらすものだと信じており、治療には薬よりも生贄を用いる。もっとも、それほど頻繁に起きるものではなく、歴史書や言い伝えを信じるならば、フォルモサでペストが流行したのはいまから一七〇年前のことだという。ペストが流行している際、人々の間には一つ注目すべき習慣があった。（ふだんは人が住んでいないような）山々の頂きに、空気の薄さを求めて登るのである。空気の薄いことは健康的なことであるとされているからだ。それらの人々は、水の豊かな泉を探して水をたくさん飲む。だが、ハーブやいくつかの果物を除き、食べ物は口にしない。こういうことをペストが収まったと思えるまで続け、その後、家に戻るというわけである。

その他、痛風や三日熱とか四日熱と呼ばれているようなヨーロッパでは広く知られた病気は、フォルモサではまったく知られていないが、時々、ごくまれに、高熱に襲われることがある。あるいはまた、頭部や腹部に、長くは続かないが痛みを感じることもある。どこか調子が悪いとか病気になりそうだというような場合、人々はたいてい次のような方法を取る。すなわち、二、三マイルほどできる限りの速力で走り、その間、走っている人のために別の人が薬一服を用意する。走った後、まだ体が熱いうちにその水薬を飲み干し、そのまま寝台に直行して病気が治るまでたっぷり汗をかくというものだ。この薬とは、植物の根やハーブ（特にサルビアの葉）、香辛料少々、一、二匹の毒蛇などを六クォートの泉水で煮込み、水が三分の二ほどなくなったところで内容物から液体を絞り出して患者に与え、患者は走った後できるだけ早く、体が冷えてしまわないうちにこれを飲み干すのである。そうすると患者は汗を大量にかくのだが、その優れた働きにより、患者は元の健康をすぐに取り戻せるのである。こうした治療法に加え、フォルモサの人々の節度ある暮らし方も、病気を防ぎ、あるいはこれを治すことに役立っている。特にわれわれは煙草をのむが、これは頭や体から悪い体液を追い出すのに役立つ。ここイングランドでは人々の多くがタバンやエールハウスにたびたび出かけ、そこで供される酒類をたえず飲んでいて、これが健康にはよくないということが分かっているが、フォルモサの人々は、通常、暇があれば、散歩をしたり仲間とおしゃべりしたりしながら煙草を一本のむだけだ。何か飲むとすればお茶かチラを一、二杯、健康にいいことがないにせよ、少なくとも害はない。したがって、フォルモサの人々は、ここイングランドの人々よりも長生きで、イギリス人が罹りやすい病気の多くを免れている。もちろん、空気がいいというだけで、フォルモサの人々の健康が保たれているわけではない。飲食に節度を保つことだ。そしてこのことこそ、私は自分の経験から本当だと思うのである。というのも、気候が異なるからといって気分が悪くなったり、体調がおかしくなったことはこれまでまったくない。飲食に節度を保つことにより、私はこれまで健康でいられたのだ。まさに神のおかげ、それもわが祖国のみならず、私が旅してきたほかの国々においても、である。ただその私も、ヨーロッパへ来てからは、しばしば痛風に悩まされるようになったのだが。フォルモサの病気ということに話を戻すなら、天然痘は非常に広まっていて、これを逃れる者はまずいない。ただ通常は、とても幼いとき、つまり生後一か月から六か月、少なくとも生後一、二年のうちに経験し、三歳以降に罹るというのはごくまれなので、この天然痘で死んだ人の話を私は聞いた覚えがない。

天然痘の後、シムピョーと呼ばれる病気に罹ることが多いが、これは高熱が出て肌が真っ赤になるだけである。ただ、子供がこの病気に罹った場合、夜露にさらされないようにし、治るまで暖かい場所で療養するようにしないと、命の危険を伴う。天然痘にせよシムピョーにせよ、子供が罹った場合、せいぜい三週間、ひどくても四週間以上続くことはない。

フォルモサでは、強い疝痛に襲われる人が少なくない。通常、風邪が原因になるが、用心していても罹る人もいる。治すためには、強い酒を飲むか、銀玉を飲み込むか、あるいは病人の足を吊るしておくか、ということになるが、こうした治療が行われることはめったにない。というのも、耐えがたいほどの痛みなので、みな、そんな悲惨な状態で生きてゆくよりは、自分で自分の命を絶ってしまうか、友だちに殺してくれるよう頼むか、してしまうのである。頼まれたら、誰も断らない。ひどい苦しみから助けてあげることは、どんな手段であれ、残虐行為などではなく人道的なことだと考えているからである。もっとも、病人が望んでもいないのに命を奪ってしまうこの治療法を施したら、極刑に処せられる。

産床にいる女性には命の危険がある。思うにその原因は、運動不足によるのではあるまいか。子供を身ごもっていれば寝室から外へ出ることなく、終日そこに座って仕事をすることになるからだ。こうした女性の多くは出産前に死んでしまう。死を免れたとしても、ひどい痛みに苦しむことになる。なかには、お産の前にひと月も痛みに耐えているような者もいる。

若い女たちは、大半が一八歳か二〇歳になるとある病気に罹る。フォルモサではカタルスコトと呼ばれ、イングランドでは萎黄病と呼ばれている病だ。これに罹るとみな、憂鬱になってあらゆる気力がなくなり（結婚だけは別だが）、血の気が退いて青白い表情となる。これは女性特有の病気で、結婚する以外の治療法を私は知らない。

私が思い出せる限り、フォルモサでの病気は以上の通りである。もちろん私の知らない病気がほかにあるかもしれない。病気に関する概要説明を終えるにあたって、次のように申し上げておきたい。というのは、フォルモサでは男も女も、たいていは、病気ではなく老衰が原因で亡くなるということだ。もちろん、子供の養育にかかわっていたり、疝痛の発作を起こしたりした場合は別なのだが、そうでなければ、ひどい病気に苦しむこともなく一〇〇歳を迎えている人をしばしば見かけるのである。「フランス病」（梅毒）はフォルモサにないのか問われれば、そんな名前を私は聞いたことがないし、実際にそんな病気はないのではないか。フォルモサでは、複婚は認められているが不倫は認められていないからである。

第二五章　国王、副王、将軍、およびその他高位にあって敬意を表されている人々の収入について

国王は、金属について記した章で述べたように、鉱山から掘り出される金や銀の三分の一を副王から受け取るとともに、日本の皇帝から四〇万コパンをもらう。王はその中から、これも先に述べたように一万五〇〇〇人の日本人兵士や自分の守備隊を養う費用を払い、また国王の港を維持している。カリランと呼ばれる将軍には毎年、およそ七万コパンが支給される。副王は一六万八七六〇コパンで、その中から、ノトイ・ボンゾと呼ばれる高位の聖職者に五万コパンを支払う。ノトイ・タルバディアゾと呼ばれる七人の生贄長官には七七〇〇コパン、四島を治める長官四人にはまとめて三六〇〇、つまり一人あたり九〇〇コパン、六市の長官はまとめて三〇〇〇だから一人あたり五〇〇、一六の村や町の長官はまとめて四〇〇〇、一人あたりにすると三〇〇と二五〇と二〇〇の者がいる。なお一般の聖職者は、一般の人々から得た収入による。こういうわけで、副王の手には、すべての支払いをした後、一〇万四六〇コパンが残ることになるが、そこからさらに、自分の傭兵たち、また、調査員や警備員のような事務職員たちの給料を支払うのである。もっとも、副王のこの収入はいつも一定しているというわけでは必ずしもない。多いときもあれば少ないときもある。だが、先に述べた副王から支払いを受け

る人々の給料はいつも同じである。

副王の収入が増えるのは、鉱山収入が増えることによる場合もあれば、すべての品物の値段の五分の一を歳入とする税金が増えることによる場合もある。この税金は、商人や一般人、その他、政府の職に就いていないすべての人々に課されたもので、トゥエン・コン・ボギオ、つまり一〇分の二と呼ばれている。あるいはまた、すべての輸出入品にかかる税によって歳入が増えることもある。トゥエン・デキエ・ボギオと呼ばれているが、これはつまり三分の一が副王のもとに入るというわけである。

第二六章　フォルモサのなり物（果実、穀物）について

フォルモサでは、小麦や大麦のような穀物は育たない。日差しが強く、土は砂のように乾燥しているため、水分が足りず、十分に育つ前に穀粒がすっかり乾いてしまうのである。だが、穀物の代わりに根菜を使ってパンを作る。パンを作る根菜には二種類あって、一つはチャイトック、もう一つはマグノックと呼ばれる。どちらも菜種のように蒔かれ、育つと人間の太ももくらいになる。いずれも、気候がよければ年に二度、ないしは三度、収穫することができる。十分に育ったらすぐに刈り取って天日干しにし、ミルクと水、砂糖、香辛料などを混ぜて製粉してこれを焼く。こうするとかなりよいパンのようなものができ上がる。雪のように白く、カ

ツザダオと呼ばれるものだ。もちろん外国から小麦粉が運ばれてきた場合はこれでパンを作ることもあるが、これはたいへん貴重な品で庶民の手には入らない。サフランと一緒に炊いた米でパンを作ることもある。これはイギリスのプディングのようなものでクデクと呼ばれるが、あまり長持ちしない。

フォルモサには葡萄の木もあるので、ワインを作っているところもあるが、ヨーロッパのスペイン・ワインのような甘みはない。だからスペイン・ワインもその他のワインもヨーロッパから仕入れている。エールはオランダからだ。だがこれらはいずれも非常に貴重な品であり、ヨーロッパ産なので、一般の人々はあまり好まない。フォルモサの飲み物はほかにもあって、アル・マグノック、プンテット、チャルポック、チラック、コーヒー、ティーなどだ。アル・マグノックとは、マグノックの仲間。どちらも健康によい成分で、酒類も同じようにして作られる。湧水を使って米をどろどろになるまで大量に煮てから、人間の拳ほどの大きさに丸めて天日干しにし、さらにまた新鮮な湧水で十分に煮てから、陶器に入れて少し置く。こうするとイギリスのビール並みに、いやビールよりも強い酒となる。長く置けば置くほど、強いビールになるのだ。またこれを蒸留するとブランデーのような酒がたくさんできる。プンテットというのは、ある種の樹木から採れる酒で、季節になるとこれを絞る。絞った液体を容器に入れ、砂糖を加えて一定期間置いておくと燕麦のモルトで作ったエールと同じような味になる。チャルポックはある種の木の実の名前であり、またそれからできた酒のことでもある。これは胡桃の木に似ているのだが、それゆえフォルモサのほかの木々とは異なり、果実が下向きではなく上向きになるのである。形と大きさは瓜に似ており、シトロン色。実が熟したらこれを集め、四種類の酒を作る。まずは実に小さな穴を開けて中から出てきた液体を採取する。これはブランデー並みに強い。次いで、この実を両手で押しつけて酒を絞り出す。それから、木製のプレスにかけてやはり酒を絞り出す。最後に、すっかり押しつぶされて乾き切ったこの実を水に入れて煮る。するとイングランドの弱ビールのような酒ができるのだ。チラックというのは、白い粉末で、これをコーヒーと同じように、ミルクか水で煮る。だが、いつも熱いのを飲むコーヒーとは違い、冷たくして飲む。元の粉末は根菜から作られたものでチと呼ばれる。中国人はこの根菜を使って飲み物を好んで作るが、あまりきれいなやり方ではない。というのも、まずこれを歯のない老婆に嚙ませ、それをミルクないしは水に入れて煮るからだ。ティーとコーヒーは似たようなもの。リキュール酒もほかの地域と同じように作られる。ほかにも多くの種類の酒がある。ブランもその一つで、林檎や桃ないしはオレンジやレモンから作られる。オルジェーと同じ材料で同じように作られるものもある。酒を飲まない人はミルクや水を飲んでいる。

イングランドにある果物の大半はフォルモサにもあるが、種類や量はそれほど多くはない。林檎も二種類だけで、一つは赤と黄褐色が半々で巨大なもの。実を動かすと種ががらがら音を立てる。もう一つは黄色でそれほど大きくはなく、針で刺したような斑点がついている。梨は黄色で人間の拳ほど（あるいはそれより少し大きい）。サクランボは一つの島でしか育たず、胡桃と同じくらいの大きさでとても硬い。色は白と赤が半々。杏や桃はよく見かけるが、堅果やスモモはあまりない。フォルモサ以外では見たことがなく、やや説明に窮するような果実もいくつかある。その他、農産物と言えば、オレンジやレモン、砂糖は豊かにあり、胡椒やシナモン、クローブ、ナツメグ、ティー、ココス、コーヒーのような香辛料にも事欠かないが、イングランドでは、まったく採れないか、採れてもごくわずかであろう。通常、樹木は年に二回実をつけるが、イチジクは三回ないし四回実を結ぶ。イングランドで見かける果実は、フォルモサにあるのと同じものでも、大きさはその半分もなく、味わいもそれほどよくない。イギリスに比べ、土地が肥えているのでよく熟し、実がよくなるのだろう。たとえば、プンテットという木はイギリスにもあるが、フォルモサにあるものの二〇分の一ほどの酒も採れず、味もよくないのではないか。同様の経験を私は多くした。米については、フォルモサにはふんだんにあるが、最近ではヨーロッパでも知られるようになったので、説明の必要はあるまい。植物については、私はあまりよく知らないので、一つだけ、とても価値あるもののことだけを記しておこう。フォルモサではタムバック、ヨーロッパでは煙草と呼ばれるものだ。

第二七章　日常の食べ物について

パンや果物、穀物のほかに、フォルモサ人は肉を食べるが、すべての動物というわけではない。(先述したように) 肉を食べることが禁じられている動物もいる。許されているのは、豚、鳩と亀を除く家禽すべて、雄鹿と雌鹿を除く猟肉、それに海や川を泳いでいるすべての魚である。フォルモサ人は人肉も食す。いまでは私もずいぶん野蛮なことだと思うのだが、食べるのは、自分たちの敵であることが明らかで、戦場で斃《たお》れたり捕虜になったりした者たちであるか、あるいは処罰された罪人だけである。このうち、罪人の肉はたいへんなご馳走で、ほかの貴重で美味な肉に比べても四倍はいい。人々はこの罪人の肉を処刑人から買うことになる。というのも、公開処刑された罪人の体は、すべてこの処刑人に与えられるからだ。処刑人は罪人が事切れるとすぐさま体をバラバラにし、血を抜き取り、自宅に肉売り場を設ける。そこに買い手がやって来て肉を買っていくというわけだ。いまでも忘れられないのは、一〇年ほど前のこと、背が高く艶のいいちょっと太った、一九歳くらいの女王付きの処女が、大逆罪に問われたことがあった。国王に毒を盛ろうとしたのである。彼女は、処刑の中でも最も苦しく残酷な形で殺されることになった (この点については法律の章を参照されたい)。つまり彼女は、十字架に釘で磔にされた後、食事を与えてできるだけ生き延びさせるということになったのである。刑が執行された。激しい拷問のために気を失うと、処刑役人は彼女に酒を与えて意識を戻させるなどといった具合であった。結局彼女は六日目に死んだのだが、若くて体格のよい体が苦しみ抜いたとあって、その肉は、実に柔らかく美味で高価なものとなったので、処刑人はこれを、八タイロを超える値で売りさばいたのである。この実に非人間的市場には人々が殺到したので、高位の者たちでも、一、二ポンドの肉が手に入れば幸いであった。

敵を食することについては、次のようなことが言い伝えられている。つまり、わが祖先は、敵を征服すると、殺した敵兵を食して復讐を果たすとともに、敵のほかの者たちがまた侵略したり反抗したりしないようにした。ところが復讐がさらに嵩じて、敵の頭蓋骨や骨、武器などを最上等の部屋に吊るし、それを極上の装飾と考えるようになった。かくしてわが祖先たちは、人肉が美味であること、心ゆくまで復讐を果たせることを知り、この食人習慣と野蛮な戦勝行事が定着して、今日われわれ子孫が目にするものに至ったというのである。

フォルモサ人は通常、禁じられていない肉は生で食べる。ときには（しかし、ごくまれにだが）肉を洗うためにお湯に入れたり、温めたりしている光景を目にすることもあろうし、また、火であぶって水分を取り除いていることもあろう。だが、いずれの場合も、食べる前には肉を冷やすのである。肉を食べる際には、胡椒やクローブ、シナモン、ナツメグなどの香辛料を使う。また塩の代わりに砂糖を用いる。魚は生では食べない。水に潜ってこれを捕り、米粉に包んで石炭で焼く。

フォルモサでは蛇も美味なものとされるが、毒蛇はそれ以上に珍重される。調理の仕方は魚と同様だが、毒蛇の方は、毒を取り除くべく、生きているうちにこれを棒で叩き、蛇をさんざん怒らせて体中の毒を頭に上らせておいて頭を切り取ってしまうのである。こうすれば安全に食べられるというわけだ。雌鶏やガチョウなどの卵も食べるし、また各種の香草や根菜も食べるが、調理法は特にはない。

フォルモサ人にとって米はごく一般的な食物で、その調理法は二〇種にも及ぶ。みな、味わいも色合いも異なる。こんなにも米を食べると目によくないのではないか、という説もある。実際、フォルモサ人には近眼の者が少なくない。

われわれは各種の豆もよく食べる。調理法は米と同じだ。

以上が（私の覚えている限りだが）フォルモサ人の日常的な食べ物である。

第二八章　食べ方、飲み方、煙草の吸い方、眠り方

まず第一。フォルモサでは、仕事のない者はみな、朝七時に朝食をとる。最初に煙草を吸い、その後、ボヘアか緑茶、もしくはサルビアの葉の茶を飲む。それから毒蛇の頭を切り取りその血を吸う。およそ人間の朝食の中で、これが最も健康な食事ではないかと私は思う。昼食は、前章で述べたような食べ物によって構成される。主に果実の汁を飲み、香辛料はできるだけ保存しておく。汁は好きなものを飲むが、食後に煙草を吸うのはみな同じ。健康維持のために最も必要だと考えられているからだ。

食卓の高さは腕尺を超えないくらいで、みな足を組んで床に腰を下ろす。イングランドの仕立屋のようだ。身分の高い者だけはクッションに座る。食卓でナイフやフォークを使うことは

なく、肉は、食卓に出される前に細かく切り分けられている。フォークの代わりとして人々は先のとがった二本の棒を使う。かくしてみな、両手を使ってできるだけ早く食事を済ませることになる。液体や、イギリスで流動食と呼ばれているようなものについては、たいてい、両手でこれを掬って食するのだが、きれい好きはこれを、スプーンではなく美しい貝殻を使って食べる。

財産家であれば小皿や大皿、木皿といった食器類を持っているが、一般の人々は、食卓に丸い穴を開けておく。

第二。身分の高い者は自分のカップで飲み物を飲むが、一般の人々はみな、大きな器から飲む。ヨーロッパのように健康を祝して乾杯という習慣はない。ある人が飲み終わると次は誰と尋ね、誰も飲みたい者がいなければ、飲みたい人が出てくるまで、その容器を手元に置いておくといった具合だ。飲むときは、容器に口をつけることはなく、少し離して容器を持ち、口の中へ流し込むのである。

第三。煙草の吸い方はいろいろある。上手な人は、短いパイプと、煙草の葉を四分の一ポンドほど入れたお椀を持っている。あまり上手でない人々のパイプはそれよりも短い。煙草が熱せられて脂ぎっているのが嫌な人々は、二、三ヤードほどの棒を使って吸うが、そうでなければ、煙草の葉をきつく巻き、一方の端に火を点け、反対側で吸うというわけだ。

ここで私は、「社交的パイプ」と呼ばれるものを吸う、実に見事なやり方を説明せずにはおられない。一〇人から一五人の友人がテーブルを囲んでいるとしよう。真ん中にはパイプの火皿のようなものがあって、そこにはわずか四、五ポンドほどの煙草がある。火皿の底には穴が開いているがいまは塞がれている。そこへ従者が熱した銅片と小さな棒の束を運んでくる。従者が銅片で煙草に火を点けると、みなが一本ずつ棒を取り、塞がれていた穴を開けて、そこに棒を差し込む。かくしてみなが「社交的パイプ」を楽しむというわけだ。一人で煙草を吸うことをアビアオールというが、こうした「社交的」な喫煙は、アビアオズアオールと呼ばれる。一緒に吸う、という意味だ。これは友情のしるしでもあるので、もし誰かに親しい知り合いかどうか尋ねると、彼は、一緒に喫煙したことがあると、このアビアオズアオールという語を使って答えるのである。

ここで次のことも申し上げておきたい。哲学者が言うように、この世界にはなくてはならない四大元素というものがある。だからこれに合わせてフォルモサでは、人間の生命になくてはならない四つのものがあると言われている。すなわち、食べること、飲むこと、煙草を吸うこと、そして寝ることだ。だからこそフォルモサでは、どんな年齢でも、どんな状況であっても、みな煙草を吸うのだ。子供だってパイプを持てるようになるや否や、母親から煙草の吸い方を教わるのだ。

生命に欠かせない第四のことは寝ること。商人や労働者には通常、七時間ほどの睡眠が許されている。夜九時から翌朝四時までだ。財産家には六時間で、夜一一時から朝五時まで。もちろんどちらも、特別な機会には、それに応じて寝たり起きたりする。高位の者は四重ベッドに寝る。一番下には米の藁、その上に綿が来て、三段目は羽毛、その上に木綿のキルトである。シーツは通常、絹でできていて、ベッドに入るときも彼らは長い絹のガウンを着る。一般市民や商人は二重ベッドで、この場合、下には木の葉を敷き、上は羊毛だ。田舎の人々は藁や木の葉のような安くて粗悪なものの上に寝る。

第二九章　イングランドでは見られないフォルモサの動物

一般に、イングランドにいる動物はいずれもフォルモサにはいるが、イングランドでは見かけない動物もいる。象や犀、駱駝などだ。これらはいずれも飼いならされており、とても人間の役に立つ。セイウチも時々見かける。イングランドでは見られないほかの野生動物はライオンや猪、狼、ヒョウ、猿、虎、鰐などだ。野生の雄牛もいて、これはライオンや猪よりも獰猛である。たいへんな苦行をした罪人たちの魂だと信じられている。頭と体は小型の雌牛、角は雄鹿、尻尾は山羊のような動物もいる。簡単に飼いならすことができ、馬と同様の働きをする。竜とか一角獣については分からない。フォルモサには、一本だけ角のある魚がいる、というだけだ。グリフォンも見たことはない。実際の生き物ではなく空想の産物ではないかと思われている。

上記の動物のほか、フォルモサでなじみ深いのは、まず蛇。人々はこれを体に巻きつけて運ぶ。蛙もなじみ深いもので、家に飼っておいて毒消しに使う。イタチはネズミの駆除に、亀は庭のために飼っておく。トカゲに似ているがそれほど大きくない、ヴァルチエロ、つまりハエの処刑人、と呼ばれる動物もいる。ガラスのように滑らかできれいな皮膚を持ち、体の状況に応じてさまざまな色合いに見える。これが、食卓や肉の上、あるいは飲み物の中にハエを見つけて追跡するさまは、実に執拗で熱心そのもの。捕まえ損なうことはまずない。このような動物は、フォルモサ以外では、日本とアメリカにしか見られない。

いま述べたような動物は、ここイングランドでは生息していないが、よく知られてはいるので、あまり詳細な説明は必要ないであろう。

第三〇章　フォルモサの言語

フォルモサの言語は日本のそれと同じだが、違うのは、日本人は喉頭音のいくつかの音を発音しないが、フォルモサの人々は発音するという点、それから助動詞の発音で、日本人はフォルモサ人のように抑揚をつけない、ということだけだ。つまりフォルモサ人は、現在時制を、たとえば、ジェルブ　チャト、エゴ　アモのように抑揚をつけずに発音するが、過去完了時制では声調を上げ、未来形では下げる。しかし、半過去や大過去、未来後時制などの場合、フォルモサでは助動詞を用いる。したがって、ジェルブ　チャト、エゴ　アモという動詞は、半過去ではジェルヴィエイエ　チャト、エゴ　エラム　アマンス、あるいは書き方によっては、エゴ　エラム　アモとなる。過去完了の場合は、ジェルブ　チャトで、第一音節の発音が上がり調子、それ以降の二つの音節は下がり調子となる。大過去では助動詞を付けるが、その抑揚は、過去時制と同じ。ジェルブ　チャトの未来時制の発音は、第一音声を下げ、それ以降は上げ調子。未来後時制も発音は同じだがヴィアルという動詞を付けるので、ジェルブ　ヴィアル　チャト、エゴ　エロ　アモのようになる。だがこれが日本では、ジェルブ　チャト、ジェルブ　チャタイエ、ジェルブ　チャタアルといった具合で、助動詞はみな同じように発音するのである。

日本語には三つの文法的性がある。動物はいずれも男性か女性、無性生物は中性。もっとも、この文法的性を区別するのは、オイ、ヒク、ヘク、およびアイ、ホクという冠詞だけで、しかも三つの性の複数形は同じである。

フォルモサの言葉に格変化はなく、単数か複数の区別はあるが、両数形はない。たとえば、オイ　バナジョ、ヒク　ホモ、オス　バナジョス、ヒ　ホミネスといった具合。もっとも、ここでは文法書を書こうとしているのではなく、言語の概要をお知らせしようというわけだから、次のように申し添えるだけで十分であろう。つまり、フォルモサの言語は簡単で、音楽的な響きを持ち、語彙が多いということだ。いったい何語から生まれたのかと問われれば、類似の言語としては日本語以外に私は知らない、としか答えられない。もっとも、フォルモサ語の中には、日本語以外のほかのいくつかの言語から伝えられ、語義や語尾だけが変化したと思われるような語も少なくない。

言語の書記法については、私が見聞したどの言語とも異なっている。まず、隣国である中国および日本の書記法について説明し、それからフォルモサでの書き方をお話しすることにしたい。

第一に、これは旅行者なら誰でもご存じかと思うが、中国で教育のある者は、点を付けたり減じたりするだけで単語一つないしいくつかを表せるような文字を使う。しかしこの書記法を身につけるのはなかなか難しいので、商売や貿易をする人々は、計算をする際に簡易アルファベットを使っているようだ。そう考えるのには理由がある。というのも、商売に従事している一〇歳か一五歳の若者は親方の教本を忠実に習っているけれども、それにもかかわらず、三〇歳以下で中国語の文字をちゃんと書ける者はめったにいないからだ。実際、私がこれまでに見た中国商品を入れた箱や荷には、名前や重さ、価格などが記されているものの、ボンゾやほかの教育のある中国人が使っているのとはまったく異なる文字であった。とはいえ、中国語についてはこのくらいにしておこう。私にはあまり興味もないし、中国語をしっかり習う機会もなかったからだ。

第二に、日本語には四つの書記法があるということを申し上げておこう。つまり第一は、紙の上から下へ垂直に書くというもの。これは中国から伝えられた方法ではないかと思う。中国からは同じように文字も日本に伝えられたが、時を経るに従って、そしてまた日本人の中国人への嫌悪から、だいぶ変化している。さて第二の書記法は、聖職者のみに知られたもので、文字一つが一文全体を表すというもの。左から右へヨーロッパの人々と同じように書いていく。第三の方法は、これまでの二つよりもはるかに簡単なもので、一二の母音と六一の子音からなるアルファベットを用いたものだ。これを使えば、日本語の発音や意味、抑揚の多くを簡単に書き表すことができる。この書き方は右から左へ、その次は左から右へという具合に、前進したり後進したりというような感じで頁の下まで行くので、言ってみれば、その頁全体がいくつものカーヴを描いた一行の文字列になっているということになる。こういう書記法はリバナトヒムと呼ばれている。リバナとは「書く」、トヒムは「前後へ」、つまり英語でいうところの「バックワード・アンド・フォーワード」という意味だ。第四の書記法は、フォルモサから日本人が学んだ方法で、これについてはこれからご説明しよう。

さていよいよ第三にフォルモサの書記法だが、これはいま述べてきた中国や日本に比べ、はるかに明確で簡単なものである。フォルモサには二〇しか文字はないが、いずれも点の向きや文字の傾きなどに応じて、四つか五つの意味がある。付録のアルファベット表をご覧いただきたい。

フォルモサ人は、フォルモサの立法者たるサルマナザールが訪れるまでは、まったく文字と

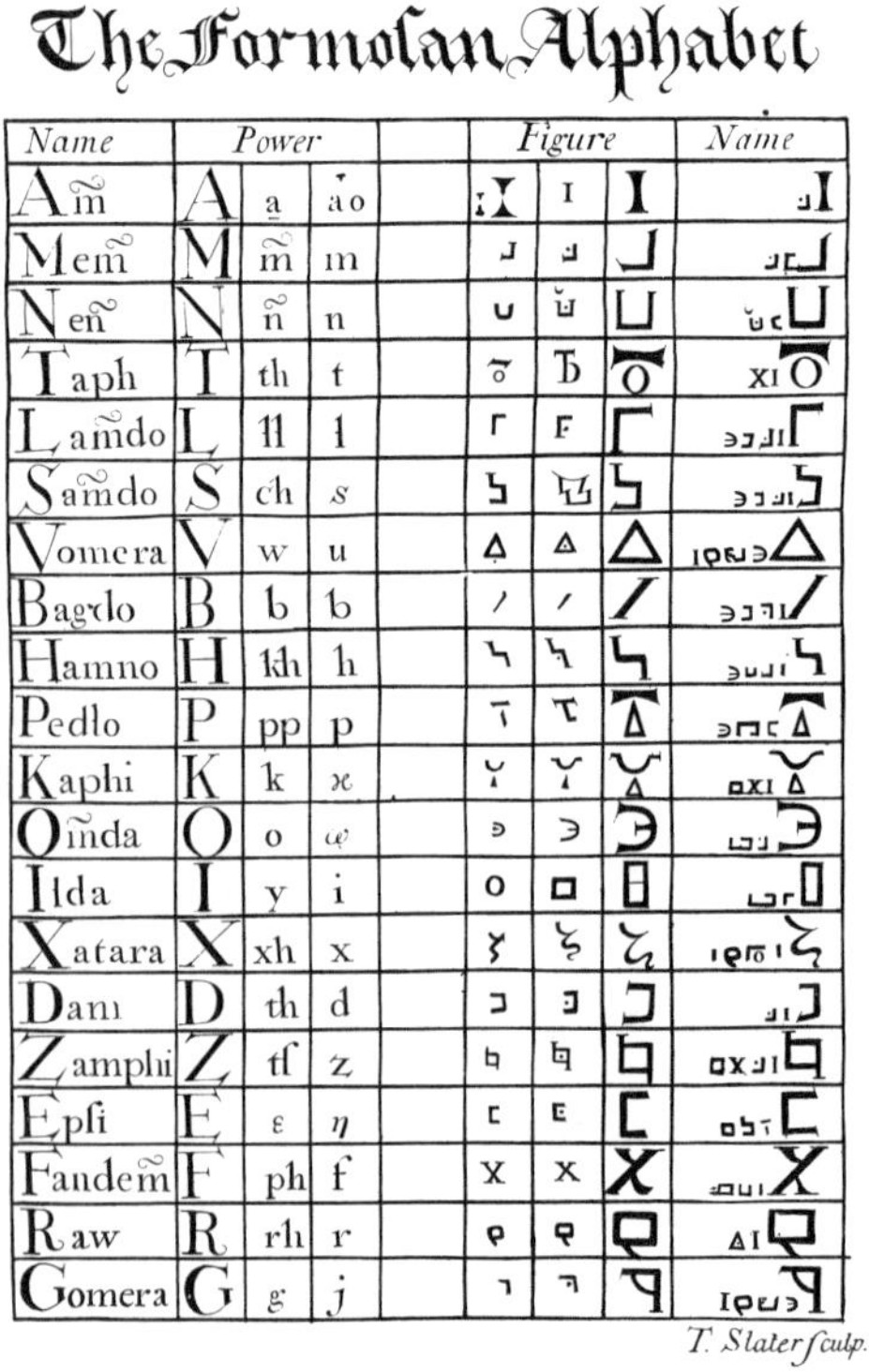

いうものを知らなかった。彼が『ジャールハバディオンド』を記した文字は、現在フォルモサで使われているものである。彼はその書き方こそ、神から賜ったものだと称して聖職者に教え、聖職者たちが今度はほかの者たちに教えて広まったので、いまや、いかなる身分の者であっても、読み書きできない人はフォルモサにはほとんどいない。日本の皇帝は、フォルモサを領有した後、フォルモサ人が書記法を身につける様子にたいへん興味を抱き、実際、皇帝自身が簡単にフォルモサの書記法を習得してしまったので、これが日本でもいまや流行になっているというわけだ。おそらく高位の日本人の間では、先に述べたほかの三つの書記法よりも盛んに使われてい

るのではあるまいか。

　このフォルモサの文字の使い方については多くの細かな規則があるのだが、その規則は実に際限もないほど多く、ここに記しても役に立たないと思われるので、よく使われるいくつかの名前、それから祈禱書、教義、フォルモサ語で書かれた十戒について説明を加えることで、フォルモサ語の概要を読者に知っていただこうと思う。

　フォルモサ語では、皇帝のことをバグハサーン・シェヴエラールという。つまり、最上なる君主、という意味だ。国王はバガロ、もしくはアンゴン、副王はバガランドロ、もしくはバガレンデル、貴族はタノス、市や島の長官はオス・タノス・ソウレット、市民はポウリノス、村人はバルハウ、兵士はプレシオス、男はバナジョ、女はバジャネ、息子はボットで娘はボティ、父はポルニオ、母はポルニイン、兄弟はゲヴレオ、姉妹はジャヴライイン、親戚はアルヴァウロス、島はアヴィア、市はティロ、村はカセオ、天はオルフニオ、地はバディ、海はアンソ、水はオウイロ、である。

　日本語が中国やフォルモサの言語と異なるのは、次のような理由による。日本人は、中国で反抗したため中国から追放され、日本列島に定着した。それゆえ、彼らは中国を嫌い、言語にしても法律や宗教、生活習慣などにしても、中国人と共通している部分をことごとく変えてしまったのである。したがっていままでは、日本語と中国語の類似性はまったくない。だが、フォルモサに最初に住み着いたのは日本人であったから、フォルモサには日本語が伝えられた。その言語が、日本では洗練され、当時とは比べものにならないくらい完璧なものとなっているのだが、フォルモサ人たちは当時の言語にほとんど実質的な変更を加えず、元の形をいまでも保っている。ところが日本では、毎日のように変更が加えられ、改善されてきたというわけである。

さてここで、フォルモサ語がどんなものなのか、読者に概要をつかんでいただくために、フォルモサ語で書かれた祈禱書、使徒信条、それからモーセの十戒に説明を加えることにしよう。いずれも文字はローマ字で表記されている。

「祈禱書」
天にましますわれらが父なる神　聖なる
Amy Pornio dan chin Ornio viey, Gnayjorhe
その名　汝の王国に来たりて　汝の意思を
sai Lory, Eyfodere sai Bagakin, Johre sai
在天の時と同じく　地上でも果たされ
domino apo chin Ornio, kay chin Badi eyen, Amy
われらがパンを　日々　与えたもう
khatsada nadakchion toye and nadayi, kay ra-

われらが罪を赦したもう　われらが仲間の罪を
donaye and amy sochin, apo ant radonem amy
赦すごとくに　われらを誘惑に導くのではなく
sochiakhin, bagne ant kau chin malaboski, ali
われらを悪魔から解き放つ　汝のものなり
abinaye and tuen Broskaey, kens sai vie Baga-
この王国とその栄光は　あらゆる時に　いましますす神よ。
lin, kay Fary, kay Barhaniaan chinania sedabey.
アーメン。
Amien.

「使徒信条」
私は神を信じます　全知全能なる父
Jerh noskion chiu Pagot barhanian Pornio,
天地の創造主
Chorhe tuen Ornio kay tuen Badi:
また私は信じます　神の御子　イエス・キリスト

Kay chin J. Christo ande ebdoulamin Bot
主は　聖霊によって宿り
amy Koriam, dan vienen jorh tuen Gnay
聖母マリアのもとに生まれ
Piches, ziesken tuen Maria Boty, lak-
ポンティウス・ピラトゥスに苦しめられ、十字架に架けられ、死して
chen bard Pontio Pilato, jorh carokhen, bosken,
埋葬され、地獄へ降ってゆき
kay badakhen, mal-sien chin xana khie,
三日目に蘇り
charby nade jandasien tuen bosken, kan-sien
天に昇り、神の右手に座す
chin Ornio, xaken chin testar-olab tuen Pagot
父なる全能の神は　来たりて裁く
ande Pornio barhanian, dan foder banaar
生きる者を　死ぬる者を。
tonien kay bosken.

私は信じます　聖霊を
Jehr noskiou chin Gnay Piches,
聖カトリック教会を
Gnay Ardanay Chslae
聖体拝領を
Ardaan tuen Gnayji,
罪の赦しを
Radonayun tuen Sochin,
肉体の復活を
Jandafiond tuen Kriken,
永遠なる生を。アーメン。
Ledum Chalminajey. Amien.

「モーセの十戒」
聞け　イスラエルの民よ　われは汝の神であり
Gistaye O Israel, Jerh vie oi Korian sai
汝をエジプトの地から導き出し

Pagot dan bayneye sen tuen Badi tuen Egypto,
束縛から解き放った。
kay tuen kaa tiuen slapar.
一　私のほかに神があってはならない
Kau zexe apin Pagot oyto Jenrh
二　自分で自分の偶像を作ってはならない
Kau Gnadey sen Tandatou
次のようなものの偶像を作ってはならない
kau adiato bsekoy oios day chin
天にあるもの、地にあるもの、地中にあるもの、
Orinio vien, ey chin Badi, ey mal Badi,
それらを拝んではならない　それらに仕えてはならない　なぜなら
kau eyvomere, kau conraye oion, kens Jerhvie
私は汝の神　熱情にあふれる者　私は罰するであろう
say Korian Pagot spadou, kay Jerh lournou os
父の犯した罪を　子供に対して
Sochin tuen Pornio janda los Boros, pei chin

三代も四代も後まで
charby kai kiorbi Grebia chim dos oios dos
私を嫌った者たちの　逆に私は　慈しみを与える
genr videgan, kai teltulda Jerh gnadou chin
私を愛した者の　何代も何代も後に至るまで、
janate Grebiachim dos oios dos genr chataan,
私の教えを守る人々の。
kai mios belestosnautuo laan.

三　汝の神の名をみだりに唱えてはいけない
Kau chexner ai lory tuen Pagot sai
神は罪なしとはしないであろう
Korian bejray, kens oi Korian kau avitere aza-
みだりに名を唱えた者を。
ton oion dan ande Lory chexneer bejry.

四　安息日を聖なるものとすることを忘れてはならない
Velmen ido sen mandaar ai Chenaber;
六日間は働き、すべての仕事をしなさい

dekie nados farbey kai ynade ania sai Farbout
だが　七日目は　神の安息日
ai ai meniobi vie ai nade tuen Chenaber tuen
その日に働いてはいけない　また働かせてはいけない　汝の
Sai Korian kau farbey chin ai nade, sen kau sai
息子にも　娘にも　召使い男にも
bot, kau sai boti, kau sai sger-bot, kau
召使い女にも　門前に現れた
sai sger-boti, kau oi janfiero dan splan sai
見知らぬ人にも、　というのも　神は天を創り
brachos viey, kens oi Korian chorheye Ornio,
地を創り　海を創り　あらゆるものをお創りになったが
Badi, Anso, kai ania dai chin oios vien
それは六日の間であり　七日目はお休みになった
chin dekie nados, kai ai meniobe stedello,
したがって　七日目は祝福され
kenzoy oi skneaye ai meniobe nado kay gnay-

神聖なものとされなければならない。
Frataye oin.

五　汝の父と母を　敬いなさい
Eyvomere Pornio kai Porniin soios ido
そうすれば　この地に長く留まれるよう
areo jorhen os sois nados chin badi, dnay
汝の神、主の恵みがあろう。
oi Korian sai Pagot toye sen.

六　殺してはならない。
Kau anakhounie.

七　姦淫してはならない。
Kau verfierie.

八　盗んではならない。
Kau lokieyr.

九　嘘の証言をしてはならない　汝の
Kau demech stel modiou nadaan sai
隣人に対して。

Geovreo.
一〇　欲しがってはならない　隣人の家を
Kau voliamene ai kai tuen sai Geovreo,
欲しがってはならない　隣人の妻を
kau voliamene ey bajane tuen sai Geovreo, kau
欲しがってはならない　隣人の召使い男や　召使い女を
voliamene ande sger-bot, ey ande sger-boti,
あるいは　隣人の雄牛　驢馬　そのほか何でも
ey ande macho, ey ande fignou, ey ichnay
隣人のものを。
oyon staved.

第三一章　フォルモサの船

長い航海をするための船以外にも、フォルモサには、「バルコン」と「フローティング・ヴィレッジ」、もしくは「アルカカセオ」と呼ばれる船があって、これらは位の高い人々の移動や川遊びのためにのみ用いられる。皇帝や王、副王、貴族などはいずれも各人がバルコン一隻

The Kings Balcon
A Floating Village

A Gentlemans Balcon

A Litter

を有し、また護衛のために一隻の「フローティング・ヴィレッジ」を持っている。これらの船の様子は、図版によってよく知ることができよう。

一見して分かる通り、皇帝や国王と副王のバルコンの違いは、その大きさだけで、王のバルコンは少しだけ威厳がある。「アルカカセオ」と「フローティング・ヴィレッジ」には、バルコンの持ち主を守る守備隊が乗るのだが、これもみな、似たようなものである。王のものはほかよりも長く、幅もあって豪華である。

フォルモサの島の中を移動する場合、馬車はないが、それとは別により便利な車がある。というのもフォルモサ人は、二頭の象もしくは駱駝、あるいは馬などが引く「ノリモノ」と呼ばれる輿で移動するからである。輿は大きいものになると三、四〇人も乗ることができる。図版を参照されたい。

この輿は、持ち主の位にかかわらず同じような作りである。違いと言えば、いささか立派なものがあるくらいだろうか。

第三二章　フォルモサの貨幣

日本人は、金、銀、銅の三種類の貨幣を使っているが、これらはいずれもフォルモサ島においても通用する。このほかフォルモサには、鉄および鋼の貨幣がある。日本で鋳造される最も高価なものは「ロクモオ」と呼ばれ、その価値は九コパン半ほど。一コパンとは、七タイロ相当の鋳造された金貨であり、(ヴァレニウスが言っているように)一タイロは、オランダ方式の換算によれば、五八スタイヴァー相当の銀貨であって、これはイギリスのクラウン硬貨とほぼ同等である。ただ、カクサのような銅貨となると価値は低く、イギリスの二ペンスほどだが、半カクサとか四分の一カクサのような貨幣もある。もっとも、日本ではこうした貨幣も使われているが、フォルモサでは使われていない。

フォルモサでは、日本と違い、「ロクモオ」の価値は八コパンほど。一コパンは六タイロで一タイロは四八スタイヴァーである。これは、銀貨に比べ金貨が安いというわけではなく、両者は同等なのであるが、金貨と銀貨の産出比がフォルモサと日本では異なるためだ。つまり、フォルモサでは金が銀に比べて豊かに産出されるのに対し、日本では銀の方が多い。それに加えてフォルモサでは、コランと呼ばれる鋼貨があり、これが、大きさはタイロほど大きくはないのだが、タイロと同等の価値を持っている。さらにフォルモサでは、リアオンと呼ばれる鉄貨もあり、一リアオン、半リアオン、四分の一リアオンなどの貨幣がある(一リアオンは四分の一タイロ、もしくはコランである)。このほか、カプチャウと呼ばれる銅貨もあって、これはイギリスの七ファージングに相当する。これらの貨幣の形状をまとめると以下の通りである。

一ロクモオは、金八ポンド半の重さがあり、形は図の通り。上部に皇帝の頭部が刻印されている。下部にあるのは皇帝の紋章である。裏側には、この硬貨が鋳造された地域を治める王の紋章が記されている。半ロクモオ貨もあって、これは同じ形で重さが半分である。

コパンは金一ポンドの重さがある。上部には皇帝の頭部が、また下部には王の頭部が記されている。裏側に記されているのは両者の紋章である。半コパン貨もある。一コパンも半コパン

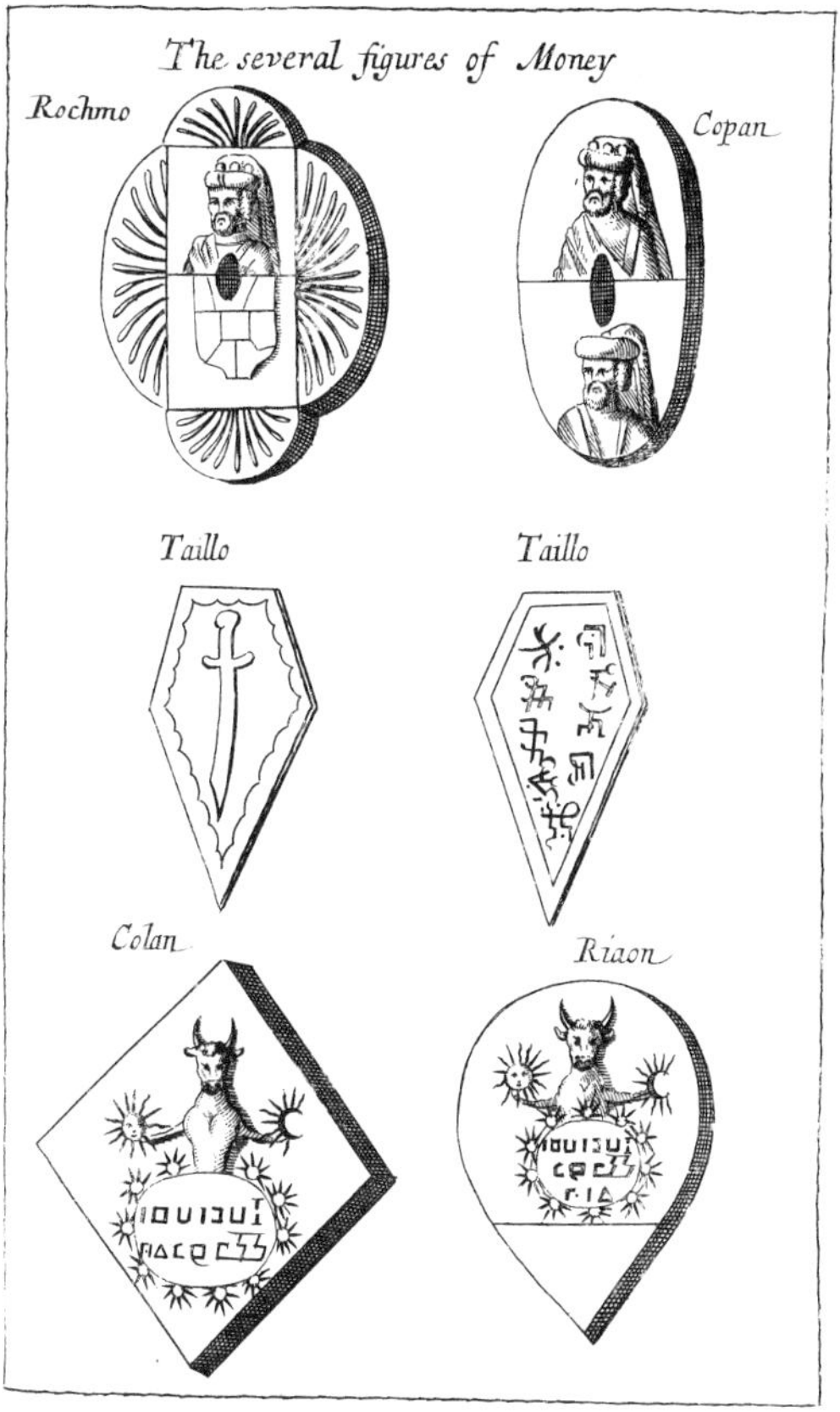

も真ん中に穴が開いている。

タイロというのは銀貨で重さは四オンスほど。片側には剣が、その反対側には、硬貨の価値を記した日本語の古い文字が記されている。

カクサ貨については、円形のもの、四角形のもの、三角形のものがあるが、いずれも鋳造されたのは日本である。

鋼貨にはさまざまな種類のものがある。コランは重さ四オンス。コランには、四分の三コラン、半コラン、四分の一コランなどの硬貨もある。重さと価値は、その名称に正確に準じている。コランは四角形で、宗教上の紋章が、「神に栄誉あれ」という意味のフォルモサの文字とともに刻まれており、その反対の隅には、国王の紋章がある。

リアオンは鉄貨でコランとほぼ同じ大きさ、だが価値はその四分の一である。刻まれているものはコランと同じだが、形状は円形と言ってよいだろう。

カプチャウは日本のカシエンスもしくはカクサとほぼ同等の銅貨で円形、絵や文字は刻まれていない。カプチャウにも半カプチャウ貨、四分の一貨などがある。

第三三章　日本およびフォルモサの武器について

日本人は、ヨーロッパで一般に使われているような武器を使わない、ということは広く知られているように思う。だが、イエズス会士やオランダ人が日本に渡って以来、大砲や銃が日本にもたらされた。もっともその数は、戦争で敵に対して使えるほどではなかったので、もっぱら日本人の好奇心を満たすものであった。日本人が使う戦闘用の道具は、以下の通りである。

第一に、町の城壁を破壊する破城槌。丈夫な木に多くの鋭くとがった鋼板が固定され、全体がやにや樹脂などの燃えやすいもので覆われたファチョというもので、これに火が点くと猛烈な勢いで収納庫から飛び出すので、三人の男が並んで立っていたとすると、この三人の胴体は鋭い鋼板でみな真っ二つになってしまうだろう。第二に、日本人は戦闘の際、長短の槍や弓矢、三日月刀を使う。

日本人のことを知っている者なら誰もが認めるだろうが、ともかく彼らは武器の扱いに熟達していて、特に矢については、ヨーロッパ人が銃から弾丸を放つのと同じく、狙った対象を正確に射貫くことができる。

日本人はまた、きわめて優れた剣や刀を作ることができ、その点で東洋諸国から大いに尊敬されている。金属が多く産出するので、これを溶かしたり混ぜたり、精錬したり焼き戻したりすることに精通しており、金属を作ることにおいてはヨーロッパ人をはるかに上回っている。日本人は鉄で剣や刀を作るが、そのための鉱山が一つある。日本人の剣は、実に見事に正確に焼き戻して作られるので、なかには、純金の剣よりも高価なものがある。というのも、歯が非常に鋭く、一撃で木を真っ二つにしてしまったり、刃をこぼすことなく鉄を真っ二つにしたりできるのである。日本人の刀は合金製なので、もし少しでもこの刀で傷つけられたなら、すぐにその肉片を丸ごと切り取らない限り、傷は決して治らない。長短の槍や矢の先にも同じ金属が使われており、ひとたび傷を受ければ、毒が広がるのをただちに止めない限り、致命傷になる。こうした戦い方をヨーロッパ人は批判しているが、それは不当というもの。ヨーロッパ人だって、日本人以上に強力な武器を使っているのだから。敵を倒そうとしているとき、その殺し方がどうかなどということはさして問題にはならないものだ。否、この点に関して言えば、最も危険な武器こそ最上のものである、ということになるのではないか。殺せば殺すほど、戦争が早く終わる。それは誰にとっても最も望ましいことだからだ。

もっとも、東洋諸国全体で兵士たちは以前にはこうした日本の武器を使っていたのだが、最近、日本の皇帝が武器の輸出を禁止し、これに反した者には極刑を科すことにしたので、フォルモサにもあえて日本の武器を持ち込もうという者はいなくなった。だが、フォルモサにやって来た王は、戦争に備えてこうした日本の武器を蓄えた倉庫を持っている。したがって日本の武器は、フォルモサにあってはそれほど珍しいとか高価であるというわけではない。いやそれどころか、禁輸にもかかわらず、あえてこうした武器を秘密裏に輸出しようとする者もいる。こうした者たちの多くがゴアにいるのを、私は見たことがある。ゴアでは公式にこうした武器販売ができるからだ。日本人はまた、投石器を使って石を投げつけることもあるが、これはごくまれである。

第三四章　日本とフォルモサの楽器について

さまざまな音楽の技法に関しては、東洋諸国のいずれでもずいぶん長いこと知られていなかった。日本人でさえ、太鼓とか小太鼓、トランペットや縦笛、あるいはその他、ヨーロッパの楽器の何に譬えたらよいのかよく分からないようなものについては昔から持っていたものの、歌を歌ったり、楽器を奏でたりするような何らかの技術というようなものはなかったと言ってよい。しかしながら、ヨーロッパ人が日本に渡って以来、日本人も楽器を作ったり演奏したりする方法を身につけるに至った。そのやり方は、イングランドの場合とほとんど同じである。イエズス会士が教会でオルガンを弾くのを聴き、ローマ教会の音楽性が受け継がれているのを知ると、日本人はそれに強く心を動かされ、音楽の技を身につけようと強く願うことになったのである。その熱心さと才能により、いまや日本人は、完璧にとまでは言えないものの、十分に自分たちの音楽を楽しめるまでになっている。それゆえ彼らは、結婚式や葬式、娯楽や休養などに際して、声楽も器楽も利用する。生贄、特に子供を生贄として捧げるときにも、である。

日本については以上の通りであるが、フォルモサ島ではどうかというと、人々はいまもって昔風のやり方で、それもそういうやり方をいちおう方法と呼ぶならばの話なのだが、歌を歌ったり楽器を弾いたりしている。というのも、聖職者たちだけによって歌われるいくつかの特別な祈りの歌を除き、フォルモサの人々は、あらゆる歌をてんでばらばら、みな思い思いのやり方で歌うからである。それをフォルモサでは滑稽なことと考えないのだが、その理由は、もっとよい歌い方を知らないということなのだ。それどころかみながてんでばらばら、好きに歌っている声や調子は、むしろ好ましいハーモニーであるようにさえフォルモサ人には思えるのだ。寺院で使われる太鼓や小太鼓のような楽器の扱いについても、同じようにばらばらなのである。

フォルモサ人は、トランペットや縦笛、その他イングランドでもよく知られた楽器を使うこともある。これらの楽器の詳細な説明は不要であろう。だが、フォルモサの寺院ではハープを弾くことはない。ハープを弾くのはキリスト教徒だけなのではあるまいか。フォルモサ人はまた、荒々しい、戦いのような音を出すティンパニを使うことがある。実際これは戦争の際に用いられる。もっとも、かなりの大きさなので、象がこれを運搬する。フォルモサ人が使う楽器は以上の通りである。

第三五章　子供の教育方法について

すでに述べた通り、子供の教育は妻がする。ただし、貴族の妻には、子供の教育にあたる召使いの女性が付いている。まずは子供が三歳になったら、読み方を教える。五歳になる頃には、読み書きの両方ともかなり達者になる子供もいる。フォルモサの母親は、読み書きを同時に、しかもかなり上手に教えることができる。まずは、書かれた文字を学ぶ前に、文字の名前を繰り返す。文字の名前を言えるようになったら、母親は、三つか四つの文字を書いてみせ、その上に実に精巧にできた透明の紙を置く。それから、（ペンではなく）鉛筆を子供に与え、下に書いてある文字をなぞらせる、というわけだ。母親が文字の名前を言い、子供がそれを書く。母親はその他、必要な指示を与えるので、数か月も練習すれば、フォルモサの子供は、読み書きを身につけられるのである。パブリックスクールに入ってから数年を要するヨーロッパの子供よりもはるかに容易に、である。

子供が五歳から六歳の間になると、母親たちは、それぞれの状況に応じて、宗教の原理や子供が親や隣人に対して負っている責務、さらにはフォルモサの風俗や習慣などについても教えることになる。八歳になると、フォルモサの子供たちは学校に入れられる。そこでは、聖職者が（これがイングランドでは通常、校長先生であるわけだが）、それまでに家庭でどれくらい学んできたかを確かめ、不足しているものを補って、教育を完成させる、というわけだ。もちろん、身分の低い親の子供は、こうした恩恵のすべてに浴せるというわけではない。なにしろ聖職者たちに教育してもらうには、莫大な費用を支払うことが予想されるし、実際、必要になるのだから。これがフォルモサの男子の教育方法である。

女子の場合、教えるのは母親だけであり、母親が、読み書きやら細かな手芸のやり方、しかるべき作法、貞節の観念などを教えることになる。そして仕上げに、結婚したらどう振る舞うべきかを教える。時には父親が、女の子たちへの教育がどれくらい進んでいるか調べることもある。こうして育てられた娘たちは、徳をよく守り、母親の説くところによく従って、不純な行いに身を委ねるくらいなら自ら命を絶つというようになる。一例をここに挙げよう。八年ほど前に起きたことで、私はこれを間近に見ていたのである。

アンゴンという王が余命いくばくもなくなって、皇帝が別の国王を任命した。この国王がわが島にやって来て、慣例に従い、主だった場所を訪問した。なかでも彼は、グレイト・ペオルコという場所で、そこの総督から実に丁重に扱われることになった。この総督の妻の一人に、その慎ましさ、知性、そして美しさにおいて誰にも劣らないという評判の女性がいた。新国王は、実に元気で快活な三五歳くらいの男であったが、彼女を見るとたちまち魅了されてしまい、彼女をクステルネチャの宮殿に送るよう総督に命じた。総督はこれを拒むこともできたはずである。国王といえども、ほかの男の妻を自由にする権限はないからだ。しかしこの総督は、新国王の不興を買うよりは自らの名誉を汚す道を選ぶ。国王が各地の視察を終えるや否や、総督は立派な従者一行とともに彼女を宮殿に送ったのである。国王は大いに喜んで彼女を丁重に迎え、荘厳な部屋に彼女を導き入れた。心には重く悲しみを抱きつつも、彼女は慎みのある陽気さをもって王に接した。悲しみを押し隠そうとすればするほど彼女の美しさは増すことになり、それが国王の愛に火を点け、彼は理性も威厳も失い、愚かしいまでに情熱をほとばしらせることになった。彼女は、国王の気持ちの弱さを見抜き、ひざまずくと、事に及ぶ前に一つだけお許しいただきたいことがあると願い出た。何でも願いを叶えてあげよう、ただし、それを自分が許す前に何を望んでいるのかを自分に知らせなければならない、それが王の答えであった。「それでは申し上げます」と彼女は応じて、話し始めた。「お許しいただきたいのは、三日三晩、私を個室に閉じ込めていただきたいということです。その間、誰も私の姿を見たり、私に話しかけたりしてはなりません。生活に必要なものや気晴らしなどは、日に一度、その部屋の戸口に運ばせ、それらを運んできた従者には、合図として戸をノックさせ、私がそれを運び入れる間はさがらせてください。こうしたことがきちんと実行されますならば、私は、どんなことでもあなたの求めに応じましょう」。国王はこの願いを聞き届け、彼女をただちにある部屋に送り出すと、あらゆる珍品を、溢れんばかりに恋愛の情を綴った手紙とともに部屋へ届けさせたのであった。三日目のこと、部屋の戸口まで行った従者は驚愕する。前日に運んだ品物がそのままそこに置かれてあったからである。彼はただちにこのことを王に報告する。王は事態を憂慮したが、約束を反故にするわけにはいかず、定められた刻限までじっと待った後、部屋の戸口に急ぎ、ノックしたり呼びかけたりしたが返事はない。そこで扉を壊すよう命じて部屋の中に入ってみると、そこで彼が目にしたのは、部屋の一角にまとめられた食料と、そして餓死した彼女の姿であった。この悲劇をどう描写すべきか、私には到底しかるべき言葉が見つからず、また、国王の苦悶も甚だしく、彼の悲しみを表現することもできない。彼はすぐさま、この貞淑なる女性の遺体の傍らにひざまずき、二度と再びこのようなことはしないと、守護神アミダにかけて誓ったのである。最大限の敬意をもって王は彼女を埋葬し、葬儀には総督を招いた。腕尺二つ〔約一メートル〕ほどの純金の肖像画が、まさにこの悲劇の起きた部屋に設けられた祭壇の上に置かれた。それ以来、王自身、もしくはその重臣が毎週二度ほどこの部屋を訪れ、彼女の肖像の前であらゆる供え物を焼いては供養をしているのである。読者諸氏はよき教育の力をここに見るであろう。弱き女性であっても、誇りを汚したり、徳の定めを破ったりするくらいなら、悲惨な死をもいとわないのである。

悪戯に耽っている子供を思いとどまらせるためには叩くことも必要と思われることがないではないが、フォルモサの親たちは子供を叩くのはよくないと考えている（ヨーロッパの親には子供を叱り飛ばすようなことをする者もあるが、そんなことはフォルモサではなおさらよくないことだ）。フォルモサの親は、子供に対してより丁寧に務めを教えて悪戯を戒め、はるかに強い説得力をもって、子供の行状を直すようにしている。子供は年とともに理性を身につけてゆくのだから、自分で自分の悪い点を直してほしいと親は願っているのである。実際、この穏やかな説得や戒めは非常に効果があり、子供は、六歳から九歳になる頃には、年配の大人と同様、礼儀正しく慎み深い言動を自ら身につけることになるのである。これは大いに賞賛に値することであろう。

フォルモサの子供たちは、生まれつき優れた能力を持っていて、いくつかの言語や学問を容易に身につけてしまう。このことについて私が自国民を誇張して説明していると思われる方々には、すでに記されたものがあるので、それをお読みいただければと思う。

八歳か九歳になると、フォルモサの親は子供を学校に入れ、その後は（万一、学業を怠ったりしても）、無理に脅かして書物に向かわせるというようなことはせず、学業を促すにも元気づけたり励ましたり、また、学業に励んでたいへんな名誉や権威を得るに至った実例や物語などを示してあげたりする。フォルモサの親が子供に影響力を及ぼすのはこのようなやり方によってであり、殴ったり脅したりというような方法を取ることはない。実を言えば、日本人もフォルモサ人も、生まれつき頑固で意地悪な人が多いので、殴ったりされれば到底我慢できないのである。だから、たまたまそのようなことが起きると、たとえば、召使いが不当に情け容赦なく殴られたりしようものなら、その召使いは復讐として主人を殺してしまいかねないのである。

貴族の幼児は、母親や乳母によって注意深く養育される。母親や乳母は、いつも子供のそばにいて足りないものはないかと注意しつつ、絹や木綿で子供を暖かくしてあげている。ヨーロッパで見られるような巻き布にくるむことはしない。もっとも、フォルモサの親は、子供に服を着せるということを考えず、幼いときはただ温めてあげるだけ。二歳になると、平気で山や森を裸で走り回らせている。

フォルモサの女性は、子供を産んですぐに乳を飲ませることはしない。できるだけ早く乳を涸らしてしまうのである。その理由は、まず第一に、すぐにまた子供を妊娠する可能性があること、第二に、子供が母親の病気をもらう心配がないこと、第三に、母親が子供を過度に甘やかしてしまうのを防げること、などである。したがって、フォルモサでは、乳母と呼べるのは、家畜の鹿や山羊、羊などだけであり、子供たちは三歳か四歳になるまで、そうした家畜の乳を吸っているのである。その後、子供たちは煙草を覚えるのだが、なかには乳首を離れる前に煙草を吸っている者もいる。

第三六章　日本とフォルモサにおける学問技芸

日本人はフォルモサ人に比べてはるかに学問技芸に秀でているけれど、ヨーロッパに来てみると、ヨーロッパの人々に比べれば、日本人はかなり劣っているということを知った。実際、ヨーロッパの人々は、あらゆる東方の人々よりも、技芸において才能があり、また優れた思索を展開している。もっとも、イエズス会士たちは中国に軍配を上げているが、これは彼らを大いにうぬぼれさせるものだ。なにしろ中国人は、「自分たちは二つの目でものを見ているが、ヨーロッパ人は目が一つで、ほかの連中には目がない」などとよくうそぶいているのだから。

日本の貴族、なかでもボンジイたちは学問に光彩を与え、これを大いに進める人々である。ボンジイの大半は、生涯、学究生活を送っている。彼らは、ほとんど知られていない言い伝えや数々の謎、奇説などを重視し、隠喩や多義的な言い回しを表現の精華としている。彼らは多くの宗派に分かれているが、皇帝により、宗派間で言い争うことは認められていない。それゆえ、他の宗派に異議を唱えることなく、自らの信条の正当性を示すような書物を多く著している。つまり彼らは、意見を異にしているものの論争することはなく、書庫には、多くの書物があるものの、極論や論争の書などはないのである。

日本の学者たちは心から思想研究に専念しているが、私自身はほとんどその内容を知らないため、それをここで紹介することは控えなければなるまい。ただ、私が読んだり聞いたりした限りのことで申し上げるなら、彼らの思想には、古代のさまざまな見解が混ざっていていささか混沌としているようで、聖職者たちは自分の気まぐれや迷信を擁護すべくそれを引き合いに出しているという。たとえば、日本の学者たちは、神を非常に崇高なるものとして信じて現世的なものを求めず、神と人間の調停者として英雄を位置づけているのだが、どうやらこうした考え方は、エピクロス主義者から受け継いでいるらしい。また彼らが持っている魂の輪廻転生に関する考え方は、間違いなくピュタゴラス学派に由来するものであろう。ざっとこんな具合である。

聖なることを司るためにボンジイたちは別格の扱いを受けているが、彼らが研究しているのは、宗教と思想ばかりではない。医学や法学、数学などにも多くの時間を費やしており、そのため、ヨーロッパの大学のように立派な学問所が数多くある。

先に述べたように、二つの書記法が古くからあるのだが、それらにこの学者たちが精通するには、数年を要する。彼らはギリシャ語を互いに教え合い、平信徒には意味の分からないこのギリシャ語で話をする。現在の思想家や半神半人の著作の中にも、このギリシャ語が時々顔を出す。日本のボンジイたちはこのギリシャ語を彼らの中だけで維持しているが、フォルモサの聖職者たちはこれを広く教えて金儲けをしている。

ところで、ギリシャ語をいったい誰が、日本やフォルモサに初めてもたらしたのかと問う人もあろう。これについて正直にお答えするとすれば、私たちの身の回りには、どのようにして、いつ、どこからやって来たのか分からないものがたくさんある、ということになろう。だが、私がこのように無知をさらけ出したとしても、決して不思議なことではないと思う。いったい英語はどこからもたらされたのかということについて一〇人の人々から満足のいく解答を得る前に、一〇〇〇人のイギリス人に訊いてみなければならなかったとしても不思議ではないからだ。だから、いつギリシャ語などがこのフォルモサにもたらされたのかについては、答えられる学者がフォルモサにも数人はいる、ということだけである。

フォルモサの学校や大学はたいへん立派なものである。寛大なる後援者のおかげで、つまり、国王、副王、貴族、紳士たちのおかげで、非常に豊かである。彼らは息子たちをみな、そうした学校や大学に入学させ、その教師たる聖職者たちには、生徒の教育の成果に応じて莫大な報酬や贈り物が与えられる。

ここで（ちょっと脱線するが）、われわれがどのようにして論争に決着をつけ、また死刑に相当する罪人の有罪を確定し判決を言い渡すのかについて、お話ししておくことにしよう。フォルモサには、『ジャールハバディオンド』の中に記されているもの、もしくは、私が先に述べたように、メリヤンダノー皇帝が、法的正義を遂行すべく皇子たちに命じて彼らに課したものを除くと、成文法や制定法のような法律はない。

もし何か市民の権利のようなことについて二人の男の間に争いが生じたとすると、まず彼らは、その町や村の総督の前に出頭して、それぞれの言い分を申し出なければならない。総督は双方の言い分を記録してこれを国王か皇子に送る。国王か皇子は、双方の言い分をよく検討し、間違っていると考える側にその理由を伝える。かくして裁定が下されると一切の上訴は認められず、総督はその決定を受け取るや否や、この争いに終止符を打つというわけだ。

さて、極刑に値する犯罪者の場合は、近くの総督の前に連行され、訴え出た者が証拠を提出し、それについて犯罪者が弁護をする。総督はこの審問の詳細を記録し、その書面の下に、容疑者が有罪であるか無罪であるかについての彼の見解を小さく書き記す。この書面もまた一般の争いと同じく、当該の島や州の国王なり皇子のもとに送られ、国王や皇子は、この書面の脇に赤の封印を（刀を抜いて）施すことになるのだが、もし、無罪であると判断した場合には、白もしくは黒の封蠟を用いる。この封印こそは、王笏《おうしゃく》というか、権威の証なのである。王もしくは皇子は、この書面を総督に送達し、総督はこれを受けて、罪人を処刑したり放免したりすることになる。だが本題に戻ろう。

日本人は数学をよく学ぶが、フォルモサでは、数学の心得のある者はほとんどいない。フォルモサの聖職者たちは、人々が占星術や天文学を学ぶのを厳しく禁じているのだが、その理由は、思うに、フォルモサの人々は太陽や月、星を理性的な存在と信じているので、もし人々がそうした学問を身につければ、事実はまったく逆であるということをみなが知ってしまうからではないだろうか。

フォルモサでは、内科医と外科医、薬剤師について区別がない。内科医と言えば、傷を癒し、医術を施す者だが、みな知識もなければ技術もなく、そのくせ、人々から敬われている。内科医が優れているのは、植物や鉱物についての知識ばかりで、人体の中身などはまったく分かっていないし、内科医には解剖が必要だなどとは決して考えられてない。瀉血《しゃけつ》の方法も、私がヨーロッパで見たのとは大違いで、まずは患者から少し離れて立ち、ところ構わず、患者の裸の体に小さな矢を放つというものであったが、日本人が少しよい方法を教えたので、いまでは、切開用のナイフを使って、患部を切り開くというやり方を取っている。十分に血を抜き取れたと判断すれば、そこに止血用の粉末をかけ、傷口に煙草の緑葉をあてる。

フォルモサの聖職者はなかなか優れた詩人でもあって、長い祈禱や説教を韻文で書く。なかにはそれにすっかり凝ってしまって、ふだんの話もリズムのある詩のような調子になっている者もいる。フォルモサの詩は、一定数の音節から成り立っていて、二、三行にわたって同じ抑揚と韻律が展開し、いずれも同じ調べに収束する。聖職者は（実際、フォルモサの人々はみなそうなのだが）、会話においても文章においても同じように簡潔さを好み、どんなことでもいかに少ない語数で伝えられるかに工夫を凝らす。彼らは皇子たちに手紙を書くことがしばしばあるが、それはいずれも驚くほど的確で短いものだ。人々の心を巧みに動かし、自分たちの教えに従わせ、それを実践させるようにする方法を彼らは熱心に研究しているのである。

これまで主に学問について述べてきたので、次に技芸についていくつか説明することにしよう。

まずは、印刷屋の代わりをしてくれる筆耕人について。というのも、フォルモサには印刷術が伝わっていないので、その代わり、三〇人から四〇人、もしくはそれ以上の貧しい子供たちを働かせている筆耕人を使って、あらゆる書物を写すということになる。だから、書物を出版しようとすると、まずはその原稿を筆耕人のもとに持ち込み、その筆耕人が原稿を清書して子供たちに一頁ずつ渡す、ということになる。子供たちは、親方の清書原稿の上に透明の紙を置き、それをすばやくかつ正確に写していくのだが、子供たちは、自分が写している単語一つの意味も分かっていない。ともあれ多くの少年少女を使っている筆耕人の親方は、ただちに書物の正確な写しを多く製作できるというわけだ。フォルモサではこれが印刷術の代わりとなっている。私の知っている中国人はもう少しよい方法を知っているが、とはいえ、ヨーロッパの人々に比べれば大したことはない。中国では文字が大きければ、一冊の書物を木版に刻み、文字が小さければ銅版に彫って、その木版なり銅版が仕上がれば、好きなだけ印刷するというやり方である。日本人も同じやり方をしている。ただ、私がフォルモサを離れる少し前に聞いたところでは、皇帝陛下がオランダ人に印刷術を伝授してほしいと要望したとのことである。もっとも、フォルモサのあらゆる文字記号については、フォルモサの人々以外が使用するのを禁じている。

フォルモサの絵描きは(ヨーロッパの場合とは比べものにならないとはいえ)、中国の場合よりははるかに尊敬されている。また、木彫りをする者も多く、その作品もなかなか優れたものだが、日本人の石彫りの方がやや優れている。陶工も実に多く、陶磁器生産が盛んである。これは、ヨーロッパでは「チャイナ・ウェア」と呼ばれているが、フォルモサでは「ポルチェ・ラノ」と呼ばれ、その技術は、中国のそれをはるかに凌ぐばかりか、東洋全体においても傑出していることがよく知られている。

フォルモサには公共のパン屋や醸造所というものがない。どの家でも、家族に十分なパンや飲み物を作っているからだ。靴屋も仕立屋も、フォルモサでは同じこと、服を作るとなれば、それは頭のてっぺんからつま先にまで達するものだ。ヨーロッパで見かける蠟燭職人はフォルモサにはおらず、蠟燭の代わりに、マツの木から作ったたいまつの明かりを使っている。地方では、燃えやすいものなら何でも使って火をおこしている。

ガラスは、フォルモサのみならず東洋全体で珍重されている。初めてガラスがフォルモサにもたらされたときには、その透明な美しさに誰もがすっかり魅了されてしまい、商人たちは、ヨーロッパではせいぜい二ペンスくらいの品物をコパン金貨半分、ときには金貨一枚で売っていた。だが、儲けになると見るや、商人たちは大量のガラスを持ち込んだので、いまでは普通に見かけるようになった。とはいえガラスの価値は、フォルモサでは、ヨーロッパに比べて二〇倍はある。貴族の家の窓にはたいてい美しいガラスが使われているが、普通の人々には手が出ない。それで彼らは、絹もしくは紙を油に浸して耐久性と透明性を高めて使っているというわけだ。

ワニスを塗る、つまりヨーロッパでは「ジャパニング」と呼ばれる技術は、フォルモサではほとんどないし、尊重されることもない。女たちは鉛筆の使い方がかなり上手だが、裁縫には劣る。彼女たちは裁縫によって実に見事な作品を仕上げており、その評価は世界的である。

フォルモサでは金属を溶かしたり、混ぜたり、精錬したりするが、日本人やヨーロッパ人が作るものほど美しく完璧なものではない。

土地を肥やして耕作したり種を蒔いたり植物を植えたりといった農民の腕はかなりのもので、よく土の性質を心得ている。

いま述べてきた技芸や仕事に加え、各種の鍛冶屋や石工、大工などなどについても多くを語ることができるのだが、それは退屈でもありまた出しゃばりということにもなろう。フォルモサ人は学問や諸技芸にいそしむ人々に敬意を払うが、商人や額に汗してパンを作っているような人々はあまり尊敬されない、ということを述べるにとどめて、この章を終えることにしたい。

第三七章　フォルモサの副王がその治世について日本国皇帝に伝える方法

日本国皇帝の臣下たるすべての国王、副王、皇子は、毎年二度ほど、皇帝のもとに参上し、半年間の主な出来事を報告したうえで、さらなる命令や指示を仰ぐことになっている。だが、フォルモサは征服された島であるので、皇帝は、その政治的判断から、半年ごとの謁見には副王を参上させ、王は任地に留まらせている。王が皇帝のもとに参上している間に、副王が反乱を起こすのを防ぐためである。したがって、カリランと呼ばれる将軍も、副王とともに日本を訪れ、治世の状況については国王から受けた通りの説明を皇帝にする。これに対して副王は、島や人民について、自らの見解を伝える。出発の日に備え、副王は、船やバルコン、フローティング・ヴィレッジ、駕籠もしくは輿など、必要なものを準備し、カリランは、出発前夜、副王の宮殿に滞在する。出発の日の早朝には、国王が、立派な随行団とともにここにやって来て、(副王の前で)カリランに正式な指示を与える。その後は、国王も、一行が出発するカッゼイと呼ばれる港町まで同行しなければならない。ここで国王は、旅の無事を祈り、一行は海に出て、国王は自分の宮殿に戻る、というわけだ。副王とカリランは、同じバルコンに乗り、それに三六人の貴族たちのバルコンが従う。その後に、警備人や従者たちが乗り組んだ八〇隻のフローティング・ヴィレッジが続き、さらに駕籠や象が来て、最後は、必需品を積載した輸送船である。日本に近づくと、船団は次のような順番になる。まず、四〇のフローティング・ヴィレッジが先行し、次いでバルコン船団が続き、その中央部に副王とカリランの乗ったバルコンが来る。これに、残り四〇のフローティング・ヴィレッジが続き、輸送船が最後部となる。シマという日本の港町に到着すると、副王一行はまずひと休み。シマの総督は一行にまずは立派な食事を供し、次いで、喜劇を上演してこれをもてなす。従者や奴隷たちは、この間、翌日の行進行列の準備に余念がない。翌朝、一行は（皇帝がいる）エドへ向けて出発する。最初は駕籠に乗った一八人の貴族とご婦人方、次いで専用の駕籠に乗った副王が続く。ここにはカリランも同乗している。それから副王の家族である一〇人の女性方と貴族が一人。さらにこれに続いて、駕籠に乗った残りの一八人の貴族。馬や歩兵は適切に配置されて、行列を取り囲むようになっている。副王の駕籠は、長さ三エル〔約三メートル三〇センチ〕、高さは二・五エル〔約二メートル八〇センチ〕ほどあって、内部は刺繍などによって実に見事な装飾が施され、外は純金で覆われている。貴族の乗る駕籠の方は長さ一・五エル〔約一メートル七〇センチ〕ほどで高さもそのくらいだが、これも、さまざまな絵や金・銀・銅、真鍮、絹などで美しく飾られている。駕籠はいずれも二頭の象の間にあって、象がこれを運んでいる（先に述べておくべきだったが、皇帝は副王に名誉を与えるべく使者を二〇人派遣しており、副王がシマに上陸する際にはこの使者が出迎えをし、また同じ数の使者が、復路にも同行する)。前述のような行列を作って一行がエドにある皇帝の宮殿に到着すると、その翌日、一行は皇帝に拝謁することになる。皇帝は一行を丁重に扱い、その滞在中(概ねひと月)には、毎日一時間ほど、謁見を認めている。この謁見の場には、各地から同じように治世の報告のためにやって来ている国王や副王、皇子らも同席している。彼らは、皇帝の御前を外したところでは、臣下たちによるさまざまな娯楽や気晴らしでもてなされることになる。帰国に際しては、皇帝が高価な贈り物を与え、別れの言葉を述べる。かくして、皇帝から辞去した一行はシマへ戻る。皇帝の使者たちは、シマで一行が総督によって敬意を込めた扱いを受けるのを確認した後、エドへ戻るのである。そして翌朝、副王は総督にお礼を述べ、往路と同様の船団を組んでフォルモサへ向かうというわけだ。任地に留まっていた国王の方は、帰還した副王をカッゼイで出迎えた後、副王の宮殿まで同行し、そこで副王は(カリラン同席のうえで)、皇帝との謁見の次第を報告し、皇帝からの命令を伝えるのである。その後、国王とカリランは、それぞれ自分の宮殿へ戻る。本章を終えるにあたって次のことは述べておかねばなるまい。現在の日本の皇帝は、かつてはフォルモサの国王だった人物に副王の称号しか認めていないのだが、とはいえ彼には日本のどの国王にもまして名誉を与えている、ということだ。

第三八章　一五四九年から一六一五年にかけて、イエズス会士が日本でキリスト教布教に成功したこと。さらに、一六一六年頃、彼らに加えられた恐るべき虐殺の理由。そしてキリスト教信者を処刑する法律が成立したことについて

本書の意図するところはフォルモサ島についての説明をし、それに関係する限りにおいて日本の出来事にも触れる、ということであるから、イエズス会士が、詳細を私が知らない日本の諸王国において、キリスト教布教にさまざまな形で成功したということについては、ことさら詳しく語ろうとは思っていない。ただ、わが同胞たちが常に言っていることなので、私も概ね確信しているのだが、イエズス会士たちは、一五四九年（ザヴェリウスによれば、この年、彼はカンゴシマに着いたという）と一六一六年の間、もしくはそのあたりの時期に、いろいろな困難に遭遇しつつも、日本の人々を改宗させるのに成功したのである。この時期、日本の三分の一以上がキリスト教に改宗し、当時、日本の皇帝であったタムポウサマ自身までもキリスト教徒になったということが、フォルモサでは一般に信じられている。

もちろん、イエズス会士によって日本でキリスト教が広まったことについては、私の知りえない多くの理由があったのであろうが、次のことがキリスト教を広めるのに役立ったということは確かであると思っている。すなわち、日本古来の宗教とその教義、習慣などと調和するよ

うにしてキリスト教信仰を提案したということだ。

つまりイエズス会士たちは、次のような方法を取ったのである。神は唯一にして、天と地のあらゆる創造者であり統括者なのであって、その永遠性とさまざまな性質を、自然の摂理によってお示しになる、ということは、最初の講話において伝えるのだが、三位一体については一切語らない。唯一の神を信じることの妨げになってはいけないからである。そしてキリストについては、神の徳が彼の身体に宿っていた、もしくは、神の御心と意思を人間に示すべく神から遣わされた英雄なのである、と説明した。そうして、キリストの聖なる人生や、彼の教えが適切で優れたものであること、彼がその教えを確かなものとすべくもたらしたさまざまな奇跡、人間の罪を贖うべく十字架上での辛く苦しい死に彼が耐えたこと、などについて説明を加えていったのである。日本人が古来、英雄として讃えてきた事柄にすべて一致するようなこと、つまり、英雄とは、驚くべき偉業を成し遂げ、英雄に従う者たちを、将来の苦しみから救うべく、大きな、いつまでも続くような苦痛に耐える者である、という考え方である。だが、このような説明をしている中にあって、イエズス会士たちは、神と人間が一人の人間の中に存在していることについては一切語らず、また、日本人には理解が困難であるような奇跡については、より適切な時期が訪れるまで伏せておいたのだ。

イエズス会士たちは日本人に、唯一の真なる神と、その息子イエス・キリストを信仰するように教えた。イエスは、全知全能なる神の力によって死から蘇って天に昇り、人間でありながら天と地に及ぶあらゆる力を身につけ、彼に従う者を助け、その心を休める、というわけである。これなら、日本人が有していた、ザッカやアミダといった神格化した人間たちに対する見方と調和する。日本人はこうした存在に祈りを捧げ、あらゆる困難や窮状に際して心の安らぎを得ていたのである。また、偶像や過去の聖人崇拝に関して言えば、これはイエズス会士たちと日本人とでは見事に調和する。つまりイエズス会士たちは日本人に、ただそれまでの偶像をイエスや聖母マリア、その他、唯一神の聖人たちの像に替えるだけで、あとは同じような方法で崇拝し、聖人たちを、神と人々の仲介者として信頼すればよく、犠牲を払う必要はない、としたのである。

イエズス会士たちは、洗礼を、キリスト教入信の儀式として、神とその子、そして聖霊の名において執り行ったが、聖霊が、永遠なる三位一体における聖なる存在であることは言わなかった。ただ、神の力の現れであるとしたのみであった。

イエズス会士たちは、キリストの死を讃えた聖餐式も執り行ったが、その場合も、化体の奇跡やミサの供犠について触れることはなかった。

キリスト教信仰についてこのような説明をしながら、その奇跡やカトリックの教義固有の数々の不合理は伏せられていたので、これは自然の理に適い、日本人の間で日頃から受け入れられている考え方や習慣にも合致すると思われ、キリスト教は容易にその信用を得、日本の知識人の間に急速に広まった。特に、ほかの宗教ではなくキリスト教を信仰すると、永遠の生と幸福が約束されるという利点が大いに推賞されたのであった。

こうした方法によってイエズス会士たちは多くの信者を獲得するに至ったが、先に述べたような教義については長年、これを隠し、イエズス会が十分に力を蓄え強大になるまで明かさないでいた。したがって、この教義を信者に明らかにし、それを受け入れることが信仰には必要だということになると、キリスト教に改宗した人々からは、当初の教えを変更したという不平が生まれた。異教徒たち、特にボンジイたちは声を大にして、イエズス会士たちは、新手の方法で自分たちの信者を奪い取った詐欺師であると主張し、すべての人々に不実なるイエズス会士たちへの強い疑念を呼び起こしたのである。教義を改めて説明するというこの試みは、したがって、イエズス会士たちにたいへんな不利益をもたらすことになり、これが一つの原因となって、日本における彼らの全滅、根絶につながったとのである。

イエズス会全滅の第二の理由は、異教徒、なかでもボンジイが抱いた大きな妬みや怒りであろう。というのもイエズス会士たちは、巧みに王や皇子、富裕者の信を得てこれを改宗させ、かつてはボンジイが得ていた莫大な収入をキリスト教の修道院に向けさせてしまったからである。それどころか、父親たちは息子に、ボンジイなど異教の僧院への喜捨をやめさせてしまったから、キリスト教以外の宗教者や信徒たちは激高し、それゆえあらゆる手段を用いてイエズス会を全滅させたというわけである。

第三の理由は、日本帝国をだましてスペイン国王のものにしてしまおう、とのイエズス会士による陰謀が露見したことだ。イエズス会士はスペイン国王に書簡を送り、日本の港やいくつかの都市、城や要塞の状況、そしてそれらをどうすれば攻略できるかを伝えていたのだが、その書簡が見つかったのだ。イエズス会士は、スペイン国王が東インドおよび西インドに広大な領地を有していることを明らかにしたのだが、そのことが日本人を立腹させ、その宗教を排するという動きに火を点けたと言われている。もっとも、そのような書簡をスペイン国工に送って、日本帝国の強さを伝えたり、その攻撃方法を説明したりしたなどということはない、というのがイエズス会士の言い分であった。彼らの主張するところによれば、そういう書簡は、故意にポルトガル人を憎き者に仕立て上げ、彼らから日本との貿易を奪い取ろうとしたオランダ人が偽造したものであるということだった。しかし、偽造がオランダ人によるものであるとは判明しなかったので、やはりイエズス会士こそ、その書簡を計画して実際に書いたのであり、それで異教徒たちから猛反発を受けることになったのだと、フォルモサでは信じられている。

しかしながら、これら三つの理由は、日本におけるキリスト教徒大虐殺につながる最後の、そして実は最も直接的な理由の予備的なものにすぎない。詳しく検討し、よく理解する必要のあることは何かというと、イエズス会士やほかのローマ・カトリックの宣教師たちの説教によってキリスト教信仰が日本に広まる中で、数名の国王や皇子、多くの貴族たちに加え、タムポウサマと呼ばれる皇帝もキリスト教信仰を持つに至ったということである。皇帝は、キリスト教信仰の自由を認めたのみならず、帝国内各地にその教えを広めるようさまざまな形で奨励した。イエズス会士たちはこの成功に大いに勢いづき、また大権の支持を得ることになったので、彼らの独特な化体説の教義や聖餐における供犠のことなどを大胆に打ち出してしまったのである。このことにより、キリスト教信仰を持つ者は厳しい天罰を信じる苦しみを強いられ、また、日本の富をイエズス会の金庫に納めるべく、信仰と名のつくあらゆる欺瞞をせざるをえなくなったのである。このため、キリスト教徒に対する憤りが強まるとともに異教徒たちの憎しみが深まり、誰もが詐欺師であるという強い疑いの念が蔓延した。イエズス会士たちは、異教徒たちが結集してキリスト教徒を全滅させるようなことになってはいけないと恐れ、予め手を打って、国全体をキリスト教に改宗させてしまうための近道を取ることにしたのであった。

つまり彼らは、ある嘘を考えて、これを皇帝に伝えたのである。すなわち、異教徒たちは皇帝に対する反逆を企てており、すべてのキリスト教徒の喉を切り裂こうとしている、というものだ。この邪悪な陰謀を実行するための相談がすでに何度か行われており、ここで防がなければ、間違いなく実行に移される、そう彼らは吹き込んだのである。イエズス会士たちを賢人と思い、これに全幅の信頼を寄せていた皇帝は、それでは自分はどうすればよいかと尋ねた。イエズス会士たちはただちにこれに答え、皇帝陛下ご自身とキリスト教徒をこの陰謀から守るためには、あらゆるキリスト教の教会に書簡を送り、帝国内のすべてのキリスト教徒は、これこれの夜、しかじかの時刻に、一斉に武装蜂起し、すべての異教徒を殺害しなければならない、と言った。イエズス会士たちはさらに続け、この方法により、陛下およびキリスト教徒への邪悪な計画を阻止することができましょうし、キリスト教信仰だけが帝国内に繁栄して、陛下を煩わせたり陛下の治世を乱したりする者はなくなりましょう、と言った。さらに加えて、皇帝がこのことを実行するためのよりよい誘引剤として、イエズス会士たちは次のような点についても皇帝に決断を迫った。すなわち、陛下がこのことを実行しなければならないのは、たんに政治のためだけではなく、信仰のためなのです、全領土において異教を根絶してキリスト教信仰を確立させることは、まことにもって立派な価値あることなのであって、この栄誉ある企てを完遂することにより陛下は、神とキリストと、そしてすべてのキリスト教徒の賞賛を得ることになりましょう、というのである。そしてこうも付け加えた。もし陛下が実行を遅らせたならば、悲惨な目に遭うことになりましょう、陛下も、またすべてのキリスト教徒もひと晩のうちに殺害され、その結果、日本からキリスト教信仰がまったくなくなってしまうことになるのですから。

イエズス会士たちはこうしたことを、キリスト教信仰を思う見せかけの情熱と懸念をもって話したので、皇帝はこれにすっかり納得し、一説によれば、全キリスト教徒に自ら書簡を送り、帝国内のあらゆる異教徒を打倒するよう求めることに同意したのだという。ただ、次のように言う者もある。すなわち、イエズス会士たちは、自分たちの述べたことへの皇帝の善意に厚かましくもつけ込み、皇帝に知らせることなく、自分たちで、皇帝の名を利用して書簡を書き、それを帝国内の全キリスト教会に送ったのだ、と。ともあれ確かなことは、全キリスト教会は、指定された夜のしかじかの時刻に武装蜂起して異教徒を打倒せよ、との皇帝名の命令を受け取ったということである。ところが、イエズス会士たちのあらゆる巧みな策略によって、このことは実行に移される時刻まで伏せられていたのだが、事はそううまくは運ばず、この恐るべき計画を防ぐだけの時間的余裕のある段階で、異教徒たちの知るところとなった。異教徒の父なり母なり、あるいはほかの親族のいるキリスト教徒が、その親愛の情から計画のことを話して、その異教徒の親族たちの命を助けようとしたためかもしれないし、帝国内の同胞や友人たちに対してかくも血なまぐさい陰謀があることを知って恐れをなしたキリスト教徒たちが、キリスト教信仰は自らの心性には合わないと感じ、それで、異教徒の王や皇子たちにこの大虐殺計画に備えるよう知らせたのかもしれない。ともあれ秘密は実に効果的に相手に伝わってしまい、異教徒の王や皇子たちは十分に準備をし、異教徒の臣民たちとともに武装蜂起したのが、まさにその予定の日、キリスト教徒たちが計画を実行に移す前に、彼らはキリスト教徒に襲いかかり、あらゆるものを破壊し尽くしたのであった。自らキリスト教徒であり、イエズス会を支持してこの虐殺計画を認めた皇帝は、異教徒たちの手で追放されてゴアに向かい、そこで亡くなった。遺体はいまでもイエズス会の教会に安置されており、彼の事績を顕彰すべく立派な記念碑が建てられている。そこには、同様の趣旨で、次のような碑銘が刻まれている。「ここに眠るは日本国皇帝タムポウサマ、キリスト教信仰のために領土を追われ、殉教したる者」。キリスト教信仰を領国内で広めたことにより、五名の国王と二名の副王も同時に逮捕された。彼らは投獄され、死ぬまで獄中生活を送ることになった。

この大虐殺はきわめて広い範囲で実行されたので、イエズス会士たちやほかのローマ・カトリックの宣教師たちばかりでなく、キリスト教に改宗したすべての日本人たちも、捕まればみな殺された。磔になった者もあれば、川やどぶに放り込まれた者もいた。首をはねられた者もある。実に多くの人々が、異教徒たちの考案したきわめて残酷な処刑方法に苦しめられたのである。もっとも、虐殺はきわめて広範囲で行われたものの、すべてのキリスト教徒がこのときに捕まったわけではない。身を隠し、見つかるまでの数年間、人目を忍んで暮らした者も多くいた。また、猛烈な迫害の第一波が過ぎ去ると、捕まっていたイエズス会士や聖職者たちの多くは、刑の執行を猶予され、新皇帝が就任するまでの間は獄中生活を送り、その後、結局は激しい拷問を受けて無残な死を遂げたのであった。

このことがあって後、日本帝国内では、キリスト教の名は忌み嫌うべきものとされ、キリスト教徒が見つかればみな異教徒がこれを殺害したので、生き延びたキリスト教徒は一人もいなかった。異教徒全滅を狙ったこの邪悪で血なまぐさい陰謀は、穏やかで慈愛の心に満ちたキリスト教本来の精神とは相反するものであるが、異教徒たちのたいへんな反感を巻き起こし、キリスト教徒への強い批判を招いたので、それ以降、キリスト教徒はみな、ごろつき、反逆者、詐欺師、最悪の人間と見なされることになった。したがって、キリスト教徒が見つかりでもしたら、人々は、「出ていけ、磔にせよ」と叫び声を上げる、捜索隊が任命されて、キリスト教徒がいないかどうかあらゆる場所が丹念にくまなく調べられるといった具合である。このことについては、すでに法律の章で述べた通りである。

イエズス会士やほかのカトリック聖職者による異教徒虐殺計画と、それが露見した結果起きたキリスト教徒大虐殺の顚末は、フォルモサでは父から子へと確実に言い伝えられている。それは、ここイングランドで、やはりイエズス会士とほかのカトリック聖職者によって火薬陰謀事件が起きたと考えられているのと同じことである。ただ私には、はっきりとこの事件がいつ起きたのかについて断定することができない。おそらくは一六一六年頃だったのではないか、と言えるだけである。

第三九章　オランダ人の日本渡来、その成果とオランダ人が用いた策略について

日本で、カトリック教徒が多数虐殺され、永久に追放されたことを知ったオランダは、日本との貿易を大いに発展させる好機と考え、日本でよく売れるような商品を大量に積んだ数隻の船を日本に送った。オランダ船は、日本に到着するとただちに、いったい何者か、どこから来たのか、と説明を求められ、これに対して、オランダ人であると答えると、検査官たちは、それはフランス人、つまりヨーロッパ人か、と尋ねたので、一行は、ヨーロッパ人であると答えた。それではカラコル＝バナジョであるか（これはわれわれがキリスト教徒を呼ぶときの名前

で、十字架の人間の意味である)、と検査官が応じたので、オランダ人たちは、その言葉の意味が分からないふりをして、それは国の名前であるのか、宗教のことであるのかと問うと、検査官はこう言った。ヨーロッパ人でありながら、十字架の人間が何者であるか知らないとはどういうことか、ポルトガル人が十字架やその他の聖人の像を崇拝し、それらを神として、しまいには食べてしまう、ということを聞いたことはないのか? オランダ人一行はこれに答えて、そうか、そうか、十字架の人間という言葉の意味がいまようやく分かった、だがオランダには、キリスト教徒はいない、と言った。あなた方は、そうすると、キリスト教信仰を持たないということのようだが、と検査官が言うと、オランダ人はこう答えた。そうだ、神が禁じているのだ、われわれにはキリスト教信仰などないので、日本人が十字架の人間と呼ぶ連中から憎まれ、いつも迫害されているのだ、あの宗教は、世界中の人々すべてを改宗させるか、もしくは、その宗教の首長であるローマ法王に服従しない者をみな殺しにしてしまうか、どちらかを信者に求めているのだ、とのことである。これでもまだ検査官は納得せず、多くの質問をしてきたので、オランダ人はついに次のように伝えた。すなわち、自分たちが十字架の人間ではなく、ポルトガル人の宗教を信仰してはいないということを明らかにするために、もし皇帝陛下の拝謁を賜れれば、領国に入ろうとする十字架の連中すべてを見破る絶対確実な方法を、陛下にお教えしよう。検査官はこの申し出を喜び、さっそく使者を宮廷に派遣して事の次第をすべて皇帝に知らせた。皇帝は、このことを知ると、オランダ人一行の上陸を許可し、自分の面前に連れてくるようにと命じたのであった。オランダ人一行は、皇帝の面前にやって来ると、二丁の大きな銃と、それから目を見張るようなオルゴール付きの目覚まし時計を差し出した。どちらも皇帝を大いに喜ばせたが、なかでも彼は、銃に弾丸が装塡されて発射されるところを見ると、銃の方に強い関心を示したのであった。それから一行は、次のような趣旨のことを皇帝に言上した。すなわち、「十字架の人々により、陛下はひどく悩まされておられるのであるから、こうした連中が帝国内に入ってくるのを細心の注意を払って斥けたいとお考えになっていらっしゃるでしょう。しかしわれわれオランダ人について言えば、これはまったく別の原則を持っており、連中に迫害されているのです。もちろんわれわれは、自分たちの宗教を広めようなどと思って来たのではなく、ただ陛下の臣民と貿易をしたい、というのがここまでやって来た唯一の理由なのです。われわれは遠くから商品を運んできました。これを陛下の国の品々と交換したいのです。われわれは、命も商品もたいへんな危険を冒してここまで長い航海をしてきましたが、陛下や陛下の臣民が危険にさらされることはありません。十字架の連中については、もし陛下がわれわれの申し上げることをお聞き届けくださるなら、そういう連中を確実に見破れる方法をお伝えいたしましょう。それはこういうことなのです。陛下がお命じになって、十字架（つまり十字架の人間が崇拝しているもの）を、すべての港町に作らせ、外来者にはすべて、その十字架を撃つなり、つばを吐きかけるなり、足蹴にするなり、踏みつけるなり、ともあれ陛下が適切とお考えの方法で侮蔑の念を示させるように、港町の総督たちに指示されるのがよいでしょう。こうすれば、外来者が十字架の連中かそうでないかが確実に分かります。十字架の連中でなければ、十字架に向かって怒りや侮蔑を示すのを拒むような人間はおりませんから」、というわけである。皇帝はこれを聞いて大いに喜び、その助言に従うこととして、オランダ人一行に日本人との交易を許可したのである。

その後まもなくして、イエズス会士やほかのローマ・カトリックの聖職者たちが日本に渡り、検査官に対して、自分たちはオランダ人であると伝えるということがあった。検査官はこれに応じて、もしそうなら歓迎すると言い、十字架を取り寄せ、彼らに、先ほど記したような方法で、その十字架に侮蔑の念を示すようにと伝えたのだが、一行はこれを拒み、ついには自分たちが十字架の人間であることを告げた。オランダ人であるのに十字架の人間であるとはいかなることか、オランダ人は十字架の人間ではないのではないかと検察官が言うと、イエズス会士は、彼らだって、自分たちと同様、キリスト教徒というか十字架の人間なのだと答えた。これを聞いた検査官は、一行に対してこう言った。お前たちは二つの嘘をついたことになる。つまり、お前たちは最初、自分たちがオランダ人であると言い、今度は、オランダ人も自分たちと同様、キリスト教徒であると言った。ということは、お前たちはオランダ人ではない、ということではないか。そして第二に、オランダ人も、自分たちと同様、十字架の人間だと言ったが、それはひどい嘘だと分かる。というのも、オランダ人は喜んで十字架を踏みつけているし、焼き払ったところで、私と同様、大いに満足すると思う。検査官はそう言うと、一行を牢に送った。総勢四六名ほど。数日のうちに彼らは全員処刑されてしまった。毎年この日になると、イエズス会士たちは、彼らの殉教を追悼している。

このようにしてオランダは、皇帝および臣民の厚い信頼を獲得するに至り、外国人に与えられるすべての特権を手中に収めたのであった。交易を始めて数年が経過すると、オランダは、商品を収納しておくための大きな倉庫の建設を皇帝に願い出た。商売をするためにいちいちオランダから持ってきたり持って帰ったりするのはたいへんな損失であるし、商売をするのに人々が出かける場所が定まっていれば、オランダ人はもとより、日本人にとってもたいへん都合がよい、その場で商品を買うなり、日本産のものと交換するなりできるからだ、というわけである。皇帝はオランダ人に対して、倉庫を建設する許可を与えた。ところがここでオランダ人は、倉庫を作る代わりに、堅固な要塞機能を兼ね備えた強力な城を作ってしまったのである。日本人たちはみな、その真意に気づかず（ただその建物がオランダ風なのだと思っていた）、完成してからしばらく後になってようやく実態を知ることになった。それは、新しい艦隊がオランダから日本に到着したときのことである。船には、鉄砲やマスケット銃、ピストルその他の武器が積まれており、火薬や銃弾も満載であった。このとき、たまたま次のようなことが起きたのである。オランダ人は、こうした武器、弾薬を木箱に隠し、日本人に見られないようにして船から運び出し、それを台車に載せて城まで運んでいた。ところがあいにく、台車が途中で壊れ、木箱が落ちて粉々に砕けてしまった。そこから姿を見せたのが武器、弾薬の山というわけで、それを目撃した日本人は、オランダ人が何か悪意をもって、大量の軍備をしているのではないかと危惧したのである。数名の日本人がその場から走り出してただちに皇帝に、自分たちが見たことを伝え、嘘つきオランダ人の陰謀によって日本がさらされている危険を知らせた。皇帝はすぐに一〇もしくは一二の師団を派遣してオランダ人を殺害したが、大半はすでに城から逃げ出して船に乗り込んでおり、日本の兵士たちが到着した頃にはもう海に出ているのが見えた。日本の兵士たちはすぐさま、一定の距離を置いて城を包囲し、誰も城に出入りできないようにしたので、城に残っていた者たちは、降伏するか餓死するかということになった。その後、城とそこにあったすべての鉄砲は日本兵に押さえられて皇帝のものとなり、オランダはしばらくの間、日本との交易を禁じられることになったのだが、また、控えめながら皇帝に貿易を願い出、公正に振る舞うことを約束したので、皇帝はオランダに対し、やはり日本国皇帝の支配下にあったフォルモサへの来航を許可し、オランダ船がフォルモサへやって来ることになったのである。しかしフォルモサには、求める品々がないということで、オランダは再び日本との交易を皇帝に願い出たが皇帝はこれを認めず、結局、ナンガサクを治める国王が間に入り、本土からそれほど離れてはいない彼の島にオランダ人の入港を認めるよう願い出たのであった。これに対して皇帝は、次の条件を付してその願い出を認めたのである。すなわち、

第一に、踏み絵を行うこと。

第二に、検査官は、オランダ人の滞在中は、オランダ船から、すべての銃火器や弾薬と、帆、

帆柱、綱、その他の装備を取り出し、倉庫に保管すること。

第三に、日本国内にあっては兵士が常にオランダ人に同行して監視すること。

第四に、皇帝が認める期間以上の滞在は許されないこと。また皇帝が退去を命じた場合にはただちに船出の仕度を整え、すぐに日本を去ること。

これらの条件は、これまでのところ厳格に守られており、オランダ人は、自分たちの商品を売り尽くすか、すべてを交換し終えるかすると、すぐにまた海に戻っていく。来航したときに持ち出されていた銃火器や船の装備品などはここでまた元に戻される。かくして彼らは自由に帰国できる、というわけだ。

第四〇章　イエズス会士たちが日本入国のために取った新たな方策について

このようにしてオランダ人は、キリスト教信仰を否定することで、日本と自由に交易することを維持したのであるが、カトリック教徒たちは、踏み絵により、日本への入国を許可されずにいた。しかしイエズス会士たちは、日本への入国が再び認められるよう、巧みな方策を新たに考え出した。それは次のようなものである。彼らは、日本語が教授されているゴアで、まず日本語を学び、上手に話せるようになったら、日本の服を身にまとい、そのような格好をして日本の港町にやって来る。どこの国の人間か、どこからやって来たのか、と検査官に訊かれれば、自分たちは日本人であり、日本にあるこれこれしかじかの島とか町の名前をすぐに答えるというものだ（それらの名前や習慣を彼らはよく知っているのである）。こうすれば検査官は、その言葉と習慣ゆえに、彼らが日本人であると簡単に信じてしまうというわけである。

こうして彼らは踏み絵をやり過ごす。海岸に到着した際の彼らの格好はさまざまだ。商人や小間物商の格好をしている者もあれば、教師や技師の姿をしている者もいた。個人個人で家に住み、何かの仕事に就いて、それで生計を立てているかのように注意深く、そして勤勉に働く。もちろん彼らは、そうしなくても、彼らを日本に派遣した人々によって、十分に生活の資を与えられているのである。ローマ法王は毎年、一定数の信徒を日本へ送り、必要なものはすべて与え、二年間は彼らに日本語を学ばせ、それから四年間、日本に滞在させている。往復の旅には三年間の期間を設けている。そうした信徒たちは、何らかの日本語の単語を知っていて、独特の発音をするのだが、その発音の仕方によってお互いを知るのである。そのことを私が理解したのは、私が日本語を習ったド・ロード神父がアヴィニョンで、日本国内ではどのように宣教師同士が知り合いになれるのか、という質問を受けたときのことであった。神父はこれに対して、日本語で「至急」を意味する「アポ」という語を使い、それによって、新たに日本にやって来た者は、町や村を歩きながら、すでに日本国内にいる信者仲間の存在を知るのだ、と答えていた。同胞同士お互いに知り合いになればどこか秘密の場所で会い、互いの事情を語り合えるというわけだ。

このようにして、四年間の務めを果たすとまた新しい宣教師がやって来て、帰国する者と交代する。私は自らの経験を通してこの様子を確認したのだが、宣教師たちがどのような目的で派遣され、また彼らが何をしていたのかはよく分からない。なんと言っても、四年間の滞在中に多くの日本人をキリスト教に改宗させようとするのは（なかには帰国してからそう誇らしげに語る者たちもいたが）難しいのだから。自分たちがキリスト教徒であると公言して異教徒を改宗させようとすれば、草の根分けてもキリスト教徒を探し出そうとする取調官たちが津々浦々にまで配置されているので、その捜索を逃れるのは不可能である。実際、彼らの伝えるところによれば、ある者は二〇人を改宗させ、別の者は三〇人を、また第三の者は五〇人を、日本滞在中に、しかも追放された直後から改宗させたというけれども、それが本当だとすれば、その改宗者の数からして、日本にはほとんど異教徒がいないということになってしまう。確かに、数年前、数人の日本人をキリスト教徒にしたというイエズス会士たち、もしくはローマ・カトリックの聖職者たちがいたことは事実だが、それもまもなく取調官に見つかってしまい、聖職者も改宗者も、いずれも火あぶりの刑に処せられてしまった。それを免れた者は数名で、彼らは、残酷な形で処刑されるのを恐れてキリスト教を否定し、古来伝わる偶像を抱いていたという。だがローマにあっては、そうした悲惨な出来事は少しも伝えられず、ただ、日本帝国で改宗させた人々の数が誇らしげに語られるのみ。そうした聖職者たちは、自分たちの旅の様子や目にした不思議なことなどを話しては自ら楽しがっており、自分が果たした困難にして崇高な務めによる不滅の栄光と名声を大いに称揚するばかりなのである。こうしたことを全体的に判断すると、追放令以降、日本に送られる宣教師たちの大きな目的とは、どうやら、日本のことを偵察して、港の位置や、要塞および城の数、つまりは、日本帝国の武力を正確に伝えること、どんな手段を使えば、うまく攻撃できるかを明らかにすることだったようだ。高潔なるキリスト教徒の王子たちが、十分な兵力を指揮して日本帝国を征服すべく、栄光に満ちた遠征を果たし、現在キリスト教徒たちに対して日本人が抱いているあらゆる偏見を克服してキリスト教信仰を日本人の間に植えつける、そういうことがいつの日にか、実現することを彼らは願っているのである。実際、それ以外の恩恵や利益がなければ、さまざまな困難や出費が伴うにもかかわらず、日本に多くの宣教師を送り込もうとしている理由がまったく私には分からないのである。

日本におけるキリスト教徒迫害があって数年後、すでに述べたように、日本の皇帝はフォルモサを獲得し、ここでもキリスト教徒を弾圧した。イエズス会士たちやローマ・カトリックの聖職者たちへの厳しい扱いも日本での場合と同じで、火あぶりにされたり磔の刑に処せられたり、死ぬまで逆さ吊りにされたり、といった具合であった。ただ皇帝は、キリスト教に改宗したフォルモサ人に対しては寛容さを示し、キリスト教を棄てるか、もしくは永久にフォルモサを離れるかを自由に選ばせたのである。棄教するのではなく他国へ逃れることを選ぶ者が多かったが、自分の家、そして故国を離れることをよしとせず、キリスト教信仰を棄てて以前の迷信を信じるように妥協した者もあった。このとき以来、フォルモサでも日本と同様に、反キリスト教の法律が施行されたのである。

第一巻の結び

日本におけるキリスト教徒大虐殺の理由について述べた。イエズス会士たちがキリスト教信仰に対して実にひどい偏見を植えつけ、キリスト教徒の名に批判や不名誉をもたらしたことがはっきりとお分かりになるであろう。彼らは、ローマ・カトリックの誤謬を、信仰に必要な項目であるとして押しつけ、野蛮で血なまぐさい殺戮を弱き異教徒に対して企てたのである。もし彼らが、キリスト教を純粋かつ単純明快な形で伝え、改宗者たちに対して、優しさや慈しみ、誠実さをもって接していれば、それこそ伝道者の務めであり（また私自身、そこにこそ導きを見出したのだ）、日本帝国は全土にわたってキリスト教国になっていたであろうことは確実であったと私は強く思う。ところが連中の虚偽や邪悪な行動により、日本人は結局、キリスト教信仰について誤った考え方、そしてたいへん強い偏見を持つに至り、いまやキリスト教に改宗させることはたいへん困難になってしまった。否、キリスト教徒たちが、慈しみの心をもって接しようとしても、あるいは偏見を取り除き、キリスト教の正しい考え方を広めようとしても、そうした可能性を一切閉ざしてしまったと言えよう。こんなひどいことをしでかしたイエズス会士たちの邪悪さは、なんと忌まわしいものであったことか！　そしてまた、この国の哀れな異教徒たちは、いま暗闇の中にあって偶像崇拝にとらわれ、本来であれば当然期待できるはずの福音の栄光を目にすることも叶わず、その精神や人生に福音の力を感じることもできないでいるというのは、なんとも嘆かわしいことであると言わねばならない。たとえ日本人が、不確かで神性に反し、息子たちを犠牲にするという恐ろしく残酷な習慣があるにもかかわらず、自らの信仰の定めるところに忠実に従っていたとしても、それが純粋なる天国の教義によって蒙を啓《ひら》かれ、その力を実感し、心を浄め、生活を正していたならば、彼らは明るさと謙虚さと敬意をもって、キリスト教信仰のしかるべき務めを果たし、その信仰を守っていたはずではないだろうか。

読者の中には、フォルモサで見られるような異教信仰について、このように長く詳細な説明をすることで、私がいささか、そうした信仰を重んじすぎているのではないか、神が禁じていることであってもいまなおそれを真理であると信じているかのようだ、と思われる方々がおられるかもしれない。それゆえにこそ、自分自身はそうした異教信仰からは遠く離れているのだけれども、私は、異教信仰にかかわるすべてを、その聖典である『ジャールハバディオンド』にある通り、詳しく説明せざるをえなかったのである。そのことを、ぜひとも読者の方々にはご理解願いたいと思っている。それどころか私はいま、そうした異教信仰にかかわる諸々のことは虚偽であるとさえ、強く信じているのである。なぜそう信じているのか、理由をここで箇潔に述べておきたい。

神性に反すること、そして無限なる神の御心に適わざることをしなければならないとしたら、それは、いかなる宗教にあっても、間違いなく虚偽であると言えよう。フォルモサの『ジャールハバディオンド』が要求していることはまさにそのようなことなのだ。毎年、何千人もの罪なき幼児を犠牲にせよというのだから。実に残酷で、人間が本来有する優しい性質とはまったく異なるもので、これは到底、すばらしき神の御心から求められたものとは考えられない。人間の血と、そして人類の苦痛や破滅を好む邪悪な精神から生み出されたものにほかならない。悪魔と太陽と月と星を崇拝しているのもそうだ。私は、こうした理不尽な崇拝を強要するフォルモサの信仰が虚偽であるとひとたび確信すると、異教信仰によってもたらされると考えていたあらゆる奇跡が、実はたんなるニセモノや偽造にすぎないことを見抜くに至ったのである。なぜかと言えば、神がその全能の力を行使して、嘘を信じさせたり詐欺を働いたりするはずがないではないか。加えて、フォルモサの人々は、大した理由もないのに、奇跡と思しきことが本当に起きたのだということを、いとも簡単に信じ込んでしまっているのだが、それは、聖職者たちだけが持っている『ジャールハバディオンド』にのみ記されていることであって、一般の人々がその書を目にすることはない。だから嘘や詐欺がそこにあるのではないかという疑いがどうしても出てくる。なにしろ聖職者たちは何としてでも真理が明らかになるのを避けようとしているのだから。実際、こうした疑念は、自分たちの命令に対しては是非もなく盲従せよ、たとえ死の苦しみをもってしても、聖職者の嘘を告発するようなことがあってはならぬ、どんなにおかしなことであってもだ、というような、聖職者による一般の信徒への圧制のせいでますます強まっている。聖職者たちは、神が、怒っているときには獅子などの姿で人々の前に姿を現し、満足しているときには駱駝のような格好をしている、などと語っているけれども、こうした奇跡が、聖職者の詐術以外の何ものでもないということは誰もが気づいている。彼らは、秘密裏に、これこれしかじかの獣を人々に示すことができるからだ。つまりすべては聖職者の手に委ねられており、どんな獣を持ち出すかは彼ら次第なのである。どのようにして聖職者たちはそのような詐術を一般の信徒たちに対して行っているのか、と問われれば、私は次のように答えるだけだ。同じような事例は他国の人々の間でも多く見られる。摘発されることなく、ただひたすら信じて、もっとひどいことが平気で行われていたりする。たとえばエジプトの人たち。どの分野でも彼らが学問に秀でていることはよく知られているのに、それにもかかわらず、彼らは鰐を崇拝しているのである。否、ローマ・カトリック教会だって、ずいぶん妙な、思慮分別にも道理にも適わぬことを信徒たちに強いていると言えるのではないか。だから、そういうことがフォルモサであっても不思議はないのである。だが、詐術がどのように行われているのかを書くことは目下の私の務めではない。フォルモサの宗教が欺瞞に満ちたものであることは否定しようがないと確信しているとだけ申せば十分であろう。

全能にして慈悲深き神に対して（神は、その聖なる御心によってわが身を異教信仰や多くの過誤、迷信から救い出し、御心についての正しい知識、そして、神の子なるイエス・キリスト、わが仲介者にして身受け人についての正しい理解へとお導きくださった）、賞賛と名誉と栄光がいつまでもいつまでも続きますよう、神の手によって創られしすべての者より祈念いたします。アーメン。

第二巻

著者によるヨーロッパ各地の旅の説明

著者によるイエズス会士などとの会話や、その改宗の理由などを併せて記す。

東インド会社の偉大なる使徒(とイエズス会士が呼ぶ)ザヴェリウスが、仲間とともにカンゴシマに到着したのは一五四九年のこと[カンゴシマは、ニッポン島の主要な港町である]。彼らは現地の人々の丁重なもてなしを受けた(ザヴェリウス自身がいくつかの書簡でそう伝えている)。宣教師たちがこのような親切な扱いを受けたことで、ローマ・カトリック教会の聖職者やイエズス会士は大いに励まされ、すぐに彼らは多くの聖職者をこの地へ送り込み、まもなく、皇帝や王、副王たちの信任を得るに至った。彼らはその後、大いにその信仰を語り、何年にもわたってキリスト教信仰を広めることになったが、一六一六年頃のこと、皇帝は将校たちに命じて、領国内に入ったすべてのキリスト教徒たちを処刑し、またさらにキリスト教徒を徹底的に見つけ出すべく、異国人に対しては、十字架へ向けて発砲する、ないしは、これを踏みつけるなどによって十字架への侮蔑を示すように命じた。これについては、第一巻の最後の二章において詳しく述べたところである。このことにより、日本へ向かおうとする宣教師たちは、実際に日本へ入る前に、まずはこの国の言葉と習慣を身につけるようになった。その目的のために（すでに述べた通り）、ゴアに学問所を設け、東洋のあらゆる言葉や風俗が教授されることとなったのである。日本の言葉と習慣を完全に習得した宣教師は、日本人と同じ衣服を身にまとい、まず、日本国皇帝の支配下にある島に出かけ、どこかほかの、しかしいずれにしても日本帝国内に生まれた者であるとその身を偽った。日本人と同じ衣服を身に着け、日本人のように言葉をしゃべるのだから、島の人々はすぐに彼らが日本人であると信じることになる。ただ、彼らの言うことが理解されたとしても、日本語を正確に発音していたわけではない、ということは言っておきたい。もっとも、そう言ったところで特に不思議ではあるまい。大きな帝国には多くの地域があり、さまざまな方言が話されていることは、われわれもよく知るところであるからだ。ともあれ、このように日本の都市や町に安全に入り込むと、宣教師たちは、疑われないように、何らかの仕事や職業に従事する。商人、技師、雑貨屋などと称する者もあれば、校長や教師などと言って、自分たちの母語や諸学問を教える者もいた。このようにして彼らは、自分たちの使命を果たすべく、日本国内で安全に暮らしていたのである。日本滞在は通常四年間。その後は、母国の上司に呼び戻され、代わりの者がまた派遣されるといった具合だ。

こうした宣教師たちの中にあって、アヴィニョン出身のイエズス会士であるド・ロード神父は、ゴアでの勉学が認められてフォルモサにやって来た。彼は自分の名前がアモ・サマ、つまりアモの息子であると語り、自分が、カントーという日本の一地域の名族の出身であること、しかし、父の領地が四人の妻と（娘たちのほかに）一三人の息子たちに分割され、彼は最も若かったために、取り分はごくわずかになってしまったこと、それゆえ彼は二〇年あまりを海外の旅に費やすことになり、生計の資を得るべく、ラテン語や地理、哲学などを教え、日本でも数か所においてそうした教鞭を執った後、ついにフォルモサにやって来たのだ、ということ、そして、誰か貴族に召しかかえられて、その子供たちの住み込みの教師になることを希望している、ということなどを伝えた。この話を聞いた私の父は、ド・ロード神父に会い、彼が立派な人物であることを知ったのだが、すぐに彼を雇おうとはしなかった。私にとってラテン語がそれほど役立つとは考えなかったからである。神父の方では、私の父が何を望んでいるかを知り、またわが家に雇われるという好機を逸したくはなかったので、ラテン語は日本の貴族の間でいま最も人気のある言語であり、人間の知力を高め、これを習得すれば、ほかの諸言語や各種の学問を身につけるのは容易である、などと私の父に吹き込んだのであった。父はこれを聞いて大いに納得し、ド・ロード神父を私の教師とし、さっそく、当時私が読んでいたギリシャ語文献の読解をやめるよう私に命じたのだが［「日本とフォルモサにおける学問技芸」（第三六章）参照］、その理由は（父の言うところによると）、「ギリシャ語ならフォルモサの学校でいつでも学べるが、アモ・サマに習えるというような機会を逃せば、今後ラテン語を身につけられることはあるまい」というのである。私はすぐに父の命に服し（それが子の義務である）、また、このことをアモ・サマも喜んでおられるということが分かった。つまり私の父は、衣服や食事と年一七枚のコパンを彼に与えて［「フォルモサの貨幣」（第三二章）参照］、地理、哲学、そして何よりラテン語を私に教えさせたのである。ただし父は、天文学を教えてはならないと彼に厳命した。（以前申し上げた通り）天文学は禁じられていたのである。この日から神父と私は、彼の任務が満了するまでの間（ということを私は後に知ったのであるが）、フォルモサの首都であるクステルネチャにある父の家で一緒に暮らした。その間、彼は丁寧にラテン語などを教えてくれたが、キリスト教信仰について話が及ぶことはなかった。私の出かけるところへはどこにでも彼が付いてきたが、フォルモサの寺院に私が入るときには同伴せず、その代わり、その寺院の門前で彼は私に、日本人なので、フォルモサの宗教とは異なる宗教を信じている、したがって（彼が言うには）、「私は家に帰り、私なりのやり方で神に祈りを捧げ、この別れた場所でまたお会いすることにしましょう」というわけで、いつも彼はそうしたのであった。彼は、その振る舞いや会話において実に賢明で慎み深く、名誉を重んじ、また率直であったので、私は父と同じくこの神父を心から愛し、彼がわが家で死ぬまで一緒に暮らしてくれればと切望するに至った。私たちは、いわばお互いに愛情を感じて暮らしていたのである。だがついに四年が経ち、彼はわが家を去らなければならないようであった。彼は私に、このことを私の父に伝えてほしい、そして、賃金を支払って自分の職を解くよう頼んでほしいと言った。彼がそんなふうに言うのに私は心を悩ませ、なんとか彼の目的遂行を思いとどまらせようとしたのであるが、彼は、世界のほかの地域を見に出かけると心に決めたのだと言って譲らない。父にも私にも深く感謝しており、ほかのどこよりもわが家に親近感を覚えたが、自分は常に旅することを願っており、家族もいないことから、自分の思うところを果たしたいと考えているのだ、と彼は言う。私は彼に、もうだいぶ年を取ってきておられるのだから、外国ではいろいろ危ないこともおありでしょう、それに皇帝陛下の旅行許可を得るにもだいぶお金がかかるのではないですか、と言った。すると彼はこう答えた。いや、年寄りだからこそ、故国に留まるのではなく、人生の価値の三分の二を犠牲にしようと思うのです、故国に留まっていても多くの経験は得られますまい、どうして一つの場所に閉じこもっている必要などありましょうか？　ほかの国々での実にたくさんのおもしろいことを耳にして、私は自分の好奇心を満たしたいと思っているのです、と言うのである。なかでも彼はキリスト教世界を賞賛し、キリスト教国やキリスト教徒たちの非常に楽しい話をしてくれた。もっとも私は当時から、話の多くが作り話であることに気づいていた。それで私は驚き、十字架の人々のところへ行くなんて狂気の沙汰ですよ、連中がここへやって来たときにはわれわれが彼らを滅ぼしましたが、今度は、あなたが連中に処刑されてしまいます、と言った。彼はこれに対して、いや、キリスト教徒がひどく残酷な人間であると思っていたのは私の間違いです、とんでもありません、彼らは異邦人に対して常に親切で寛容であり、あなたでも私でも、彼らの中に入れば、キリスト教徒がみなそうであるということが分かるはずです、と言う。いや、血なまぐさい人々のことを知るためにわざわざ祖国を離れる必要などありません、これまでの悲しい経験から私たちは、彼らが、キリスト教徒でない日本人に実にひどいことをしたということを教えられています、と私は答えた。アモ・サマは言った。「あのひどい連中が本当にキリスト教徒だとすれば、あなたは正しい。連中は日本ではみな、キリスト教徒だと言っていましたが、それは間違いなく偽りです。というのも、キリスト教国に旅したわが同胞たちは、実に気持ちよくもてなされたことを高く評価しています。彼らが言うには、キリスト教国は世界中で最も愛すべきところであって、われわれがここで高い価値を置いている品々は豊富にあり、それだけでなく、日本やフォルモサではまったく知られていないような実に貴重な珍しいものがたくさんあるというのです。さらに、キリスト教徒たちは、わが同胞を丁重にもてなしただけでなく、実に興味を引くような技芸や自然を見せてくれ、帰国したいと言うと、贈り物や記念の品々をたくさんもらい、この同胞たちは、出かけるときよりもはるかに多くの富を持ち帰ることになったのです。彼らが真実を語っていることに疑いはありませんし、私が彼らと同じように快く受け入れられることにも疑問の余地はありません。ですから私は、できるだけすみやかに旅行許可証を手に入れ、まず初めに中国へ渡り、そこから東インドへ行って少しそこに滞在した後、アフリカをめざし、それからヨーロッパに入りたいと思っています。そこはまさに十字架の人々の国であって、私は、スペイン、フランス、ドイツ、オランダなどを訪れたいのです。どんなにひどいところであっても、フォルモサよりは楽しいはずです。このようにして私は約四年間、この世でよく知られた場所のすべてを訪ね、そうしてたくさんの富と経験を携えて帰国したいと思っています。帰国後にやることはただ一つ、愉快な仲間と陽気に残りの人生を送るということです。キリスト教徒たちの法律や習慣、戦争の仕方、技芸や学問の発展、つまり、注目すべきと思うことは何でも、自分が見聞してきたことを話せば、賢い人々はきっと喜んで聞いてくれることでしょう。楽しくて役に立つこうした話が、私に耳を傾けてくれる人々の大いなる喜びになることは確実でしょうし、それによって私は、尊敬と名誉を受けることになるでしょう」。

神父はこれらのこと、またさらにいろいろなことを実に魅力的に語ってくれたので、これはひょっとすると私が彼と一緒に行くことを願っているのではないかと思った。一九歳ほどの若くて元気な青年であった私は、実際、このような魅力的な誘いにすぐさま心を奪われ、想像と好奇心を大いに掻き立てられて、彼が語る国々をぜひとも見てみたいと思ったので、本当に危険がないのであれば、ご一緒したいと彼に伝えた。ところが彼は（彼が私に望む本当のところは隠して）、私の提案に反対するそぶりを見せ、表向きは熱心にこんなことを言った。「神々がそうすることを禁じています！　私は、あなたのお父上にもあなたにも、たいへんな敬意を抱いているので、あなたのような方を祖国から誘い出すなどということは決してできません。加えて、もしお父上が、私にそのようなたくらみがあったなどとお考えになるようであれば、私は死をもってお応えするしかないではありませんか。ですから、これ以上このことをお話しにならないでください。もちろん、ほかのいろいろな国の人々の習慣を見聞されるのは、特にあなたのような秀でた方にはまことにもってふさわしいとは思いますが、お父上はあなたをたいへん大事にされていますから、あなたをこんな長旅に出すことは決してなさらないでしょうし、お父上の同意がなければ、あなたは私と一緒に旅に出てはいけないのです」。神父のこの反対に私はいらだち、私の希望は、掻き消されるどころか、かえって強まったので、いっそうしつこく同行したいと懇願することになった。私は彼の不安を取り除いて彼を安心させるべく、彼に、このことを決して口外しないと厳に約束したのであった。それでもなお彼は、私が同行することには気が進まないらしい。私はますます躍起になり、きわめて真剣に、そして大いなる情熱を込めて、秘密を守る、約束を破ることは絶対にないと、繰り返しきっぱりと言明した。私が何度も誓い、また懇願したので、ついに神父はこう言った。「私はいつもあなたの誠実さを信じていますし、あなたは私に深い敬意をもって接してくれていますので、私はいま、あなたにすべてを打ち明けてお話しすることにしましょう。私の命をあなたに委ねることにします。あなたがこれほどまでに私と一緒に旅に出ることを願っておられるのであれば、私はそのお気持ちに添い、あなたをお連れすることにします。ただし、必ず私の指示に従い、事を慎重に秘密裏に運んで、疑われることなく計画を実行できるようにしていただきたい」。かくして神父と私は一緒に旅に出ることをしっかりと確認し、その後は互いに包み隠すことなく、脱出方法や将来の出費に備えて旅の資金をどう確保するかについてたびたび語り合う機会を持つことになった。ある日神父が私にこう言ったのを覚えている。「あなたのお父上は、硬貨に鋳造されているものでも、まだ鋳造されていないものでも、金をたくさん持っていらっしゃる。長旅での出費やその他、緊急事態に備えるには、その金のかなりの部分がどうしても必要になります。でも、こうしたことは、この国を抜け出す、まさにその夜までは絶対に伏せておかなければなりますまい。旅立ちの当日になったらそれを袋に詰め、舟を使って川を下れば、それを簡単に運び出せるでしょう。そしてカッゼイへ行き、そこで大きな船に乗りましょう」。

旅立ちの日が来た。私は、金二五ポンド、すなわち一ロクモオ［「フォルモサの貨幣」（第三二章）参照］、三コパン、一四ポンドの板金と壺などを運び出した。その他、六〇〇クラウン相当の銀および鋼鉄の硬貨も持ち出した。これだけのものを持って（家人はすっかり寝入っていた）、わが教師と私は深夜一二時頃には、父の家からイギリス・マイルで九マイルほど離れたカッゼイに着いた。だが、ここでわれわれはどう島を抜け出すかで途方に暮れてしまう。皇帝の封印がある許可証を持たずにこの国を立ち去ろうとする者はすべてここで留め置くという、陛下の命令が出ていたからだ。しかし私はここで勇気を振り絞って父のバルコン一隻を呼び出し、マニロもしくはルコニアと呼ばれるフィリピン島本島まで自分たちを運ぶよう舵手に命じた。水先案内人は初め、少し躊躇していたが、父のためにたいへん重要な仕事があるのだと私が言うと、彼はそれを否定するわけにはいかず、その後一〇日ほどの航海を経て、彼はわれわれをマニロまで運んだのである。マニロはフォルモサから約一〇〇リーグのところである。それからさらに八日間、われわれはバルコンに乗り続け、ついにゴア行きの船を見つけてひそかにそれへ乗り込んだ。ゴアまでの船旅は順調であったが、マニロからは一〇〇〇リーグも離れている。いよいよゴアに入るというときに、わが家庭教師は私に言った。「ゴアに行ったという日本人から聞いたことがあるのですが、ゴアには、キリスト教徒のための施設というかキリスト教徒をもてなす家があって、そこでは誰もが身分相応の扱いを受け、お金はかからないそうです。そこへ行きましょう。お金はできるだけ節約した方がよい。フォルモサへ戻ってくるまでにはお金を使う機会があるでしょうから」。このことについて私は、彼の提案に特段の反対をしなかったので、彼は私をすぐにイエズス会の修道院（そうであったと私は思っている）に連れていった。実際われわれはそこでたいへん丁重にもてなされ、六週間ほど、高位の者らしく扱われた。ゴアを発つというときになって、私は彼に、われわれをもてなしてくれた主人たちにお金を払うべきかどうかを尋ねたのだが、彼の答えは、必要ないと思いますが、十字架の人たちの中の老人に訊いてみてください、というもので、私は実際にある老人に尋ねてみた。するとこの老人は微笑みながらこう答えたのである。「私たちが旅のお方からお金をいただくことは決してありません。大してお構いもできず申し訳ない限りですが、お許しください。実は私たちも最近ここに落ち着いたばかりでして、何かと必需品にも事欠くありさまですが、あなた方がヨーロッパに行けば、もっといろいろなもてなしを受けられるでしょう。それは、ヨーロッパのキリスト教徒たちが私たちよりも広い心を持っているからというわけではなく、彼らには、私たちの手に入らないものがたくさんあるからなのです」。読者のみなさんも確信されると思うが、私はこの答えに十分満足した。というのも、わが教師がフォルモサを出る前に私に語っていたことと一致していたからである。つまり、十字架の人々は、正直で手厚く人をもてなす、ということだ。

ゴアを発って九か月すると、われわれはジブラルタルに達した。船長は、誰かここで上陸したいという者がいるかどうか、自分は別の港に向かうことになっているのだが、と訊いてきた。私はぜひ上陸してジブラルタルの町へ行ってみたいと思ったので、教師と私はそこで小舟に乗り換え、ジブラルタルに上陸したのだが、結局私はそこで五週間ほど、具合が悪くなって寝込んでしまったのであった。

病が癒えるとすぐ、われわれはフランスの港町トゥーロンへ向かうことにした。だが船に乗り込む前にわが教師はこう言った。「周りの人たちは、われわれが日本人であることを知っているようです。私たちが仲間のキリスト教徒を日本でひどく迫害したことをみな、忘れていないのではないかと思います。ですから、ほかの国の人々の服装をした方がよいのではないでしょうか。何も恐れる必要はありませんが、この格好をしていては、あまりよくもてなしてはもらえないのではないかと思うのです」。そこで私はこう答えた。そうしたければあなたはそうするがよいでしょう、ですが、私のフォルモサの服装は、日本のものとは違いますし、実際私の服装は、もっと派手で高価なものですから、私はここで着替えたくはありません。すると彼はこう言った。それでは、あなたはそのままでよいでしょう、ですが私は、店へ行って別のものを探してきます。そこで彼はシャンペイン色のイエズス会士服を買ってきた。それは（私の見るところでは）、イエズス会士たちが学校で着ているのとは違うものであった。服装の件はこれで解決し、一二日間の旅を経てわれわれはトゥーロンに入った。ここで私は、いままで見たこともないような服装の人々に出会った（彼らはカプチン会かアウグスティノ会の修道士のようであった）。彼らは何者ですか？　とわが教師に尋ねると、「あなたはまるで私がここの生まれの人間であるかのように、あるいは少なくともここに以前来たことがある人間であるかのようにお尋ねになるのですね。でも、私にも分からないのです。おそらく、世界各地から貿易のためにここへやって来た人たちではないでしょうか、それぞれ自分の国の服を着ているのです」と言う。

われわれはトゥーロンからアヴィニョンへ向かった。マルセイユ、エクサン・プロヴァンスなどを通っていったのだが、一マイルおきに、いやもっと頻繁に、大きな十字架が道に据えつけられているのを見ては大いに驚いた。きっとこのあたりには盗賊団やごろつきの集団が多く、それゆえこれほど多くの処刑台があるのでしょう、と私はわが教師に尋ねずにはいられなかったのだが、彼の答えは、いえいえ、これは乱暴者たちを脅すだけのために設けられたものでしょう、実際に使われた形跡がありませんから、というものであった。

われわれはついにアヴィニョンに入った。わが教師は、まるで勝手知ったる場所であるかのように市の門からイエズス会の修道院へ向かった。入り口のところに立っていた数名の人たちが彼のことを知っていると見え、走り寄ってきて彼に挨拶をしていた。見慣れぬ作法で、交わしている言葉も私には分からなかった。彼らはわれわれを食堂へ連れていった。すると五分も経たぬうちにその場はイエズス会士で溢れ、みなわれわれをさまざまな作法で迎え入れたのだが、それがどういう意味なのか、私には分からなかった。ある者が、自分の帽子を取って私に差し出したので、彼は私にそれを授けようとしているものと思い、私はラテン語で、どうぞそれはご自分でお持ちになっていてください、私には自分のものがありますから、と言うと、一同、大笑いになった。ド・ロード神父は、修道士たちとの訪問の挨拶や質問のやり取りに夢中だったので、私は彼に話しかけることができず、みながその場を立ち去るまで黙っていることにした。これはいったい、どういうことなのか、それから訊いてみようと思っていた。というのも私は、彼がどうやら十字架の人、もしくはこの国の生まれではないか、少なくとも、以前ここを訪れたことがあるに違いない、そう感じ始めていたからである。ここの人々のことを彼が知っていて、また彼のことが知られている様子を見れば、そしてまた彼が地元の言葉で難なく話をしている様子を見れば、それ以外に考えられるであろうか？　これほど大勢の人々が彼のもとにやって来て、いずれも彼をうやうやしく敬意をもって扱っているというのは、実に信じがたいことであった。彼がやって来ることをみながすでに知っていたなら、通りを花で飾り、ド・ロード神父万歳などと唱えていたとしても不思議はない。ようやく彼は私のところにやって来て、はっきりとこう言ったのであった。「自分はキリスト教徒であり、この国の生まれです。いま面会した人たちの多くは自分の親類です」、（彼はここでこう付け加えた）「でも恐れることはありません。あなたは、この国や住人のことについて私がこれまでお話ししてきたことがいずれも真実である、ということを確信されるでしょう。私はあなたを遠い国のお父上の家からここまで連れてきましたが、あなたがぜひとも私と一緒に出かけたいとおっしゃったことを、どうか忘れないでください。さていま、私はここであなたに、ある立派な申し出をしたいと思います。私たちは、あなたをキリスト教の導くところに委ね、キリスト教こそ、唯一の真なる宗教であることを示したいと思います。もしあなたがそのことを受け入れるならば、私たちは、あなたがここで永遠に、祖国におられるのとまったく同様に何不自由なく暮らしていけるようにしましょう。しかしもし、やはりフォルモサへ戻りたいとお考えなら、私たちはあなたを助け、長旅に必要なものを提供いたしましょう」。この提案の後半部分は、実は彼の表情から読み取ったものである。しかしその後の状況から判断して、彼はそんなふうには考えていなかったように思える。

読者諸氏は、この話を聞いた私がさぞかし困惑したのではないかと思われるであろう。実際私は、自分の置かれた状況をよく考え、またわが身の危険に思いを巡らせて、いささか驚愕したのであった。しかしながら私は結局、ド・ロード神父およびほかのイエズス会士たちの提案を快諾したのである。なにしろ、われわれがフォルモサでキリスト教徒たちにしたのと同じようなひどい扱いを受けるのはたまらない。私はそこにいる人々にこう伝えた。「私は、確たる証に異を唱える者ではなく、また、みなさんの説得に歯向かう者でもありません。私が異教を信じるよりも強い証をキリスト教信仰についてもたらしていただけるなら、私は喜んで異教を棄てキリスト教信仰に服しましょう。ですが、かりにそれだけの証を示していただけないとしても、みなさんが私を親切に扱ってくれるよう望みます」。

私を改宗させるのにそれほど難しいことはないと考えていたド・ロード神父は私の言うことに同意し、それは自分自身にとってたいへん光栄なことになろうと言った。私のことをある王の息子であるとみなに言い（それが本当かどうかは神のみぞ知るというわけだ）、キリスト教の教えを授かることを念頭に、彼とともにヨーロッパへやって来たのであると伝えた。

会士たちは目的を達成すべくあらゆる手を尽くした。なんとか私を改宗させようと、偽りの議論を持ちかけることもあればおだてることもあった。ずいぶん条件のいい約束をすることもあれば、脅しや力ずくで、ということもあった。私はこう言った。「議論を通じてでは、到底、私を改宗させることはできませんでした。なにしろ、私のこれまでの信仰の誤りとして彼らが示すことのできたものよりもはるかにおかしなことが彼らの信仰にあるということを、私は示したからです。特に化体説〔四一頁の訳注参照〕。私はこれについていくつかの方向から論駁しました。まずは、われわれが持つ感覚、つまり見たり、感じたり、味わったりという感覚の確かさから。秘跡《サクラメント》に際して受け取るものはパンであって肉ではないというのは、どの感覚にしても確かなことである、したがってわれわれが自分の感覚を信じるならば、パンの実体がキリストの肉に変わるなど、信じられることではないのに、会士たちは、その秘跡《サクラメント》に際してキリストの肉体が現前している、と言い張っています。次いで私は、こうしたわれわれの感覚をぜひとも信じなければならないということを明らかにしました。イエス・キリストがもたらした奇跡に関する語り、その教えが確かなものであるとするのは、すべてこの、われわれの感覚によるものだからです。だってもし、これこれしかじかの奇跡が、キリストの生涯において言われているように確かにもたらされたということが、目撃者の視覚によって確かめられたものでなかったならば、キリストについての語りの確からしさなんて、そもそも目撃者がそういう奇跡をキリストがもたらしたのを確かに見たと言っているのですから、全然なくなってしまうではありませんか。ですから、感覚を信じることがなければ、確かにキリストによってもたらされたとされている奇跡も何も、キリスト教信仰にかかわる証拠はなくなってしまう、覆され、否定されてしまうのです。それゆえ、化体説を信じることと奇跡を信じることとは相容れないのです。両者を信じようとすれば、感覚の確かさを認めなければならない、ところが化体説を信じようとすれば、われわれの感覚というものを打ち消し、私たちが確かに見ているものや感じているものを否定しなければならないのです」。

「第二に私は次のように主張しました。同じ肉体が同時に、二つの離れた場所にあるなどということはありえないのに、化体説の教義によれば、同じキリストの肉体が同時に一〇〇〇もの異なる場所に姿を現す、つまり地球上でどんなに離れていようとも、この秘跡《サクラメント》の行われている場所にはその肉体が現れる、というのであるから、化体説は誤りである、と。これに対して会士たちは、「外部的な」肉体があるーつの場所を超えて現れることはありえないが、「最終的な」肉体であればありえる、と主張しましたので、私は、それも取るに足らぬ愚かな考えにすぎない、同じ肉体が（たとえそれが彼らの言う「最終的な」肉体であるとしても）、遠く離れた場所に同時に姿を現すことは不可能ではないか、もしそうだとすれば、その同じ肉体が、ある場所では殺され、別の場所では生きながらえている、ということになってしまうではないか、と言いました」。

「私の第三の論点は次のようなものです。秘跡《サクラメント》の際にキリストが、私の記念としてこのように行いなさい、と語ったとき、キリストは、この秘跡《サクラメント》を祝福するときに自分はその場にいないと考えていたのではないか、そこにいるならば、その友を思い出すなど必要もなければ尋常でもない、そこにいないからこそ思い出すのである、したがって、私の記念としてこのように行いなさい、というキリストの言葉が意味しているのは、明らかに、（秘跡《サクラメント》に際して）肉体がそこに現前していない、ということではないか、と。化体説の教義は真実ではありえない、パンの出来事（そう彼らは呼んでいるのですが）は実体を伴わず、キリストの肉体という実体は、肉体に特有な出来事なくしてそこにある、と言うのですから。両者は私から見れば、ありえないことです。白いものがないのにどうしてパンの白さが分かるのか、見たり、感じたり、味わったりすることもなしに、どうして肉の実体がありえるのか、到底、私には理解できません」。

これがイエズス会士たちの化体説の教義に対して私が行った反駁のいくつかであり、彼らから満足のいく回答は得られなかった。なかには異教のものとして私の言い分が斥けられることもあったが、私の信仰をばかげているというよりもはるかに彼らの方がばかげているので、私はなお自分の信仰を棄てることはなかったのである。ここで、ローマ・カトリックの信徒などの読者には、彼らが私を改宗させるためにまず化体説から説明し始めたのかどうか、と問う者がいるかもしれない。答えはノーだが、この化体説の教義こそ私が最も憤ったものなのである。加えて、こんなこともあった。いまお話しした議論が始まる前の四、五か月の間、私はアヴィニョンを自由に歩き回っていたのだが、町の人々がミサのパンをことさら崇拝しているのに気づいたので、ある日、ある老女に尋ねてみたのだ。持ち歩いているそれは何ですか？　私が訊くと彼女は、「ボン・デュ」、つまりよき神、と言う。その後私は、ある紳士にも同じ質問をしてみたところ、彼曰く、「キリストの体だ」と言う。さらに私は、教会で彼らが、ボン・デュと呼ぶものを食べているのを目にしたのである。私はこれには腹を立てざるをえなかった。かりにイエズス会士たちが、先ほどの議論のすべてにきちんと答えられたとしても、神を食らう人々とは到底折り合えるわけがない。なんと言っても私が憤慨したのは、一片のウェハースを浄め、これを自分たちのキリストだとか、贖い主だとか、神だとかと呼び、その挙げ句、これを食べてしまう人々を目にしたことである。こんなばかげた話ってあるものか、東洋の黄金のすべてと引き換えにしたって到底飲み込めるものではない。

イエズス会士たちは、議論によって私を説得することができないと分かると、今度は私の情に訴えて自分たちの方へ取り込もうとしてきた。実に多くの気前のよい約束やら甘言やら。しかし私は、彼らがフォルモサでは異教徒に対してさんざん虚言を吐いていたことや、私に対して良心の自由を認めると言っていた約束を反故にしていることなどから、連中が不実で人を欺くことをよく知っていたので、彼らの約束は一切、信用しなかった。それに加えて私は、彼らとここに留まるよりは故国へ戻った方が、はるかに裕福になり、また名誉も保てるであろうと考えていた。要するに、身内からも離れてこんな遠い国で、見知らぬ人々、おまけに偽善者たちに囲まれてたえずびくびくしている状況にあって、私は、父のもとへ戻りたいという強い希望と実現可能な期待とによって、あらゆる約束を避けたのである。その結果、連中は、ついに脅しと暴力に訴えることになった。私は、できるだけおとなしくしてこれに耐え、穏やかな言葉を使ってなんとか彼らの怒りを和らげようとした。だがその間にも私は（神の摂理なるものを信じ）、この地を逃げ出す最良の方法を考え、準備し始めたのであった。

修道院で彼らと過ごした六、七か月というもの、私は丁重に扱われていたということは申し上げておくべきであろう。もっとも、熱心に改宗を迫ってくるので、気前のいいもてなしにもだいぶ影がさしていた。ともかく私は、そういう彼らから逃れたいと思い、町中の家に住まわせてほしいと言ったところ、彼らはすぐに私の願いを聞き入れてくれた。当時はまだ手持ちの金をすべて使い切っていたわけではなかった。この残りの金をいま売れば、しかるべく代金を支払って暮らしていくことができよう。彼らに負担をかけることがなければ、彼らが私にとやかく言うこともあるまいと考えたのである。私が持っていた金はフォルモサで鋳造したもので、イエズス会士たちのいかなる貴重品よりも高く評価されていたから、彼らはそれを欲しがっていた。彼らがある金細工商にこの金を見せたところ、二五〇ピストルに相当するという。彼らはこの金額を私に支払うことを約束して、私の金を手に入れた。彼らは適宜、一〇ないし二〇ピストルを私にくれたのだが、そういうとき、私は、まだ総額の三分の二ももらっていないと言っては抗議したのであった。

七、八か月の間、私は町中に住んだのだが、その間、隣国訪問を認められていた。イエズス会士たちは、私が逃亡することを少しも心配してはいなかったのである。このあたりの状況に私はまったく不案内だし、お金は自分たちが握っている、(彼らはいろいろ自慢するけれども結局のところ)お金がなければ旅行もあるまい、というわけであった。

あるとき私は、ボーケールの市に出かけ、最近パリからやって来たところだという紳士と一緒になった。パリに日本人の金細工商がいるという。私は急いでアヴィニョンに戻り、パリに行ってこの日本人に会いたいとイエズス会士たちに懇願したのだが、彼らは、パリには、道だけでなく、あらゆる宿屋に盗賊がたくさんおり、金品を狙って旅人を殺してしまうのが常だ、だから、人生に疲れたというのならそこへ行くがいい、などと言って私の気持ちを挫《くじ》いたのであった。パリとパリまでの旅にかかわるこうしたひどい状況の説明により、私はしばらく、パリ行きの考えを脇に置くことにしたのであった。

アンノ・サンクトと呼ばれる祝典の年を迎え、私はイエズス会士たちに招かれ、一七人の青年とともにローマへ向かうことになった。この青年たちは、宗教心からというよりは、この年にローマで開かれる大規模の壮麗な式典を見たいという好奇心からこの旅に参加していた。他方、イエズス会士たちが私にローマへ行くように勧めたのは、式典の光景を目にすれば、私もきっと信仰心を抱くに違いない、という期待からである。私はこの申し出をすぐに受け入れ、ローマへ向かった。ほかの青年たちは巡礼の格好をしていたが、私は日本服である。われわれがローマへ着いたのは、ちょうど法王が亡くなる直前のこと。法王は病の床にあって、面会謝絶となっていたが、それでもわれわれは、ローマにある実におもしろいものをすべて見物した。アヴィニョンのイエズス会士たちは私に推薦状を持たせてくれていたので、私はローマのイエズス会士たちから丁重にもてなされることになった。だが、キリスト教信仰を抱くよう熱心に勧められると、私は、お気持ちには添いかねますと言い、アヴィニョンに戻って、私を故国から連れ出してくれた神父の手で洗礼を受けたいと思っていると告げたのである。ローマにひと月以上滞在した後、われわれはまたアヴィニョンに戻り、イエズス会士たちの歓迎を受けた。どうやら彼らは、私の旅に同行した青年たちに私の世話をするよう命じていたらしく、私はとても逃げ出すことなどできなかった。なにしろ彼らは旅の間中、あたかも監視が囚人を見張るかのようにずっと私のことをじっと見ているのであった。アヴィニョンへ戻るとすぐ、イエズス会士たちは私に、ローマで見物した式典は気に入ったかね、と訊いてきた。これに答えて私は、非常に楽しんできたし、大いに尊敬の念を抱いたと言ったのだが、それにこう付け加えた。あなた方は、信仰がただ外的なものだけに依拠しているという理由でわれわれフォルモサの異教を批判されるが、あなた方の宗教におけるあのような外的な儀式をどうお考えになるのか、と。これに対して彼らは、満を持してこう答えた。異教の儀式をただ外的なものだと難じているのではない、内的な美徳というものに欠けているからだ、キリスト教は外的に見せびらかすものよりもはるかに内的な力によるものであり、だから、キリスト教の儀式は、そこに心が伴わなければ何の役にも立たないものであり、自分たちは儀式を、信仰心を掻き立て、神への信仰を高め厚くするためにのみ利用しているのだ、と言うのである。この答えに私はいちおうは満足したので、特に応じることもしなかった。もちろん、わがフォルモサの異教にあっても、外的な儀式をまったく同じ目的、目標のもとに使っているのだとは言えたかもしれない。だが、まことにもってひどい話だが、私はローマで、あらゆる人々が堕落した生活をしているのを目の当たりにし、みな、不義密通や同性愛を堂々としていて、それは旅行者なら誰もが目にする光景だったのである。私はこう独り言をつぶやかざるをえなかった。こうした人々が心から彼らの宗教を信じているのなら、その教えをもっとよく守り、信仰に基づいて生活しているはずだ。だが彼らのひどい様子を見ていると、一般の人々にとって教えなどは押しつけられたものであって、彼らはそれが正しいなどとは到底思っていない。加えて私は、聖ペトロなどの聖人たちの遺物によってもたらされた奇跡に関するものや、主にロレット教会において起きたとされる奇跡（私は嘘だと信じているのだが）について多くの話を耳にしたのだが、そこから結論づけられるのは、キリストによってもたらされた奇跡についての話など、まったくの嘘っぱちだということだった。だから、ローマへの旅により私は、キリスト教信仰を抱くどころか、むしろ頑ななまでにそれに異を唱えるようになってしまっていたのである。

ローマから戻って数日間、私はイエズス会士たちから丁重な歓待を受けた。もっともその間、私は、旅に関する彼らからの質問に答えたり、私自身の観察を述べたりすることに多くの時間を費やした。だがついに私は、次のことについて黙ってはいられなくなってしまった。すなわち、イエズス会士たちは以前、ローマやロレットなどでは多くの奇跡が日常的に起きているのだと言っていたのを覚えているが、ローマへの旅においては私は、一度も満足のいくような形でそんなものにお目にかかることはなかった、ということである。これに対して彼らは言う。信仰を持っているなら、たくさん見ることができたであろう、と。私は言った。いったい全体、あなたが奇跡と呼ぶものは何なのですか、奇跡というのは、私たちの感覚によって認識される対象であって、信仰によるものではないと考えるべきではありませんか？　ユダヤ人はキリストを信じてはいませんでしたね、（あなた方自身がおっしゃっているように）キリストが多くの奇跡を彼らの前に起こしているというのに、です。ここで彼らは私をさえぎって次のように言った。「あなたはわれわれの忍耐を弄んではいけません。私たちは、あなたを教会の懐に受け入れようと、実に長いこと待っていました。キリスト教の正しさをしっかりと理解してもらおうと多くの議論をしました。でもあなたは頑なままだ。私たちはもはやこれ以上、遅らせるわけにはいかない。これまでのところ、異端審問にあたる神父たちは、（われわれの懇請により）あなたを異端審問にかけるのを控えてきましたが、改宗のためにわれわれが提供したあらゆる手段を斥けたとなると、審問官たちはこれから迅速にあなたを裁くことになるでしょう」。

そういうわけで、それから八日後、大審問官からの書状が届き、ただちに異端審問に服すよう命じられたのであった。イエズス会士たちはその書状を私に見せ（それが、彼らのでっち上げたニセモノなのかホンモノなのかは分からないが）、こう言った。「もし一〇日以内にキリスト教信仰を抱くことがなければ、お前を牢獄に送る。だが、審問官に交渉したところ、一五日間の猶予を認めることになった」。なぜ期間が延びたのかと言えば、それは、私が公に改宗を明らかにし、八月一五日の聖母マリア被昇天の祝日に洗礼を受けるということを彼らが期待していたためである。

異端審問について私はよく知っていたので、こうした命令を非常に恐ろしく感じた。私は言葉を和らげ、辛抱強く彼らの詭弁に付き合わざるをえなかったのである。そういう私の謙虚な振る舞いのおかげで、彼らは、まだ議論すれば私を改宗させられるかもしれないと期待したのであろう。宗教談義をまた新たに始めたのである。だが、彼らの議論がいかに薄弱なものであったかは、次の二つの例を引けば、読者にお分かりいただけようというものである。

彼らはこう言うのだ。彼らの教会が絶対確実なのは、絶対確実なる聖書の上に築かれているからであり、また（そう言って彼らは堂々巡りをする）聖書の正しさは、教会が絶対確実であることによって証明される、と言うのである。

また彼らは、譬えをもって奇跡を示そうとするのだが、それはたとえば、聖なる三位一体とは、三つの折り目のある一枚の布のようなものである、それはあくまでも一枚の布であって同じ布なのだ、というわけである。

私は聖書を読むことを許されてはいなかった。時々、彼らは自分たちの議論の正しさを示すべくその一部を証拠として示すことはあった。だが私は、聖書の代わりに、多くの書物を与えられていて、その中には、聖人たちがもたらしたことになっている奇跡が多く語られていた。なかでも、パドヴァの聖アントニオの話などはよく知っていたのだが、そこでは、異教徒に化体説が真理であることを確信させようとの意図で、こんなことが記されていたのである。聖アントニオが求めると、ある驢馬がひざまずき、浄められたウェハースを拝んだ、云々。

キリスト教がどれほどすばらしい報いを約束するものであるか、その真理にどれほど自分たちが満足しているのかをよく考えてほしい、と彼らは言った。自分たちは、あらゆる親族やこの世の品々を断ち、否、自分たち自身のことさえ考慮せず、ただひたすら、福音の教えに従って歩み、キリスト教への改宗者を得ているのである、と言う。これに対して私はいささか大胆にこう言った。すべてを断ってキリストに従う者の数は、肉欲と官能に耽って暮らしているように見える大多数の人々に比べれば、ごくわずかである、と。さらに私は、わがフォルモサのボンジイにも（世俗の者であれ、寺院に属している者であれ）、キリスト教徒がしているという苦行の例は実に多く見られるのだ、と付け加えた（このことは第一巻第八章において十分に述べた通りである）。

さまざまな協議の中でイエズス会士たちは、それまでとは違ったやり方で議論をするようになった。というのも彼らは、厳しい表現や野蛮な語、私の反論に対応すべく意図的に（と私は思うのだが）ひねり出した妙な区別などを多く使うようになったからだ。ついに私が、彼らの論法や専門用語は理解できない、といささか礼を失する形で言うと、彼らの一人は怒りをあらわにして、いや、貴様は理解しているのだ、理解したくないだけだ、と応じた。ド・ロード神父も私の方を向いてこう言った。「こちらの尊き神父様のお話しになっていることが理解できないのなら、私があなたの国の言葉で説明してあげましょう」。だがド・ロード神父は、そうすることなく、ただ次のように続けた。「愛しき子よ！　大審問官が送ってきた命令をご存じですね。これは確実に実行に移されます。君のことを愛しているがゆえに、私としては、君がそこまで頑なでいるのは実に残念です。少しでも分別があるのなら、安全な道を選んで、自分はキリスト教徒であると言ったらどうです。こちらの尊き神父様が言われたことは実に理に適っているのですが、ただあなたには、その議論の力というものが見えていないのです。どうかもう少し柔軟になって、申し出に反論することなく満足したと認めてはくれないだろうか」。

危機が迫っているとは私も分かっていたから、ある程度まではこのド・ロード神父の忠告に従わざるをえないと思った。そこで彼らにこう言った。「改宗についてのこれまでのお申し出を私はいま、理解しました。どうか続けて、さらなるご指示をいただきたい」。すると彼らは喜び、彼らが証明と称しているものを、ときには脅しや約束を交え、せっつくような調子で続けたのである。正直なところ、私はすっかり呆然としてしまい、危うく自分は異教徒であると宣言しそうになってしまった。

それでもなお、神も照覧あれ、私は自分を信じ、何らかの方法で彼らの手中から抜け出すことを願っていた。もし逃げ出せれば、まずオランダへ行き、そこで日本もしくはフォルモサへ行く船を見つけようと考えていた。そこで私は、ヨーロッパの地図を使い、アヴィニョンからオランダへ向かう道筋の町をすべて書き留めておいた。

一五日間のうちの九日が過ぎたところで私は、あるユダヤ人を家に呼び、不要な衣服や持ち運びのできない品々をひそかに売り払い、そうすることで旅に必要な金を用意した。出発はその翌日と考えていた。そしてその日の朝、（疑われないようにするために）四人の青年紳士に野原まで散歩に行かないか、ローヌ川を越え、ヴィルニューヴと呼ばれているところまで行けばいろいろな気晴らしができる（というのも、ここはフランス王の領地なので、審問裁判の力が及ばないのである）と声をかけたのである。町の門まで来ると、見張りが、私の連れたちは通しているのに、私については決して町の外へ出してはならぬと命じられているのだと言う。見張りの言葉に私は大いに驚いたのだが、不審な様子は一切見せず、すっかり納得したような調子で友人たちに別れを告げるべく、ぼくは野原まで歩いていくのを認められていないので、町中のどこかをぶらつくことにするよ、と言ったのである。だが実際には、部屋に戻って夜八時まで待ち、それから例のユダヤ人のところへ行ってそれまで着ていたフォルモサの服を彼のところに残し、その代わり、彼のところにあった黒いコートとバンド、かつら、つばのついた大きな帽子を身に着けたのである。

夜九時になっていた。さながら修道院長のような格好で私は、朝とは別の門を通り抜けようと試みた。だがなんたること！　私はあらゆる人々の関心の的になっていたので、どう変装しても身を偽ることができなかったのだ。この門のところに立っていた兵士は私のことを知っていて、それで私を止めたのである。この二度目の失敗には、さすがに私も絶望しかけた。最後の手段（と私は考えていたのだが）がダメになり、もうこれで私を苦しめる人たちのもとへ送り返されることになると思ったからである。だが、私はわれに返り、神のご加護もあってか、この危機の最中にあって、あることに思い至ったのである。このことはなかなかうまく言い表せないのだが、つまり、金の力に思い至り、この兵士が金で雇われた傭兵ではないかと思ったのである。そこで私は、一ピストルというかルイドールをポンと彼の手に載せてやった（いや、アヴィニョンに留まるくらいならすべてを差し出してもよいと思っていた)。兵士は最初、いささか疑り深そうにしていて、もし彼が私を通したことが知れたらたいへんなことになると言ってきたが、私はこれに対して、事が露見する心配など決してない、いまは夜だし、私は変装している、そばには誰もいない、自分でこのことを口にしない限り、決して知られることはない、と言った。すると彼はついに、金をポケットにしまい、私を通した、というわけである。

かくして恵み深き神は、私を残忍なイエズス会士や審問官たちの手から解き放ってくださったのである。命を助けてもらうために嘘をついて決して信じることのない信仰を表明しない限り、連中のもとにあっては、どうよく見ても牢につながれて厳重監視となるだけだ。

こうして実に幸いなことにアヴィニョンから逃げ出すことのできた私は、ローヌ川に沿ってオランジュまで行き、そこから、サン・テスプリ、ブール、ヴァランス、ロマンスを経てリヨンに達し、さらにそこから、ブールカン・ブレス、サラン、ブザンソン、ベルフォール、そしてブリファックへ向かい、今度はそこからライン川に沿って、コルマール、セレスタ、ストラスブール、ユグノー、ヴァイセンブルクと進み、ランドーに達した。これが当時のフランス領の最後の町である。読者にはお分かりいただけると思うが、私は追跡されるのを非常に恐れていたので、できるだけ町中は通らず、また、ひと晩たりとてこうした町に泊まることはなかった。もっとも、リヨンとブールカン・ブレス、ストラスブール、ランドーは、回り道することができなかったので、やむをえず町中を通った。(例によって)私はこうした町々の間で止められ、いろいろと質問を受けた。どこから来たのかとか、どこの国の人間かとか、宗教は何かとか。このうち、第一の質問については、ローマから来たといつも答えていた。私は少しだけイタリア語を話すし、あの記念祭に行ったときに作った観察記録がまだ少し手元に残っていたので、こう言うと簡単に信じてもらえたのである。第二の質問については、イギリス人とかドイツ人とかアイルランド人とか、適宜、答えていた。いずれも耳にしたことのある国の名前ではあったが、言葉は少しも分からない。それぞれの国の言葉を話す人に会わなかったのが幸いであった。最後の質問については、こうだ。カトリックかどうかと訊かれれば、神と聖母マリアのお慈悲によって、イエスと答えることにしていた。それに加えて、自分で十字を切りアヴェ・マリアと言うのである。かくして神のおかげをもって私は無事フランス領を越えることができた。

ランドーからノイシュタット、ヴォルムス、マインツ、コブレンツなどを通って私は、アンダーナッハに達した。ここはケルン選帝侯治下の町である。当時選帝侯は、歩兵部隊を組織せよとの命令を出していて、士官たちがみなあたかも歩行者のように歩いている。私もその中に混じってある隊長の前に出た。私は彼に対して、率直に、自分はフォルモサの人間で、カトリックの信徒ではない異端の信徒であり(ヨーロッパではそのように区別するので)、世界のこの地域のすばらしい話をいろいろ聞いて、自分の好奇心を満足させるべく遠いかの地からはるばるやって来たのだ、と打ち明けた。隊長は、マスケット銃を一丁運んでくれさえすればそれで十分、自分は出身国や宗教などは問わないと答えた。私は彼のもとから離れようといろいろ議論してみたのだが、彼は実に丁寧な言い方で、自分はなんとしても上官の命令を実行しなければならない、どうせ二〇マイルも進まないうちにまた歩兵になるよう求められるだろうから、あなたを丁寧に扱う士官と一緒にいた方がよいと言う。加えて、ボンまで行って大佐に身分を伝えれば、間違いなく大佐はあなたを王子に謁見させることになり、そうすれば王子の通行許可証が得られるだろうから、あなたの身は自由となって、何の支障もなくオランダへ行ける、と言うのである。そういう次第で私は彼に従うことにし、私の名が彼の部隊の一員として登録された。

当時アンダーナッハには三つ、そのほか、リンツにも三つ、ボンには五つの部隊があって、これらの町は軍隊の指定集合地になっていた。ボンに着くと、約束を覚えていた隊長は、大佐のサン・モーリス勲爵士に、私が隊長に話したことのすべてを話したのだが、頑固なカトリック信徒であったこの勲爵士は、選帝侯のお務めをするのに異教徒を加えるのはたいへんな罪であると考え、このことを選帝侯の高官に知らせた。この高官は私にイエズス会士のもとへ行くよう命じた。イエズス会士に私を改宗させようというわけである。私は大佐とその他の士官たちに連れられてイエズス会士たちのもとへ行かざるをえなかった。彼らとはまた宗教論争になることであろうが、以前の経験から私は、彼らが議論によってはいかなる人をも、特にユダヤ人やトルコ人、それに邪教徒などは、絶対に納得させることができないということをよく知っていた。彼らの見解は予めよく心得ていたし、自分たちの言い分を守るべく彼らが取る言い逃れや区別なども知っていたので、以前よりもはるかによく準備して彼らとの論戦に入ることになった。イエズス会士たちに対して私は、彼らの信仰には、彼らが異教徒である私の信仰について示すのと同じくらい多くのばかげたことがあることをはっきりと示そうとし、実際、そのことを、すばやくそして鋭く、また理に適った形で示したので、大佐はたいへん驚いて声を上げた。「ここで話をしているのは貴様ではなく、貴様の中に宿る悪魔か何かではないか」。ついに一人のイエズス会士が私を人目につかぬ場所へ連れていき、このまま異端の教えを信じ続けるならば、ひどいことになるぞ、だがもしローマ・カトリックの信仰に替わると宣言すれば、選帝侯の王子から多くの立派な品々をお前のためにいただくことができる、と言った。しかし私は彼にこう伝えた。そんな約束をする前に、まず、あなたの信仰が正しいことを私に納得させるべきではありませんか、と。これに対してこのイエズス会士は何もできなかったので、私は彼の申し出を無視し、相変わらずわが信仰を持ち続けたのである。この様子を見ていた大佐はひどく腹を立て、私を牢にぶち込み、改宗を宣言するまで、食べ物はパンと水だけだと私を脅してきた。だが私の隊長は、大佐よりもはるかに正直な人間だったので、私を力ずくで奪い返すと、それ以上はいかなる危害も私に加えてはならぬと言い、大佐に対して、どうかこの男を見逃してほしい、通行許可証を与えて行きたいところへ行かせてやってほしいと願い出、これがすぐに認められることとなった。そういうわけでボンを後にして私は旅を続け、ケルンに着いたのだが、ここでも門の見張りに止められ、私は守備隊長の前に連行されることになった。彼に対して私は、異教徒であるがゆえにボンを追い払われたのだと説明したのだが、この守備隊長は、「ほかの者は愚かかもしれぬが、私はそうではないぞ、お前は異教徒だが、最高のキリスト教徒と同じく、軍務に服すことはできるじゃないか」と私に言った。そういうわけで私は、今度はこの部隊の兵士として登録されざるをえないはめになったのである。

この部隊の大佐であるブッハヴァルトとオイエル少佐、それとヴァルンスドルフ隊長（彼が私の隊長で、後に少佐になった）はみなルター派信者であった。部隊の中佐であるド・ヴァンデヴィルはフランス人でローマ・カトリック、その他の士官たちの多くはカルヴァン派の信者であった。そしてこの部隊は、オランダのメックレンバーグ王子に仕える軍隊なのであった。

その後少ししてから、大佐と隊長が二人して私のところにやって来た。隊長が言うには、「われわれは、君の将来について心配をしている。君の良心の自由についてはいつでもわれわれはこれを認めるつもりだが、キリスト教信仰については正しく身につけてほしいと思っている。ローマ・カトリックの教えにばかばかしいところがあって君が腹を立てたというのはよく分かる。だが、われわれの信仰に、そんな誤りはないさ。私は君と論争をするのにふさわしい人間ではないけれども、もし君がよければ、ルター派の聖職者たちに話をしてもよい。ローマ・カトリックの聖職者よりも彼らから大いなる満足を得てもらえればと思っているのだがね」。これについて私は、信仰の真理について納得がいくのであれば、私はいつでも、いかなる宗教についても、これを喜んで受け入れる準備があります、と答えた。そこで大佐はさっそく、私がルター派の聖職者たちと彼の家で会う日を決め、しばらくすると、ケルンから三マイルほどのところにある村、ムテムの聖職者とブランデンブルク部隊付きの二人の牧師、それからケルンのルター派教会の聖職者が私との議論に参加することになった。

ここでいささか脱線するが、読者には、ルター派もカルヴァン派も、平和時のケルンにあっては当時、いずれも公に信仰が認められたものではなかったということをご承知おき願いたい。だが戦時であれば、好きなときに会うことができた。というのは、守備隊にプロテスタント同盟軍がいれば、その兵士たちのことを考えて自由が認められるのだが、ケルンの町は自衛軍によってのみ守られているので、こうした会合のための場所はすべて閉鎖され、ルター派ないしはカルヴァン派の市民たちは、祈りを捧げたり説教を聞いたりするために川を越えてドゥイツと呼ばれるところまで足を伸ばさなければならなかったのである。だが本論に戻ろう。

私はまだ、ルター派の教義についてはあまりよく知らなかったが、カルヴァン派ならば、と思い、あるカルヴァン派の聖職者を訪ね、彼の信仰の原理原則とルター派の違いについて尋ねてみた。彼の答えによると、主な違いは「両体共存説〔四一頁の訳注参照〕」にあって、彼によれば、これは、ローマ・カトリックの化体説と同様、ばかげているという。それは両派にとってどういうことなのでしょうか、なぜあなたはそれに異を唱えるのでしょうか、教えてください、と私は言った。それについて彼は非常に率直に教えてくれ、また異論を唱えるいくつかの理由についても話してくれたが、それを私は後に、自分自身の弁論としてできるだけ発展させることになった。さて、指定された日になると、四人の聖職者と私は大佐の家で面会することになった。彼らはさっそく聖書の権威について語り始め、多くのしかるべき論点を示した。ただ、私がすでに納得していることにあまりにも長く時間をかけていたので、やっとのことで彼らのお気に入りというか最も特徴的な両体共存説の教えにたどり着くまでに、危うくしびれを切らしそうになったほどである。だが話題はついに、この両体共存説となったので、私はいささか失礼も顧みず、こう切り出した。「この点については、ローマ・カトリックの教えと同様、聖餐に関してばかげたことが多くあるように思います。第一に、しかるべき対象物に対するわれわれの感覚の確かさを否定し、その結果、キリスト教信仰の大いなる根拠と言うべきものを壊してしまっています。信仰において大事な秘跡《サクラメント》は、目撃者の感覚の確かさによって明らかになるものであります。第二に、ルター派の教義では、ローマ・カトリックと同様、天上にあって永遠の輝きとなっているキリストの肉体が聖餐において現前し、しかも、秘跡《サクラメント》が祝福されているあらゆる場所に同時に存在することになっていますが、これは私にはありえないことに思えます」。

私は続けた。「しかし、ローマ・カトリック信仰と共通するこれらのばかげたことのほかにも、ルター派の教義にはいくつか固有の問題点があります。第一に、これは私の体である、という言葉は、文字通り理解されるべきものとされており、またパンが実際にそこにある、ということになっていますね。ということはつまり、ルター派の解釈によれば、この言葉の意味は、パンの実体がすなわちキリストの肉であるということになりますが、これは語義矛盾です。同じ実体が、同時にパンであり肉体であるということはどう考えても不可能です。第二に、ルター派では、聖餐におけるパンは秘跡《サクラメント》であり、キリストの肉体のしるしでありながら、同時に、それはホンモノの肉体であるとしていますが、同じモノが、しるしであり、同時に、しるしによって意味されるモノであるというのは、ありえませんし、また、あるモノが、そのしるしであるというのもありえません。第三に、キリストの肉体は聖餐においては神性と結びついて生きているのだ、とルター派では主張されていますが（というのも、肉体は殺され生贄として捧げられるという、ミサでの犠牲というローマ・カトリックの考え方を否定しておられますからね）、このキリストの肉体が崇敬の対象でありながら、しかし礼拝はしないとしておられます」。

このような議論をしながら、両体共存説という「彼らの教義」に私は異を唱えた。「彼らの教義」とあえて言うのは、ほかの多くのルター派教会の信徒たちは、これを信じていないと聞いていたからである。

聖職者の一人が、君は少し性急に議論を進めているのではないかね、と言った。聖書の正しさについて納得しているのなら、そこからこの教義の正しさを簡単に説明できますよ、と彼は言う。私は答えた。聖書が神の言葉であるとしても、そこから両体共存説が主張されるのであれば、翻訳者が自分の考えに都合のよいように挿入したのではないかと私は思います。秘跡《サクラメント》などではなく、明らかに理に反していますから。私はさらに付け加えて言った。たんに自説を主張するのではなく、私の反論に答えるのが役目ですよね、そうだとすれば、わが故国の信仰の正しさを私がお話しすれば、おそらくみなさんには楽しんでいただけるでしょうね。

もうだいぶ遅い時刻になっており、このままでは私を納得させることはできないと聖職者たちは考え、この日の議論は打ち切りとなった。

ケルン近くに住む聖職者は、私を自分の家に一、二週間連れていきたいと私の上官に願い出た。そうすれば間違いなく私を改宗させることができると彼は言う。私自身はあまり乗り気ではなかったが、上官はそうするよう命じた。三日も経たないうちにこの上官は、われわれがいる家にやって来て、この聖職者と一緒になり、いろいろと心を引くような約束をしたりして、私を彼らの信仰に替えさせようとしたのであった。そういう約束が、真意から出たものか、それとも私を試そうとしただけなのかは分からないが、ともあれ、それで私が心を変えることはなかった。

ルター派が私を改宗させられないでいることを聞いて、中佐は大いに喜んだ。数日後、彼は私をカプチン会に連れていき、教父の一人に紹介した。この教父は、新改宗者協会の取りまとめをしており、彼は私に、以前はルター派であったりカルヴァン派であったりユダヤ教であったりしたのがローマ・カトリックに改宗したという六〇人もの若者を示した。彼らはいずれも、身分に応じてしかるべく遇されていた。私は笑みを浮かべてこう言わざるをえなかった。「この人たちがいま以上の生活をしていけるような富を私が持っていたなら、多くを異教徒にできると思います」。これを聞いた教父は激高したので、できるだけ早く彼のもとを去らなければと思った。だが中佐は、これだけ私が無礼なことをしたにもかかわらず、この後、私をイエズス会士たちのところへ連れていったのである。もちろん、アヴィニョンでの場合と同様、彼らとの議論はまったく平行線に終わったのであった。

ついにカルヴァン派の士官たちが彼らの聖職者の一人のもとに私を招くことになったが、その日はご免被り、次の週のどこかで彼らに同行すると約した。その間に私は、ローマ・カトリックやルター派の知り合いから、カルヴァン派の「絶対予定説〔四一頁の訳注参照〕」なるものを聞き、それに対する疑義を準備したのである。約束の日が来て私は、士官たちと一緒に例のカルヴァン派の聖職者を訪ねた。この聖職者は、宗教の成り立ちを非常に明快に説明してくれたので、私もすんでのところでキリスト教徒になりかけたのであった。実際、彼の議論はまことにすばらしいもので、彼がこの「絶対予定説」を信じているなどとは思わなかったのである。だが、私がこの点に触れると、彼の議論は急に力を失い、無理やり聖書の文言を引っ張り出してそこからこれを説明しようとする。私はすっかり衝撃を受け、それまで彼が見事に述べていたことが正しいのかどうか、疑いを持ち始めたのである。私は彼にこう言った。「もし絶対予定説が信仰にとって不可欠な項目であるとするならば、私は異議を申し上げなければなりません。それを信じることはできませんから。加えて、かりにこの絶対予定説が正しいとしても、私が背信のそしりを受けることはないのではないでしょうか。というのも、私が申し上げた異議は、永遠の布告に基づくものであり、異教徒として死んでも、キリスト教徒として死んだのと同様、救済が近いということになるからです。キリストが私のために死んだのだと納得できなければ、キリストを信じることはできません。絶対予定説が正しいとしても、キリストがそうなさったとは確信できないのです。というのも、あなたは、キリストが永遠の布告によって救済されると予定された人々のためにのみ死んだのだとおっしゃっていますね。それに、私がその救済を予定された人間の一人なのかどうかを知ることは不可能なわけですから、信仰を持つことはできないのです」。

このような私の議論に対して、かの聖職者は答えることができなかった。彼は言い訳がましく、この人は非常に頑固で道理や聖書によって納得させることはできない、などと士官たちに話していた。

私を改宗させようというこうした試みがすべてなされた後でも、結局私は、なおわが異教崇拝を続けることになった。その後私がケルンに滞在している間、私の迷妄を覚まそうと試みる者はほかに誰もいなかったのである。

私は六か月をケルンで過ごした。わが部隊もずっとそこに宿営していた。だがほかの部隊と合流しカイザースヴェーアトの守りを固めるようにとの命令があった。カイザースヴェーアトに駐屯した後、今度は、オランダのボワルデュックの休暇用の宿営に向かった。実はここでも、カルヴァン派の聖職者数名が私を訪ねてきたのだが、これはどうも、私を改宗させようとの気持ちからというよりは好奇心からの訪問であったようだ。というのも、われわれがした話の大半は、フォルモサの風俗習慣についてであったからだ。だが、聖職者のうちのある一人の質問はちょっと際立っていた。彼曰く、どうしてキリスト教徒にならないのか、と言うのである。そこで私はあっさりと、これまで誰も、私に対して、宗教の正統なる成り立ちについて明らかにしてはいないからです、と答えた。ローマ・カトリックでは化体説について、ルター派では両体共存説について、そしてあなた方、つまりカルヴァン派では絶対予定説について、それぞれみなキリスト教信仰をひどく傷つけていますので、常識を持った異教徒であれば、こんなばかげたことが正されるまでは、誰も改宗したりなんかしないでしょう。ここで私はもう一度、いろいろな誤り、このカルヴァン派の誤りについての私の議論のいくつかを繰り返した。この聖職者もまた到底満足のいく回答をすることはなかった。

われわれはボワルデュックからフランダースのスロイスまで行進し、そこに一四週間ほど滞在していたが、その間は誰も私と宗教の話をすることがなかった。ところがその後、たいへん寛大で誠実なローダーという、当時はスロイスの総督を務めていた准将が私に声をかけてきた。彼は自宅にダマルヴィというフランス教会の聖職者を招いたのだが、この聖職者はたいへんな自信家で、宗教について私に論争を挑むという。そこで時間と場所が決められた。その日になると、たいへん多くの学者たちがわれわれの論争を聞こうと集まってきた。聴衆を前にダマルヴィは私にこんな提案をした。すなわち、自分が自分の宗教について示すよりもはるかに有力な証拠をあなたがあなたの宗教について示すことができたなら、自分は自分の宗教を棄ててあなたの宗教に帰依しよう、というのである。この率直な申し出に対し、私も返礼をした。つまり私は、もし彼が、彼の宗教について、私が自分の宗教について示すことよりもはるかに明快に彼の宗教の正しさを示すことができたなら、同じように私は自分の宗教を棄て、彼の宗教に帰依することにする、と約したのである。かくして準備は整い、まず私は、フォルモサの人々が崇拝する神のこと、そしてその崇拝の仕方を、できる限りうまく即興で説明した。しかし、私が彼に、フォルモサの人々は神によって幼児を生贄として捧げるよう命じられていると話すと、彼は私の言葉をさえぎって、あなたの神はそんな残酷なことを好むのか、と尋ねてきた。そこで私は、人間の生贄を求めるとはなるほど最も残酷なことではあると答えたが、これを機に私は反論を始めた。あなたの言われるところによれば、あなたの神はもっと残酷ではないか、この世の儚い人間の命を奪うことは残酷であるが、それにより、この生贄たちには永遠の命が与えられるのだ、永遠に悲惨な目に遭わなければならない人間を創造し、生まれる前からその悲惨さを運命づけ、善悪の区別もさせず悪魔に対して命を犠牲にさせることの方がはるかに残酷なのではあるまいか、と私は言った。この私の反論に対して相手は異を唱えることができなかったので、私は続けて、フォルモサの神は人々の前に象や雄牛などの姿で現れ、人々はその姿をした神を崇拝している、と説明した。すると彼は、そんな姿をして神が現れるのかと異を唱え、普遍であり無限であり広大で不可知で永遠なる神が、そんな獣の肉体に宿るなどとはありえないことだと言った。そこで私はこれに答え、神がこのような獣の体に宿ることがありえないというのであれば、あなたもあなたの信仰により、同じように実にばかげたことを言い張っているということになりましょう、なにしろあなたは、無限で広大で云々という聖なる神が鳩の姿をして現れたことを信じていらっしゃる、象よりも雄牛よりも小さい鳩の姿に、ですと私は言った。これに対して彼は特に答えなかった。もちろん聴衆は大勢いたから、この議論やほかのことについても、答えたいと思った人もいたであろう。だが彼は、聴衆に黙っているように求め、話をするのは自分だけにしたいのであった。結局、彼はキリスト教的謙虚さやおとなしさを実践するよう私に熱心に求めたのだが、それは、誇りや尊大さから来る特権をわが身にのみ残しておきたかったからであるようで、私は彼の言動から、そうした気持ちが彼には強いということをはっきり見て取っていた。かくしてこの論争は幕を閉じたのだが、私には何の実りもなかった。もし神の摂理により、もっとよい導き手に会うことがなかったなら、そしてその導き手により、この矛盾だらけの危険な大海原で私の進むべき方向を示してくれることがなかったなら、私はきっと、私の出会ったある種のキリスト教徒たちが持っていた、実にばかげた考え方の岩礁というか岩棚にぶち当たって真っ二つになってしまい、結局、いままでよりもさらに頑なに、私が育てられてきた異教への崇拝にしがみついていたことであろう。ただ提案されるだけではっきりと説明されることのない、そんなキリスト教のしくみなど、到底、信じるようにはなれなかったのである。そのような宗教は、何の楽しみも私にもたらすものではない。ただ番犬ケルベルスを敷居のところに据える、つまり、必要な信仰箇条として絶対的なる永遠の劫罰という残酷な天命を押しつけるものではないか。この教義こそ、よき寛大なる神に、実に憎むべき恐ろしい考えを与えているのではないか。神を、自ら創造した哀れな生き物に対して残忍で専制的な存在とし、その永遠の破滅を企て喜んでいる、としているのだから。それは、すべての法の効力をつぶし、命の定めという堅固な椅子に縛りつけられた人々に対する報いや罰を破壊することで、あらゆる宗教を完全にひっくり返すようなものではないか。しかもカルヴァン派によれば、そういう人々こそ人類の大半である、というではないか。だが私がこのような不確かで危険な状況にあるとき、私に対して実に賢明で誠実な導き手を遣わすことは、(無限に賢く善良で、その万能なる力によって植えつけ育てられた宗教が、聖職者たちの無知や過ちによってその成長を止められたとしても決して傷つくことのない、そういう)神のお喜びになること、つまりこのよき神を喜ばすことだったのではないか。その導き手は、私に対して改宗の話をする際にもあらゆる点で実に優れ、化体説とか両体共存説とか絶対予定説といったばかげた教義などにはみじんも触れることなく、キリスト教信仰を純粋な形で私に勧めてくれたのである。キリスト教世界の実にさまざまな党派によって主張されているような、ばかばかしい議論には少しも惑わされることのない宗教。それについてこの導き手は私に、定義、公理、前提条件、命題という、数学的な手法をもって教えてくれたのである。彼はこれを大きく二つに分けた。最初に、キリスト教信仰一般の根拠について、次に、イギリス国教会固有の根拠についてである。というのもこのイギリス国教会は、ほかの教会分離論者たちの集まりとはかなり性質を異にしているからである。さてその第一、キリスト教信仰一般の諸条件について、彼は次のような順番で説明してくれた。私はこの説明を通じて、神の恩寵により、わが異教信仰の誤りや迷信から救われたのである。

著者が改宗に至った根拠

定義

定義その一。神により、私は無限で、新たに創られたのではない、永遠なる存在を理解する。その存在の中には、あらゆる完全なるものが、実際に示されているか、もしくはありうる形で宿っている。

定義その二。神の栄光のために、あるものが創られたと言われている。それは、神の属性の一つもしくは複数のものを、自然の状態や力に従って明らかにしている。

定義その三。奇跡により、私ははっきりとした明確な本質の表れを理解する。これは、あらゆる自然要因で生まれる作用に勝り、よき宗教の確かなしるしとして意図されたものである。

定義その四。啓示により、私は神の意思が驚くべき形で顕現することを理解する。それは人間の自然な能力では得られないものである。

定義その五。宗教により、私は崇拝、もしくは崇拝のあり方を理解する。それは神がわれわれに求めるものであり、またわれわれが神に負うものである。

定義その六。同種の創造物により、私は成長力なり感受性なり合理性なり、そうしたもののどれかを理解する。

定義その七。それは絶対的な必要性により存在するものと言われている。これがなければ、ほかのものは何も存在しない。

公理

公理その一。あらゆる創造物に同じ完全さが備わっているわけではない。

公理その二。二つないしはそれ以上の命題が、二つないしそれ以上の命題と対立している場合、いずれも真理ではない。

公理その三。もし二つないしはそれ以上のものが、二つないしそれ以上の互いに矛盾する命題から成り立っているならば、これらのものはいずれも真理ではない。

公理その四。世界にはさまざまな宗教がある。

公理その五。さまざまな宗教はいずれも、一定数の命題から成り立っており、それらの命題は、すべて嘘か、すべて真理か、あるいは、一部が嘘で一部が真理か、のいずれかである。

公理その六。もしわれわれに考える力がなければ、神の栄光がわれわれの前に現れることはない。

公理その七。いかなる人間でも、考える力が強ければ強いほど、その人が考え出すものの、つまり能力の対象物の性格はより鮮明になる。

公理その八。何もなければ何も生まれない。

前提条件

前提条件その一。神の栄光や公共善、個々人の長所は大きな目的であり、これらはあらゆる宗教において意図されている。

前提条件その二。人間は何かを信じるか、何も信じないかである。

前提条件その三。十分な証拠がなければ、信じられるものは何もない。

前提条件その四。まったく同じか同程度の証拠があるものについて、われわれは、まったく同じか同程度の同意を与える。

命題

命題その一。神は存在する。

命題その二。すべてのものは神の栄光のために創造された。

命題その三。ある対象物についてよりよく知れば知るほど、当然のことながら、その対象物への思いは、われわれの心に愛もしくは憎しみを生み出す。

命題その四。世界にあるさまざまな宗教は、いずれも、崇拝の対象物への愛もしくは憎しみから生まれたか、もしくはこうした情のさまざまな程度の差から生まれたものである。

命題その五。神を崇拝すべきではない。崇拝するのは神に感謝することではない。

命題その六。世界のあらゆる宗教は、それらをひとまとめにしてみな、神に受け入れられるというわけではない。

命題その七。ほかとは異なる一つの宗教だけが、神に感謝を示すものである。

命題その八。自然状態にある人間は、この唯一の宗教を見出すことができない。

命題その九。過てる宗教から真の宗教を区別することのできる方法はある。

命題その一〇。啓示は絶対的に必要である。

命題その一一。神の叡知に最も適うのは、同種の創造物が神の栄光を単一の、そして同一の調和的な方法で表すことである。いや、これこそまさに、そうした創造物の性質と分かちがたく結びついたものなのである。

命題その一二。神は、神自身のよき喜びに応じて大なり小なりその姿を人類に示す。

命題その一三。啓示にかかわる証拠がより普遍的なものであればあるほど、その宗教はより完全で普遍的なものとなる。

命題その一四。宗教とは、全人類に抱かれるよう神がお創りになったものでは決してない。そのような普遍性に見合うような確かな証拠を宗教は持っていない。

命題その一五。啓示は、あらゆるものの中で、最も完全であり、その証拠はきわめて普遍的である。

命題その一六。啓示は、したがって宗教は、きわめて普遍的に正しく尊重されるべきものであり、その証拠は非常にはっきりとしているので、誰も、もし何かを信じる人であるならば、それに疑いをはさむことはできない。またこの啓示、そして宗教には、人間の心を喚起してその実践に向かわせる論拠があり、最も能力の低い者にでもそのことはあてはまる。

わが信頼すべき導き手は、このような確たる根拠を示したうえで、さらに口頭で詳しく説明を加え、神の恩寵が私を支えてくださることを明らかにされたので、私は真心をもってキリスト教信仰を抱くことになったのである。

ここで私はいささか大胆ながら、次のように申し上げたいと思う。すなわち、上述の規則に従って世界中のあらゆる宗教を念入りに検討するならば、ユダヤ教もその他の異教もイスラム教も宗教ではない、キリスト教だけが人類普遍の宗教である、ということである。

しかしながら、キリスト教にはいくつかの宗派があり、私はしばらくの間、どの宗派に加わるべきなのか考えあぐねていた。オランダ教会の聖職者は、私にオランダ教会に入るよう熱心に勧め、主教が治める教会などは聖書にも、また本来の教会のあり方にも一致しないと言って憚らなかった。これに対してイネス師は、主教による統治こそ、キリスト教会で行われた本来の統治のあり方だとおっしゃる。かくして私はしばらく、どうしたものかと思っていたが、ついに、ある一定の原則について両者は見解が一致することとなり、数学的方法でそれが示され、明快な説明をもなされたので、疑念は解消し、私はイギリス国教会の最も忠実な信徒となったのである。その原則というのは、次のような順番で示された。

定義

定義その一。人々の中にある階層、すなわち、社会にはある一定の秘められた人々がいて、彼らは、その社会の一般の個々人には分からないような権能もしくは特権を有している、ということを理解する。

定義その二。聖職叙任とは、ほかの人々の権能が受領され、それにより、聖なる秘跡《サクラメント》ほかの宗教的儀式を、われらが祝福されし救世主の法に則って司る、ということを理解する。

定義その三。教会とは、キリスト教の教えを信じ、その信仰を明らかにする人々の集まりであり、聖なる秘跡《サクラメント》ほかの宗教的儀式を、われらが祝福されし救世主の法に則って司る権能を有する、ということを理解する。

前提条件

前提条件その一。一人ないし複数の人々の集まりが帰属しているならば、その社会は、ある権能を持つ。だが、その個々人がその権能を持つことはできない。

前提条件その二。混乱した時代にあって、ある社会に全体的に必要なこととして求められるものを、何ら支障なく人々が権能や特権を享受できるような場合、当該の社会その他の標準としてはならない。否、このような特別な場合、必要だからといってそれを法にするのではなく、ただ許容されるとのみすべきである。そして状況が正常に復したならば、そうした特殊なものはその名を失うことになる。

前提条件その三。当然のことながら、対立する見解がありえる仮説には、現在一般に通用している真理を弱める力はない。すなわち、そのような仮説については、それが正しいとは言えない。おそらくは、それ以外の考え方もありえるからである。

公理

公理その一。キリスト教信仰にあっては、しかるべき証拠に基づくもの以外は何も信じることはできない。

公理その二。信じることのできないものを、キリスト教徒が（キリスト教徒としての能力において）実践することはない。

公理その三。一人の人間ないしは多くの人々が、自ら持つことのない権能をほかの人ないし人々に授けることはできない。

命題

命題その一。われらが祝福されし救世主とその使徒たちの時代以来、キリスト教徒たちの教会はこの世に存在した。

命題その二。教会には、われらが祝福されし救世主とその使徒に由来するもの以外の権能はない。

命題その三。使徒たちには権能があるが、これはキリスト教徒一般に遍く伝えられるようなものでは必ずしもない。

命題その四。使徒や初期教会の時代、キリスト教徒たちがすべて、聖なる秘跡《サクラメント》を司ったり、福音を説いたりする権能を持っていたわけではない。

命題その五。こうした権能を持たぬ者は、それをほかの人々に伝える力を持たない。

命題その六。こうした権能は、ある特定の人々、つまりわれらが祝福されし救世主もしくはその使徒と交信することのできる人々のもとに常に置かれてきた。

命題その七。こうした権能は、この特定の人々によって、何ら汚されることなく、そして妨げられることなく、キリスト教会の最初のときから今日に至るまでわれわれに伝えられてきた。

命題その八。教会から離れた人々、ないしは聖なる秘跡《サクラメント》その他の宗教的儀式を司る権能だけを持つキリスト教徒の集まりは、キリスト教会ではない。

命題その九。何ぴとも、聖なる秘跡《サクラメント》その他の宗教的儀式を司る権能を持たない人々の集まりと交わりを持ってはならない。

命題その一〇。こうした権能を与える力のある人々から受け取ったものでない限り、何ぴともそうした権能を持つと考えてはならない。

命題その一一。しかるべくこうした権能を受け取った者はそのことが確かめられ、十分な証拠が示されなければならない。その証拠とはすなわち、この人物がそうした権能を受け取り、実際に確かなる力を持ち、そうした権能を略奪したのでは決してないということを示すものである。

命題その一二。それと同時に、この人物に権能を与えるのが特別な階層の人々であり、この特別な階層の人々に対して使徒たちが確かにこの権能を与え、それが何ら汚されることなく、そして妨げられることなくキリスト教会の最初から今日に至るまで伝えられるようにしたということが示されない限り、何ぴともその権能に確証を抱くことはできない。

命題その一三。一般の人々が権能を確信するための方法はただ一つであり、それは、現在から、使徒たちや初期教会の時代まで遡ってみることである。

命題その一四。こうした証拠を示せぬ者は、使徒たちが権能を、汚されることなく、また妨げることなく授け、それが、キリスト教会初期から今日に至るまで伝わるようにした特別な階層の人々では決してない。

命題その一五。イギリス国教会はこの証拠を示すことができ、したがって、特別な人々なのであって、使徒たちはその権能を授け、キリスト教会初期から今日に至るまでそれが伝わるようにしたのである。

キリスト教会に関するこうした命題が、わが博識にして賢明なる導き手イネス師により私に与えられた。それらが本質的に持つ力と証拠によって、キリスト教のさまざまな宗派に対して私が抱いていた疑念や批判は解消したので、私は、真に使徒たちの教会として、また、その制度や教義に関していかなる誤りもしていないものとして、イギリス国教会に真心から加わったのである。もちろん、いかなる真理もそれほど明確にはなりえず、異なる原理を抱く人々から異議申し立てを受けざるをえない、ということはよく承知している。だが私は、スロイスの聖職者たちに次のように言った。聖職者のみなさん、あなた方が基盤としておられる原理の体系を、イネス師のように明確に教えてくださるなら、私は喜んで両者を比較検討し、できるだけ最良の判断をして私自身のことを決めたいと思います。ただ、みなさんがそうなさるまでの間は、あなた方の教会に加わることはできないということをお許しいただきたい。そのよき方々は、十分にその体系を私に説明できなかったので、私としては、自分をイギリス国教会の一員であると率直に、また明確に申し上げる次第です、と言った。

それゆえ私は、教会についてのさらなる議論はせず、わが導き手がキリスト教信仰の真理と確かさを示すものとして話してくださったことの根拠や原理をさらに探究することにした。そうする中で私は、次の順番に従って議論を検討することにした。すなわち、

第一。すべてを創造し、その性質を明らかにされた神というものの存在を証明すること。

第二。神が天と地とそこにあるあらゆるものを創造された最も本質的な理由を検討し、そこから、そうしたものは、最も聡明にして賢い存在によって生み出されたものであることを結論づけたい。

第三。神が人類によって崇拝される様式、またその崇拝が宗教と呼ばれるにふさわしいものであることを明らかにすべく、ある特定の神の啓示が必要であることを述べたい。

第四。誰もが自然に真なる宗教と偽りの宗教を区別できるような性質および証拠を示したい。

第五。キリスト教こそ、神が人類に明らかにされた唯一の真なる宗教であり、ほかの宗教は

偽りであることを明らかにしたい。

そして最後に。異教を信じていた頃の私がキリスト教の正しさと確かさについて疑義を唱えた基本的な考えの数々に論駁したい。

第一項　神の存在について

神の存在があらゆる宗教の基礎になっていることは明らかであろう。まず第一に、神が存在するということが確かでなければ、神を信仰する正しい様式についての問いなどはいずれも見当違いということになってしまうからである。異教徒なども含め、神は存在するということについては、人類の大半が一致しているが、なかにはこれに疑義を呈する者もあるので、私はここでまず、あらゆる宗教の基盤となっているこの神の存在について、いくつかの議論を展開し、神は存在しないとする不当な論者の批判を斥け、その正しさを明らかにしたいと思う。

ただ、その議論に進む前に、神の存在を知る方法に関する学者諸氏のさまざまな見解に触れておくことは必要であろう。神の存在は、生まれながらにしてあらゆる人々の心に刷り込まれている、とする者もあれば、生まれたときから人間の心に神の概念が宿っているとする考えを否定する者もある。神の存在を知るのは啓示によるとする者もあれば、神によって創られた最初の人間以来の伝統によるものである、とする者もいる。しかしながら私は、こうした諸見解に関する細かな検討を始めることなく、人間の推論能力を正しく用い、自然の理によって知られる原理原則の助けを借りるならば、われわれは神の存在を認識するに至るということは誰もが認めるのではないかと期待している。したがって私は、神の存在を示すべく、以下の議論を展開したいと考えるのである。

議論その一

すべてのものは、それ自体、もしくは他者によるものである。それ自体によるものは、つまり、創り出されたものではなく、永遠に自立しているわけで、これは神である。他者によるもの、つまり、ほかに原因を持つ存在とは、その存在を与えた何らかの他者によって（ちょうどわれわれが、その元を父親によって作られ、その父親たちはまたその父親たちによって作り出され、そうやってずっと父祖に遡っていくように）生み出されたものであり、こうした第二原因、すなわちほかに原因を持つ原因は、何らかの始まりがあるわけではなく、互いに無限につながっていくか、もしくは、その無限連鎖の中で優位なる原因が生まれて円環状につながっていくか、あるいはまた、第一原因があって、それがすなわち神だが、そこからあらゆるものが生み出されたのか、そのいずれかである。

さて、無限に原因の連鎖が続いて永遠に互いを作り出すということはありえない。というのも、無から新しいものを生み出す原因とは、いずれも、何らかの始まりがあって、一定の期間にそれが完成されなければならないからである。つまり、モノが無限に作り出されるということはありえず、すべてのものは一定の時間内に作り出されたものであり、そのことは明らかに、永遠といった性質とは相容れないものである。

また、最終成果がその最初の原因に戻っていくという円環状の連鎖もありえないであろう。それでは原因と結果が結局同じになってしまう。最初と最後が同じで、結局すべてが同じというのは明らかに不可能であるからだ。したがってわれわれは次のように結論しなければなるまい。すなわち、第一原因とは作り出されたものではなく、そしてそれこそが万物の創造主である、と。

議論その二

地球上にいま何かがある、ということは確かである。というのも、私は、自ら考え、感じ、疑う私自身をはっきりと意識しているからだ。それは無から始まったものではない。つまり考える存在というものがあるということは確かである。このことから、以下の二点が必然的に導き出せる。

第一。何かが永遠に存在した、ということは、常に何かが存在したということであるか、もしくは、何も存在しないときがあって、それがそのまま無であったということか、どちらかである。というのも、無は何も生み出さず、生み出されたものはすべて、何かによって生み出された、ということはいかなる原理よりも明らかであろう。したがって、何もないという時代があったとすれば、何も生まれてはこなかったということになる。

第二。地球上には考える存在があって、それはものを知って理解する、ということは明らかなので、そうすると次のことも明らかであるということになる。すなわち、何かを知り、理解する存在も永遠にあった、ということである。知識を持たぬ存在がものを知る存在を生み出すことは、無が有を生み出すのと同様、不可能だからだ。そしてもし、そのような何かを知る存在がいない時代があったとすれば、それ以来、何も始まらなかったということになる。何かが生まれる原因がないからだ。したがって、そういう何かを知る存在は永遠に存在しなければならない。同じようにしてわれわれは、神のあらゆる完全性を導き出すことができる。この世の力、知恵、善なるものは明らかに存在し、すべては同じ永遠なる源に由来しているはずだからである。これらが存在しないという時代がかりにあったとすれば、これらを生み出す原因というものがなく、何も始まりえなかったからである。したがって、この永遠なる存在はまた、最も知力に富み、力強く、賢明で善き存在でなければならず、それこそ、われわれが地球上で見出しうるあらゆる完全性の第一原因であるということになる。それ自体に完全性を持たぬものは他者に何らかの完全性を与えることはできないから、万物の永遠なる第一原因は、その後に存在するあらゆる完全性のすべてを有しているということになるからである。

かくして神の存在がしっかりと確かめられたので、次に、神はこの世の支配者であって、彼の賢明なる摂理によってあらゆるものに指示を与えてこれを治める、ということを示すことにしたい。ここで検討することは次の通り。第一。自然界のあらゆるものは、みな、何らかの目的を持って行動する。その目的が達成されるのは、意図された目的にふさわしい方法を用いるからであるが、その目的を構想して追求し、その目的達成のためにしかるべき方法を選択するのは、理性や知恵、適切な見通しなどを伴う行動であって、無生物にはこうした能力はない。したがってあらゆる無生物が、自らは知ることのないしかるべき方法によってこうした目標を追求するためには、それを指揮し導く賢明なる監督者が必要になる。第二。自然界のあらゆるものは互いに従属し合い、いくつかの優れた効用や目的に服しているが、こうした優れた効用や目的こそ、すべてを支配する賢明なる統治者が生み出したものにほかならない。

かくして、植物や木々は動物の食料となり、植物も動物も、人間のために多くの目的を果たすことになる。つまり、食料や薬、その他、人間生活に必要なものとして、である。人間はそれ自体すばらしい作りになっていて、体の各部はしかるべき機能を果たすように巧みにできていて、それら各部は互いに助け合って全体がうまく働くようになっている。そのことは、必要があれば、個別の事例を示すことで明らかになろう。われわれは目を啓くことはできずとも、賢者がこの世を支配する摂理に関して言う多くの議論を知ることができる。空気はわれわれが呼吸するのに役立つのであるから、生命に不可欠ということになり、それなしでは到底生きていくことはできない。この地球は、食料として穀物をわれわれに与え、樹木は火を提供する。

樹木はまたわれわれに家を与え、家を作るさまざまな資材となる。海は、人間の船を移動させ、多くの品々を地球上のはるかかなたにまで送り届け、また他国で生産されたものをわれわれの港まで運ぶのに資する。太陽が輝いているのは、自らのためではなく、地球上に生きるものたちに光を与えるためである。地球からは遠く離れた場所に位置し、しかるべき軌跡を動くことにより、地球上のあらゆるものを再生させるのに必要な、また地上のあらゆる果物を実らせるのに必要な熱となっているのである。このような、つまり、生きとし生けるものが、有用にしてすばらしい目的に驚くほど適うようになっている多くの事例から明らかなのは、自然のさまざまな造作がやみくもに偶然やら必然やらによって作り出されたものではなく、万能の賢明なる創造主、統治者によって生み出されたものにほかならない、ということなのである。第三。この真理をより確かなものとすべく、これまでの議論にさらに以下のことを付け加えられるのではあるまいか。第一に、すべての民族の見解が一致していることとして、ある至上なる神が存在し、その神がこの世を創り治めておられるということ。第二に、自然なる良心の力というものは、憎むべき罪を犯した者を責め苦しめる。たとえこの者が、人間らしい罰など恐れない者であるとしても、あるいはまたこの者が罪を秘密裏に犯し、到底そのことが通常の手段では露見しないとしても、そのような場合には、良心の宣告が人を、より上位の見えざる裁定者の判断に縛りつけるからである。こうしたことなどを踏まえ、私は次のように結論したい。すなわち、これまで言われてきた通り、たとえ目に見える形での神の現れに接したことがなくても、人間には合理的にものを考える力が備わっており、それによって、広く知られ、自然の理によって認められた原則から、神の存在を推断することができる。しかも人間はこのことに関して、啓示の力を必要とはしない。啓示をなすには何らかの神がいなければならないというのが啓示の前提だが、それを必要とはしないのである。

第二項　神の一般的属性について

神性の本質は一つにして同一であり、あらゆる完全性の中に宿るものであるとわれわれは思っているけれども、神のさまざまな属性については、それぞれ区別され、個々の名前で呼ばれている。それは、個々の属性が明らかになる対象物の違いや、その属性が機能するその動きの違いによるものであって、神そのものが多様であるということではなく、神を捉える概念の違いのみによる。というのも、われわれの理解力は弱く、ある一つの考えの中であらゆる神聖なる完全さというものを理解することができないからであり、さまざまな対象物に神の属性が現れるように、完全さはいくつかの形を取ってわれわれの心に現れることにならざるをえないからである。同じように、さまざまな属性そのものに違いがあるわけではないものの、その機能の仕方の違いに関してわれわれの認識の仕方がさまざまなのである。

しかしながら、聖なる属性を列挙していく前に、こうした属性が、属性から生じるさまざまな個別的効果と混同されてはならないということは言っておくべきであろう。属性と効果は区別して検討、説明されるべきである。したがって、正義と罰も、善なることと善行は区別されなければならない。それは通常、原因とそのしかるべき結果とが区別されるのと同じことである。

このことを前提としたうえで、神聖なる属性は二種類に分けることができよう。神をたんなる存在と見るならば、その霊性や永遠性は神の属性であるということになるし、神を生きる存在とするならば、理解や意思が神の属性ということになろう。神の意思における神の属性には二つの形がある。われわれが感じるものとして、つまり愛や憎しみ、怒り、希望、喜びや悲しみなどが神の属性であるという場合と、徳目として、つまり、正義や善、苦しみに長く耐えること、厳格さなどや、さらに加えて、彼のほかの属性や栄光、幸福から生じるものを神の属性とする場合である。

第三項　特に神聖なる属性について

存在としての神の属性の中で、われわれは第一に、統一性を挙げることができよう。神は、決して分けられぬ存在としてまさに数として一個であり、他の存在から截然と区別される。そして、神性というものは、人間性が複数の人間の中に増殖していくようなものではないのと同様、さまざまな神の中に増殖するというようなものでは決してない。神は唯一真なる存在であって、それ以外に神はいないのである。

存在としての神の第二の属性は、その霊性である。神はまさに一つの霊であり、純粋で非物質的な存在で、いかなる形態も有しない。その最も本質的な行為は思考である。神は、霊的であるばかりでなく、あらゆる霊の中にあって最も純粋にして混じりけのない存在なのである。

存在としての神の持つ第三の属性は、初めも終わりもない持続にほかならない、ということである。ただわれわれが、神は永遠であって、つまり前の部分でもあり後の部分でもあると言うとき、そこには、神の不変性が含意されており、つまり神はあらゆる変化や推移を免れているという確信がある。

第四の神の属性はその無限の広がりであって、神はあらゆる場所を満たしている、ということである。だから、神は広大であると言うとき、われわれは、神を含まぬ場所はないということ、そして神は考えられうるあらゆる空間にその姿を現す、ということを確信している。神の属性の第一の種類、つまり存在としての神の属性についての説明は、これで十分であろう。

第二の種類の属性とは、生きる存在としての神にかかわるものである。これについてはまず、こうした属性やその機能の基礎として、神の生命ということを考えるべきであろう。生命なくして神は存在しえず、理性的な存在として行動もなしえず、幸福でもありえないからである。これでは、われわれがこれまでに考えてきた神についての考え方とは異なってしまう。

こうした属性の第二は理解ということであり、それは知識と知恵に区別することができよう。神の知る対象は、すなわち知りうることすべてであり、過去、現在、未来において存在するものすべて、ありえるものもありえないものもすべてである。したがって、神は遍く存在する、と言うとき、われわれは次のことを確信している。すなわち第一に、神は自らを知り、自らの限りなき完全性のすべてを知っているということ、第二に、神は自らのうちにあるもの、もしくは神から生まれ出たもの、もしくは神の外側にあるもののすべてを知っているということ。神の中にあるものとしてはその神意、神から発せられたものとしては彼の創造や保護などの永遠なる行為、そして神の外側にあるものとしては人間の罪などである。

神の知恵というのは、神の中にある完全性ということであり、それによって神は、ある目的を達するのに適切と考える手段を予め知り、それを指示するのである。その目的というのは、人間による贖罪のような従属的なもの、つまり神がその唯一の子の姿をして達成するようなものであるか、もしくは究極的なるもの、つまり神自身の栄光を明らかにして、ほかのすべてのものはこれに従うというようなものであるかのいずれかである。

聖なる意思の第三の属性は、能力というか、これこれしかじかの賢明にして正しく善なる目的を果たそうとする意思と考えられるものである。神の中である目的を達しようとする神意はすべてそうだし、神自身の栄光に資する手立てもそうである。この神意というのは、創造物とか、神がこの世に自らの子を遣わすとか、そのように絶対的なものであるか、あるいは、その信仰と悔い改めによって人間を助けるという神意のように、条件によるものとがある。

聖なる意思には二種類の属性があって、一つは、われわれが情念として感じるもの、もう一つは、そうした愛情をわれわれの心の中で支配する徳目の形を取るものとである。

神の愛とは愛情の一つで、神はそれにより善なるものから生じた善きことを喜び、またそれと交わることを楽しむ。この愛は、それ自体が、恩寵や慈悲などを含んでいる。

憎しみは、この愛と正反対の情念で、神はこれにより、邪悪なるものすべてを嫌うのである。怒りは憎しみとかなり似ていて、これは、われわれの心の中にあっては、われわれを邪悪なるものから遠ざける情念であるが、神の中にあっては、悪しき行いをした者を罰するという神の目的を示すものである。

神の正義とはその神性と完全に一致するもので、それによって神は、善なること、神聖なること、間違いなく正しいことを希望し、それらを実行する。こうしたことは普遍的な正義と呼ばれている。しかしながら、神の個別的な正義というものは、しかるべき者すべてに分配されるか、もしくは神がそれによって善き者に報いを与え、悪しき者を罰する。したがってこの個別的な正義は、人間を自然の法の主体として尊重するものである。

神の正義は、柔和さや長い苦しみなどによって緩和される。柔和さや長い苦しみといった神の完全性は、罪人に対する神の怒りを、繰り返し爆発させることなく抑えるものである。

神の遍在は、それによって神が矛盾なきことを実行し、何も抵抗できないような力を発揮することのできる完全性である。神の栄光は聖なる自然の美質であり、それによって神は無限にあらゆる創造物を上回るのである。神の幸福とは、あらゆる聖なる完全性の結果であり、それは神に充足をもたらし、神の聖なる完全性を思うことでいっそう、しかも際限なく、幸せになるのである。

これまで述べてきたことから、次のように推論することができよう。すなわち、神はきわめて明快なる存在であり、その属性は、実際には互いに区別されるものではなく、また神の行為は、一つの属性のみから発せられるのではなく、すべての属性が見事に調和して共起する、ということである。

第四項　この世を創造した神の目的について

このように、はっきりと明確に神の存在が示され、神が万物の創造者であり統治者であることが証明されたので、次に私は、神がこの世を自らの無限なる完全性にふさわしく創造されたことの目的を考察することにしたい。神の栄光とはその最も優れた性質によるものであるから、その栄光以外に神が何かほかのものを創りたいとお考えになっていたとは考えられない。このことは私には、真昼の太陽と同じくらいはっきりしたことだと思える。だが、万物が神の栄光のために創られたとしたら、一つ一つのものが、その創られた状況において、いずれも神を讃えるようになっていなければならないということも確かであろう。だからわれわれは次のように言う。天は神の栄光を物語る。つまりわれわれは天によって神を知るようになるということだ。しかし、目に見えるあらゆる創造物の中で人間は最も完全なるものであり、最も優れた能力を与えられているのであるから、人間は、それだけ神の栄光をほかの創造物にもまして示さなければならないということになる。どれほど自分たちは、適切で有能な形で神の目的に適うように創られたのか、ということを、である。実際、無生物がその創造主を讃えても声にはならないが、人間はそれを声に表し、万物創造において明らかとなった神の尽きることのない力と知恵と善さを示すことが義務であると言えよう。これこそ、しかるべき能力が人間に与えられた大きな目的なのであり、人間はこの目的のために、ものを見る目があり、神のすばらしき創造物を認識し理解する力を与えられたのである。人間が言葉を持っているのも、寛大にして見事な創造主に対する賛辞を表明するためにほかならない。したがって、優れた資質を兼ね備え厚く守られた人間を創造したことについて、その創造された目的を考察するのであれ、もしくは人間が神から受けてきた多くの偉大な恩恵を考えるのであれ、人間は神への崇拝を厳格に守り、何らかの形で神に仕えなければならないのだということを理解しておく必要がある。われわれは、恩人たちのことを覚えているのみならず、受けた恩恵にふさわしい心からの感謝を返さなければならない、とは誰もが認めていることなのだから。

第五項　神聖なる啓示の必要性について

そこでまず確かめておくべきは、神の恩寵はたいへん大きく貴重なものであるから、誰もがそれに見合う崇拝と奉仕をその贈り手に返せるわけではない、ということだ。

そして第二に、神は完璧にして明快なる存在であるから、完璧にして明快なる形で崇拝されることになろうということだ。だが、今日の堕落した状況においては、人間誰もがみな同じように正しい方法で崇拝するということは、たとえそのような方法が人間の創意に委ねられているとしても、不可能である。人間の考えというものは、気質や能力、教育がもたらした偏見などによって千差万別であるし、人間性はいまや堕落して日々ひどくなっているという状態であるから、神を崇拝する正しい方法を見抜くこともできなければ、純粋なしかるべき奉仕を遂行することも、残念ながらできないのである。

加えて、聖なる奉仕の一定の様式を誰もが認め、それが健全にして包括的なものであることが理解されたとしても、なお、そのような崇拝を神が受け入れてくれるのかどうかという疑いは常に残ることになろう。神を賞賛するのであれ、何らかの犠牲を捧げるのであれ、人間は誰もが創造主としての神に属するものである。否、われわれが魂と体を犠牲として神に捧げたところで、それは、神の思し召しによって受け取ったものを神に返すことでしかない。したがってわれわれが、自分たちにできることをして、ないしは作れるものを作っても、それを神が受け入れてくださるかどうかは分からないのである。これこそ、老ソクラテスが死の直前に述べたことである。すなわち、私は生涯働き続け、自分が神に受け入れられるようできるだけのことをしてきた。それでもなお、自分が神意に沿っていたのかどうか、甚だ疑わしい。これはリージスが『哲学論』に記している。このことから、われわれは次のように結論づけることができよう。生来人間は神について間違いを犯しやすく、これまでのところ、自分で分かることだけに惑わされ、正しい崇拝の方法からは逸脱してしまっているので、これに神とその意思について正しく教え、特に、神に認められるような奉仕の仕方を示すには、どうしても神からの啓示が必要になる、ということである。それによってわれわれの限りなく善にして慈悲深き神は、生来蒙昧である人間に憐れみを覚え、限りなき善を発揮して神意を人間に示し、崇拝するための特定の様式を明らかにする、ということだ。そしてこの啓示がひとたびなされれば、しかるべく創られた者は誰もが、（救いを願って）神の命を守り、神ご自身が定めた聖なる崇拝の様式に従うのである。そしてこの神聖なる崇拝に従うことこそ、通常、宗教と呼ばれているものなのだ。

ここで宗教を扱う前に、次のことに触れておく必要があろう。つまり、人間は頑なで聖なる真実を信じるのに時間がかかる。神の啓示にも疑念を抱き、神の啓示を詐欺者によるものと考えたりする。だから、確かな証拠があれば、それによって神の啓示をよりよく信じられるようになるということだ。だからキリスト教信仰は、奇跡や、その初期におけるさまざまな超自然的兆しなどによって確かめられたのである。ずる賢くて機転の利く人間は、自分たちの驚くべき工夫や技によって、奇跡のように見えるニセモノをたくさん作り出しているから、ここで、真の奇跡とニセモノをどう見分ければよいのかをご覧に入れたいと思う。そういう前提で、次の項目を付け加えることにしたい。

第六項　宗教一般について

神は完全なる存在であるから、自身のうちに矛盾を抱えたり、さまざまに異なっていて一致を見ることのない崇拝の対象を持つような矛盾した宗教を生み出したりすることはない。したがって、さまざまな宗教がこの世にはあるけれども、真実なる宗教も神聖なる権威というものもただ一つであって、その他のものは人間が作り出したニセモノだ、ということになる。それでは、正しい宗教をニセモノから区別する方法とはどのようなものか。

こうした方法は二つの点から、すなわち、証拠ということと対象ということから考えることができよう。すでに見てきたように、正しい宗教の偉大なる証拠は奇跡であって、信仰に確信を与えるべくもたらされたものである。だが、ホンモノの奇跡をニセモノから見分けるべく、私は、ホンモノに必要となる三つの主な条件を述べておきたい。第一。奇跡を行う者は、自分がそれを行うということを知り、それを行う意思がなければならない。第二。奇跡もしくは兆しというものが生み出されると、その表れは、われわれの感覚によってはっきりと分かるものである、ということ。第三。あらゆる自然原因の力を超越するようなものであって、次の二つの形でのみ生み出されるものであること。すなわち、自然の諸力を超越するものであるから、そういう諸力によっては明らかに不可能であると思えること、たとえば、死者を生き返らせるというようなことである。もしくは、自然原因を超えるようなものでない場合でも、その表れが明らかに超自然的であること、たとえば、何ら治療を施すことなく、呪文を唱えて病を治すというようなことである。

真なる宗教の対象については、神の栄光、公共善、そして個々人それぞれの善行が考えられるべきであろう。そのうえで、ホンモノの宗教とニセモノの宗教を十分区別できると私が考える方法とは、次のようなものである。第一。奇跡について言えば、神がその全能なる力を行使して嘘を確かだと言ったり、詐欺者を正しいと言ったりすることはない。第二。宗教の対象についても同じように確かなもので、嘘つきがひねり出した宗教は、どれもこれも、教義や教えの中にばかげたところがあり、神性もしくは人類の善なり安寧なりと矛盾しているところがある。したがって、われわれが先に述べたような証拠や対象を有する宗教を見つけたなら、それは神によるものだと言うことができ、またもしこの二つのどちらかに欠陥があるとすれば、それはニセモノだとすることができるのである。

第七項　キリスト教一般について、特にそれを確証する奇跡について

この世にある宗教のすべてを論じるのは際限のない無益なことなので、よき原理と確かな基盤に基づくものを一つ選ぶことにしたい。そこで私はいま、私にとって何よりもはるかにすばらしいものに思えるキリスト教を選び、このキリスト教が明確にして強固な証拠に基づいており、理をもって考える人間であれば誰もが望む宗教であることを証明したいと思う。そしてまた私は、以下の議論の読者がキリスト教徒であればこれに満足していただけるのでは、と願う。そういう読者には、自分の宗教とこの世にあるほかのすべての宗教を比較し、キリスト教が、道理に適い、確かな教義を有しており、その法には神性と善が満ちていて、ほかのいかなる宗教よりも間違いなく優れていると判断していただければと思う。しかしもし読者が、ユダヤ人であったりトルコ人であったり、その他の異教徒であったりするときには、よく辛抱して自分の宗教とキリスト教を公平に比較していただくことを希望する。原理原則における証拠や教えにおける善に関して、どちらに利があるかはすぐに明らかになるものと思う。その理由は次の通りである。

I．キリストの奇跡は、モーセのそれよりもはるかに多く偉大であり、マホメットは、自ら

の宗教の確証として奇跡を行わず、自らの宗教を広めるためだけに刀を使った。その他の異教については、さまざまな偉業が語られているけれども、いずれも、ばかげていて信じがたいものであるか、もしくは聖職者による嘘偽りであって、後述するように、到底、公平に問うていくことはできない。そういうわけで目下のところ私は、キリストの奇跡を検討し、それらがいずれも真なる奇跡の特徴を有していること、そしていずれも神がその信仰の確証となるものとして、初めてユダヤの地に遣わされたときに生み出されたものであることを示すことにしたい。

さてそこで第一。キリストの奇跡はいずれも、真の奇跡に求められる先に述べた三つの要件を満たしている。すなわち第一に、キリストは自らが奇跡を行うことを予め知っており、ある場所でそれを行い、別の所では行わないということを自由に選んだ。そのことは福音書記者によって記された彼の伝記から明らかである。第二に、彼が奇跡を行ったのは秘密の場所とかどこかの隅などではなく、公に開かれた場所で、太陽の日差しのもと、多くの人々の面前においてである。しかもそれは、友人だけではなく敵対者も含むあらゆる人々であって、奇跡の効果は、そこにいるすべての人々にはっきりと分かるものであった。したがって、彼の奇跡は、キリスト教徒だけでなく、ユダヤ人がそのタルムードにおいて、マホメットが彼のコーランにおいて、また名前や証言内容についてはこれから触れるが、多くの異教徒の権威たちによっても広く認められているのである。そして第三に、キリストの奇跡は自然原因による諸力を超越したもの、すなわち、死者に再び生命を与えるとか、目の見えない人を見えるようにするとか、耳の聞こえない人を聞こえるようにするとか、病人を健康にするとか、そういうことを、薬や一般的な治療法などそういう人々を治すのに適切と思われるものを用いることなく行ったものであった。したがって、その効果は超自然の力から発せられたものでなければならず、それは神にのみ帰せられるものと言えよう。

いま申し上げたことで十分だと思われるが、キリストの奇跡において明らかな超自然の力や能力をあらゆる人々になおいっそう納得してもらうために、私はここで以下の考察を付け加えたいと思う。

その第一。キリストの奇跡は、その数において無限であるから、個別に一つ一つ数え上げることはできない。キリストはユダヤの地のあらゆる町や村を訪れては、あらゆる病を治し、悪魔の仕業とされるものを癒した。福音書記者たちによれば、記されていること以外にも実に多くの奇跡を彼は行ったという。

第二。キリストの奇跡は、生きとし生けるものすべてに遍く及ぶものであって、彼は、彼の生み出した奇跡の効果によって、そういうすべてのものへの絶対的な支配を示したのである。悪魔に対しては、これとともにいるという人間たちの中から追い出し、風や海に対しては、荒天や嵐を自らの命令によって鎮め、魚やパンのいくつかを取り上げてはこれを五〇〇〇人の食欲を満たすほどに増やしたり、豚に対しては、悪魔をその中に送り込んだうえで一斉にその豚を海へ向けて突進させたり、呪いの言葉をかけてイチジクの木を吹き飛ばしたり、水をワインに変えたり、あらゆる病を治したり、そして死者に再び生命を与えたり、といった具合に、である。

第三。キリストの奇跡の効果は、一時的なものではなく永遠のものであった。蘇った死者は生き続けたし、視力を取り戻した人はものを見続けたし、浄められたらい病患者はその状態を保ち続けた。そしてこうしたことはいずれも多くの人々の目の前で行われたことであり、人々は、彼がもたらしたこのすばらしき変化を実際に見、観察していたのである。

第四。キリストの奇跡は（二つを除いて）すべて、その力とともに偉大なる慈悲と善を示すものであった。病を治す、死者を蘇らせるなどなどは、みなそうである。二つを除きといま言ったが、これは、彼が悪魔を豚の群れに送り込んだことと、イチジクの木に呪いをかけたことを指す。この二つは、動植物に対しても彼が絶対的な支配を及ぼしていることを示すのに役立つであろう。

第五。キリストの奇跡はいずれも、たとえ最も大きな力や能力が求められるものではあっても、ひと言、言葉をかけることによって生み出された。ラザロが墓の中で三日間横たわっていたときも、たったひと言、キリストが「出てきなさい」と言っただけでラザロは死に装束をまとったまま立ち上がったのである。統治者の娘の手を取り、「娘よ、起きなさい」と声をかけると、その霊がすぐに戻り、彼女はたちまち起き上がったのである。このようにキリストには、あらゆる自然原因に対して強く命じる聖なる力があったので、遠く離れたところの最もひどい病に対しても、二、三の言葉をかけただけでこれを治したのである。高位の者の死にかけた息子を治すときにも、「あなたの息子は生きる」と言っただけだし、百人隊長の召使いを治すときには、「あなたが信じた通りになるように」と言っただけである。それだけではない。病気の女性が人々とともに彼に従って歩いていると、キリストは着ている服の縁にちょっと手を触れただけでその病を治してしまった。彼女がキリストを信じていたからである。これらはいずれも、キリストが、いろいろな方法を用いることなくもたらしたものである。もし何らかの方法を彼が取っていたら、当然のことながら、期待される効果を生み出すには不適切なものとなっていたであろう。生まれながらに目が見えない人を治す際には、地面に唾を吐き、その唾で土をこねてこれを目に塗り、彼をシロアムの池に送った。いかにも不適切に見えるこうした方法で病を癒すのは、まったく何の手段も講じないときと同様、奇跡を行う際のキリストの聖なる力をよく示すものである。

第六。キリストはこうした力を奇跡を行う際に使うのみならず、さまざまな兆しや驚くべきことを行った使徒たちに対しても、自らの名においてこれを用いた。たとえば、ペトロは脚の不自由な人を治したが、これはイエスの名にこの人を立ち上がらせ歩かせるように、と命じたことによる。奇跡はイェルサレムに住む人々にとっては悪名高いものであった。だが、ユダヤ人の統治者たちは、使徒たちに対する実に邪悪な敵対者ではあったのだが、奇跡を否定することはできなかった。いやそれどころか、聖ペトロによりタビタが、聖パウロによってエウティコが蘇ったように、死者が使徒によって蘇ったのである。また、使徒の手から差し出されたハンカチやナプキンにはたいへんな治癒力が備わっていた。聖ペトロの影は、イェルサレム中で、そしてその周囲のすべての町においても、邪悪な霊に取りつかれた人々を癒した。そのことをわれわれは「使徒言行録」によって読むことができる。こうしたことはキリストの聖なる力を見事に示していると言えよう。彼は奇跡の才を弟子たちに伝えたのである。彼が、全能なる力がなくてはなしえないようなきわめて不思議なことを予見し、彼を信じる者たちにそれを確信させたこと、使徒たちがキリスト自身がもたらした多くの奇跡に勝ることを行ったことは、いずれもキリストの聖なる全知の力によるものである。いずれもキリストの大権であり、これによって彼は、この世のすべてのほかの宗教の創始者たちに勝っているのである。ほかの宗教の創始者たちは、奇跡の才を弟子たちに授けるようなことをしなかったか、もしくは奇跡が行われることを決して予言しなかったのである。

第七。すべての人々に福音を説くようキリストから任務を受けた使徒たちは、奇跡を生み出した。イェルサレム、そしてユダヤの地においてだけでなく、サマリアにもフェニキアにもキプロス、アンティオキア、エペソにも、その他多くの、使徒たちがキリスト教信仰を育てるべく旅した町や国々、「使徒言行録」にある通り、使徒たちの手を通じて神がその恩寵の言葉を兆しや驚異を確かなものとしたあらゆる場所において、である。明らかに聖パウロは、イェルサレムからイリュクムにかけて歩き回り、確かな兆しと驚異をもって福音を説いている。それどころか、使徒たちの教えと奇跡の評判は遍く広がったので、「彼らの声はこの世のあらゆる地に染み渡り、その言葉は地球の果てまで達した」という。ユダヤ人だけでなく、非ユダヤ人やローマ人、コリント人、その他多くの当時よく知られた国々においてキリスト教信仰への改宗が進んだが、これは、使徒たちが教えを説いて奇跡を行ったことによるもので、人々はみな、すばらしきことがなされるのを確かに見た、いずれも神の教えにほかならないと証言したのである。つまりこうしたことの根拠は、たんに明らかであるというだけでなく、遍く知られている、ということになろう。

第八。奇跡を行う力は、使徒たちの時代に限られるものではなく、キリスト教会初期の三世紀間に及ぶものであり、それは聖エイレナイオスやオリゲネス、テルトゥリアヌスなどの初期の信徒たちの著作に明らかである。彼らは、キリスト教会の第二・第三世代において、奇跡を行う驚くべき力によって生み出された事例の数々を記し、当時の異教徒たちに、彼らの記す真実を訴えかけている。四世紀になってもこの力は続き、エウセビオス、聖キュリロス、聖アウグスティヌスなどを挙げれば、その証人として十分であろう。このことはいずれも、私が述べる後代の著者によって引用されている。この時代に行われた奇跡についてもそのいくつかは、キリスト教徒によってだけでなく、異教徒によっても確かめられている。たとえば、マルクス・アウレリウスは、元老院に送った自らの手紙の中で、マルコマンニ戦争の際の奇跡を証言している。つまり、キリスト教徒の兵士たちが祈りを捧げるとにわか雨が降り出し、ローマ軍はその水のためにたいへんな苦境に陥ったというのである。そしてそれとともに、雷が鳴って雹が降り出し、異教徒の軍勢はすっかり打ちのめされてしまったのである。また、次のこともよく知られていよう。詩人クラウディアヌスが、第六領事讃で記しているものである。

黒い魔術、カルデア人の魔法が
空を覆って神々に武器を取らせたのか、
善きアウレリウスが、そう信じるが、雷鳴の助けに応えたのか

テオドシウス帝がエウゲニウスとアルベガステスの反乱を壊滅させた驚くべき力についてもこの詩人が記している。

まさしく神は汝とともにあり、汝の命で
風の神アイオロスが嵐を放ち、すべては汝のために戦い、
汝のラッパにより激しい風が加わった。

（クラウディアヌス、第三領事讃）

ポルフュリオスによれば、キリスト教徒の殉教者の墓で、病を癒す驚くべき奇跡が行われた

という。また、イエスへの信仰が始まって後、異教の神々は人間に対して何ら助けることはできなかったと言われている。アポロの神託によれば、ある正しき人々、すなわちキリスト教徒により、彼は真理を予言することができなかったという。またデルポイの神託によれば、聖バビラスなど、殉教者の肉体がアポロの近くに埋められていたので、神託に応えられなかったという。結局のところ、異教の神託は口もきけないが同然であったということは、キリスト教第一世代において広く知られ、注目されていたことなのである。だからプルタークは、なぜ神託がやんでしまったのか、その理由を自著に記したのである。したがって、このことから次のように考えられよう。つまりこうした奇跡を行う力は、最初の四世紀間、キリスト教会で受け継がれ、かなり長期間にわたる膨大な証言によって確かめられている通り、より強力な証拠が加わっていった、ということである。

結論として、読者諸氏には、この私の議論の重要な点が主に次の三つのことに依拠していることに留意していただきたいと思う。すなわち第一に、このような驚くべきことが実際になされたとすれば、それは真実の適切なる奇跡なのであって、まさに全能なる神の力によってのみなされうるものである。第二に、こうした奇跡については、それを語る著者たちが言うように、キリストと使徒たち、およびほかの弟子たちによって行われたということをわれわれは十分に確信している。そして第三に、こうした驚くべき多くの出来事により、キリスト教信仰が確かめられる、ということである。

この第一の点、つまり、キリストやその使徒たちによってなされたこの驚くべき多くの出来事が、まさに全能なる力によってのみ行われたものであるということについては、次の点を考慮すればよいだろう。まず第一に、そうしたことは、たとえ人間の持つ最も優れた技と腕によってもなしえるものではないし、巧みなごまかし、詐術によってなされるものでもない。言葉によってあらゆる病を治し、死者を蘇らせることは、たとえ人間の能力や技が最も高度に改善されたとしても、あまりに偉大で、それを上回る力を必要とする。適切な施術なくして人間は病を治すことはできないし、すでに三日間も息絶えた死体に向かってその墓から立ち上がり、命と魂を宿すよう命じることもできはしない。こうしたことは、人間の自然な力では不可能であり、誰かがこれに反論することはばかげたことであって、議論の余地はないのである。もちろんこうしたことは、ペテン師や魔法使いの詐術によってなせるものでもない。こうした人々は、驚くべき出来事のニセモノでもって人をだまし欺くのである。そうしたニセモノを、彼らは、ふだんは顧みられていないような原因や秘密の方法を使ってひねり出すのだ。奇跡に詐術はない。墓に三日間横たわっていたラザロを、死んだものとばかり思っていた人々の前で立ち上がらせ、同じラザロがいまや生きている。こういう、いわば人をだますようなことが多くの事例において、また長い期間にわたって見られるのは、まったく信じがたいことであり、こうした出来事にかかわった多くの人々も、それを目撃したユダヤ人や異教徒をはじめとする多くの観衆も、そこにある詐術めいたことを明らかにできないというのもまた信じがたいことなのであった。そもそもペテン師とは、世間を威圧するのであって、世のために行動することはない。ところが人々は詐術と思われるもののために死体と向き合い、そして、異教を信じる学者や才人たちからなる多くの観衆は、(何か)詐術があればそれを見破ってやろうとする意欲も能力もあるのに、それができる者がいないのだ。だからわれわれは、こうした奇跡が人をだます詐術によってなされたものではないと結論することができるのである。

第二。こうした驚くべきことや出来事が人間の力や才知によってはなされえないと考えると、何らかの霊力が生み出されてそれによってなされたのか、もしくは神の全能なる力によってなされたのか、そのいずれかということになる。何らかの霊力によってなされたものではないということは、次のことを考慮すれば明らかであろう。もしそういう霊力によってなされたものであるとすれば、それは、よき天使か、邪悪な霊のどちらかによるものである。よき天使については(すでに述べた奇跡のような出来事の多くは生きとし生けるものの力を超えているということに加え)、もしこうした驚くべき出来事がよき天使によってなされたものであるなら、キリストの啓示の正しさを示すものであって、キリストに内在する力によってなされたものと同然であるということになろう。よき天使とは、天の王国での務めを果たし、常に神の意思を遂行して人類の安寧を図るものと考えられているからである。すると次のような者たちは、誰もが天使たちについて抱く考えと矛盾することになる。すなわち、ニセの教えによって世を欺くことに大きく加担し、何千もの聖職者や信仰告白者に対して、現世の苦しみには来世の報いがあるというような希望もなしに、ひどい困難や痛々しい死を甘受せよ、などと言う者たちである。これらは、邪悪な霊たちの虚偽や、悪意にのみふさわしい邪悪な詐欺と言うべきものであろう。そしてこうしたことこそ、不信心者たちの最後の逃げ場というか砦なのである。彼らは真なるキリストの啓示を否定し、キリストの驚くべき業を悪しき霊の力によるものと見なしている。キリストはこの悪しき霊と結託しているのだというのである。キリストが生きていた頃、ユダヤ人のなしたことがまさにそれである。パリサイ人たちは、キリストが目を患い口もきけない人を治したと聞くと、その患者は悪魔とともにいるとされた。人々はこう言ったという。「悪霊の頭ベルゼブルの力によらなければ、この者は悪霊を追い出せはしない」（「マタイによる福音書」第一二章第二四節）、つまりキリストは、悪霊と手を組んで病人を治したというのである。これに対しては、キリスト自身が、強い調子の韻文でこう述べている。「国が内輪で争えば、その国は成り立たない。（中略）同じように、サタンが内輪もめして争えば、立ちゆかず、滅びてしまう」〔「マルコ伝」第三章第二四節〕。つまり、悪魔や悪霊に反対し、人間の身体の中で静かに暮らしていた彼らを力ずくで追い出そうとする者が、彼らと共謀結託して行動を起こすとは考えられない、そういう者は彼らの敵であり、その意図を挫く者でなければならないはずであるということである。悪魔が自らの不名誉のために、自らの意図を挫くために、そして自らの王国を破滅させるために他者と手を結ぶなど、考えられないことである。こうしたことが起きるのは、まさにキリストの考えによるものであり、キリストは「方々を巡り歩いて人々を助け、悪魔に苦しめられている人たちをすべて癒された」〔「使徒言行録」第一〇章第三八節〕のである。悪霊は、人類の悲惨と破滅を喜び、彼が望む身体に宿ってこれを支配し、病によってこの人間を苦しめ、人間の感覚を奪い、そうすることでこの人間を自らの配下として、自分の王国を維持しているのである。しかしながら、第一に、キリストは、悪魔を人間の身体から追い払い、病を癒し、悪魔の王国を破壊し、人間に対して悪魔が抱いていた意図を挫かれた。このようなことは、悪魔と結託してなされたものであるはずがなく、悪魔に敵対する者が行ったことである。第二に、われわれの救い主によれば、そうしたことは、悪魔の敵対者の力によるというだけでなく、悪魔の力に勝る力によってでなければなしえない、という。つまり「マタイ伝」第一二章第二九節にある通り、「まず強い人を縛り上げなければ、どうしてその家に押し入って、家財道具を奪い取ることができるだろうか。まず縛ってから、その家を略奪するものだ」ということである。人間の身体に静かに住みついている悪魔は、無理やりやめさせられない限り、その支配を続けるであろう。そして彼を無理やりそこから引き離すためには、彼の力に勝る力、この悪魔を支配し圧倒する力でなければならないのである。第三に、キリストの奇跡は（多くの場合）、人間に対する慈悲やよきことなのであって、飢えを癒し、病を治し、死者を蘇らせる。これらは悪魔の気質や意図とはまったく逆で、悪魔はなんとしてでも人間の不幸と破滅を追求するのである。そのことは、偶像崇拝が行われている国々を見れば明らかで、悪魔は毎年、その残虐さを発揮して、何千人もの子供の生贄を求めている。だから悪魔は、キリストの奇跡にあるような慈愛に満ちたよき意図、つまり悪意に満ちた残酷極まりない悪魔の性質とはまったく逆の意図に資することは決してないと考えられるのである。第四に、キリストの奇跡は彼の教えを確かに示すために行われたものであり、それは、悪魔の王国を直接的に覆すものである。「悪魔の働きを滅ぼすためにこそ、神の子が現れたのです」〔「ヨハネの手紙一」第三章第八節〕とあるように、キリストは、人間をその偶像崇拝の迷妄から引き離し、唯一の真なる生ける神を崇拝するようにすることで、まことに効果的にこのことを成し遂げたのである。横暴な形で異教の民を支配しようとするあらゆる不浄な欲望を斥け、至上なる純粋さと神聖さに満ちた生に目を向けさせたのである。悪魔が抱く大きな目的とは、人間の心から真なる神を奪い、神への依存を覆して偶像を信じるように仕向け、人間を悪魔自身や同類の悪霊たちのもとに呼び寄せ、神のみが有する栄光への崇拝や賞賛を自分たちに向けさせ、それによって人間の魂を完全に支配しようとするのである。本来、神や創造主にのみ捧げられるべき敬意を、悪魔はその力を人間の身体に及ぼして自分たちに向けさせ、人間の心を神から引き離して自らの邪悪な欲望へと誘い込み、人間を悪霊にとってふさわしい受け皿としてしまうのである。悪魔の王国とは主にこの二点によるのだが、キリストの教えにより、この闇の王国は覆され、悪魔の祭壇は荒れ果て、その寺院は破壊された。人々はどこにあっても真なる神を、その精神において、またその真実性において崇拝するよう教えられ、異教の民が自分たちの信仰の一部としていた不浄なる儀式を忌み嫌うように諭されたのである。したがって、キリストの教えにより人間が闇から光へ、またサタンの力から神へと向きを変えていったことを考えれば、奇跡のようなすばらしい業は、悪霊の力では到底なしえないということが分かる。そうした業は、悪霊の意図とは真っ向から対立するキリストの教えを明らかにするものであり、闇の王国を見事に打ち倒したのである。そしてこのことは、キリストの奇跡が、パリサイ人たちが主張するように悪霊によってもたらされたものでは決してないということを十分によく示しているのではないか。だが、キリストや使徒たち、あるいは最初の四世紀間の初期キリスト教徒たちによってなされた奇跡に似せた、同じようなこと、つまり、魔術やエジプト人の技、魔法、その他不思議な呪文などによるものがユダヤ人ばかりでなく多くの異教徒たちによっても利用されてきたので、言い換えれば、キリスト教徒による奇跡と似たようなニセモノが（こういう魔術めいたものは、いずれも悪霊とひそかに交信したり悪霊と結託したりしていることを意味しているか、さもなければそれは、人間の力や技と何ら変わるところがない）、キリストの奇跡に対抗する形で行われてきたので、私はここで、キリストの教えの正しさを確かなものとする奇跡全般にわたって、二、三、考察したことを述べようと思う。まずその一。キリストや使徒たちの奇跡は非常に数が多く、偉大で、何世紀にもわたって公に遍く行われ、そうした奇跡をなす力はキリスト教会にあって長く続いたので、それらが、魔術や悪霊の力によってなされえたとは到底考えられない。これほど膨大な数のすばらしき業が、四世紀もの長きにわたって、キリスト教信仰を確かなものとする形で、悪霊の力によってなされるはずがあろうか？　この世のほかのいかなる宗教にあっても、それを確かなものとすべく同じような奇跡がなされたことは決してないにもかかわらず、である。悪霊が、ほかの宗教にもましてキリスト教信仰を広めるべくこれほど力強くかかわるということにいかなる説明がなされようか？　悪霊がするのは、偶像崇拝を促し、不潔で不浄で野蛮で残忍な異教の儀式を広めて闇の王国の利を図ることであって、唯一の至上なる神を崇拝し、キリスト教会が定めるその純粋さと穏やかさを広めることではない、ということは明らかではないのか。異教の聖職者がその教えの確かさを示すべく、奇跡と似たようなことを行うことは確かにある。そのニセモノが本当のことなのかどうかは、問うまい。だが、私の知る限り、そうしたニセモノが、キリストや使徒たちが行ったことと同じように、これほどまでに多く、またこれほど偉大であって、多くの国々において公になっている、ということは決してないし、また、キリスト教のように、その力が弟子たちに伝えられ、何世代にもわたってそれが受け継がれたということも決してない。そしてまた、証拠に関して、キリスト教がほかの宗教にこれほど勝っているのはなぜか、という理由も、もしキリスト教の奇跡が悪霊によってなされたものであるとしたら、到底説明できないであろう。ユダヤ人やほかの異教徒たちが言うように、もしキリストが、魔術をエジプトで身につけ、それを弟子たちに教え、それによって弟子たちが奇跡を行えたのだとすると、なぜエジプトにいたほかの人たちが同じ魔術を身につけることがなかったのか、あるいはなぜほかの人たちには教えることができなかったのか、あるいはなぜ、魔術にかけては天下一とされるエジプト人自身が、キリストに教えたはずの奇跡、これほど多くの偉大なる奇跡を自分たちで示さないのか？　エジプト人はそうした驚くべきことをしてはいないし、またほかの人々が彼らからその技を学んでもいない、というのがこれまでの状況から言えるのであるから、われわれは、エジプト人の魔術に根拠はなく、信用できないと結論することができよう。加えて、もしキリストが使徒たちに魔術を教えたとするならば、使徒たちは、キリストのことを詐術者であると信じて疑わないのではないか。そうであるとすれば、自らの人生の命運をそのような悪しきニセモノの技のために喜んで捧げるような良識人などいるだろうか？　使徒たちはまさに、詐術者を見抜くことによって自らを救っているのだから。

その二。キリストや使徒たちの奇跡には、悪霊の力をはるかに超えたものがいくつか見られる。かりに、悪霊でもこうした奇跡をなしえるとしても、彼らは、偉大なる造物主であり目に見えるものも見えないものも、あらゆるものを統べる神の支配に服しているのだから、悪霊は、神の許しなり許可なりがなくして、奇跡を行うことはできないのだが、神がそれを認めるとは到底、考えられない。なぜなら、無限に善なる神が、多くの驚くべきことを、嘘をついて世を欺く目的のために悪霊に許可し、それによって人類にその虚偽を克服しがたいほど強く信じさせるなどということは、まったく矛盾したことである。ほかの宗教にあっても、その信仰を確かなものとすべく奇跡らしきことが行われる、ということはある。だが、それらは、キリスト教の奇跡に比べて数もそう多くないし、内容もそれほど偉大なものではなく、それに加えて、そうしたニセの奇跡には、それが詐術にすぎないことを明らかにするような方法が必ず残されているのである。自然の理に従って広く知られ、その正しさが証明されてきた三位一体なる神とは異なって、人々の崇拝する神がたくさんいるとか、神や美徳と悪徳などについてわれわれが有する自然な考え方とは明らかに異なる、不潔にして不浄、野蛮で残忍な方法を行使するとか、そういうことにより、詐術であることが明らかになってしまうのである。われわれは神とともにいながら、虚偽を信じて深い迷妄に陥ってしまう。というのも、人々が神を知る、もしくはその万物創造によって神をうかがい知るとき、人々は神を讃えず、「造り主の代わりに造られた物を拝んでこれに仕えた」〔「ローマの信徒への手紙」第一章第二五節〕とある通りだ。そして人々は、聖なる純粋さや善についての自然な考え方とは正反対の、不潔で残忍な儀式を許容してしまうのである。いろいろな兆しや驚くべきことがあろうとも、このような宗教が神から生み出されたものでないことは明らかである。これに対してキリスト教は、唯一の神を崇拝することのみを求め、必要となるのは純粋で正しく穏やかな方法のみ（これについては次の項で述べる）である。もし、悪霊が、これまでにほかの宗教において認められてきた奇跡よりもさらに多くの偉大なる奇跡を行うことで、ある宗教が神に認められるようなことがあったとすれば、誰もがそれこそ神によるものだと信じざるをえないであろう。そのような宗教が詐術であることを示す強い証拠を見つけられないからだ。したがって、人間に虚偽を信じるよう強く求めるということは、善なる神の行いとは矛盾するのである。神が悪霊を遣わし、ある宗教の確かさを示すためにこれほど多くの偉大なる奇跡をわざわざ行わせることは決してない、と言えよう。

しかしながら、この地球上でキリストが行った奇跡のほかにも、彼が天上から遣わされたということを示すはっきりとした証拠がいくつかあるので、ここでそれを簡単に述べ、キリストが奇跡を行う際、聖なる力によって支えられていたことをさらに確認しておきたい。というのは、東方の三賢人を、キリストが誕生したベツレヘムに導いた星のこと、天使が何度も現れて、受胎告知と誕生を導き、また荒野において彼が誘惑に陥りそうになったときにも、苦しみに悶えているときにも、復活や昇天に際しても、たびたび天使が現れたこと、これらはいずれも天から発せられた声であり、キリストが愛されし神の子であることを示している。洗礼に際してヨハネは、天が開いて神の聖霊が鳩の姿で舞い降りて彼を明るく照らしたこと、キリストの変容に際して、明るい雲が彼と二人の弟子、つまりペトロとヨハネを覆ったこと、また、彼の苦悶に際して、キリストが「父よ、御名の栄光を現してください」と言うと、「わたしはすでに栄光を現した。再び栄光を現そう」という声が天から聞こえてきたこと、などなどである。十字架上で彼が死を遂げた際に天においてもまたこの地上においても起きた奇跡と驚くべき出来事もこうしたものであろう。六時から九時まで、暗闇がこの世を覆い、聖所の垂れ幕が真っ二つに裂け、大地が揺れ、岩も裂け、またキリストの復活の後には、墓場が開いて、そこに眠っていた多くの聖者の肉体が起き上がって墓を出て天国へ向かい、多くの人々の前にその姿を現したことなど、これらはいずれも、百人隊長やローマ兵を大いに驚愕させ、「本当にこの人は神の子だった」〔「マタイによる福音書」第二七章第五四節〕と告白せざるをえなかったのである。実際、こうした奇跡はいずれも、キリストが神からの使命を担っていることを示す多くの聖なる証明と言うべきものである。彼は神に特別に愛された子であり、神はキリストの誉れを大いに喜ばれた。キリストがしたように神のしるしを示したり作り出したりすることは、いかなる人間の力や技によってもなしえず、また悪霊が、このような多くの讃えられるべき証をキリストに与える、ないしは、与えられると考えることもできない。結論としては、次のようになろう。キリストや使徒たちによって行われた奇跡や、至上の目に見えない力が彼の業の確かさを示した数々の出来事は、その数が非常に多く、偉大で、天地の生きとし生けるものの多くに及ぶものであるから、万物を統べる普遍的にして絶対的な神以外の存在がこれを行うことはできない、それゆえ、そうした奇跡や出来事は悪霊の力に勝るものであって、全能なる神、万物の造物主にしてこれを統べる神の力によってのみなされうるものである。

II. イエスが行ったとわれわれが信じる奇跡は、いずれも真の奇跡たる要件を満たしていること、全能なる神でなければ行使できない力によるものであることが明らかになったので、次に、実際にキリストがそうした奇跡を行ったということを証明したい。もっとものことは、以下の考察からおのずと明らかであろう。

第一。われらが救い主の奇跡は化体とか、ローマの教会によって限定的に信仰の対象とされているようなものではなく、われわれの悟性が認識するはっきりとした対象であって、その場に居合わせた者であれば誰もが、はっきりと見ることのできるものである。それはどこかの片隅や秘められた場所で行われたものではなく、公に、白日のもとでなされた。遍く見られることしたことは、ずるい詐欺、詐術などではありえない。

第二。キリストの奇跡は、使徒たちの時代以降、あらゆる時代のキリスト教信仰を通じて今日にまで受け継がれてきたものである。その間、奇跡の内容に一切の変更はなく、矛盾が生じたこともなく、また生じる可能性もない。

第三。奇跡は、キリスト教徒たちだけによって認められたものではなく、真っ向からこれに敵対する者たちによっても認められてきた。ユダヤ人でさえ、彼らのタルムードにおいてキリストのことが語られ、その奇跡に触れているのである。トルコ人たちのコーランでも、キリストの奇跡のいくつかが記録されており、彼らはキリストの復活を一般に信じてもいる。トルコ人たちはキリストを偉大なる預言者と見なし、そういう存在として彼に大いなる敬意を払っているのである。それから、ユダヤ教やイスラム教、あるいはほかの異教徒の記録者たちが、しばしばキリストの奇跡のことを述べてもいる。このことは、キリスト教世界にあっては誰もが私よりもよく知っていると思うので、ことさら引用などをして読者を煩わせることは避けよう。

第四。もちろん、こうしたキリストの敵対者による証言のすべてがキリストの奇跡を証明するものであるわけではないが、そうだとしても、使徒たちや福音書記者たちの証言は十分にそれを証明するものであり、そのことについてより明確に述べておきたい。そもそも使徒たちや福音書記者たちは、キリストの奇跡のことを明らかにしたところで、何ら世俗的な利点があったわけではない。それどころか、奇跡を明らかにすることで世間を激高させ、彼らの教えを自らの血でもって封印しなければならなかったのである。このことこそ、キリストの生涯において語られる奇跡がまさに彼によってなされたものであることの確かな証拠なのである。

Ⅲ．われらが救い主がその信仰を確かなものとすべくこうした奇跡を行ったことは、彼がヨハネの弟子たちに述べた言葉からも明らかである。弟子たちがキリストのところへやって来て、「来たるべき方はあなたでしょうか」と問うと、彼はこう答えた。「行って、見聞きしたことをヨハネに伝えなさい」〔「ルカ伝」第七章第二〇―二二節〕。またキリストは、ユダヤ人にこう言ったという。「わたしを信じなくても、（わたしが行っている父の）その業を信じなさい」〔「ヨハネ伝」第一〇章第三八節〕。キリストの奇跡の究極的な目的がその教えを明らかにすることであったことを示す箇所が、聖書にはほかにも実に多くあるのである。

第八項　キリスト教信仰の対象とするものについて

これまでキリスト教信仰の確かさについて検証してきたので、次にその対象とするもの、つまり目的について述べようと思う。真なる宗教には必ずその目的がある、ということはすでに確認した通りである。すなわち第一に、すべてに勝るものとして、神の名誉と栄光。第二に、人類の普遍的な幸福。第三に、個々人の善。この点をよりよく理解するために、キリスト教信仰を次のように分類してみよう。その一。クレデンダ（信仰箇条）、すなわちキリスト教徒が信じるべきこと。その二。アジェンダ（戒律）、すなわちキリスト教徒が実践すべき規則。これら二つが、先に述べた目的に適うものであれば、キリスト教は真なる宗教であると言えよう。（すでにほかのところでも触れてきたことだが）私は、あらゆる宗教の原理原則をここに繰り返し述べるということはせず、キリスト教がなぜ勝っているのかということを、その目的から示すということに絞りたいと考えている。ほかの宗教には際限なくいろいろな欠点がある、ということはあまりにもよく分かっているからだ。

第一に、クレデンダについて。唯一の絶対なる存在を信じないという国や人々がいることは確かだが、このような場合、その唯一なる存在についての考え方において大きな間違いがあるのではないだろうか。その存在が持つはずの属性を奪ってしまっていることもあれば、その唯一なる存在をさまざまな人間的情念に隷属させてしまっている場合もある。このような場合、人々は、（良識ある）反対派の人々から見ると聞くに堪えないような脆弱にして邪悪な原理や習慣に陥ってしまっている。だがキリスト教信仰の場合、神の存在を説くばかりでなく、その属性もまたすべて完全なるものとして位置づけられているので、われわれは十分にそれを理解することができる。ほかの宗教では、神の複数性を讃えているが、キリスト教では、三位一体の唯一なる神を崇拝する。神を身体的な存在とする宗教もあるが、キリスト教ではそれを、理解を超えた霊と考える。宗教の中には、神の摂理を否定したり、あるいは神そのものの崇高さを主張して、神は一切の俗事を自らの支配のはるか下方にあるものとして顧慮しないとしたりしているものもあるが、キリスト教信仰にあっては次のように教えられる。すなわち、神の摂理は遍在し、われわれは、万物への神の偉大な愛や慈悲深き配慮を確信できる、と。つまり、キリスト教にあっては、神の善、慈悲、長き苦しみ、正義、無限の力、知恵、神性などが明確に説かれ、キリスト教信仰の権威者であるイエスによってはっきりと示されているのである。神の摂理を認めない人々は、どれほど惨めな状況に置かれているのであろうか？　彼らに信仰はなく、また希望もない。彼らは悶え苦しんでいるのではないだろうか？　彼らは救いを神に求めることをしないのだ！　最もひどい苦悶の中にあって、信頼や自信などありえるのであろうか？　キリスト教徒であれば、神が万物の創造主であり、保護者であり、統治者である。われわれのすべての行いを神が見ていることをわれわれは知っているから、われわれは義務を果たそうと思う。神が地球上の果実を、成功を、名誉を、生命を、健康を、子供たちを、そしてあらゆる祝福を与えてくださるということをわれわれは確信しており、そのことによりわれわれは、こうした祝福を与えてくださる無限なる善に感謝することになるのだ。病も、友の死も、試練も苦しみも、こうしたことはすべて神が命じたことと考えている。そしてこれらのことを通じて、神の偉大なる慈悲が示される。というのも、神はわれわれを笞打ち、罰し、そうしてわれわれは悔い改め、また神に服するのである。ほかの宗教の場合、人々にその弱さを告白させ、日々犯している罪や人々が陥っている悪を認めさせるのだが、それにもかかわらず、怒った神の正義を和らげるための手段として人々に与えられるのは、獣や人間の生贄を捧げることのみ。だがキリスト教の場合、祝福されし神は、そのようなことはしない。われわれは、自分が罪人であることを知っているけれども、限りない慈悲を持つ神は、悔い改めによって、われわれの犯したあらゆる罪を彼の愛する子イエス・キリストのために、われわれの罪のために死んだものの、われわれの信仰義認のために再び立ち上がり、帰天された、われわれの救い主、仲介者、そして父なる神への調停者としてのキリストのために、許してくださる。これこそ人間が望む最大の慰めであろう。ほかの宗教では、神の怒りを鎮めるためにどれほど多くの生贄を捧げればよいか、またそれに伴って行われる多くの儀式のことについて人々が心配しているわけだが、キリスト教徒たちは、神の無限なる慈悲に身を委ね、それを尽きることなく誉め讃え広めながら、完璧なる心の穏やかさを享受している。もちろん、神がわれわれのためにしてくださることはそればかりではない。神は、われわれの罪を贖うべくその子を遣わされたのみならず、その子をわれわれの預言者であり師として、父なる神の意思を公に、ユダヤ人にも説くようになされた。また特に、キリストが自らの生涯と教えの証言者、目撃者として選ばれた人たちに対して、そうさせたのである。キリストは、その務めを果たすと天に昇っていかれ、聖霊、つまり助け主をこの世に遣わし、彼が残した宗教を広める助けとなし、奇跡をその信仰の確証とされた。さらに信仰を広めるべく、聖餐式や会衆など、聖職者の集まりを設けられ、そこに悔い改めて信仰を持つ人々はみな招じ入れられることになったのである。キリストが残された契約の二つのしるしについて最後に述べておこう。すなわち、教会における秘跡《サクラメント》であり、それによってキリストは、その恩寵と祝福をわれわれに伝えてくれるのである。これらは、ほかのものとともに、神の限りなき善と慈悲のすばらしい業であり、そのことを考えるとき、われわれは詩編作者とともに、「あなたが御心に留めてくださるとは人間は何ものなのでしょう」〔「詩編」第八章第五節〕と言わざるをえないのである。キリスト教のクレデンダがどれほど神の栄誉と栄光、人類の普遍的な幸福、そして個々人の善のために重要かということが、これで十分に示されたのではないかと思う。

第二に、アジェンダについて。キリスト教徒が実践しなければならない戒律とは、神の栄誉と栄光などのためにあるのであって、それはほかの宗教の規則などに対してはるかに勝ったものである、ということに議論の余地はない。確かにユダヤ人も同じように基本的規則、いわゆるモーセの十戒というものを持っているが、ユダヤ人はこの十戒をどれほど厳格に捉えているであろうか？　そしてキリスト教は、その戒律をどれほど広めたことか？　ユダヤ人は、もし自分たちが偶像崇拝者や冒瀆者でなければ、また安息日の決まりに従って何もしないでいれば、また父や母を讃え、殺人や窃盗、姦通、虚偽などをせず、また強欲でなければ、そして法が定める儀式や祭典を行い、禁じられた肉を食べずにいれば、それで自分たちは義務を果たし、神は約束された報いを授けてくれると考えている。だが、キリスト教の戒律とは、そうしたものをはるかに超えたものであって、そのことをこれから示したいと思う。

神は、どんな形においてであれ、異教とキリスト教を比べることを禁じておられる。異教は、神を讃えることからかなり遠ざかっているので、創造主のみに可能な栄誉が、造られたものの方に向けられてしまい、人々に、偶像や太陽や月や星などを崇拝するよう教えたり、あるいはまた、(恐怖のために)まさに悪魔を讃えるように説いたり、その悪魔のために自らの子供たちを生贄にするように説いたりしている。熱狂的信者は、神性と恩寵のために、自分たちの肉体に対して極限まで残忍になってしまう。異教は、不浄な複婚をはじめその他の不潔なことも認め、場合によってはそう規定されてもいる。つまり、人間を「聖なる生活を抜きにして、誰も主を見ることはできません」〔「ヘブライ人への手紙」第一二章第一四節〕というような聖なる領域へ高めることなく、堕落させ、最も不完全な状態に置き、優れたもの、徳高きものを非難する。異教にあっては、こうすることで人は自らの情念を愚かしく怠惰なものとして抑えつけるのである。ただ、私の目的とは逆に、ほかの宗教とキリスト教を比べて大いに脱線してしまうといけないので、本題に戻り、本項の残りを使って、キリスト教信仰がほかの宗教よりも勝っているだけでなく、人間を再生に導くものであり、完璧なる神性こそが万物創造の目的であることを示したいと思う。

キリスト教の戒律を人間生活の規則として考えてみると、戒律が、この世に広く知られたわれわれの人間性にぴたりと適合することに気づく。理性と矛盾することなく、死を免れない人間を、神が完全であるのと同じように完全なる存在として認めようとするものである。戒律によることなく遊び暮らしている放蕩者でさえ、こうした戒律を認めるであろう。戒律によりわれわれは、次のことを教えられる。まず第一に、われわれの義務は創造主へ向けられたものであり、これを信じ、またこれを恐れ、何にもましてこれを愛し、これを信頼し、すべてをこれに委ねるということ。従順にその意思を実行し、純粋なる心をもって崇拝するが、それは生贄をもってするのではない。創造主は、牛の肉を食べるわけではなく、また山羊の血を飲むわけでもないからだ。戒律はまた、われわれが創造主にどう呼びかければよいのかも示している。強い情熱と確かな理解力をもって粘り強く、われわれの願いを捧げるのである。さらに、万物創造以来、われわれが、そして人類が受け取ってきた恩恵に対して、その聖なる名前をどう賞賛し讃えるのかも教えてくれる。こうした義務は、最も高度にして堅固な理性の上に築かれており、神の存在を信じる者はみな、この戒律を実践しなければならないのである。というのも、全能なる神をでなくて、われわれはいったい何を恐れるというのか？　無限の善と慈愛に満ちた優しさを除いてほかにわれわれは何を愛するというのか？　われわれを助けることができ、またそうしようとされている神以外に、われわれは何を信頼するというのか？　限りなく賢明である神以外の何に対してわれわれは服従し、またそういう神以外の何に依拠することがあるというのか？　誤ることなく正しい神の意思以外に、われわれはどんなものの意思を実行するというのか？　永遠なる聖霊を賞賛するのに、獣の生贄をもってするというのか？　端的に言って、もし天上の恩寵にあずかりたいと思うなら、この地上から、われわれは天上なる存在にそれを願い、それを受けたならば、そのことに対する感謝を捧げるのである。またわれわれは、あらゆる機会において、われわれの存在と安寧が依拠している神に祈りを捧げ続けなければならない。そして、これほど多くの恩恵をわれわれに施してくださる神に、賞賛と感謝を捧げなければならないのである。したがって、神に対するわれわれの義務は、神の栄光のみを目的とするのではなく、われわれ自身の善と安寧をも目的としているのである。

隣人に対する義務は、政府や社会、友情のために最も重要な戒律である。というのもそれは、すべての人々の善、そしてまた個々人の善を目的としたものだからだ。それは、統治者、優越者に服することを求める、たとえ彼らがわれわれを不当に扱い、虐げるようなことがあっても、である。この戒律は、最も大きな慈悲や愛、人間性をそれぞれ教えてくれるものであり、われわれはどんなにひどい敵をもこれを許し、われわれの略奪者、加虐者のために祈りを捧げなければならない。悪を悪と見なすことは許されず、逆に、自分を傷つける者のために尽くすよう命じている。われらが祝福されし救い主が戒律によってわれわれに勧めていることほど神聖なる友情、公平なる正義、偉大なる慈悲、見事な優しさがほかにあるだろうか。悪しき考え、そしてもちろん悪しき行いは、神の真なる純粋な追随者たちの嫌うところである。彼らは互いに、完璧なる平和と静謐の中で暮らしているのである。

われわれがわれわれ自身に対して有する義務には、これまでに述べた二つと同じ目的がある。

つまり、最も深く身を低くするような謙虚さと、苦難や非難の中にあっても最大の慈悲と忍耐を持つ、ということだ。いかなる状況下にあっても、神を喜ばすのであればこれに満足し、揺るがざる信仰を持し、曇ることなき思いやりの心を持ち、人生の最後の瞬間まで耐え抜くこと。肉や酒、娯楽についてはこれを節制し、天の定めた仕事を勤勉に遂行すること、である。われわれが有する自らへの義務は、比類なき謙遜と質朴さ、真剣さ、誠実さをわれわれにもたらすものであり、また、利己心を否定し、俗事を避け、正しき行いを強く望み、純粋にして正直なるもの、評判のよきもの、賞賛に値するものに従うことを教えてくれる。この義務はまた、説明のつかないもの、不潔で、理性的な生き物にはふさわしくないことを命じることは決してない。われわれの行動はすべて、この義務により節度あるものとなっている。われわれは鳩のように純粋無垢であるべきだが、しかしまた蛇のように賢くなければならないし、また、謙虚で慎ましくなければならないが、同時に、真理を守ることに躊躇してはならない。正しきことをなさなければならないが、冷酷であってはならず、傷に耐えなければならないが、その痛みの感覚を失ってはならない。すべての人々に優しくしなければならないが、誇り、自尊の念を忘れてはならない。このようにして、あらゆるキリスト者の徳目が見事に調整されているのである。これまで言われてきたことをしっかりと考え、自らのものとするならば、キリスト教信仰によって私たちは、人間が到達しうる最も高い水準の完全性を得ることになる。そしてこの信仰は、（ほかの宗教を無限に超えるものとして）神の栄光と栄誉、人類の幸福、そして個々人の善に近づき、その結果、真の宗教となるのである。

第九項　約束と報い、悲しみと罰について

キリスト教信仰が正しい宗教としての真なる対象、目的を有するものであること、そのクレデンダが極限まで完璧なものであること、またそのアジェンダは、人間が保持することのできるものであることが証明されたので、次にわれわれは、こうしたクレデンダやアジェンダに従って生きる人々に何が約束され、またこれに服さない者たちにはどのような苦しみや裁きがもたらされるのか、について考えたい。人間の堕落の程度やその悪に傾きがちな性質はたいへん大きなものであるから、将来の報いや罰について何らかの見込みがなければ、喜ばしき信仰の道を歩むことはなかなか難しい。この愛すべき楽しみのために情念を断たなければならないということを、もし、より実質的な善へ向かい、永遠に続く辛酸を避けることができるというような確たる希望（それによって人はこの世での克己心を発揮するのだが）がないとしたら、どのように考えればよいのか？

1．神の報いについてであれ、またわれわれの魂が受ける報いについてであれ、それらはほかの宗教がもたらすものをはるかに超えて栄光に満ち、また適切なものである。ほかの宗教においても、人間の善行を促すよう作り出されたものにはかなり魅惑的なものもあるけれども、そ

れは、神やわれわれの魂の本質とはまったく異なるものである。たとえば、ほかの宗教には輪廻や転生の考え方のあるものがある。魂がほかの肉体に移るというもので、移る先は、いまより高貴であることもあれば下等な場合もあり、楽しく魅力的な場所であったり、裕福であったり、美女がたくさんいたり云々といった調子であるが、これらは、全能なる永遠の神とはまったく相容れないものであるし、また理に適ったわれわれの魂にもふさわしいものではない。われわれの魂は、俗事に満足するものではない。神から生まれたものなのであって、当然のごとく、その神に戻っていく。われわれの魂は現世の快楽に満足することはなく、創造主を喜ばす至福を求めなければならないのである。

2．われわれの身体も、魂と同様、この約束にかかわっている。というのも、神のための多くの試練や苦しみを通じて魂とともにあった身体が、そのしかるべき報いにあずかることが正しくないなどということがあろうか？　多くの快楽や楽しみを奪われた身体が、魂とともに、至福にかかわることに、何の不合理があろうか？　したがって、身体の復活は、われわれへの大いなる慰めであるのだ。われわれの救い主は、法律や預言の書を超越してこのことをユダヤ人に示し、この真理の基礎を築かれたのである。このことを信じることは、決してむなしいことではない。救い主キリストは、確かに復活したのだから。死後にわれわれの身体の細片を集めることはできないじゃないかと言う者もあろうが、これは取るに足らぬ異論であって、答える必要はあるまい。無から人間を創造した全能なる創造主は、死後、その人間をたんに元に戻すのではなく、完璧なる理解や永遠なる活力といったものを新たにその人に授けるのである。こうした報いは、ユダヤ人たちがまことにもって下品な形で信じている官能的な宴などとは違うものであるし、トルコ人が期待しているような愚者の楽園や美女の花園ともまったく違う。あるいはまた、異教徒たちが夢想するように、魂が、ある身体から別の身体へ移っていくようなこととも違う。そうではなく、われわれに約束されているのは無限に続く精神的な幸福であり、われわれが、あるいはこの世に造り出された者が望みうる最大のものなのであって、われわれはその至福の眺めを享受するのである。神はわれわれの内部に宿り、われわれはハレルヤの楽しい叫びを上げ続けながら神を讃える。飢えや渇きからも、疑念や悲哀、苦痛、死からも解き放たれるのである。これこそつまり、完璧なる幸福というものである。われわれは神の掌中にあって、かつ神はわれわれの中に宿っているのだから。このことを真剣に考えるならば、われわれはおのずとあらゆる俗事から、それこそわれわれの命からさえも離れて、永遠の救いに向かうことになる。このような至福により、われわれはすべて正しきものを（聖パウロとともに）心から強く願い、この世の罪と不幸を去って昇華され、キリストとともにあることになるのである。使徒は、こうした至福を自らの経験によって知り、コリント人に次のように説明したのである。すなわち、「目が見もせず、耳が聞きもせず、人の心に思い浮かびもしなかったことを、神はご自分を愛する者たちに準備された」〔「コリントの使徒への手紙二」第二章第九節〕。次に苦しみと罰について簡潔に触れておこう。

神を愛する者、神の命に服する者に、神は偉大で輝かしき報いを約束なさり、これと逆の者には激しい苦しみと厳しい罰を宣告なされた。正しき行いに恵みを施す神が、悪しき頑迷な者に対しても正しいと考えるのはおかしいとする理由がどこにあろうか？　たとえ善なる行いへの報いが言い尽くせないようなものであるとしても、罪を犯して死ぬ者への罰が最もひどい苦しみであってはいけない、ということがあろうか？　憎むべき者たちのひどい状況を知るべく聖書の表現をここに繰り返すのはいささか冗長に過ぎるかと思うので、これまで言われてきたことをまとめ、この項の結論としたい。

1．こうした苦しみや試練を思うことは罪を遠ざけ、悔い改めを早めて聖なる人生へと向かわせる。神の意思を遂行しない限り、誰も永遠なる命を望むことはできないし、悔い改めることなく死んだ者の身体こそ業火にほかならないのであるから。

2．苦しみや試練を思うことは、われわれの中に偉大で不信仰を許さぬ神、つまり欺かれることを許さない神への不安や恐怖を生み出す。苦しみや試練を思えば、神の言葉、神の永遠なる正義、そしてその怒りの激しさにわれわれは身を震わせるのである。

3．われわれはここにおいて贖罪という行いに真の価値を置くべきであることを知る。というのも、試練がずっと続くものであると思わなければ、われわれのためにキリストが払った贖いを十分に尊重することはないであろうからだ。キリストの失った栄光に思いを寄せ、彼が受けた際限なき苦しみをよく考える者であれば、贖罪がもたらす豊かな実りに最大の感謝を捧げずにはいられないであろう。

そして、神を愛する者たちには神の栄誉ある報いがあるという考え方は、次のようなことにも役立つ。

1．われわれの愛情や希望を現世的快楽から離し、そういうものを斥ける気持ちを培い、俗事よりも天を求めるようにすること。

2．神を愛する者たちには神の栄誉ある報いがあると考えることにより、われわれは、キリストの十字架を背負い、その名においてあらゆる苦しみを自ら喜んで担うようになる。われわれは聖パウロの次の言葉を確信しているのだ。「現在の苦しみは、将来わたしたちに現されるはずの栄光に比べると、取るに足りない」〔「ローマの信徒への手紙」第八章第一八節〕。

第一〇項　キリスト教信仰のための証拠をほかにいくつか

証拠およびその目的によってキリスト教信仰の正しさをこのように説明された後、わが師は、私が納得するようにいくつかほかの論点もお話しになった。それらも決して看過できるものではないので、ここにできるだけ簡潔に示したいと思う。

1．ユダヤ人もメシアが約束されていると考えているので、イエスという名の人物が磔にされ、彼の中にわれわれが、旧約聖書に示されたメシアについての預言を見出していることに異を唱えることはできない。つまりイエスは、ダビデの子孫であるユダヤ人の治めるベツレヘムの町で処女から生まれ、ガリラヤで教えを説き始め、多くの奇跡を行い、ユダヤ人だけでなく、ユダヤから見た異邦人の救い主にもなったということ、また、彼は真の唯一神を崇拝するように定め、偶像やニセの神々を破壊し、しかし欺かれ、銀三〇枚のために売られたということ、彼の苦しみと死の時間とその様子や状況、服を脱がされ、人々から罵られたこと、彼の振る舞いや最後の言葉、骨を折られることなく立派に葬られたこと、そして彼が復活したこと、などである。すでに預言され、前もって示されていたことはすべて彼によってなされており、それゆえ、このイエスこそキリストであり、その宗教は神からもたらされたものなのである。

2．わが師は、こうした預言がいかに驚くべき形で実現されたのかということについて、二、三の例を示しながらお話しになった。これほど多くの敵がありながら、自分の弟子一人に欺かれたというのは驚くべきことではないかね？　判事は無罪だと言っているのに、その彼が処刑されるというのも、石で打ち殺されるのをたびたびかわしてきた彼が、ついに磔にされたというのもそうだ。また、(かりに訴状の通り彼が有罪だったとしたら) 国の法によって、石で打ち殺されるべきではないか。磔にされた彼が (それはローマのものであってユダヤ人の罰ではない)、立派に葬られたということ、磔にされた人の骨は折るということが習慣になっていたのに骨が一本も折られることがなかったということ、それから二人の盗賊が処刑されたことなどなど、いずれも不思議ではないかね、と言うのである。これらはいずれも非常に驚くべきことであって、われわれは、子イエスにおいて救い主に預言されたことがすべて実現されており、その神の無限なる知恵は、どれほど十分に讃え敬っても十分ではないのである。

3．ユダヤ人やその寺院、町などに反対する形でキリストの預言が実現されたこと。われわれの救い主によって預言された時代にあって、タイタス帝支配下のローマ人は、このユダヤ人の町を征服し、寺院などを破壊し、そのとき以来、ユダヤ人は世界各地へ散り散りとなった、自らを統べる力も政体も持っていないのに、である。

4．キリスト教信仰を広めていった使徒やその後継者たちの驚くべき姿。このことを言ってもイスラム教徒には役に立つまい。彼らはほかの方法によって教えを広めていくのだから。ここでは、1．キリスト教信仰の権威と説教者たちについて、2．キリスト教信仰そのものについて、3．教えが広まっていく様子について、述べたい。

1．キリスト教信仰の権威はイエスである。貧しい処女の子であり、有名な大工の子である。ベツレヘムの厩《うまや》に生まれ、ガリラヤで教育を受け、悪人たちの中で苦しみ、十字架上で不名誉な死を遂げた。こうしたことは、キリストの教えを広めるのに役立つというよりはむしろその妨げになる。しかしながら、それにもかかわらずキリストの「言葉はますます勢いよく広まり、力を増していった」〔「使徒言行録」第一九章第二〇節〕のであり、あらゆる迷信やニセの宗教を打ち倒していった。全能なる神の力なくして、こうしたことがなされるはずはない。福音の教えを説く者たちは、大きな富と権威を持つ王子たちではなく、貧しい商人たちであった。彼らは、有名な大学で教育を受けたような人々ではなく、身分の低い、無名のガリラヤ人たちで、穏やかで慎ましく暮らす者たちであった。何か際立ったことをするにはとても似つかわしくない人々で、評判と権威を得るべく、世俗の知恵と力を望んでいた。これが、福音を説く初期の説教者たちの真の姿である。したがって彼らは、自らのこざかしい考えや力でギリシャの人々の知恵やローマ人の権勢、ユダヤ人の悪意、偶像崇拝者の頑迷な信仰などを挫くことなど到底できなかった。こうした説教者たちが実に多くの人間や悪魔の障害にもかかわらず教えを広め、世の人々に旧来の信仰を棄てさせ、磔に遭ったキリストを信仰するようにさせたということを信じるのは、一頭の羊が一〇〇頭の貪欲な狼を悩ませるということを信じるようなものである。したがってわれわれは、次のように結論づけることができよう。つまり、こうした説教者たちの行いを考えると、全能の神がこれを助けたのである、と。このような無名の弱き人々が非常に大きなことを成し遂げるためには、無限の力が不可欠なのである。

2．キリスト教そのものについては、すでに明らかにしてきた通り、すべての宗教の中で最も優れ、完全なるものである。とはいえ、異教徒にとっては少なからずつまずきやすい信仰箇条や礼拝規則がある。信仰箇条の中では、この世の創造ということが、何もないところからは何も生まれないと信じている人々からすると奇妙に思えるに違いない。また、これまで多くの神々がいると考えてきた人々からすれば、神は唯一の存在だと容易には思えないであろう。統一的な三位一体、三位一体における統一、そして身体の復活などは、ローマの人々にもアテネの人々にもばかげたものであった。だが、こうした教えのすべてが、たとえ奇妙で納得のいかないものであったとしても、結局はこうした場所で受け入れられたのである。神の奇跡的な摂理によってこのような見事な成功がもたらされたのでなくして、どうしてそのようなことがありえたであろうか。そしてまた、礼拝規則を説くに際しても、同じような力が働かずして、堕落したこの世がそれらを受け入れることがありえたであろうか。なにしろ、福音書は神に従わざるあらゆることを否定し、正しく、まじめに、信心深く生きることをわれわれに命じているのだから。邪悪な行いを禁じるだけでなく、そうした考えそのものを、福音書は禁じている。何かを傷つけることを、福音書はまったく認めないし、復讐も許さない。不義密通はもとより、不純な考えを禁じているのである。だが、次のことは、もっと不思議に思えるかもしれない。すなわち、

3．福音書が初期の段階で広まっていった状況についてである。それは決して、使徒たちの雄弁さ、弁術の巧みさによるものではなかった。むしろ彼らは、文字も読めぬ、無知な人々だったのであり、目の見えぬ者が色を知らぬように、学校教育とはまったく無縁であった。いずれも生まれや育ちは卑しく、無名であって、もとより元老院や王子たちの会議で力を発揮するようなことはなかった。いかなる訴訟をも弁護しうるような法律家でもない。つまり彼らには、世俗の王子たちに推薦できるような優れた資質など少しもなかったのである。このようなかなり不利な状況下にあって、しかし彼らは、キリスト教信仰を、意地の悪い頑固な、そして大き

な権力を有するような人々に広めていった。確かに聖パウロには学識があり、彼は教育の豊かな実りを享受した人ではあった。だが彼はこう言っているのである。「わたしはあなたがたの間で、イエス・キリスト、それも十字架につけられたキリスト以外、何も知るまいと心に決めていたのです」、そして「わたしの言葉もわたしの宣教も、知恵にあふれた言葉によるものではありません」〔「コリントの使徒への手紙二」第二章第二節〕。したがって、キリスト教信仰が広まったのは、神の力にのみよるものと言えるのである。

マホメットは戦争と兵士の力によってその教えを広めたが、そのようなことは福音書の教えを広めることには無縁であった。ユダヤ人も異邦人も、使徒たちが剣を使うことを恐れる必要はまったくなかったのだが、それというのも、使徒たちは、あらゆる暴力や残忍さを禁じられていたからである。彼らの主は、彼らを猛獣としてではなく、狼の群れの中にいる羊のような存在として遣わしたのである。彼らの主は平和の主であり、使徒たちはその主に仕える者たちであった。だから使徒たちは、戦争を布告するためではなく、平和と喜びをもたらすためにやって来たのであり、兵士に剣を収めるよう促しに来たのである。王子たちも国も、彼らを守るどころかひどい目に遭わせ、次々に町から追い出したが、彼らには、イエス・キリストを信仰すること以外、何の武器もなく、神の言葉以外に何の剣もなかった。彼らはその信仰と神の言葉だけで、人々を圧倒し、彼らを福音書に従わせたのである。使徒や改宗者たちは、たえず苦しみや抑圧、苦痛、迫害に苛まれたのだから、彼らの説く教えが広まるのを妨げたに違いないと誰もが思うであろう。なにしろ彼らが用いた武器と言えば、祈りと涙ばかり。だが、殉教者の血は教会の実り豊かな種となり、毎日何千もの人々がキリスト教信仰に帰依することになったのである。こうしたすばらしい経緯を、わが師は語って聞かせてくれ、キリスト教こそ唯一の真なる宗教であるとしたのである。もちろん彼は、私がこれまで記してきた以上のことを話してくれた。キリストの復活と昇天、聖霊を使徒たちに遣わしたこと、それにより使徒たちが受けたすばらしい恩恵、彼らがあらゆる言語に通じていたこと、奇跡を行ったこと、などなどである。だが、ここでこれ以上触れる必要はあるまい。（私がこれまで述べてきたことをしっかりと考える）心ある人であれば、キリスト教信仰こそ、その証拠においても、目的においても、信仰の内容についても、教えについても、報いと罰についても、あらゆる宗教に勝るものであり、神に由来する唯一の真なる宗教であると言われるに違いないからである。

最後に私は、キリスト教信仰について私が唱えた異論と、それに対するわがよき師の答えを述べておきたいと思う。

第一一項　キリスト教信仰に対して私が述べた異論とその解決

神の存在やその属性、啓示宗教の必要性などに対して私が述べた異論は非常に脆弱なものであって、ここに述べる価値もないものだ。わがフォルモサの同胞たちが一般に考えていることにすぎないのである。わが師はそれらに対して、非常に明快な答えを与えてくださったので、それに反論する余地はまったくなかった。私が述べた異論の中で多少なりとも述べておくに値するのは、次のような点である。

異論その一。福音書記者や使徒たちの言うことが真実であるとどうやって確かめることができるのでしょうか？　無理やりこじつけたり、行われもしなかったことを書いたりすることもあるのではないでしょうか。

答え。わが師はこうお答えになった。1．神聖なる書記者たちは真実を伝えることができ、祝福されしイエスの生と死について真実の、そして完全なる話をわれわれにお伝えになることができるのである。2．彼らは喜んでそうなさる。彼らが真実を話せるということを誰も疑うことはできない。なぜなら、彼らが記したのは、過去に、つまり彼らが生まれるはるか以前に起きたことや、遠く離れた場所で起きたことの歴史ではないからだ。彼らが記したのは、彼らが自らの目で見、自らの耳で聞き、自らの手で触ったりしたことであり、そのことは信徒の聖ヨハネが述べている通りである。書記者たちは常に、われわれの救い主が最初に教えを説いたときから亡くなるまでずっとその傍らにいた。もし彼らが真実でないことを書いたりしたら、われわれはそれを、彼らの無知によるというよりは無理やりこじつけようとしたものだと考えるだろう。だが、以下のことを勘案するならば、彼らはありのままの真実を喜んで語っているのであり、またそうすることができたのだということが分かるであろう。

1．彼らがキリストの生涯をでっち上げることができたとは到底考えられない。貧しい漁夫やものを知らぬ職人、無学の人間などが、いったいどうやって、あらゆる点で見事に整合性のある話などを考え出すことができるというのか？

2．彼らがかりに詭弁家であり、そういう話をでっち上げる才があったとしても、存命の目撃者がいて（しかもかなり頑強な敵対者がその中にいて）、彼らに反駁できるというのに、わざとそういう嘘をでっち上げてこれを世に示すことなど、どうしてできるだろうか？　もしこうした書記者たちが嘘つきであるとしたら、すぐに化けの皮をはがされて、裁判人のもとへ連行され、罪に応じてしかるべく罰せられるであろう。そもそも、キリストの教えが広まるのを阻止することは裁判人たちの利益に適い、望むところでもあった。彼らはその教えの権威者キリストを極度に嫌悪し、ついに死へと追いやったのだから。

3．書記者たちは廉直にしてまじめで信心深い人たちであった。それまで知られていなかった自分の罪を人前で明かすこともあった。信仰においても決して性急ではなくゆっくりしていて、主の卓越している点についてもいろいろ議論しており、また彼らは神や主のもとを去り、見棄てることもあった。そんな彼らが、話をでっち上げるような邪《よこしま》な意図を持つとは到底考えられないのである。

4．そして最後に、書記者たちがわれわれを欺いているとしたら、いったいその目的は何であろうか？　そんなことをしてどんな利益が彼らにあるというのか？　名誉もなければ栄光もない、愚か者とか狂人としてずっと罵られ、嘲笑されていたのだから。富を得ることもなければ、そのほか世俗の恩恵に浴することもなかった。なにしろ、彼らの説く福音書はあらゆる俗事を斥け、キリストに従うことを教えているのだから。書記者たちは、そのために、評判も財産も命さえも、日々、危険にさらしていたのである。謀反人とか冒瀆者として安住の地を得られず、たえず迫害され苦しめられ、ついには、憎悪が生む最も残忍な死へと追いやられたのである。詐欺者がなぜそんな試練に身を委ねることがあろうか。嘘だと分かっている宗教のために、激しい拷問や苦痛を喜んで積極的に受けようとすることなど、どうしてできようか。しかもそのとき彼らは、もし彼らが否定していたとするならば、その否定していた信仰によって名誉や栄誉を冠せられたのだから。こうしたことをよく考えれば、聖なる書記者たちは真の、忠実なる書き手であったと信じないわけにはいかないのである。

異論その二。今日われわれが新約聖書として手にしている書物が、福音書記者や使徒たちが実際に記したものと同じであり、時を経ても、少しも改変が加えられてはいない、ということはどうして確かめられるのでしょうか？

答え。1．師は次のようにお答えになった。これらの書物が、世界各地でこれだけ広く読まれ、ほとんどすべての言語に翻訳され、それでもなお同じ作者の名前を掲げ、版本が異なっても内容が一致しているということを見れば、改変などは加えられず内容が同一であるということは明らかであろう。互いに交易も交流もあまりないような遠く離れた国々が、まったく同じ詐術を考え出して聖なる書物の内容に変更を加えたなどとは、到底、考えられない。
2．キリスト教には多くの宗派や分派があるので、どこかの一派が自分たちに都合のよいように加筆したり削除したりすれば、ほかも同じことを始めるであろう。ところが、あらゆる時代を通じて聖書は、すべての派に遍く訴えかけるものであった。だから私は、今日の聖書が、最初のものと同じであると考えるのだ。

異論その三。キリスト教信仰における奇跡について、私は、それが真なる宗教に十分適ったものであるとは思えず、これに異を唱えました。実際、ユダヤ教やその他の異教などでも、奇跡によって成り立っている宗教はあります。ですから、奇跡が行われるというだけで十分であるなら、こうした宗教もまた真である、ということになって、ほかのところで言われていることと矛盾をきたすのではないでしょうか。

答え。1．奇跡は真なる宗教を十分に示す一つの証拠であるとともに、（以前述べた通り）その宗教の信仰に確証を与えるものである。したがって、奇跡が真の宗教の教義や儀礼に合致していなければ、奇跡にはほとんど価値がない。

2．異教徒によってなされた驚くべきことには、真の奇跡に求められる三要件が満たされてはいない。すなわち、第一に、奇跡を行う者は、それが奇跡であることを自覚し、進んでそれを行わなければならない、ということ。第二に、奇跡は、あらゆる技や自然の力に勝るものである、ということ。第三に、奇跡は、確実に、そして完全に行われなければならない、ということ、である。異教徒が行ったこととして知られているのは、ただ、自分たちの国に降りかかる災難を予言したというだけであって、彼らの予言は、自然哲学者たちの知識を上回るものではない。彼らはただ、雷や稲妻、地震、その他の自然原因による災害が起きる可能性を語っただけのことである。さらに言えば、彼らが予言した時に合わせてこうしたことが起きたのかどうか、定かではない。奇跡のようなことが記された『ジャールハバディオンド』、つまり異教徒の律法書は、その聖職者たちの手で非常に注意深く保管されているので、かりに文字の読める人でも、聖職者以外は読んだことがない。したがって、異教徒による驚くべきことは、三要件が満たされておらず、奇跡と呼ぶにはふさわしくないのだ。われわれの救い主によるものだけが、すでに十分に示した通り、この三要件を満たし、真の奇跡と考えられるのである。

異論その四。異教徒の手でなされた奇跡というか驚くべきことを信じないとしても、少なくとも私がこの目で見てきたことは信用していただきたいと思います。つまり、フォルモサの神は、寺院にあって、その体を目に見える形で現す、ということです。たとえば、神がお怒りであれば、獅子の形を取りますし、喜んでおいでなら牛や羊の形を取る。数時間のうちに神はその姿を変え、同じ日であっても、寺院にいる人々は、怒っていたり喜んでいたりする神の姿を見るのです。

答え。1．獅子などのように野蛮で獰猛な獣の姿をして（しかもたびたび）現れるというのは、至上なる神の下位にあるということにほかならない。

2．そうしたことはいささか聖職者の詐術のように思われる。舞台を替えていったんその場を閉ざし、その間に、ある獣を引っ込ませて別の獣を穴倉から引っ張り出して人々に見せているのではないだろうか。

異論その五。そこで私はこう応じました。それと同じ理由で、私はキリストの復活を認められないのです。もし彼が本当に死んだ状態から起き上がったのなら、彼はなぜ敵の前に姿を現さなかったのでしょうか。復活したキリストを見ているのがその弟子たちである以上、私はユダヤ人などと同じく、それは、弟子たちが夜に遺体を盗み出し、彼が死んだ状態から起き上がったと吹聴したのだ、と言わざるをえません。つまり、この奇跡は、ほかの奇跡によって確証されなければならないのではないでしょうか。

答え。1．使徒たちが多くの奇跡を行うことでこのことを確証している。彼らが死者を起き上がらせたり、病気を治したりしたとき、それはすべて、神がまさに死から復活させたイエス・キリストの名において行ったのである。

2．神はなぜキリストの敵を昇天させなかったのか、なぜ彼にその右側に座るよう示したのかと問うのももっともだ。私が確信しているのは、かりにユダヤ人が復活後のキリストを見ていたとしても、彼らはきっと（ほかの機会と同様）、それは霊だとかお化けだとかそのようなものだと言うばかりであったに違いない、ということだ。彼らは実際には復活後のキリストを見ていたのであるが、キリストが磔刑に処せられる前に行った数多くの奇跡を信じないのであれば、彼が救い主であることも決して信じはしないであろう。

3．キリストの遺体を弟子たちが持ち出したという、愚かなユダヤ人たちの主張は、次のような彼の死と復活の状況を考えれば、きわめてばかげたことのように思われる。つまり、ユダヤ人自身、キリストが死んで埋葬されたこと、墓は兵士たちによって固く守られていた、ということを否定してはいないのに、「兵士たちが寝ている間に弟子たちがやって来て遺体を盗み出した」〔「マタイによる福音書」第二八章第一三節〕と言うのだから。いったい弟子たちにそんな大胆な行動が取れるだろうか。われわれの救い主は欺かれ、弟子たちは恐怖に怯えてみな逃げ去ってしまい、主はその殺害者の手にある。聖ペトロは、最も熱狂的な信者で、「たとえみなつまずくとしても、わたしは決してつまずきません。たとえご一緒に死なねばならなくても、あなたのことを知らないなどとは決して申しません」〔「マタイによる福音書」第二六章第一三節〕と言っていたが、それにもかかわらず、恐怖のあまり彼も逃げ出し、主のことを三度、知らないと言ってしまったのだ。かりに弟子たちが、恐怖や驚きから立ち直り、勇敢にもキリストの遺体を持ち出そうとしたとしても、警護にあたっていた兵士たちが、一人の見張りも置かずにみな同時に眠り込んでしまうなどと、どうして考えることができようか？　かりにみなが眠り込んでしまったとしても、弟子たちはどうやってその、みなが眠り込んでしまう時刻を知りえたのか？　さらに、かりにその時刻を弟子たちが知っていたとして、どうやって巨大な石を押しやって墓に入り、音を立てずに、一人の兵士も目覚めさせることなく、遺体や遺品を運び出せたというのか？　否、かりにここまでのことを非常に静かにひそかに進めたとしても、気づかれないようにすばやく行わなければならないだろう。ところが、何の秩序の乱れも混乱もなく、聖なる遺体を包んでいた衣がきちんとたたまれて脇にあり、彼の頭にあった布がその反対側に置かれていたというのだから、これを実行するには、心の平静と慎重さが不可欠である。そしてこれらすべてがなされて、弟子たちが遺体を持ち出したということを認めるとしても、それではいったいなぜ、ユダヤ人たちはその弟子たちのことを執政官に訴えなかったのか？　執政官は、証拠があれば、弟子たちを処刑したはずである。遺体が盗み出されているときに兵士がみな眠り込んでいたとしたら、この兵士たちが、ユダヤ人およびローマ人の法に従って処刑されなかったのはなぜなのか？　こうしたことに加えて、ユダヤ人たちの主張は明らかに矛盾しているということを言っておこう。兵士たちが目覚めていたのなら、なぜ彼らは弟子たちが遺体を持ち出すのを防げなかったのか？　またもし眠り込んでいたのなら、どうして彼らは、遺体がどのように持ち出され、持ち出したのが誰であるのかが分かるのか？　このように考えれば、ユダヤ人たちの言っていることが、いかにばかげていて公平さを欠き、信用できないものであるかが分かろう。彼らは預言者モーセの奇跡を信じ、その言い伝えと伝統のみを信用していて、イエス・キリストの奇跡を信じようとはしないのである。それこそ彼らが毎日目にしていたことであるというのに。

異論その六。キリストが行ったのと同じように、悪魔も奇跡を起こすことができます。そうだとすれば、キリストの奇跡は、神の力によるものなのか、悪魔の力によるものなのか、どう区別すればよいのでしょうか。

答え。サタンの力がそれほどのものであるのか、われわれはあまりよく分からない。けれども、次のことは確かであろう。つまり、もしサタンが、キリストの行った奇跡のすべてを行ったとしても、サタンには、同じ目的、すなわち、真の宗教の確証を得るために行うことはできないであろう。真の宗教とは、悪魔の領域を破壊し、神の栄光と人類の繁栄のみを命じるものだからだ。悪魔は、この両者に対する大いなる敵であって、どちらかの名誉なり善なりのために何かをすることは決してない。もし悪魔が何らかの偉大な奇跡をなしえたとするならば、それは異教徒が奇跡と称しているもののことであろう。異教信仰は、われわれの全能なる創造主への帰依と違って、はるかに悪魔の持つ性質に合致するところがある。幼児の生贄を求めるような教え、太陽や月、星、あるいは悪魔さえをも崇拝すること、そのほか、神の本質とは異なる諸々の属性などはみなそういうものであろう。

異論その七。キリストはモーセの奇跡を、神の力によるものと認めておられました。それではなぜキリストは、その信仰や律法を破棄なさったのでしょうか。

答え。キリストがモーセの奇跡を認め、その律法を非難しなかったことは確かである。「わたしが来たのは律法や預言者を廃止するためだ、と思ってはならない。廃止するためではなく、完成するためである」〔「マタイによる福音書」第五章第一七節〕。つまり彼は、将来必要でないような儀式や祭典をただ廃止しただけなのである。神がユダヤ人と交わした契約では、そうしたものの廃止されるときが来る、とされている。しかもキリストは、そうした儀式や祭典が誤りであって神の意に背くものだとは言っていない。ただ、不完全で、イエス・キリストによる完成が求められる、というのである。そしてイエス・キリストは、生贄や香、焼いた貢物などをもって神を崇拝してはならぬ、精神と真理のみによって神を崇拝しなければならない、とわれわれに教えたのである。

異論その八。なぜキリストは、奇跡を行う不断の力を教会に残さなかったのでしょうか？

答え。全能の神が行う奇跡について、性急に問い質すべきではないと思う。それが神のご意思によるものだというだけで十分ではないか。神が全能の力をお示しになって、ご自身が喜んで明らかにされたこの聖なる宗教に確証を与えておられるということにわれわれは十分満足し、また感謝しなければならないのではないだろうか。キリスト教もその揺籃期を過ぎ、教会が広まって確立したのだから、神もこれ以上奇跡を行う必要はあるまい。地獄の扉が意に反して開くこともないであろうから。

キリスト教信仰における奇跡に対して私が質した異論は以上の通りであり、いずれについても私は十分な回答を得ることができたので、次に私は、贖罪という大きな仕事について反論してみることにした。最初にした問いは次の通りである。

異論その九。神が唯一の子を遣わし、この息子が苦しむことで人類の罪を贖おうとされたとするならば、なぜ神はもっと早く、アダムが楽園を追われてすぐにでも、この子を遣わさなかったのでしょうか。アダムとキリストの間に生きた人々も救われ、救済にあずかることができたかもしれないではありませんか？

答え。1．それならば、神はなぜもっと早くこの世を創造されなかったのかと問うてみてはどうか？　私も、そしてまたほかの誰であっても、それにしかるべく答えることはできないであろうが、だからといって神がこの世をお創りになったことを否定することにはなるまい。したがって、なぜ神がその子をもっと早くお遣わしにならなかったのかということに答えずとも、贖罪の効験を損なうものとはならないであろう。神はその無限なるお知恵により時が満ちたことを知り、最もふさわしいとお考えになったときに子を遣わした、というのが、いま私に言えることのすべてである。

2．イエス・キリストがこの世に現れたのは、アダムの原罪の後、数千年も経ってからのことではあったが、キリスト降誕以前に亡くなった人々も、われわれと同様、彼の贖罪の恩恵に浴していると言えるのではないか。そういう人々もまた、神によって生み出されたのだということを知って生きていたわけだから。

異論その一〇。神は、その唯一の子の死によってではない形で、私たちの罪を救うことはできなかったのでしょうか？

答え。1．唯一の子の死こそ、神の正義に適うものだったのだ。人類は永遠なる神を怒らせたわけだから、その罪は際限もなく重いということになる。したがって、永遠なる価値を犠牲にする、たとえ彼の唯一の息子イエスであっても、そういうことをしなければ永遠の贖いはなしえないのだ。

2. かりに神の怒りを鎮めるほかの方法があり、それを神が受け入れたとすれば、きっと君はこう問うのではないか、それではなぜ神は、ほかの方法ではなくその方法をお取りになったのでしょうか？ とな。だから、こうした議論の方法では、人間の気分というか気まぐれによって神が行動している、ということになってしまうのだ。

3. なぜ神は、祝福された天使のような完全な、罪を免れたものとして人間をお造りにならなかったのか？ と君が問うのも無理はない。だが神は、その無限なる知恵によって、それがふさわしいと考えれば、そうなさるのだ。もし神が人間をそのようにお造りになっておられたなら、われわれは救い主を必要とすることはなかったであろう。

4. 全能の神は、その正義、善、慈悲などを現すのに最もふさわしいと考える方法をお取りになるが、なぜそうなのか、そのやり方をわれわれが理解することはできない。われわれはそれに従い、過つことなき神の支配を讃えなければならないのだ。神は、「罪人の死を喜ばず、彼がその道から立ち帰ることによって生きることを喜ぶ」〔「エゼキエル書」第一八章第二三節〕のである。世俗の支配者に対してと同様、王の中の王である神に仕え、その意に服してはならないということがどうしてあろうか？ 貧しく無知な臣民が、いつも国の優しき父であろうとする王を責めることがどうしてあろうか？ 政治的理由が理解できないからといって、統治者の行動を非難するようなことがあろうか？ 例を挙げよう。レイスウェイク講和条約を結んだことで実に多くのフランス人が国王を非難した。彼らは、王が野心家であることを知っており、何か大きな利益があるという見込みがなければ決して講和などしないと思っていたのだ。だが今回は、なぜ王が講和したのか、その理由が分からなかったので、非難したのである。結果はと言えば、国王は人々に、自分がそうしたのはスペインの王権を自分の孫に授けるためだったと明らかにしたのである。ある臣民が、国の重要な機密など分からずとも、統治者に従い、文句など言わないとすれば、われわれはなおさら神に服するべきではないのか。やり方の意味は後から分かるにしても、である。

異論その一一。あなたがおっしゃるようなアダムの罪を贖うのに必要となる無限のものを、キリストはお与えになることができないのではないでしょうか？　神であるならば、苦しむこと、ましてや死などありえませんし、人間であるなら、命に限りがあります。ですから、キリストの苦しみや死だけでは、神の永遠なる正義を実現し、全人類の罪を贖うのに十分とは言えないのではないでしょうか。

答え。1．キリストの賞賛に値する死と受難は、二重の意味で十分なのだ。まず第一に神の聖なる意思について。それは、われわれ人間をみな救うということにほかならないが、この神の意思は犠牲によってのみ完全に満たされるものだからだ。どのようにすれば満たされるのか、神ははっきりとそれを述べておられる。旧約聖書にあるように、もし、獣の生贄が、特別な罪びとの罪を償うのに十分であるとするなら、神の子による犠牲ははるかにそれを上回るものであって、人類全体の罪を贖うものである、ということだ。第二に、「万物の上におられ、永遠にほめたたえられる」〔「ローマの信徒への手紙」第九章第五節〕キリストの身体について。人間としてキリストは苦しんだけれども、人性と神性が一つの実体として結びついているのであるから、永遠なる神の子は、キリストの人性がわれわれのために耐えたことのすべてを苦しみとして引き受けておられると確信できるのである。

2. キリストを人間と考えるならば、その身体は、限りなくほかの人間に勝っているので、それが犠牲になるということは、われわれの罪に対する永遠の贖いとなるのである。彼は聖霊によって宿され、最も完璧なる人間として生み出され、神の子と呼ばれ、父なる神によってわれわれの贖い主と定められたのである。このため、奇跡を行うのに必要な力を授かった。その奇跡は、まさに神が「これはわたしの愛する子、わたしの心に適う者」〔「マタイによる福音書」第三章第一七節〕であることを示すべく行ったのと同様のものであった。そしてキリストの身体は、言い表せないほどにすばらしいものであって、それゆえその苦しみには最大の価値が置かれなければならないであろう。かりに、王を捕虜とすることが臣民すべてを解放する代償として十分であるなら、キリストの死はそれをはるかに上回るものであって、全人類の罪を贖うものなのである。

異論その一二。われわれの罪を贖うために子を遣わしただけでは、神は自らの正義を満足させることはできないのではないでしょうか。それでは、神は自らの手で自らを満たしていることになってしまいます。貸し主が自分の金で自分のために支払いをしているような、おかしなことになってしまうのではありませんか。

答え。1．もしそうだとすれば、これまでに供せられたあらゆる犠牲の意味がすべてなくなってしまうばかりか、神を崇拝すること自体がなくなってしまうのではないか。われわれは完全に、神によって造られたものしか神に捧げることはできないのだから。

2．われわれが考えなければならないのは、次のことだ。すなわち、万物創造と贖罪という大きな仕事において、神はその属性の一つを用いただけでなく、すべての属性の調和によってこれを成し遂げた、ということである。あらゆる点で優れ、完璧な、そしてほとんど神に頼ることのない人間がいたとしよう。そういう人間だから、彼は、全人類の限りなき贖いを支払うことができるだろう。これならば、なるほど神は、彼を認め、その正義を実現できるかもしれない。だがそれは、神の恩寵や善などにはそぐわないのではないだろうか。罪に応じて犠牲を受け入れることだけが、神の示す恩寵ではあるまい。神は、自らの子をわれわれの贖罪のために遣わし、それによって、神の愛や善、慈悲というものを示されたのだ。キリストの苦しみと苛酷な死こそ、神の正義を満足させるものだったのである。

異論その一三。われわれの罪を贖ったその対価は、いったい、誰に支払われたのですか？

答え。父なる神に対して、だ。われわれは、神の限りなき権威に対して罪を犯したため、その永遠なる怒りを招いてしまったのだ。

異論その一四。しかし神は、贖い主を遣わされました。

答え。その通り。だが、神は確かに子をこの世に送ったが、それはその子が苦しみ、贖罪のために死ななければならなかったからだ。人類の贖罪というこの大きな仕事によってこそ、子の苦しみを恵み深き神が受け入れてくださるのであるから、人間たるイエス・キリストは特別にしなければならないことがあったのだ。すなわち、「お願いすれば、父は十二軍団以上の天使をいますぐ送ってくださるであろう」〔「マタイによる福音書」第二六章第五三節〕というのに、それにもかかわらずキリストは我慢し、自らをこの世全体の罪に対する犠牲として捧げたのである。この計りしれぬ捧げ物を、神は喜んで受け入れ、それを代償としてわれわれの罪を帳消しにしてくださったのである。贖罪という大きな仕事はかくして完成されたのである。

異論その一五。もし異教徒たちによる子供の生贄が非常に不自然であるとするなら、キリストの死と受難は、それよりもはるかに残酷に思えます。神が、数千の幼児の生贄よりも、その唯一の子の犠牲を求めるというのは、私には到底信じがたいのですが。

答え。われわれは必ずしもはっきりと、子供たちの生贄が常に間違っていて残酷だと言っているわけではないが、生贄ということに何らかの残酷さがあるとすれば、神の存在に反することではないのか。たとえばアブラハムの例がある。彼は、もし神の属性に反することであったなら、決して喜んで息子のイサクを生贄とはしなかったであろう。神の子の犠牲を受け入れることは、父なる神がその正義に反して行っていることではないのだ。そのことをよりよく理解するために、次のように考えてみよう。1．喜んで償いとする、あるいは償いとすることができるとは思えないものを、他者から意思をもって奪うこと、これが不正である。そうであるとすれば、神は、息子を遣わしてわれわれのために一度死なせたところで、不正でもなく、残酷というわけでもない。というのも、神は三日目に彼を死から立ち上がらせ、以前よりもはるかに輝かしき生を彼に与えているからだ。神は、息子を帰天させ、永遠に自分の右手とすることで、人間としての彼の苦しみに十分報いているのである。2. キリストは自らの命をわれわれの罪の代償として捧げ、神と人間の仲介者となった。したがって、自発的に息子から捧げられたものを受け取ったからといって、父なる神が不正で残忍であるということにはならない。逆に、息子が捧げたものに神が十分に満足しなかったとすれば、神は残忍で不正であるともっと強く主張できるのではないか。借り手は返すことができないが、ほかの寛大で気前のよい人が払ってくれるというお金をもし貸し主が受け取らないということになれば、われわれはこの貸し主を残酷で不正であると非難するはずだ。

異論その一六。神はなぜ、ユダヤ人には人間の生贄を差し出すことを禁じていながら、その唯一の息子の犠牲を求められたのでしょうか？

答え。1. ユダヤ人に対して子供を生贄にしてはならぬと命じたとき、神は、そのような犠牲を永遠に求めはしないと言ったわけではない（特に尋常ならざる場合にあっては、である）。それは、イサクの例を見れば分かるであろう。

2. 神はユダヤ人に対して、イエス・キリストを磔にするよう命じたわけではない。神はただ、イエス・キリストが「毛を切る者の前に物を言わない羊のように」、彼を殺す者たちにも「口を開くことなく」〔「イザヤ書」第五三章第七節〕、「悪意に満ちた罪深き者たちの手に落ちる」ことを認めたにすぎない。ユダヤ人は悪意と嫉妬に駆られてわれわれの救い主を非難していたが、父なる神は、それにもかかわらず、彼の死を、この世の全体の罪を贖う犠牲として受け取られたのである。

異論その一七。でも、アダムとその堕落した子孫の罪こそが、神の命に従わぬ唯一のことなのであり、キリストはその完全なる神への服従によってその罪を贖ったのではないでしょうか。ですから、われわれ人間全体のために苦しんで亡くなることは、必ずしも必要ではなかったのではないでしょうか。

答え。1.神が人間を救うためにもっと簡単な方法を取ったとすると、逆にわれわれは、神がそのような方法を取ったことを咎めざるをえないのではないか？ キリストは、その言葉によってあらゆる病を治すことができた。そうだとすれば、生まれつき目の見えぬ者は、唾でこねた土を目に塗り、シロアムの池へ洗いに行かせるなんてことをされたら文句を言うのではないだろうか？

2.アダムの罪は神への不敬だけだと考える者は間違いを犯している。彼の罪は次の三つからなるものだからだ。すなわち、第一に、彼は神よりも蛇を信じるという不信心を犯している。第二に、神のようになりたいという野心に駆られている。そして第三に、禁じられていたのに、木の実を食べてしまった、のだ。

3．キリストの罪なき人生こそは完璧であるから、アダムの複合的な罪を贖うものとしてそれだけで十分であったと考える者は、やはり間違っていると最後に言っておこう。それだけで十分なのは、主として、全能の神がアダムに科した制裁に対応したものだけにすぎない。罰とはあくまでも死なのであって、キリストは、われわれのために命を投げ出すことでわれわれへの赦しを得ることができたのである。

異論その一八。アダムは死に怯えていました。これは永遠なる死だと思います。キリストは永遠なる死に苦しんだのでしょうか？

答え。人間が受けるべき永遠なる死にキリストが苦しむということはないが、彼の苦悩と血塗られた受難はきわめて苛酷で痛ましいものであったし、その死は呪われたものであった。彼自身はまったく潔白であるにもかかわらず、である。したがって、われわれ人間は、永遠なる死に値するのだが、神は、われわれの救い主がわれわれのために進んで受けた苦しみを喜んで受け取られたのである。この犠牲こそ、人間の罪に対する贖いであり、人間は再び神の恩寵を受けることになった。したがって、キリストは、まさにわれわれ人間のために亡くなった、と言うのがふさわしいであろう。

異論その一九。キリストは、人間として、あらゆる美徳を完璧に身につけたうえで、進んでわれわれのために命を落としたわけですが、彼が、多くの殉教者たちについて言われているように喜びに満ち、勇敢にその苦しみに耐えたわけではないという点は不思議です。「わたしは死ぬばかりに悲しい」〔「マタイによる福音書」第二六章第三八節〕とキリストは言っておられ、その苦しみはたいへん大きかったので、血の汗をかき、父なる神に三回、「この杯をわたしから過ぎ去らせてください」〔「マタイによる福音書」第二六章第三九節〕と祈り、最後に、十字架の上で、「わが神、わが神、なぜわたしをお見棄てになったのですか」〔「マタイによる福音書」第二七章第四六節〕と大声で叫ばれましたが、なぜでしょうか？

答え。1．殉教者の書に書かれていることをすべて当然のことと考える必要はない。なかには、迫害のさなかにあって、キリスト教徒たちを勇気づけようとの目的で記されたものもあるし、またこうした殉教者たちの徳や忠誠をただまねるのを諫めるために書かれたものもある。

2．殉教者たちは勇気を奮い、人前では感情を抑えていたので、その場に残る証聖者たちの恐怖を取り除くことができたのであろう。だが、閉じこもって一人になっているときには、まさに自分たちが人間にすぎないということを感じていたであろうと思う。

3．殉教者の書の書記者たちがすべて正しいことを書いているとすれば、それは神の聖霊の働きによるものである。聖霊は彼らにひるむことなき勇気を与え、希望を確信させたから、書記者たちは、永遠なる栄光にあずかることができた。だが神は、子に対しては、強い苦しみの中でより苦しむようにさせたのである。なぜかと言えば、第一に、もし人間の誰かがキリストのためにそのような試練にさらされ、その人間が、初期の殉教者のごとく、陽気さと心の落ち着きを持っていられず、苦しみと死が近づくにつれて慄《おのの》き震えるとしたら、この人間は、自分の死が神に受け入れられないなどと考えるはずはあるまい。この人間が、（まさにキリストの例がそうであるように）従順にその聖なる意思に従っているのであれば、神はそれを喜ばれるからだ。そして最後に、そして第二には、キリストの苦しみと死には、より大きな価値があるということ。そして苦しみ、死んだのであるから、われわれの援助者にして守護者であり、彼はそのようにしようとしてくれたので、われわれがいかなる試練や苦しみの中にあろうとも、われわれをよりよく助け、安心させてくれるのである。

罪を贖うということについて私が発した異論は、上記のようなもので、これにわが師が答えてくれたので、最後に私はキリスト教における奇跡を批判すべく、以下のような議論を投げかけた。

異論その二〇。私たちはこれまで、キリストと聖霊は、神格の中で異なる二つの人格を持つとし、キリスト教信仰は、一体なる三位、三位なる一体の奇跡を信じよ、とするものです。そして、この三位の中の第二位の人格がこの世にやって来られ、人間の性質をわがものとされたりしました。私から見ると、これらすべてが謎めいていて、理屈にも神の性質にも矛盾するように思われるのですが。

答え。理性を超えたものと理性に矛盾するものとを混同してはならない。私たちは、経験により、最初は理性を超えているように思えたものを多く知っている。一、二、例を挙げればはっきりするであろう。とても寒い場所に生まれた人が、暖かい場所に出かけたとしよう。そこの住民は雪も氷も知らない。こういう場所で、寒いところに生まれた人が、自分のところでは、水は一年のある時期になるとたいへん固くなり、馬でもその上を走れると語ったとしよう。暖かいところに住む人々は、そんなのは理屈に合わない、固くなるなんて水の性質に合わない、と言う。つまり、理性を働かせても、また経験からもそんなことは考えられないので、彼らは、この寒い地からやって来た旅人は、自分たちをだましているのだと結論づけることになろう。しかしもし彼らが、この旅人は実に正直な人であると確信し、実際にその目で見たことを言っているのであって、何か嘘をついて大きな利益を得ようとしているのでは決してないと思うようになれば、この暖かい地の住民たちは、旅人の正直さをもって証拠とし、水が凍ることを、たとえそれがどんなものであるか思い浮かばないにしても、信じることになるだろう。別の例を挙げよう。天然磁石の力についてだ。天然磁石を最初に発見した人は、きっと多くの反論を受けたに違いない。その言葉を信じる者もいただろうが、疑う者もいただろうし、まったく信用しない人々も少なからずいたであろう。しかしみなが経験的にこれを知るようになれば、その地域の人々でこれを疑う者は、たとえその理由が分からなくても、いなくなる。賢明な学者が理屈を説明しようと躍起になるだろうが、あれこれ仮説を立ててみたり、実証したと偽ってみたりしたところで、結局彼らは、それが「アリストテレスの謎」〔説明のつかない不可解なものをこう呼ぶ〕であるということにせざるをえない。そうしてこう言うのだ、「これは理性を超えている」と。キリスト教の奇跡についても同じことが言える。奇跡の教えを知らぬユダヤ人や異教徒は、キリスト教の奇跡を、理屈に合わぬ、そしてまさに神の存在とも矛盾したばかげたことだとする。しかしひとたび彼らが、キリストこそその奇跡を行う者であり、いかなる預言者よりも偉大で、われわれをだましたり、あるいはわれわれにだまされたりするようなことのない神の子であって、まさに彼が実に限りなく、多くの奇跡を実際に行ってこの教えの確かさを示し、キリストこそ神の愛する子であり、彼の言うところに耳を傾けよと神が天上から告げたとしたらどうだろうか。つまり、こうしたことをすべてわれわれが確信したならば、奇跡は確かに理性を超えるものではあるが、それと矛盾するものではないと結論づけることになろう。そうしてわれわれは、自らの考えがあまりにも僭越であったことを責め、理性が弱いものであることを認めざるをえないのだ。理性により人間は、神の奇跡を思うことはできるが、実際に起きている多くの出来事を理解することはできない。こういう形で、この神聖なる教えが広まり普及していったのである。その後、これに異を唱える文章を書く者が現れ、奇跡など到底理性的なものではないと論じる者もいたが、彼らの説明の大半は、害悪でこそあれ、何ら益するところのないものであった。奇跡についての聖なる教えに異を唱えるキリスト教の宗派があることも確かだが、それも、この教えを覆すようなものではない。これほど明らかではっきりとしているにもかかわらず、ある人々からなされる反論に何らかの真理があるとするのは、たいへんな間違いであろう。

著者の実践

キリスト教徒の多くは、その教えを否定したりはしないと思うが、私自身は、恥ずかしながら、改宗した後もしばらく、いろいろな疑念やためらいを持っていた。それをさらに検討する中で私は、自分の弱さや無知、祝福されしわが救い主が教えてくれることではなく自分の理性を信じる中で犯している傲慢さ、そして謙虚さに欠けること、を認めるに至った。慈悲深き神を讃えることによって、私は自分の気持ちを最も強く持つことができる。この真理を教えてくれる聖書の記述のすべてを引用して、読者を煩わせることはすまい。誰もが家に聖書を持っているのだから、機会を見つけてはよく読み、気づき、学び、そこにあることを心のうちにしっかりと吸収してほしいと思う。最後に言っておきたいのは、完全に理解できるもの以外は信じないという姿勢では、自分の身を懐疑論者の中に置き、見るもの、感じるもの、味わうものすべてに疑いを持つばかりだ、ということである。

異論その二一。幼子キリストは、自分が神であることを知っていたのですか？

答え。あなたが生まれて六か月の赤ん坊であるとき、自分が理性を備えた生き物であると分かるだろうか？　そんなことは、言えないはずだ。神は、栄光に包まれているからといって、どこでもそれを明らかにする必要などない、と言えば十分なのではあるまいか。神は、ありとあらゆる場所を遍く満たしている。シナイ山などのように神がその姿を現すことはまれであっても、である。

異論その二二。最後に私は、こう異論を唱えました。キリスト教信仰が非常にはっきりとした証拠を持ち、その教えは、預言者や学者たちの教えよりもはるかに勝っているのに、よく守られているわけではないのはなぜでしょうか？　キリスト教徒たちが、この最も優れた規範に従って生活していないのはどうしてですか？　キリスト教徒たちが口にしている教えをみな信じているならば、たいへんな畏怖の念をもって熱心にそれを守るようにすべきだと思うのですが。

答え。口にしていることを実践できないような、道理に合わない人々のことを尋ねているのだね。彼らだって、あなたや私と同じく、いやひょっとするとそれ以上に、信仰の根拠を持っている。ほかの宗教への先入観というものがないからね。この信仰の根拠というものを私はあなたに教えたわけだが、これは考える力のある人間に対しては、すべてを確信させるものである。ただ、まことに残念ながら、真の宗教とは、不変のものでありながら、それにみなが服するかというとそうではないことは認めなければならないだろう。ただ、そういう口先だけの信者がしている悪しきことに、あなたが心を乱されてはならない。彼らは、真の信仰についてしかるべく教えを受けているにもかかわらず、不注意にもそれから逸脱してしまっているわけだから、彼らへの非難はより厳しいものとなろう。彼らには救い主の次の言葉を思い起こさせるがよい。「主人の思いを知りながら何も準備せず、あるいは主人の思いどおりにしなかった僕《しもべ》は、ひどく鞭打たれる」〔「ルカによる福音書」第一二章第四七節〕。また別の箇所で、神はこう言っておられる。「人々は、東から西から、また南から北から来て、神の国で宴会の席に着く。だがあなたは、自分が外へ投げ出されることになる」〔「ルカによる福音書」第一三章第二八、二九節〕、つまり、神が与えたもうた理性の光に基づいて生きてきた多くのユダヤ人や異教徒たちは、父なる神の恩恵にあずかり、キリストの血によって救われるのだが、神の慈悲を軽んじ、罪深き道に陥ってしまった多くのキリスト教徒たちは、拒絶され、永遠の責めを負うことになるのである。永遠なる慈悲をもたらす神が、こういう者たちを認めてはいないのである。

私がキリスト教信仰に対して唱えた主な異論はこのようなものであった。幸いなることに、そう永遠に幸いなることに、神は、これらに対して納得のいく回答を与えてくれる立派な方をお遣わしになったのである。私は、神の聖なる恩寵に支えられ、心の底から喜んで、旧来の異教の偶像崇拝を離れ、真のキリスト教信仰を抱くことになった。全能なる神の栄誉と栄光をいま、そして永遠に祈るものである。アーメン。

かくして私は（わが永遠の幸せを願いつつ）キリスト教信仰の真理を確信し、イギリス国教会の根源的な純粋性について心の底から納得したので、国教会の一員となることを強く願うことになった。議論によって私を納得させることのできなかった聖職者たちは声を上げて、わがよき導き手であるイネス師は、議論によってではなく何か大きな約束をしたか、もしくは、神のみぞ知るニセの方法で私を改宗させたのだと言った。

こうした心ない話をやめさせるべく、イネス師と私は（スロイスの聖職者の長老である）ハッティンガさまのもとを訪ね、宗教法廷を招集していただくか、もしくは公に、私の改宗が理に適ったものであることを明らかにしていただきたいとお願いした。ハッティンガさまは、その日の夜七時に宗教法廷を開くことを約束されたので、その時刻に、イネス師と私が再び出向くと、関係者がすでに集まっていた。構成は、オランダの聖職者が二名、フランスが一名、その他、ワイン商人や薬屋などの商人で、私の大佐や隊長、隊長代理も私の言うところを聞きにやって来ていた。ただ私は、オランダ語をうまく話せないので（しかも、ハッティンガさまを除くとラテン語の分かる者は誰もおらず、彼にしたところで、ラテン語が堪能だというわけではなかったので）、フランスの聖職者であるダマルヴィ氏に、フランス語で私とやり取りをしてもらうことになった。氏は私にこう言った。「法廷に集ったすべての方々、そして特に私は、あなたがキリスト教会の洗礼を受けることを決意されたことを、たいへん嬉しく思っていますが、あなたの改宗が、真に、良心に基づくものであって、それ以外のいかなる動機によるものでもないことを願っています」。

イネス師と私には、このような言い方に思いやりがあるとは思えなかったので、私はこう応じた。「私がここに参りましたのは、もしみなさまがお聞きになりたいというのであれば、私が改宗した理由をはっきりと申し上げるためであります」。するとわれわれは中座するよう指示され、再び呼び出されて戻ってみると、ダマルヴィ氏が次のように語ったのであった。「みなさんは、あなたがキリスト教信仰を持つことを強く願っていることを知ってたいへん喜んでおられる。ただ、あなたがなさるのはいささか性急なのではあるまいか。私たちとともに、三週間、もしくはひと月、言葉を交わしたうえであれば、われわれの大教会で公に洗礼を行える。あなたが改宗なさったことの理に適った説明は、きっと、そこに集う会衆を導くものとなろう」。しかし私はここで、法廷の人々の意図を察知したのでこう答えた。「もし私の申し上げることをお聞きになるのが、あまりにも急だというのでなければ、いまここでお話しすべきだと考えます。私はいま、心から、キリスト教信仰の真理というものを確信していますし、洗礼の儀式を遅らせることを願ってはいません。ですから、私のお話しすることをいま聞くのは適当ではないとお考えであっても、この機会を見誤ってはなりません。私は、洗礼の祝福を得るべく急いでできるだけのことをしているのですから。洗礼によって、「私はキリストの一員となり、神の子の一人となり天の王国を受け継ぐ者の一人となる」〔教会問答集などによくある一節〕のです」。するとまた再び、私たちは中座するよう指示され、戻ってみると、これから与えられる指示に従うようにと私は言われた。それ以上、彼らは何も言わない。そこで私たちは彼らに別れを告げ、その帰途、宗教法廷にはこれ以上かかわることなく、イネス師が私の洗礼を行う、ということに賛同したのであった。

だが彼らは、私たちのことを信用せず、(スロイスの総督を務めていた)ローダー准将のもとへ行き、「イネス師は、わが国において認められているのとは異なる宗派の人間であるから、改宗者に洗礼を施してはならない」と伝えた。これに対して准将は、「私は聖職者ではないし、教会の問題にかかわるつもりもないが、そのフォルモサ人に使いを出すので、彼が同意したならば、あなた方のお一人が彼に洗礼を施せばよいのではないか」と応じた。そこで、私のもとに使者が訪れ、例の聖職者たちの誰かによって洗礼を受けるかどうかと訊かれた。私はこう答えた。「あの方々によって改宗したのであれば、あるいはあの方々の宗派の一員になることを願っているのであれば、ぜひとも私はあの方々の手によって洗礼を受けたいと思うでしょう。しかし、私が改宗するに際しての唯一の導き手はイネス師なのですから、イネス師が私に洗礼を施すことをお認めいただきたいと思います」。オランダの聖職者たちはこれにこう答えた。「よくぞ言われた。だが、わが国の法では、それは認められていないのだ」。そこで私はこう応じた。「なるほど私は、貴兄の国の法を存じてはいません。しかしながら、もしこの地にいるユダヤ人が、私をユダヤ教に改宗させたとしても、あなた方が私に割礼を行うとは思えません」。そういうわけで、もはや私を説得することはできないと思った彼らは私のところを去り、自分たちはオランダ諸州の政府に申し出るとイネス師に告げた。しばらくすると政府の代理人たちが、わが守備隊と要塞の視察に訪れたので、彼らは事の次第を申し出た。すなわち、イギリス国教会の聖職者であるイネス師が、彼の手で改宗した異教徒への洗礼を勝手に行っている、というわけである。だが、この代理人たちは、苦情の申し出を一笑に付してしまった。

そうこうするうちに、わが部隊の牧師もこの争いのことを聞きつけ、問題を決着させるべく、准将に次のように申し出た。「准将にお願いがあるのですが、あなたの配下の牧師には、彼が改宗させたという例のフォルモサ人の洗礼を行わせないでいただきたい。洗礼を行えるのは、部隊の牧師である私だけなのですから」。その場にいたわが隊長は、「わが部隊の牧師はあなたであり、わが兵の改宗はあなたが行うのだが、（今回の場合、残念ながら）あなたは彼を改宗させようとはしなかったのだから、あなたが洗礼を行う理由はない」と言った。この発言に臍を曲げた部隊付き牧師は、大佐のもとへ行き、私を牢に入れるよう申し入れたのであった。どうしてかね、いったい彼がどんな悪事を働いたというのかね、と問う大佐に対して牧師はこう答えた。「それは私の知るところではありませんが、私以外の人間が彼に話しかけられないように、彼を閉じ込めておきたいのです。彼を改宗させた准将付きの牧師が彼に洗礼を施そうとしていますが、それは私に対する非難以外の何ものでもないのです」。だが大佐は、この牧師の言うことには同意せず、こう語ったのである。「あのフォルモサ人は無知なる若者であり、自分の求めていることが何であるのか分かっていない。わけの分からぬやり方での改宗にいちいち文句を言うよりは、イネス師が洗礼をしてくれたらいいと彼は言っているそうじゃないか」。

こういう次第であらゆる障害は取り除かれ、私は、神のお恵みにより、わが師の手で洗礼を受けた。夜七時頃のことで、場所はフランス教会。数名のわが士官たちや町の人々も出席し、ローダー准将閣下がわが教父で、私にジョージという洗礼名を望まれた。

その翌日、私は、自分がキリスト教に改宗した根拠や理由、私が唱えた数々の異論、またそうした問いに対してイネス師から受けた納得のいく解決法、などを書き記すことに取りかかった。写しを六部作って、一部を宗教法廷に、また別の一部をわが教父閣下に送り、残りは、かの地の高名な学者諸氏に配った。そうすることで、私のキリスト教への改宗、特になぜイギリス国教会なのかを説明し、この国の人々みなに納得してもらおうとしたのである。

ロンドン主教尊師閣下が私のことを耳にし、イネス師に書簡を送って私をイングランドへ連れてくるようにと伝えた。最も優れたオクスフォードの大学に私を送りたいというのである。わが善き導き手がこのことを周囲に知らせると、わが教父は、ご自分の配下の一人を私の世話をするために私の部屋へお遣わしになり、私は軍務を解かれた。士官や宗教法廷の面々は、私に以下のような証明書を与えてくれた。私のところへお越しいただければ、どなたでも原本をご覧いただける〔この原本は、ラテン語と英語の二言語表記という体裁になっている〕。

　われわれ、末尾に署名のある者たちは、次のことを証する。フォルモサと呼ばれる日本の近くの島の人間で、ブッハヴァルト部隊の兵士を務めたジョージ・サルマナザールは、ローダーの部隊の牧師であるイネス師の誠実なる導きと教えにより、いまやキリスト教に改宗した。神は、その正しき考えを祝福し、ジョージは、心から、その異教崇拝を棄て、イエス・キリストを贖い主と信じる者である。

改宗して以来、かの者は、善きキリスト教徒として振る舞い、その行いは、かの者を目にするすべての人々を教え導くものである。

われわれは、かの者の誠実さ、およびその他の優れた性質を知り、かの者がすべての善き人々に推薦されるに値すると考える。その善き人々が、必要なときには、かの者を助け支えてくださるよう祈念し、かの者が今後も常に、キリストの教会の真なる一員であることを希望する。

スロイスにて
一七〇三年五月二三日

署名と封印
G・ローダー　准将
アブディアス・ハッティンガ　スロイス宗教法廷聖職者代表

訳者解説

本書は、ジョージ・サルマナザール（George Psalmanazar 一六七九年頃―一七六三年）の *An Historical and Geographical Description of Formosa, An Island Subject to the Emperor of Japan*（以下『フォルモサ』）の全訳である。原書の初版は一七〇四年に刊行されたが、翌〇五年に、大幅な加筆修正のほどこされた第二版が刊行されており、本書の翻訳の底本には、この第二版を用いた。初版に見られる夥《おびただ》しい数の訂正箇所や誤植が第二版では修正され、また、初版刊行以降著者に寄せられたという二五の批判に対する回答を含む「第二版への序」が新たに収録されている。本文の内容そのものは、初版と第二版に大きな相違はないが、初版では、著者によるヨーロッパ各地の旅の説明とイギリス国教会への改宗の経緯が前半、フォルモサの地理歴史の解説が後半、という順番になっており、これが第二版では入れ替わって、本書に訳出した通り、第一巻がフォルモサの地理歴史に関する解説、第二巻が、著者によるヨーロッパ各地の旅の説明と改宗までの経緯となっている。出版地は、初版も第二版もともにロンドン。共同出版者（社）の顔ぶれもほぼ同じだが、第二版では、初版のダン・ブラウンに代わって、マシュー・

ウットンとベンジャミン・リントットが加わっている。なお、初版に比べてかなり誤字脱字の修正が加えられた第二版ではあるが、それでも、特にフォルモサの現地語とされる単語などには、同語異綴など、表記の揺れが少なからず見られる。本書ではこれをできる限り統一的に訳出した。また、原注の形式やインデントの体裁、下位項目を示す番号表記などにおいても原書には揺れが見られるが、これらについても、文意を損ねない範囲で最小限の修正をほどこした。聖書や古典作品からの引用については、原書の表現を重視したため、定訳とは異なる箇所があることをご了承いただきたい。聖書からの引用は、可能な限り、新共同訳を参照させていただいた。図版は、いずれも初版および第二版の原書にある現物をスキャニングして本書に収録したが、見やすさを考えて修正を加えた箇所がある。

*

『フォルモサ』は、知る人ぞ知る一大奇書である。著者サルマナザールの名前が、旧約聖書の「列王記 下」の第一七章および第一八章に登場するアッシリア王シャルマナサルに由来するものであることは、死の翌年一七六四年に出版された彼の『回想録』(正式には『ジョージ・サルマナザールとして知られる＊＊＊の回想録』)に記されているのだが、他方本書中には、フォルモサに神が遣わしたとされる預言者の名前としても登場している。また原書では、初版も第二版も、著者名は“Psalmanazar”と綴られているが、『回想録』では“Psalmanazar”とaが一つ少なくなり、これが今日の一般的な英語表記となっている。いずれにしても彼の本名は未だに分かっていない。生地にも誕生年にも諸説ある。ともあれ彼は、一八世紀のロンドンで、あくまでも「ジョージ・サルマナザール」として通用し、例えば当時のイギリスの文豪として知られるサミュエル・ジョンソンなどとも親交を結んでいた。『ガリヴァー旅行記』(一七二六年)で知られるジョナサン・スウィフトの著作にも、同時代人としてのサルマナザールへの言及が見られる。

『フォルモサ』はまた、いわゆる偽書として知られている。入手可能な当時の各種の文献および伝聞情報を基に、サルマナザールがでっち上げたものなのである。今日一般には台湾のことを指すとされる「フォルモサ」も、本書の記述にある通り、台湾とおぼしき「タイオワン」とは、離れていることになっている(本書四八―四九、六七頁)。とはいえ、もちろんまったくの空想の産物というわけでもないから、地名はもちろん、実在の人物や事件も数多く登場する。原書のタイトルにある通り、本書では、フォルモサが日本帝国の属国であったことが示されているが、一八世紀以前に、両国がそのような関係にあったことはない。それはそうなのだが、フォルモサも日本も実在の国で、本書六三―六五頁に見られる地理的説明も、それほど事実と異なっているわけではない。本書に登場するイエズス会士ザビエル(本書では「ザヴェリウス」として一五四九年に「カンゴシマ」に到着したことになっている)の存在も、日本におけるキリスト教徒迫害事件も、細部の描写はともかく、否定することはできない。ましてや、サルマナザール個人の改宗に至る精神的遍歴となると、これはもうほとんど個人の経験に属する内容であり、でっち上げと断定することはできない、ということになる。『ロビンソン・クルーソー』（一七一九年）や『ガリヴァー旅行記』といった冒険物語が、近代小説という新しい表現様式の誕生とともに一世を風靡していた一八世紀初頭のイギリスにあって、否、フランス語訳やドイツ語訳、オランダ語訳などを通じて広くヨーロッパ大陸においても、本書は、偽書とされながらも多くの読者を魅了したのである。

この解説では、『フォルモサ』のこうした一大奇書としての性格について、サルマナザールの伝記的事情、彼が本書を執筆した理由、そして、本書の最も本質的な性格と言っていいリアリティと想像力の交錯という三つの視点から、ポイントをまとめておくことにしたい。なお、わが国でも、明治以降、本書やサルマナザールの存在については、断片的ながら知られてきた。国立国会図書館所蔵の原書初版には、明治一九年六月一三日の日付で「寄贈 T. Hirayama」と記されているという（吉田、一三頁）。本書やサルマナザールに関する主な邦語文献については、本解説末尾に記載した。言うまでもなく本書には、日本に関する記述が少なくない。日本が、海外との交易の窓口を著しく狭めていた一八世紀初頭にあって、地球の反対側のロンドンで、実はこのような奇書が出版され、広く読者に受け入れられていた事実は、歴史的視点においても、また現代的な視点から見ても、私たち日本人が世界におけるわが国の位置を考える一つの手がかりになるのではないだろうか。

＊

さて、すでに記した通り、サルマナザールの生い立ちは、未だに多くの謎に包まれている。伝記的事情を知るための主な資料としては、彼自身が残した『回想録』があるばかりで、あとは断片的な情報を積み重ねていくしかない。生まれたのは一六七九年から八四年にかけてのことで、場所はフランス南部のラングドックかプロヴァンスあたり。ドミニコ会やイエズス会などの学校で教育を受け、早い時期から語学の才能を示していたらしい。七歳か八歳の頃にはラテン語を習得。その後、英語を身につけ、アイルランドの巡礼者になりすましてローマへ旅しようとするものの、たちまち偽装が発覚。ここで一計を案じた彼は、この後、実は自分は日本人でキリスト教に改宗したのだ、との触れ込みで振る舞うようになる。彼の本格的なペテン師人生のはじまりだ。結局彼は、ローマ行きを断念し、代わりにドイツ諸侯国を放浪した後、オランダに姿を見せる。これが一七〇二年頃。オランダでは商売をしたり軍務に服したりしたこともあったという。ここでスコットランド人聖職者アレグザンダー・イネス（軍隊付き牧師で、もちろん実在の人物）に出会い、「ジョージ・サルマナザール」としてイギリス国教会に改宗した。本書第二巻の記述によれば、「ジョージ」という洗礼名は、イネスが牧師を務めていたスロイスの総督ローダー准将によるものとされているが、彼が日本人ではなく、当時のヨーロッパにあっては日本よりもさらに情報の少ないフォルモサ人になりすますことにしたのは、実はこのイギリス国教会への改宗の頃のことであったという。イネスは直ちに、この不思議な青年サルマナザールの改宗の顚末を、ロンドン主教であったヘンリー・コンプトンに報告している。言うまでもなくこのヘンリー・コンプトンが、本書の献呈先となっているヘンリー卿である。イネスとともにサルマナザールがロンドンにやって来たのは、一七〇三年の暮れであった。

奇抜な振る舞いが功を奏し、サルマナザールは一躍、ロンドンの有名人になったようだ。実際、著名人や学者との会食も多く、王立協会での公開討論の舞台にも立っている。このあたりは、初版への「序」にある通りである。本書の記述にもうかがえる通り、サルマナザールは、弁舌さわやかにして論旨明快だったのであろう。オクスフォード大学にも招かれ、半年ほど滞在してフォルモサ語を講じている。これも事実だ。このような、いわばサルマナザール人気の中で、短期間のうちに一気に書き上げられ出版されたのが、本書の初版である。一七〇四年のことで、翌〇五年には、本翻訳の底本である英語版の第二版のほか、フランス語、ドイツ語、オランダ語などの翻訳が刊行されている（ちなみに本書二八頁にある「序」の日付は「一七〇三年二月二五日」となっているが、これは原文表記の誤りである）。

もっとも、ペテン師人生もそう長くは続かない。サルマナザール人気にひと役買っていたとされるイネスが、駐ポルトガル従軍牧師長に昇進してイギリスを去ったことも打撃であった。早くも一七〇六年には、詐称していたことを自ら告白することになる。ここでいささか奇妙なのは、この告白によって彼を厳しく糾弾したり処罰したりといった動きが、ロンドンでもほかの地域でも、ほとんど見られなかったことだ。せいぜい、揶揄《やゆ》されることが時々あった、という程度である。例えば一七一一年、サルマナザールが、自分の息子の肉をそれとは知らずに食したというギリシャ神話のテュエステースをオペラで演じるとの告知が、当時評判の高かった雑誌『スペクテイター』に掲載されている。場所はロンドンのヘイマーケット劇場で公演日は四月一日――もちろんこれはエイプリル・フールである。このような嘲笑めいた扱いを受けつつも、他方で彼は、国教会の聖職者からわずかながらも金銭的支援を受け、この後、軍隊の書記を務めたり、家庭教師をしたりしながら神学を学び、また貧乏文士の集まる地域として名高いロンドンのグラブ・ストリートに身を置いて雑誌等に文章を寄せる質素な生活を送っている。寄稿していたのは、主に『ユニヴァーサル・ヒストリー』誌だが、一七三二年には、サミュエル・パーマーとの共著『印刷史』を刊行してもいる。語学の才能を生かしてヘブライ語も学んだという。サミュエル・リチャードソンの傑作小説『パミラ』(一七四〇年)が刊行されると彼は、リチャードソンに長文の書簡を送り、『パミラ』の続編の構想を伝えているが、さすがにリチャードソンはこれを一笑に付した。とはいえ、サルマナザールは、フォルモサに関する詐術が露見した後も、決して社会から抹殺されたわけではなかったのである。若きサミュエル・ジョンソンが、年長の友人としてサルマナザールと親交を深めたのは、一七三〇年代後半から四〇年代初めにかけてのことであったと考えられるが、ジョンソンは晩年に至るまで、信仰心の篤い人物としてこの年長の友人に敬意を表していた。人間の本質を鋭く見抜く観察眼の持ち主であったとされるジョンソンがサルマナザールに敬意を表するとは、いささか不思議な感も禁じえないのだが、功名心の強いイネスに踊らされていたにすぎないとの認識を持っていたのかもしれない。サルマナザールが貧窮のうちにこの世を去ったのは一七六三年。その翌年、『回想録』が刊行されたが、本名はもちろん正確な出自などはそこでも明らかにしていない。

一七〇三年暮れにロンドンにやって来たサルマナザールが、瞬く間にロンドン社交界の寵児となり、翌〇四年の王立協会での公開討論などを経て本書の初版が同年中に刊行されたわけだから、彼が執筆に費やしたのはせいぜい数か月程度と推定される。直接的に彼に執筆を勧めたのはイネスで、彼はサルマナザールに、ゲオルギウス・カンディディウスの『フォルモサ島略述』（一六四五―四六年）やベルンハルドゥス・ヴァレニウスの『日本国誌』（一六四九年）を与えたという。特にカンディディウスの『フォルモサ島略述』は、オランダ語版原書の英訳が奇しくも本書の初版と同じく一七〇四年に刊行されるのだが、アルノルドゥス・モンタヌスとオルフェルト・ダッペルの『日本地図』（一六七〇年）および『中国地図』（一六七一年）など、一七世紀後半のヨーロッパにおける日本および中国の記述に大きな影響を与えていた。もっともサルマナザールは、本書執筆時には、王立協会での公開討論やロンドンの社交界での説明を繰り返していたわけだから、すでに一定程度のフォルモサに関する知識を有しており、また、諸種の断片的な情報を矛盾なくつなぎ合わせることに成功していたと言えよう。実際彼は、本書一八頁や一六四頁に見られるように、カンディディウスの記述には、敢えて否定的な態度を取っている。つまり、一七〇四年の彼が本書執筆にあたって力を注いだのは、自らの改宗への精神的な遍歴をまとめるのと同時に、フォルモサに関しては、彼がすでに有していた、そして各所で明らかにしていた、フォルモサ人としてのアイデンティティを補強すること、場合によっては、フォルモサに関する先行文献を、合理的と思える手法で論駁し、そうすることでフォルモサに関する自身の権威を確固たるものにすることであったと考えられる。先に述べたように、フォルモサと台湾を微妙に区別しているのも、そうした彼の巧みな戦略の一つであった。

＊

このような人生を送ったサルマナザールが、いったいなぜ『フォルモサ』を著し、一八世紀初頭の数年とはいえ、一世を風靡することになったのか。言うまでもなく、その理由の一つは、イギリス国教会への改宗の軌跡を明快に語ることが大きな社会的影響力を有し、自身の生活の安定にもつながるということを彼が自覚していたことにある。もちろんそこには、サルマナザールを売り出せば大いに当たる、とにらんでいたと思われるイネスの意図も見え隠れしている。

実際、先に触れた通り、本書初版では、著者によるヨーロッパ各地の旅の説明とイギリス国教会への改宗の経緯が最初にあって、フォルモサの地理歴史の解説が始まるのはその後である。まずは最も確実な身の上話に読者を惹きつけようとのねらいは明らかであろう。フォルモサ人であるサルマナザールが、イエズス会士であるド・ロード神父の手引きで祖国を抜け出したものの、イエズス会の強引な手法やそのほかの宗派の教義には少しも満足せず、イギリス国教会の聖職者イネスとの出会いによって救われる、という筋書きは、イギリス国教会にしてみれば、その威光を示すうえで願ってもない事例となる。北米を含め、環太平洋地域に積極的に植民地を建設し始めていた当時のイギリスにあって、現地人をどう改宗させていくかは国策としても重要な課題であったから、サルマナザールの著書が高く評価されることは間違いない――。

ねらいは見事に的中した。そもそも、著者によるヨーロッパ各地の旅の説明と改宗に至る経緯の大半は、サルマナザール自身の伝記的事情と信仰をめぐる精神的遍歴に重なっているわけだから、語りにも力がある。「語り」ではなく「騙《かた》り」にしなければならなかったのは、フォルモサ人であると称している以上、フォルモサからいかにヨーロッパに渡ったのか、という部分だけである。彼の「騙り」はこの部分においても巧みであった。まずは、ド・ロード神父の手引きでフォルモサを抜け出す経緯から説明を始める。神父はアヴィニョン出身のイエズス会士であったが、日本の「カントー」という地域の名族出身であったということになっている（本書二五五頁）。フォルモサを脱出後、ゴアから一気にジブラルタルに達してしまうあたりも、「騙り」ならではの急展開であって、実際、初版刊行後、大いに疑問視されたようだが（「第二版への序」を参照）、その後、この神父が実はイエズス会士であったことが判明するくだりに至れば、読者は途中経過を忘れて憤激するばかりであろう。これも予定通り。またこのような筋書きにしておけば、イギリスでも知られていたはずの日本で起きたというキリスト教徒迫害事件についての説明にも役立つというわけだ。

こうした「騙り」と「語り」によって、著者のイギリス国教会への改宗の経緯が示されれば、あとは簡単である。ド・ロード神父が、日本出身であると詐称していたという「騙り」を最初に据えたからには、フォルモサを日本と関係づける必要がある。だが、フォルモサと日本の関係を明確に示す資料はヨーロッパにはない。否、例えば、豊臣秀吉の「高山国」(安土桃山時代の日本で用いられた台湾の別称)への朝貢貿易要求が、結局、「高山国」という国が存在せず空振りに終わったことに見られるように、交易などの事実がそもそもほとんどないのだから、台湾の一部を支配したオランダ東インド会社経由であっても実質的な資料はきわめて少なかった。サルマナザールは、持ち前の豊かな想像力を発揮して、フォルモサと日本との関係を精巧に作り上げていく。中国生まれのメリヤンダノーによる皇位剝奪などは、「第二版への序」にも言及されている通り、イギリス革命史を思えば容易に思いつくのである。

とはいえ、『フォルモサ』の三分の二は、タイトルにも明らかなように、フォルモサの地理歴史に関する記述である。実際、本訳書の通り、第二版ではこちらが第一巻に据えられ、著者によるヨーロッパ各地の旅の説明とイギリス国教会への改宗の経緯は、後半の第二巻とされた。もちろんこの方が、幼少期の著者が過ごしたフォルモサの様子から語り始めるわけだから、時間的なつながりは分かりやすくなるし、イギリス国教会のあからさまな宣伝も幾分影を潜めることになる。しかし、この第二版の順序が意味するものは、それだけではあるまい。そもそも初版の段階から、記述の多くはフォルモサの地理歴史に費やされていた。初版に付されたヘンリー・コンプトンへの献辞にも、また「序」にも、人々が自分の話に興味を持ってくれていることから、巷に流布している、主にイエズス会士がもたらしたフォルモサに関する誤った話を一掃し、正確な情報を伝えたい、ということが記されている。もちろん、フォルモサの地理歴史に関するサルマナザールの説明の大半は「騙り」であるのだが、しかし彼は、正確な情報という体裁での「騙り」を自らの創作とし、フォルモサに関するこの創作をこそ世に問いたいと考えていたのではあるまいか。それは、いささか奇妙な変装と放浪の道のりを歩んできたサルマナザールならではの人生の表現であり、そういう彼から見た当時のヨーロッパ社会への諷刺でもあったのではないだろうか。「第二版への序」にある「第一の批判」への彼の第二の回答（本書三二頁）も、サルマナザールのこうした創作への意欲を反映したものと見ることができよう。

実際、彼のそうした創意を受け入れる素地が、一八世紀初頭のイギリスには豊かに存在していたように思われる。国策と想像力、そして科学と想像力が渾然一体となり、それらが、革命後の新たな市民社会において自由に、そしていささか無秩序に話し合われる、という気風である。先に触れたように、一八世紀のイギリスは、植民地建設を軸とした海外進出と、そのための探検航海を本格化させていた。北米植民地でのイギリス優位をもたらすことになるスペイン継承戦争も、サルマナザールがロンドンに姿を見せた頃にはすでに始まっている。彼を嘲笑する広告記事を掲載した例の『スペクテイター』も、一七一一年五月一九日の論説には、次のような国策推奨型の一節を掲載している。「ロンドンの王立取引所には、人類に寄与するさまざまな民間交易をめぐって実に多くのイギリス人や外国人が集い、さながらこの首都を全世界の中心地のごとくにしている」。しかしここでおもしろいのは、この一節の直後に、次のような記述があることだ。「なんとも楽しいことに、日本の住人とロンドンの議員が議論を交わしていたり、大ムガール帝国の臣下がモスクワの皇帝の臣下と協議を進めていたりするのをたびたび耳にする」。ロンドンの王立取引所を賞揚した国策推奨的文章はともかく、そこに「日本の住人」がいて、しかもロンドンの議員とたびたび議論を交わしているというのは、どう考えても空想的想像力の産物でしかない。こうした論説が、サルマナザールを嘲笑した例の記事のわずか二か月後に、当時の世論形成に大きな役割を果たしたとされる雑誌に堂々と掲載されているのである。海外進出によって大きく変貌を遂げつつあった当時のイギリスの公共圏には、虚実ないまぜの言説が飛び交っていたのである。ちなみに、一八世紀初頭の二〇年間にロンドンで出版された刊行物の中で、日本への言及が含まれるものは二〇〇点を超すとされている（島田、二九―四三頁）。『ロビンソン・クルーソー』や『ガリヴァー旅行記』のような冒険物語が生まれてくるのは、それゆえごく自然なことであったと言えよう。フォルモサ生まれのサルマナザールが放浪の果てにイギリスへやって来るのも、またその彼がフォルモサ人であることを詐称するのも、決して突飛なことではなかったのである。

科学と想像力の関係も、おそらくは今日私たちが考える以上に、深く、そして日常的なレベルで結びついていた。「第二版への序」の最後に、サルマナザールは、ハレー彗星の発見者として知られるエドモンド・ハレーとの会見の様子を記している。オクスフォード大学の教授職にある一流の科学者と、自称フォルモサ人が、王立協会主催の会見場で質疑を交わすこと自体、実に稀有なできごとだが、さらにおもしろいのは、そこでのやり取りである。煙突の中まで太陽光が届くか、という、日常生活レベルでのハレーの問いに対して、フォルモサがほぼ北回帰線の下に位置することを心得ていたサルマナザールは、敢えて、太陽光が煙突の中まで入り込んでくることはない、と答える。そして、動揺する聴衆を前に、彼は平然と言ってのけるのだ、フォルモサでは煙突が垂直に立っているわけではない、と。「イギリス人の肌が美しく見えるのは、それが人間一般の縮尺だからであって、大人国では拡大鏡を使ったのと同じになるから、肌の細かなしみやにきびが露わになる」とは、大人国ブロブディンナグを旅するガリヴァーが『ガリヴァー旅行記』に記した見解である。科学的知識を応用した想像力が日常生活を豊かに語り、常識や既成概念を突き崩していく。そういう自由な言説が飛び交う中にあって、サルマナザールの伸びやかな想像力が、フォルモサを題材に、宗教はもとより社会制度の諸側面や人間の日常生活に及んで、類まれなる奇書を生み出すことになったのである。

＊

リアリズムという概念がある。現実を直視して事態を考えようとする姿勢、または、そういう現実を再現しようとする芸術上の立場のことを言う。あるいはまた私たちは、しばしば、虚構に対する対概念として事実を措定する。そういう人間の思考における陥穽は、現実なり事実なりが、絶対確実なものとして存在するという誤認であり、現実や事実をこそ最優先させようとする錯誤である。現実や事実とされるものには、必ず、人間の思い入れが作用している。それは、期待かもしれないし、願望かもしれない。常識や既成概念であることもあろう。あるいは、現実や事実の確からしさを高めるために条件を設定して、そこに安住してしまうこともある。現実や事実とされてきたものが崩れ去るとき、それは条件設定が甘かった、想定外のことが起きた、と弁明する。

そうした思い入れに待ったをかけられるのは、人間の想像力である。想像力は、現実なり事実なりであると思い込んでいる事物や事態に、それ以外の可能性があることを説得的に示すことができる。この場合、想像力は創造力となって、新たな現実なり事実なりを人間に認識させる原動力ともなる。もっとも、こうした想像力の働きがいささか手ごわいのは、それが空想に終わってしまうこともあるという点だ。想像力が空想に終わってしまうのは、現実や事実とされているものとの対話が欠けていることによる。想像力が説得力をもって現実や事実とされるものの誤認や錯誤を指摘するためには、どうしても、現実や事実とされているものとの徹底した対話がなければならない。

フォルモサを一度も訪れたことのないサルマナザールが、フォルモサに関する地理歴史をめぐってこれほどの奇書を仕上げ、またそれが多くの読者を魅了したのはいったいなぜか。そこには、現実や事実とされるものに関する人々の誤認や錯誤があり、また、それを鋭く説得的に指摘する彼の想像力があったためであると言えよう。近代ヨーロッパに広く見られたオリエンタリズムが、深刻な誤認や錯誤を含むものであったことは、今日よく知られている。だが例えば、「序」にある通り、「フォルモサには政府がないなどという話がいかにおかしいか」（本書一九頁）ということは、なるほどサルマナザールが指摘する通り、よく考えれば、つまり少し想像力を働かせれば、明らかであろうし、殺人も強奪も「微罪」とされているというような、野蛮さを印象づけるような先行文献の記述がはらんでいる矛盾にも、読者はすぐ気づくはずである。サルマナザールはこのようにして、現実や事実とされているものの多くが、実は人々の無知と迷妄の集積でしかないことを喝破していく。フォルモサのことを十分に説明し尽くしていないではないか、との批判があれば、いったい誰が自分の国のことを十分に説明し尽くせるのか、と問い、また、一九歳でフォルモサを離れてから六年も経つというのに妙に詳しいではないかと問われれば、でっち上げによってこれほど細かいことが語れるのはイギリス人にしかできません、とうそぶく。問答のうえでの切り返しや屁理屈に見えるようなこうした彼の言い分は、しかし、私たちが社会や歴史について語る際に常識としていること、あるいは社会や歴史についての通念とされているものに、次々と揺さぶりをかけていると言えよう。この意味で、『フォルモサ』は確かに、強烈な諷刺作品と考えられるのである。

サルマナザールのこうした諷刺は、実は記述の細部にまでゆき渡っている。フォルモサの地理的説明をする冒頭の場面を見てみよう。

フォルモサの北側、二〇〇リーグほどのところに日本があり、また中国は、フォルモサの北西、約六〇リーグである。（略）フォルモサは、南北の長さが約七〇リーグ、東西の幅が一五リーグで、周囲は一三〇リーグ以上に及んでいる。（略）わがフォルモサでは雨は冬になるまで降らないが、降り始めると、二、三か月は続く。（略）私は数学を習ったことがないので、フォルモサがどのへんの緯度にあるのか、はっきりしたことは申し上げられない。実際、ヨーロッパの地理学者たちでさえ見解は一致していないが、多くは、北回帰線直下であるとしており、確かに夏至には太陽が真上に来るので、それが正しいのかもしれないが、フォルモサの緯度が二三度、日本が三〇度、イエッゾが四〇度から四五度としているのは明らかに間違いであろう。（略）もっともこの件は、私自身、判断がつかないので、保留にしておき、次の章へ進むことにしたい。（本書六三―六五頁）

サルマナザールは最初、「日本」や「中国」、「フォルモサ」など、固有名詞を主語にして、疑う余地のない事実であるかのように語り始める。実際、これは当時の地図を見れば確かめられることで、日本がフォルモサ（台湾）の北二〇〇リーグのところにあると言っても間違いではない。ところが、気候のことになると、実際にフォルモサへ行ったことのない彼は、「わが」という一人称複数を使い始める。そして緯度のことになると、数学を習ったことのない「私」には分からないと言い出す。そしてこの「私」に、「ヨーロッパの地理学者たちでさえ見解は一致していない」という強力なリアリティを結びつけ、そうすることで記述全体の信憑性を高める。挙句の果てに読者の視点を、「日本」から「イエッゾ」にまで広げ、フォルモサ人の視野の広さを見せつけて、このあたりの地理に詳しくない読者を圧倒する、という仕掛けだ。読者の大半が確認できる事項と、例えば「数学を習ったことがない」というような個人的事情とを、主語の人称変化、つまり語り方の調整によって巧みに結びつけ、「騙り」を信じ込ませてしまうのである。否、そういう「騙り」を信じ込んでしまう読者一般への強烈な諷刺がそこにはあると言えよう。

一八世紀半ばに至るまで、しばらくは各種の言語解説書などに引用されていたというフォルモサの言語についても、彼は、巧みにリアリティの間隙を通過させることで自らのフィクションをリアルに語っている。傍らに「フォルモサのアルファベット」なる表を添えて彼は言う。

日本語が中国やフォルモサの言語と異なるのは、次のような理由による。日本人は、中国で反抗したため中国から追放され、日本列島に定着した。それゆえ、彼らは中国を嫌い、言語にしても法律や宗教、生活習慣などにしても、中国人と共通している部分をことごとく変えてしまったのである。したがっていまでは、日本語と中国語の類似性はまったくない。だが、フォルモサに最初に住み着いたのは日本人であったから、フォルモサには日本語が伝えられた。その言語が、日本では洗練され、当時とは比べものにならないくらい完璧なものとなっているのだが、フォルモサ人たちは当時の言語にほとんど実質的な変更を加えず、元の形をいまでも保っている。ところが日本では、毎日のように変更が加えられ、改善されてきたというわけである。（本書一九三—一九四頁）

ここでサルマナザールが言わんとすることは、要するに、フォルモサの言語が、現在使われている日本語や中国語とは異なっているということだ。だが、そう言ってしまえば、化けの皮が剝がれやすい。だから、日中の対立や、日本語とフォルモサの言語とが分離したという、ありそうな話を持ち出す。ほとんどの読者は、フォルモサどころか、中国にも日本にも出かけたことはないのだから、「そうかもしれない」と思わざるをえない。日本や中国を持ち出すことで、フォルモサについての「騙り」を巧みに「語り」として機能させ、彼自身の言語的関心も手伝って、驚くほど精巧な人工言語を考案してしまったのである。

こうしたサルマナザールの想像力と創造力は、『フォルモサ』を徹底した諷刺作品として読むならば、きわめて生産的で有効であったと言えよう。私たちの犯しやすい現実や事実とされるものへの誤認や錯誤を厳しく問うものでもあり、また、現実や事実とされるものへの妄信を強く諫める行為でもあったと考えられるからだ。だが、彼のこうした想像力の行使には、彼自身が、その豊かな想像力にもかかわらず見逃していたと思われる弱点が一つあった。フォルモサ人を詐称するのであれば、できるだけ人目につくことを避けなければならないはずであるということ、ましてや、彼の最も精巧なフィクションであったフォルモサの言語の仕組みを書き記して出版してしまうなどということは慎むべきであった、ということである。豊かな想像力の持ち主であったはずの彼が、なぜこの重要な階梯を踏み外したのか。本解説の最後に、この問題に触れておきたい。

＊

一七〇四年からの数年間、サルマナザールが、そしてこの『フォルモサ』が、ロンドンで、またヨーロッパ各地で大いに人気を博したことは、すでに述べた。またその後の彼が、厳しく指弾されることはなかったものの、貧しい文士生活に甘んじていたことも先に触れた通りである。後半生において彼は熱心にヘブライ語の学習に取り組んでおり、そうしたことも含めて、ヨーロッパ各地を放浪した彼がユダヤ人だったのではないかと推測する研究もあるのだが（例えばKeevakなど）、ともあれ、前半生に比して彼の後半生は、活動を停止したわけではないが、静謐なものであった。サミュエル・ジョンソンが敬意を表したのも、そうした彼の姿に対してである。二度と再び放浪の旅に出ることもなく、また漠然としたオリエンタリズムに身を委ねて詐術を繰り返すこともなかった。『フォルモサ』をめぐる驚異の数年間が、彼の心に残したものの大きさは想像するにあまりある。

改宗したイギリス国教会への信仰と、異種混淆とも言うべきロンドンの居住環境におけるある種の自由さが、こうした彼の後半生を包摂しえたということはまず間違いないであろう。スペイン継承戦争、王朝の交代、スコットランドを拠点とするジャコバイトの反乱など、一八世紀初頭のイギリスの社会情勢は平穏なものであったとは言えないが、サルマナザールのような人間を許容する多様性を有していたことは確かである。おそらくその多様性は、彼を嘲笑しつつも、王立取引所に日本人を平気で登場させる、あの『スペクテイター』に見られる磊落《らいらく》な気風と響き合うものである。想像力の欠如をサルマナザールによって嘲笑された読者は、しかし敢えて復讐することなく、これを一笑に付して許容する度量を持ち合わせていた。そこには、サルマナザールの想像力を、新たな社会の創造へとつなげていく強靭なダイナミズムを看取することもできるだろう。

他方、彼が詐称者としての自らの社会的振る舞いについて迂闊であったのは、そこに、一般社会における常識や通念に対する強烈な批判精神とともに、それまでの自らの遍歴人生が報われ、それを総括できるかもしれないというような幻想があったためではないだろうか。詐称者が詐称者であることを忘れる、そのような自己の抑えがたい内面吐露が、おそらくはイネスの慫慂《しょうよう》も手伝って、想像力を存分に発揮する彼のいつもの冷静さを失わせたのではなかったか。

彼の後半生にうかがわれる静けさは、自らのそうした失敗への悔いに根ざしたものであったように思われる。

しかしながら、サルマナザールの残した『フォルモサ』は、決してあだ花には終わらなかった。想像力を駆使して社会通念に揺さぶりをかける諷刺文学は、この後、例えば『ガリヴァー旅行記』に見られるように大きな展開を遂げ、現代に至るまでその流れは連綿と続いている。イギリス文学のみならず、世界各地の文学において、である。また、彼が入念に描き込んだフォルモサや日本の姿は、それがかなりの程度において詐術であるにもかかわらず、また詐術であることが分かっていながらも、ヨーロッパの人々に強烈な印象を残し、日本やフォルモサをはじめとする東アジアへの後世の人々の認識に大きな影響を与えたとされる。

サルマナザールの強烈な諷刺にもかかわらず、皮肉なことに、誤認と錯誤は繰り返されていく。現代社会における私たちの営みにも、この問題は深くかかわっていると言えよう。ただ、それだからこそ、彼が示した自由でしなやかな想像力と、そこに一瞬生じた彼の夢は、いまでも強い輝きを放っているのである。

参考文献

英語文献（著者名のアルファベット順）

Earnshaw, Graham. *The Formosan Fraud: The Story of George Psalmanazar, One of the Greatest Charlatans in Literary History*. Hong King: Earnshaw Books, 2018.
Foley, Frederic J. *The Great Formosan Impostor*. St. Louis: St.Louis University; Rome: Jesuit Historical Institute; Taipei: Mei-Ya, 1968.
Keevak, Michael. *The Pretended Asian: George Psalmanazar's Eighteenth-Century Formosan Hoax*. Detroit: Wayne State University Press, 2004.
Sowerby, Benn. *Four Impostors*. Guildford: Grosvenor House, 2012.
Swiderski, Richard M. *The False Formosan: George Psalmanazar and the Eighteenth-Century Experiment of Identity*. San Francisco: Mellen Research University Press, 1991.
Yang, Chi-ming. *Performing China: Virtue, Commerce, and Orientalism in Eighteenth-Century England, 1660-1760*. Baltimore: Johns Hopkins University Press, 2011.

日本語文献（著者名の五十音順）

島田孝右編『日本関連英語文献書誌　一五五五―一八〇〇』（エディション・シナプス、二〇一二）。

原田範行「近代小説の誕生と日本表象――サルマナザール、デフォー、スウィフト」『十八世紀イギリス文学研究〔第6号〕――旅、ジェンダー、間テクスト性』（日本ジョンソン協会編、開拓社、二〇一八）、二一―二二頁。

山本七平『空想紀行』（講談社、一九八一）。

吉田邦輔「虚構に賭けた男――Psalmanazar の"An historical and geographical description of Formosa ..."」『参考書誌研究　第三号』（国立国会図書館、一九七一）、一―二三頁。

[著者]

ジョージ・サルマナザール George Psalmanazar（1679?–1763）

本名不詳。フランス生まれ。ヨーロッパ各地を転々とした後、イギリス国教会に改宗して「フォルモサ（台湾）人」と称する。1703年に渡英。1704年に出版した『フォルモサ』は、現地の詳細な記録として、また、異教徒のイギリス国教会への改宗の軌跡を示すものとして一世を風靡し、各国語にも翻訳されたが、後に詐術であることを告白した。以後は、牧師、文筆家としてロンドンのグラブ・ストリート周辺で暮らし、サミュエル・ジョンソンなど、当時の文人との交流を持った。『ユニヴァーサル・ヒストリー』をはじめとする定期刊行物への寄稿のほか、サミュエル・パーマーとの共著『印刷史』（1732）などを出版したが、1763年、貧窮のうちに没した。その翌年、『ジョージ・サルマナザールとして知られる＊＊＊の回想録』が出版されている。

[訳者]

原田範行（はらだ・のりゆき）

1963年生まれ。慶應義塾大学文学部教授。日本学術会議会員。博士（文学）。専門は近代イギリス文学、印刷出版文化論。著書に、『図説 本と人の歴史事典』（共著、柏書房）、『イギリス文学と旅のナラティヴ』（共著、慶應義塾大学出版会）、『『ガリヴァー旅行記』徹底注釈』（共著、岩波書店）、『風刺文学の白眉 『ガリバー旅行記』とその時代』（NHK出版）ほか。訳書に、マングェル『読書の歴史——あるいは読者の歴史』（柏書房）、クック『南半球周航記』（全2巻、岩波書店）、ジョンソン『イギリス詩人伝』（共訳、筑摩書房）、リチャードソン『パミラ、あるいは淑徳の報い』（研究社）、スウィフト『召使心得 他四篇——スウィフト諷刺論集』（編訳、平凡社ライブラリー）ほか。

平凡社ライブラリー 913

フォルモサ 台湾《たいわん》と日本《にほん》の地理歴史《ちりれきし》

発行日…………2021年2月10日 初版第1刷

著者……………ジョージ・サルマナザール
訳者……………原田範行
発行者…………下中美都
発行所…………株式会社平凡社
〒101-0051 東京都千代田区神田神保町3-29
電話 東京(03)3230-6579[編集]
東京(03)3230-6573[営業]
振替 00180-0-29639

印刷・製本……藤原印刷株式会社
ＤＴＰ…………平凡社制作
装幀……………中垣信夫

ISBN978-4-582-76913-5
NDC分類番号933.6 B6変型判(16.0cm) 総ページ422

平凡社ホームページ https://www.heibonsha.co.jp/

ヤコブス・デ・ウォラギネ著／前田敬作・山中知子訳

黄金伝説 4

キリスト教は聖人や殉教者の言行や生涯を神話化し一大ドラマを作った。この「聖人伝説」中の白眉として名高い本書は、ヨーロッパ文化を理解するための基本文献である。聖ヒエロニュムスなどを収める本巻で完結。

紀昀著／前野直彬訳

中国怪異譚閲《えつ》微《び》草《そう》堂《どう》筆《ひっ》記《き》 上

命を助けられた狐が美女と化して妻となり子供を産む話や、殺された男が何十年後に幽霊となり身の潔白を訴える話など、18世紀中国の不思議な話が満載。志怪小説の流れを汲む代表作。

紀昀著／前野直彬訳

中国怪異譚閲《えつ》微《び》草《そう》堂《どう》筆《ひっ》記《き》 下

数ヶ月も前に死んだ父親の幽霊が博打に負けた息子を助ける話や、貪欲な芸者が金持ちの商人に化けた狐に騙される話など、18世紀中国の不思議な話が満載。志怪小説の流れを汲む代表作。

ミシェル・レリス著／岡谷公二・田中淳一・高橋達明訳

幻のアフリカ

植民地主義の暴力とそれを告発する私的吐露。客観性を裏切る記述のあり方が、ポストコロニアリズム等の現代的文脈で、科学性の問題の突破口として絶対参照される奇跡の民族誌。改訳決定版。

解説＝真島一郎

ガストン・バシュラール著／及川馥訳

科学的精神の形成

対象認識の精神分析のために

フーコー、アルチュセールらに巨大な影響を与えたバシュラールの科学哲学の名著。18世紀のビックリ科学を俎上に載せ、科学的認識をはばむ〈認識論的障害〉の諸類型をえぐりだす。

解説＝豊田彰